HEYNE <

ZUM BUCH

Nach einem Autounfall hat Nick Barron das Gedächtnis verloren. Er weiß nur, dass er in seinem vorigen Leben ein Cop war. Jetzt wohnt Barron bei seiner Schwester in einem einsamen Landhaus. Doch schnell kommt ihm der Verdacht, dass die Menschen um ihn herum ihn belügen. Als eine Bande maskierter Killer das Haus überfällt, bricht für Barron die Hölle los. Offensichtlich verfügt er über ein gefährliches Wissen – doch er kann sich an nichts erinnern. Es beginnt eine furiose Hetzjagd …

ZUM AUTOR

Simon Kernick, 1966 geboren, lebt in der Nähe von London und hat zwei Kinder. Die Authentizität seiner Romane ist seiner intensiven Recherche zu verdanken. Im Laufe der Jahre hat er eine außergewöhnlich lange Liste von Kontakten zur Polizei aufgebaut. Sie umfasst erfahrene Beamte der Special Branch, der National Crime Squad (heute SOCA) und der Anti-Terror-Abteilung. Mit *Gnadenlos (Relentless)* gelang ihm international der Durchbruch, mittlerweile zählt er in Großbritannien zu den erfolgreichsten Thrillerautoren und wurde für mehrere Awards nominiert. Seine Bücher sind in dreizehn Sprachen erschienen. Mehr Infos zum Autor unter www.simonkernick.com.

Am Ende des Buches findet sich ein ausführliches Werkverzeichnis aller im Wilhelm Heyne Verlag lieferbaren Simon-Kernick-Thriller.

Ebenfalls erhältlich sind folgende exklusive E-Book-Novellen von Simon Kernick:

Racheblut
Todeszeit Teil 1–3
Mordtage

SIMON KERNICK

DAS ERWACHEN

Thriller

Aus dem Englischen
von Anke und Eberhard Kreutzer

WILHELM HEYNE VERLAG
MÜNCHEN

Die Originalausgabe THE FINAL MINUTE
erschien 2015 bei Century, London

MIX
Papier aus verantwortungsvollen Quellen
FSC® C014496

Verlagsgruppe Random House FSC® N001967
Das für dieses Buch verwendete
FSC®-zertifizierte Papier *Holmen Book Cream*
liefert Holmen Paper, Hallstavik, Schweden.

Vollständige deutsche Erstausgabe 01/2016

Redaktion: Ulrike Nikel
Printed in Germany
Umschlagillustration: Nele Schütz Design unter
Verwendung von © Arcangel/Nik Keevil
Satz: KompetenzCenter, Mönchengladbach
Druck und Bindung: GGP Media GmbH, Pößneck
ISBN: 978-3-453-43840-8

www.heyne.de

Für Nick. Hier, bitte sehr!

1

Seit einer Weile hatte ich das dumpfe Gefühl, jemand anders zu sein, als alle behaupteten.

Das fing vor einer Woche an. Ich wollte eine Flasche Rotwein aus dem Keller holen, kam ins Stolpern, stürzte die Treppe hinunter und schlug mit dem Kopf auf dem Steinboden auf. Wegen einer leichten Gehirnerschütterung behielten sie mich zur Beobachtung über Nacht im Krankenhaus, und seit meiner Entlassung wurde ich den Verdacht nicht mehr los, dass irgendetwas nicht mit rechten Dingen zuging.

Das Ganze hier kam mir spanisch vor. Zum Beispiel meine Schwester: Sie hatte mich, behauptete sie, nach dem Unfall in ihrem Haus aufgenommen und sorgte nun schon seit über zwei Monaten für mich, was möglicherweise stimmte, möglicherweise aber auch nicht, da in meinem Kopf die Tage wie in einem Nebeldunst fließend ineinander übergehen. Ums Verrecken konnte ich nicht sagen, ob ich einfach nur paranoid war oder mit meinem Bauchgefühl richtiglag. Ohne Langzeitgedächtnis bist du aufgeschmissen, und dir bleibt nichts anderes übrig, als denen zu vertrauen, die sich um dich kümmern, erst recht einem Fachmann, der dir dabei helfen soll, dein Gedächtnis wiederzuerlangen, genauer gesagt, dem Mann, der mir gerade im Zimmer gegenübersaß: Dr. Bronson, Psychiater, groß, gepflegte Erscheinung, schwarze Mähne mit Silbersträhnen, schmales, einfühlsames Gesicht. Vor ein paar Jahren wohl noch markant und gut aussehend, steuerte er schätzungsweise auf die sechzig zu und hatte den Kampf mit der Schwerkraft schon halb verloren. Alleinstehende Damen ohne Alter standen wahrscheinlich auf den Typ. Bei allem gravitätischen Ernst kehrte er gerne den schrägen Vogel heraus – zum Beispiel mit seinen gewagten modischen Akzenten, dem Tweedanzug mit Weste zur roten Fliege, farblich auf die Brille abgestimmt, als i-Tüpfelchen grellrosa Socken zu ausgelatschten braunen Schuhen.

»Wie ist es denn die letzten Tage so gelaufen, Matt?«, fragte der Doktor mit leiser, doch sonorer Stimme. Seit er einmal die Woche zu unseren Sitzungen ins Haus meiner Schwester kommt, eröffnet er das Gespräch mit den immer gleichen Worten.

»Wie ist es uns denn seit dem letzten Mal ergangen, Matt?«

»Was soll ich sagen? Nicht viel anders als sonst.« Was bis vor wenigen Tagen der Wahrheit entsprochen hätte. Inzwischen sah die Sache etwas anders aus.

»Sie wirken heute ein wenig bedrückt«, stellte Dr. Bronson fest. »Kopf hoch, Matt. Es braucht nun einmal seine Zeit, sich von einem derart schweren Gehirntrauma zu erholen. Manchmal Monate. In seltenen Fällen Jahre.

Wir müssen uns in Geduld fassen. Auch wenn es nur millimeterweise vorangeht.«

Das Gehirntrauma verdankte ich dem Autounfall. Vor einigen Monaten war ich in den frühen Morgenstunden auf einer einsamen Landstraße in Hampshire von der Fahrbahn abgekommen und gegen einen Baum gerast. Aus irgendeinem Grund war ich dabei nicht angeschnallt, was mir wahrscheinlich das Leben rettete, denn ich wurde durch die Windschutzscheibe sechs bis sieben Meter weit durch die Luft geschleudert – und lag in sicherer Entfernung im Gestrüpp, als der Wagen in Flammen aufging. Als ich drei Monate später aus dem Koma erwachte, fand ich mich in diesem Leben wieder.

Ein unbeschriebenes Blatt.

Ohne jeden Zweifel das einsamste Gefühl der Welt.

»Ich weiß, ich weiß«, sagte ich gereizter als beabsichtigt. »Ich habe nur den Eindruck, dass wir auf der Stelle treten.«

»Nein, das stimmt nicht«, widersprach mir Bronson mit allem Nachdruck. »Wir haben schon eine Menge erreicht. Sie können sich wieder erinnern, wie Sie mit Ihrer Schwester aufgewachsen sind; Sie wissen, dass Sie des Öfteren mit Ihrer Familie zum Camping gefahren sind. Wir sind gerade dabei, die Puzzleteile Ihrer Kindheit Stück für Stück zusammenzufügen, Matt. Das ist ein solider Grundstock, um uns als Nächstes an Ihre späteren Jahre heranzutasten und aus einzelnen Momentaufnahmen Ihren Lebenslauf zu rekonstruieren. Am Ende haben Sie Ihr Gedächtnis vollständig wiederhergestellt. Bei einer derart schweren Amnesie, wie sie bei Ihnen vorliegt, kommen die Erinnerungen oft nur sehr langsam an die Oberfläche, und meistens die frühesten zuerst. Kann sein, dass wir auf die Frage, was Sie in jener Nacht dort auf der Landstraße zu suchen hatten, niemals eine Antwort finden. Vielleicht bleiben auch die letzten Monate vor dem Unfall für immer verschüttet, aber darüber hinaus gebe ich Ihnen Ihr Leben zurück, Matt. Daran dürfen Sie keinen Moment lang zweifeln. Es ist wie eine Kiste, die wir zentimeterweise aufstemmen müssen.«

Ich seufzte. »Ich gebe mir ja Mühe.«

»Demnach ist Ihnen seit unserer letzten Sitzung nichts mehr eingefallen?«

Ich schwieg. Sollte ich es ihm sagen oder nicht? »Alles, was wir hier besprechen ist vertraulich, ja? Ich meine, das alles hier bleibt unter uns?«

Er lächelte. »Selbstverständlich«, versicherte er mir. »Ich unterliege der strengsten Schweigepflicht. Nichts, was zwischen uns zur Sprache kommt, dringt nach draußen. Dann ist Ihnen also doch etwas eingefallen?«

Wieder kämpfte ich mit mir. Die Sache war nämlich die: Ich traute Dr. Bronson nicht ganz über den Weg. Ich hätte keine Gründe nennen können. Er wirkte ganz und gar echt, und genau das machte mich stutzig. Er wirkte ungefähr so echt wie ein Schauspieler, der ganz in seiner Rolle aufgeht. Aber vielleicht zeigte sich gerade darin seine Professionalität, und alle Therapeuten verhielten sich gegenüber ihren Patienten mehr oder weniger so wie er. Am Ende biss ich in den sauren Apfel und tröstete mich damit, dass ich ohnehin nichts zu verlieren hatte. Was schadete es also, ihm davon zu erzählen. »Ich hatte einen Traum.« *Gütiger Himmel, dieser Traum.* Ich holte tief Luft. »Haargenau den gleichen Traum zweimal, innerhalb von vier Nächten.«

»Haben Sie meinen Rat befolgt und alles aufgeschrieben?« Dr. Bronson gab keine Anweisungen, er erteilte grundsätzlich nur Rat.

»Nicht nötig. Ich erinnere mich an jede Einzelheit. Und wie gesagt, es war zweimal genau derselbe Traum. So etwas ist mir noch nie passiert. Eigentlich träume ich überhaupt nicht. Aber diesmal ...«

Dr. Bronsons war plötzlich ganz Ohr. Er schrieb etwas auf seinen Notizblock. »Nur zu, erzählen Sie mir den Traum. Von Anfang an und in allen Einzelheiten. Möglicherweise stehen wir vor einem Durchbruch, Matt.«

Genau davor hatte ich Angst. Wieso, in Gottes Namen? Ich holte tief Luft und fing an.

»Also, ich bin in einem fremden Haus. Es ist Nacht, und überall brennt Licht. Zu Beginn des Traums stehe ich vor einer Tür. Sie ist nur angelehnt, ich öffne sie und trete ein. Erst jetzt sehe ich, dass ich Handschuhe trage. Auch drinnen ist das Licht an, und als ich langsam weitergehe, befällt mich eine grauenhafte Ahnung.

Im Zimmer herrscht Chaos. Eine Lampe ist umgestürzt, auf dem Teppich streift mein Blick ein umgekipptes Weinglas und einen roten Fleck. Und dann sehe ich nur noch diese nackte Frau, die mit dem Gesicht nach oben auf einem riesigen Doppelbett liegt. Sie ist tot und die Bettwäsche rings um ihren Kopf blutgetränkt. Als ich näher komme, sehe ich ihren zertrümmerten Schädel und die aufgeschlitzte Kehle. Sie ist jung, vielleicht Anfang zwanzig, brünett und mit einer tollen Figur. Ihr Anblick versetzt mir einen fürchterlichen Stich, ein unerträgliches Gefühl. Da ist mehr als nur Mitleid oder Abscheu im Spiel, als wäre ich in das, was dort passiert ist, persönlich verwickelt, aber ich habe keine Schuldgefühle. Ohne den Handschuh auszuziehen, lege ich ihr den Finger an den Hals, um ihren Puls zu fühlen, obwohl sie offensichtlich tot ist, ich meine, sie rührt sich nicht, und da liegt dieser widerwärtige Gestank in der Luft. Sie hat die Augen geschlossen, als ob sie nur schliefe, doch als ich ihr die Hand vor den Mund halte, spüre ich keinen Atem.

Mir schnürt es so die Brust zu, dass ich mich kaum auf den Beinen halten kann. Ich reiße mich zusammen und verlasse den Raum. Dann befinde ich mich wieder im Flur. Es ist übrigens ein großes, protziges Haus, mit Marmorböden, Pseudokunst an den Wänden – Sie wissen schon, grellbunte, abstrakte Gemälde. Es stinkt nach Geld, von allem das Teuerste und Beste.

Als ich weiterlaufe, höre ich plötzlich ein Geräusch hinter mir. Ich bekomme es mit der Angst, das weiß ich noch genau, und ich drehe mich um.«

Ich musste eine Pause einlegen, weil mir bei dem, was jetzt kam, das Herz im Halse pochte.

»Ich erblicke eine zweite junge Frau. Sie ist blond, trägt schwarze Spitzenunterwäsche – BH und Slip, sonst nichts – und sitzt, mit dem Rücken an die Wand gelehnt, auf dem Boden. Ich frage mich, was sie da zu suchen hat. In dem Moment wendet sie mir das Gesicht zu. Und wissen Sie was? Sie ist unglaublich schön, die schönste Frau, die ich in meinem ganzen Leben gesehen habe. Erregend schön. Aber da gibt es ein Riesenproblem. Sie ist verletzt. An ihrer Schläfe klafft eine Wunde, aus der ihr das Blut ins Haar sickert und auf die Schulter rieselt. Sie hat die Augen aufgerissen und starrt ins Leere.«

An dieser Stelle stockte ich wieder, denn bei der Erinnerung an das blonde Mädchen war ich so aufgewühlt, dass ich kaum Luft bekam. Außerdem trat mir der Schweiß auf die Stirn. Dabei hätte ich nicht sagen können, ob ich es nur so packend fand, mich lebhaft an jede Einzelheit erinnern zu können, oder ob es dieselbe Erregung war wie im Traum. Ich kniff die Augen zu, um die Szene festzuhalten, bevor sie wieder im Nebeldunst verschwand.

»Lassen Sie sich Zeit«, sagte Dr. Bronson. Er fügte noch etwas hinzu, was ich nicht mitbekam, weil ich mich mit aller Kraft auf die Erinnerung konzentrierte.

Ich atmete ein paarmal tief ein und aus. »Dann, dann sieht mich das Mädchen zum ersten Mal richtig an, und ihr Gesichtsausdruck verändert sich. Zuerst ist es Staunen, dann Schock. Und dann noch etwas anderes.«

Mir zog es den Magen zusammen. Aus diesem Grunde war es mir so schwergefallen, ihm von der Sache zu erzählen, doch es musste wohl sein. »Angst. Sie sieht mich an und bekommt Angst. Nein, das trifft es nicht. Sie ist in heller Panik. Ich erkenne es in ihren Augen. Sie hat panische Angst vor mir, auch wenn ich nicht weiß, wieso.« Ich schluckte schwer. »Dann drehe ich mich um und erblicke mich in einem hohen Spiegel. Ich sehe anders aus. Das bin zwar ich, aber gleichzeitig jemand anders. Mein Gesicht ist dünner, ich habe höhere Wangenknochen. Und mein Haar ist deutlich kürzer als jetzt. Doch was mir vor allem auffällt, ist der Ausdruck in meinem Gesicht. Er ist kalt. Hart. Ohne jede menschliche Regung. Obwohl ich innerlich Höllenqualen leide.«

»Können Sie Ihre Gefühle näher beschreiben?«

»Schwer zu sagen. Ich weiß, dass ich aus irgendeinem Grund unglaublich wütend bin. Gleichzeitig selber in Panik, als wäre ich in etwas Fürchterliches hineingeraten. Aber da ist noch mehr.« Ich schwieg für einen Moment, um zu überlegen und mich ganz in meinen Traum zurückzuversetzen. Erneut beschwor ich das Mädchen herauf. Ihre strahlend blauen Augen, die zart geschwungenen Lippen. Und mir wurde schlagartig klar, was es war. »Ich bin verliebt«, platzte ich heraus. Es gab keinen Zweifel. »Ich bin in diese Frau verliebt. Und zwar nicht nur im Traum. Ich bin ihr begegnet. Ich kenne sie.« Die letzten drei Worte brachen mit einer Überzeugung aus mir heraus, die keinen Widerspruch duldete.

»Überlegen Sie ganz genau, Matt«, sagte Bronson beschwichtigend. »Woher kennen Sie die Frau?«

Ich nahm meine ganze Willenskraft zusammen, um aus dem Dämmer am Rande meines Bewusstseins weitere Erinnerungsfetzen hervorzuholen. Doch es passierte nichts. Frustriert und erschöpft schüttelte ich nur den

Kopf, griff zu dem Glas Wasser auf dem Tisch neben mir und nahm einen großen Schluck. »Im Moment ist das alles, was ich Ihnen sagen kann.«

»Wir sehen es nicht selten, dass Menschen bei Gedächtnisverlust besonders lebhafte, realistische Träume haben, gerade weil sie über so wenig Erinnerungen verfügen«, sagte Dr. Bronson.

»Es fühlte sich zum Greifen real an.«

»Gab es zwischen den beiden Träumen irgendwelche Unterschiede? Irgendwelche Einzelheiten, die das eine Mal vorkamen und das andere Mal nicht? Wissen Sie, Matt, genau dasselbe mehrfach hintereinander zu träumen, das hat man äußerst selten.«

»Es war haargenau gleich«, beharrte ich. »Bis ins letzte Detail. War ja auch das erste Mal, sonst träume ich so gut wie gar nicht, ich meine, wovon denn auch? Mein Unterbewusstsein ist leergefegt, da gibt es herzlich wenig Stoff. Aber das hier … so was habe ich noch nie erlebt.«

»Also, wir wissen immerhin, dass Sie vor Ihrem Unfall eine Zeit lang in London Polizist gewesen sind«, unternahm Dr. Bronson einen weiteren Vorstoß. »Halten Sie es für möglich, dass der Traum mit einem Fall zusammenhängt, an dem Sie mal gearbeitet haben?«

»Da muss ich wirklich passen«, sagte ich, diesmal in aller Aufrichtigkeit. Hinsichtlich meiner Tätigkeit bei Scotland Yard fischte ich im Trüben. Von Jane, der Kronzeugin meiner Vergangenheit, wusste ich nur, dass ich den Lehrerberuf an den Nagel gehängt und fünf Jahre lang in London als Freund und Helfer gearbeitet hatte. Ich war ledig, hatte keine feste Freundin, und als ich in jener schicksalhaften Nacht vor fünf Monaten ins Schleudern kam, wusste niemand, woher ich kam, wohin ich wollte und wieso ich keine Ausweispapiere bei mir hatte.

Äußerlich wie innerlich ohne Identität. Alles, was ich je gewusst hatte, von der Festplatte gelöscht.

»An einem solchen Punkt kann uns die Hypnotherapie überaus wertvolle Dienste leisten«, sagte Dr. Bronson und beugte sich zu mir vor. »Wir sollten jetzt sofort eine Hypnotherapie anschließen und schauen, ob wir nicht ein bisschen mehr von diesem Traum hervorholen können. Vielleicht weist er uns eine neue Richtung.«

Die Hypnotherapie war fester Bestandteil unserer Sitzungen. Dr. Bronson versetzte mich in Trance. Ich selbst behielt davon keinerlei Erinnerung, sondern ein ums andere Mal nur weitere blinde Flecken in meiner löchrigen Erinnerungslandschaft. Wie Dr. Bronson nicht müde wurde zu betonen, diente die Maßnahme dazu, Gedächtnisfetzen aus den Tiefen meines Unterbewusstseins zu heben. Nur dass er bisher nichts Nennenswertes gehoben hatte. Die spärlichen, diffusen Eindrücke aus meiner Kindheit, von denen er mir hinterher erzählte, blieben mir seltsam fremd.

Ich war in einem Zwiespalt. Einerseits wollte ich mit seiner Hilfe herausfinden, ob sich der Traum in größere Zusammenhänge einordnen ließ. Andererseits fragte ich mich mit einem mulmigen Gefühl, was dabei zutage treten würde. Denn falls er auf realen Ereignissen beruhte, war ich direkt oder indirekt in diese Morde verwickelt. Schließlich gewann die Vorsicht die Oberhand. Ich fühlte mich zunehmend unbehaglich dabei, mich Dr. Bronson auszuliefern.

»Tut mir leid, Doc, aber ich glaube, heute packe ich das nicht«, sagte ich und unterdrückte ein gespieltes Gähnen. »Ehrlich gesagt bin ich ziemlich fertig. Am besten lege ich mich hin und ruhe mich ein bisschen aus.«

»Es würde Ihnen mit Sicherheit helfen, Matt, noch eine halbe Stunde durchzuhalten. Das alles ist wirklich nur zu Ihrem Besten.«

Jetzt beäugte er mich mit einem misstrauischen Blick. Vielleicht lag ich ja vollkommen falsch, und ich wollte ihn auch nicht vergraulen, denn vorerst war er der einzige Schlüssel zu meinem alten Leben.

»Geben Sie sich einen Ruck«, redete er mir gut zu. »Wir haben hier eine echte Chance, und Sie wissen ja, wie sehr ich es an Ihnen schätze, dass Sie so aktiv an Ihrer Genesung mitarbeiten. Das hier könnte unser Durchbruch sein.«

Er rückte mir noch näher auf den Leib, nahm behutsam mein Kinn zwischen Daumen und Zeigefinger und drehte mein Gesicht sacht zu sich herum. Als ich ihm durch die rot geränderte Brille in die Augen blickte, befahl mir eine eindringliche innere Stimme, ich sollte bloß zusehen, aus dem Zimmer zu verschwinden.

Ich verließ mich auf meinen Instinkt. Er war das Einzige, was mir geblieben war.

»Tut mir wirklich leid, Doc«, sagte ich, während ich auf Abstand ging und mich an die Rücklehne drückte. »Mir geht es wirklich richtig mies.«

»Es wird Ihnen besser gehen, wenn ich Sie hypnotisiere.«

Sein Ton war so insistierend wie sein angespanntes Gesicht, und beides bereitete mir Unbehagen. Das vertraute onkelhafte Wohlwollen war verflogen. Aus seinem krampfhaften Lächeln sprach verbissener Eifer.

»Nein.« Ich schüttelte den Kopf und machte ein klägliches Gesicht. »Für heute lieber nicht.«

Sein Eifer wich unverhohlener Missbilligung, wohl die letzte Waffe in seinem Arsenal gegen widerspenstige Patienten. »Sie nehmen doch noch Ihre Medikamente?«, fragte er.

»Selbstverständlich«, beteuerte ich, was nicht gelogen war, denn mir blieb kaum eine Wahl. Als die ganze Tragweite meiner Amnesie offen zutage trat, hatte Jane zu ihrer Entlastung einen Pfleger namens Tom ins Haus geholt, und Tom verabreichte mir meine Tabletten. Dabei sah er jedes Mal zu, wenn ich mir die Pillen einwarf, und wartete, bis ich sie mit einem Glas Wasser heruntergespült hatte. Anschließend musste ich den Mund weit öffnen, und er überprüfte, ob sie nicht noch irgendwo hinter den Backenzähnen steckten. Bei der ganzen Prozedur war er immer freundlich und zu einem Lachen aufgelegt, als seien wir eher Kumpel als Patient und Betreuer, doch in letzter Zeit hatte ich ihn, natürlich möglichst unauffällig, um keinen Verdacht zu erregen, genauer beobachtet, und je mehr ich von ihm sah, desto weniger überzeugte er mich in seiner Rolle. Der Kerl war groß und stämmig, Anfang bis Mitte dreißig, mit einem harten, verlebten Gesicht, einem kräftigen Nussknackerkinn und einer markanten Narbe. Er ähnelte den muskelbepackten Schauspielern in den Kriegsfilmen, die ich mir seit Wochen serienweise reinzog. Außerdem hatte er etwas mit meiner Schwester angefangen – in manchen Nächten hörte ich sie vögeln – was sicher gegen das Berufsethos verstieß und sich in meinen Augen für eine Pflegekraft nicht gehörte. Aber was wusste ich schon? Jedenfalls hatte ich vor einer Woche den Beschluss gefasst, die Pillen abzusetzen, da mir dasselbe Bauchgefühl, das mich eben vor der üblichen Hypnose-Sitzung gewarnt hatte, beharrlich sagte, dass die Medikamente mir nicht halfen, sondern schadeten. Dabei war mir die Entscheidung nicht leicht gefallen. In meiner Situation war ich ganz und gar auf Jane, Tom und Dr. Bronson angewiesen. Sie waren mein ganzer Halt, mein Bollwerk gegen eine dunkle, bedrohliche Welt da draußen, in der ich mich alleine nicht zurechtfand, kurz gesagt, alles, was ich hatte.

Aber halfen sie mir auch? Ich wusste es einfach nicht.

Daher hatte ich vor einer Woche einen Plan gefasst. Solange Tom in voller Lebensgröße vor mir stand, blieb mir nichts anderes übrig, als die Pillen einzunehmen, doch so oft wie möglich schob ich sie mir zwischen Backe und Zahnfleisch und spuckte sie später aus. Da das nur selten gelang, musste ich sie in den meisten Fällen herunterschlucken, mich, sobald Tom weg war, heimlich zur Toilette schleichen und so leise wie möglich erbrechen. Dann spülte ich mir Mund und Gesicht, versprühte ein wenig Raumspray und kehrte in mein Zimmer zurück, ohne dass es jemand merkte.

Im Großen und Ganzen ließ mich mein Gedächtnis nach wie vor im Stich, doch immerhin schimmerten gespenstisch diffus Bilder aus meiner Kindheit auf – wie ich ein Mädchen küsse; wie ich Fahrrad fahre und dergleichen – um sofort wieder zu verblassen. Und sie kamen öfter.

Nachdem jetzt auch noch die Träume angefangen hatten, hegte ich die leise Hoffnung, zwischen ihnen und den Momentaufnahmen Zusammenhänge zu entdecken.

Dr. Bronson erklärte mir eindringlich, wie wichtig es für mich sei, meine Medikamente zu nehmen, doch ich hörte nicht mehr hin. In seiner Anwesenheit fühlte ich mich zunehmend bedroht.

Etwas wackelig auf den Beinen stand ich auf und schluckte schwer. »Du liebe Güte, ich glaube, ich muss mich übergeben.«

Für einen so kräftigen Mann reagierte Dr. Bronson blitzschnell und rückte mit seinem Stuhl zurück, um nichts abzubekommen. Ich wandte mich zur Tür und tappte mit betont schwerfälligen Schritten in den Flur.

In der Küche redeten Jane und Tom leise miteinander. Sie mussten mich gehört haben, denn Jane steckte den Kopf durch den Türspalt und musterte mich mit einem besorgten Lächeln.

»Fehlt dir was, Matt?«, fragte sie.

Ich redete mich wie bei Dr. Bronson heraus und eilte die Treppe hoch zum Bad.

»Ach, du Armer«, rief sie mir hinterher. »Tom kann dir etwas zur Beruhigung geben.«

»Geht schon«, antwortete ich, ohne mich umzudrehen. »Ich hau' mich gleich aufs Bett.« Noch während ich sprach, gingen mir zwei Dinge durch den Kopf. Erstens: Meine Schwester hat nicht die geringste Ähnlichkeit mit mir. Sie hat rotes Haar, ich braunes; sie hat einen hellen Teint mit Sommersprossen, ich bin eher der mediterraneTyp; im Gegensatz zu meiner Körpergröße und meinem kräftigen Knochenbau ist sie klein und zierlich. Wir hätten nicht unterschiedlicher sein können. Der zweite Gedanke machte mir noch mehr zu schaffen: Ich war scharf auf sie. Richtig scharf, und zwar von dem Moment an, als ich aus dem Koma erwachte und die Augen aufbekam. Als sie mir sagte, wer sie sei, traf es mich wie ein Schock. Ungelogen. Später ging ich davon aus, dass meine Gefühle von selbst verschwinden würden, aber Fehlanzeige. Sie war die einzige Frau, zu der ich Zugang hatte, und es wurde nur noch schlimmer. Ich wünschte mir, sie würde aus meinem Gesichtsfeld verschwinden. Und auf Tom war ich höllisch eifersüchtig.

Als ich nach meiner Zwischenstation im Badezimmer mein Zimmer erreichte, öffnete ich die Tür und schlug sie laut vernehmlich wieder zu, ohne hineinzugehen. Dann wartete ich eine Minute, bevor ich mich zum Treppenabsatz zurückschlich und die leisen Stimmen unten im Flur belauschte. Alle drei sprachen gedämpft miteinander, doch ich schnappte ein paar Satzfetzen auf und registrierte den veränderten, angespannten und – geschäftsmäßigen Ton. »Wie lange noch?«, zischte meine Schwester eine Spur zu laut und gereizt, was in deutlichem Kontrast zu ihrer freundlichen, fürsorglichen Art mir gegenüberstand. Man brauchte kein Hellseher zu sein, um zu begreifen, dass sie wissen wollte, wie lange sie sich noch um mich kümmern sollte. Ich zuckte zusammen, weil ich mich die ganze Zeit auf sie verlassen hatte und ihre wahren Gefühle wenig schmeichelhaft fand.

Wenn ich mich nicht irrte, sagte der Doktor, sie seien nah dran, oder so etwas in der Art; dann gingen sie in die Küche, und ich konnte sie nicht mehr hören.

Ich blieb wie angewurzelt stehen. Was dachte ich mir eigentlich dabei, ihnen so aufzulauern? Ich fühlte mich wie ein ungezogenes Kind, das ein Gespräch der Erwachsenen belauscht.

Doch genau in diesem Moment stieg eine neue Erinnerung auf: Glasklar sehe ich vor mir, wie ich mich als Junge hinter einer halb geöffneten Tür verstecke und Zeuge eines Streits zwischen meinen Eltern werde: Vor allem aber steht da jemand neben mir, ein Junge, älter und größer. Als ich mich zu ihm umdrehe, kann ich zwar sein Gesicht nicht erkennen, doch das macht nichts. Mit absoluter Sicherheit weiß ich, dass es mein Bruder ist.

Die Sache hatte nur einen Haken: Angeblich besaß ich keinen Bruder.

2

Das Haus meiner Schwester war groß und geräumig; es stammte aus der Zeit um 1900, als man noch solide und nachhaltig für mehrere Generationen baute. Es stand auf einer abgelegenen Halbinsel an der Küste von Wales. Mein Schlafzimmer befand sich weit vom Schuss an der Rückseite des Gebäudes, wohl möglichst weit von Janes Zimmer entfernt, damit ich sie und Tom nachts nicht hörte. Leider ging ihre Rechnung nicht auf. Der Raum, wohl ein ehemaliges Kinderzimmer, war mit einem Einzelbett, ein paar Bildern an der Wand und einem alten Foto von meinen Eltern auf dem Nachttisch spartanisch eingerichtet. Beide Eltern waren vor Jahren gestorben: mein Vater 1997 am Herzinfarkt, meine Mutter fünf Jahre später an Brustkrebs. Dr. Bronson schärfte mir ein, mich jeden Tag in das Foto zu vertiefen, um weitere Erinnerungen auszulösen – ich musste es sogar mehrmals zu den Sitzungen mitbringen – doch bis jetzt starrten mir immer noch zwei Fremde entgegen. Bis jetzt. Als ich mich auf die Bettkante setzte und hilflos registrierte, wie sich das Bild meines Bruders verflüchtigte, starrte ich einmal wieder auf das Foto, und mit einem Mal flackerte der leiseste Anflug des Wiedererkennens auf – nur das unbestimmte Gefühl, sie schon einmal irgendwo gesehen zu haben. Nichts Konkretes, aber immerhin.

Es klopfte an der Tür. Jane.

Ich legte mich aufs Bett, setzte eine elende Miene auf und bat sie herein.

Sie kam mit einer Tasse Tee und einem teilnahmsvollen Lächeln. »Geht's wieder?«

Auf den Ellbogen gestützt, entgegnete ich mit schwachem Lächeln: »Ein bisschen besser.« Mir lag schon der Vorwand auf der Zunge, ich könnte etwas frische Luft gebrauchen, doch im letzten Moment überlegte ich es mir anders. Wenn ich ihr erzählte, dass ich einen Spaziergang machen wollte, würde sie darauf bestehen, entweder selbst mitzukommen oder Tom als Begleiter abzuordnen, damit ich mich nicht irgendwo in den Wäldern rings ums Haus verirrte, ihre übliche Erklärung, als sei ich ein hilfloses, kleines Kind.

»Hier, der wird dir guttun.« Als sie den Tee auf den Nachttisch mit dem Foto unserer Eltern stellte, atmete ich den schwachen Duft ihres Parfüms ein. Meine Schwester war eine attraktive Frau. Mit sechsunddreißig war sie drei Jahre jünger als ich, doch sie wäre locker für dreißig durchgegangen. Mit ihrer makellosen Porzellanhaut und ihrer grazilen Figur hatte sie etwas Zerbrechliches, Mädchenhaftes, das in eigentümlichem Widerspruch zu ihrem Selbstvertrauen stand, einer Ausstrahlung von Stärke, die auf Männer anziehend wirkte, jedenfalls auf mich.

Auch mit meinen Eltern hatte sie nicht die geringste Ähnlichkeit.

Ich bedankte mich und nahm das Foto zur Hand. »Erzähl mir von Mom und Dad.«

Als hätte sie nur auf das Stichwort gewartet, legte sie los: wie sie sich beim Tanzen kennengelernt und nach einer stürmischen Romanze schon bald geheiratet hätten; wie Dad bis spätabends in seiner kleinen Druckerei gearbeitet und Mom uns beide großgezogen habe; wie wir in den Ferien zum Zelten nach Cornwall, gelegentlich auch nach Frankreich gefahren seien. Während sie sprach, wirkte das Lächeln in ihrem Gesicht nicht nur hübsch, sondern auch ehrlich. Es klang lebhaft, als schöpfe sie aus einem echten Fundus, während ich mich an nichts davon erinnern konnte. Ich bat sie, mir unser altes Haus in Sutton zu beschreiben, und sie tat mir den Gefallen. In allen Einzelheiten. Ich versuchte es mir vorzustellen, keine Chance. Vor einigen Wochen hatte ich sie gefragt, ob sie nicht einmal mit mir dorthin fahren und mir unsere Straße zeigen könne, um in meinem Kopf etwas anzustoßen. Genau wie Dr. Bronson hielt sie den Vorschlag für eine gute Idee, doch bis heute war nichts daraus geworden.

»Das wird schon wieder, Matt«, sagte sie, und während sie mir zur Aufmunterung die Hand auf die Schulter legte, trat sie vom Bett zurück, als könne ich zudringlich werden, wenn sie auch nur eine Sekunde länger blieb. Natürlich hatte ich meine unkeuschen Gefühle für mich behalten und mich immer korrekt benommen. Um Komplikationen vorzubeugen, mied ich sogar jeden

Körperkontakt. In diesem Moment fragte ich mich allerdings, ob sie trotzdem ahnte, dass ich nicht nur brüderliche Gefühle für sie hegte.

Ich seufzte. »Ja, ich weiß. Früher oder später. Es dauert mir nur einfach zu lang.«

»Wenn ich Dr. Bronson richtig verstanden habe, sieht er diese Woche einige Fortschritte. Offenbar hofft er, dass die ersten Erinnerungen jeden Moment wiederkommen könnten.«

Ich staunte nicht schlecht. Hatte mir der Doktor nicht eben erst strengste Verschwiegenheit zugesagt, so wie es sein Berufsethos verlangte? Kein Wort, das in den vier Wänden der Bibliothek, unserem Therapiezimmer, falle, so hatte er ein ums andere Mal beteuert, dringe je nach draußen. Doch ich ließ die Sache auf sich beruhen. »Mir sind ein paar Momentaufnahmen hochgekommen«, sagte ich, »aber nichts Konkretes.« Auf gar keinen Fall würde ich ihr von meinem Traum erzählen, und ich konnte nur hoffen, dass auch Dr. Bronson den Mund hielt. Schließlich wollte ich nicht, dass mich meine Schwester für einen Irren hielt.

»Er hat gesagt, du hättest heute die Hypnotherapie verweigert«, fügte sie mit vorwurfsvoller Miene hinzu.

Ich runzelte die Stirn. »Ach, hat er das?«

»Du weißt, du musst ihm vertrauen, Matt. Der Mann kostet mich ein Vermögen – er gilt als Koryphäe, so jemand hat seinen Preis. Bitte beherzige seinen Rat – es ist doch nur zu deinem Besten.«

»Mach ich.«

»Er ist noch im Haus, falls du es dir anders überlegst. Ist doch irgendwie ärgerlich, ihn von London herkommen zu lassen, um die Sitzung mittendrin abzubrechen. Besonders, wenn du gerade Fortschritte machst.«

»Heute schaff ich es einfach nicht, tut mir leid, Schwesterherz.«

»Das sind jedes Mal sechshundert Pfund«, sagte sie und gab sich keine Mühe, ihre Missbilligung zu verbergen.

So sehr ich es hasste, sie zu verärgern, was mir offenbar gründlich gelungen war, blieb ich hart. »Verstehe ich ja, und es tut mir leid, aber, wie gesagt, ich fühle mich dem heute nicht gewachsen.«

Sie stöhnte verdrießlich auf, verließ kopfschüttelnd das Zimmer und knallte die Tür hinter sich zu.

So hatte ich Jane noch nie erlebt. Sonst überschlug sie sich vor Nachsicht. Andererseits hatte ich mich bis heute auch stets gefügt. Mir kam ihre Frage an den Doktor wieder in den Sinn: *Wie lange noch?* Klang so eine besorgte Schwester?

Mein Blick fiel auf die Tasse Tee. Ums Verrecken würde ich das Gebräu nicht trinken. Wetten, dass es eine reichliche Extradosis von dem Medikamentencocktail enthielt, den sie mir seit Monaten verabreichten und der mich so zu einem willenlosen Weichei machte?

Wie zur Bestätigung meines Boykotts fühlte ich mich in diesem Moment alles andere als krank und elend; seit meiner Ankunft im Haus war es mir noch nie so gut gegangen.

Und dann traf mich die Erkenntnis wie der Blitz: Ich

musste raus. Ich brauchte Beinfreiheit, ich brauchte Luft zum Atmen.

Ich musste ungestört nachdenken, um mein Gedächtnis wiederzuerlangen.

Ich wartete einige Minuten, bis ich hörte, wie Dr. Bronsons Wagen auf der Kieseinfahrt das Grundstück verließ, stand auf und trat an das altmodische Schiebefenster. Ich löste den Riegel so weit, bis er klemmte. Dicht vor dem Fenster stand eine Buche, die mit einigen Zweigen verführerisch nahe ans Haus heranragte. Ohne lange zu überlegen, schob ich mich durch den Spalt nach draußen, klammerte mich mit den Händen an der Fensterbank fest und baumelte mit den Beinen in der Luft. Für einen Invaliden, der monatelang nur herumgesessen hatte, waren knapp zwei Meter eine beträchtliche Höhe, doch für solche Bedenken war es jetzt zu spät, und nach einem kurzen Blick nach unten ließ ich mich fallen. Es war ein unbeschreibliches Gefühl – als hätte ich mich nach ewigem Zaudern und Zagen im Leben endlich einmal etwas getraut.

Ich schlug hart auf und rollte mich zur Seite. Ich biss die Zähne zusammen; sobald der stechende Schmerz in den Fersen nachließ, rappelte ich mich langsam auf und warf einen prüfenden Blick ins Fenster zum Hauswirtschaftsraum. Dahinter lag die Küche, und durch die offene Tür sah ich Jane und Tom ins Gespräch vertieft. Er lehnte mit dem Rücken an einer Arbeitsplatte und nickte, sie führte lebhaft gestikulierend das Wort. Sie wirkte gestresst. Tom nicht. Wie immer war er die Ruhe selbst. Groß und stark, mit einer Dickhäutigkeit wie ein

Elefant, gehörte er zu den Kerlen, die nicht die Stimme zu erheben brauchten, um sich Gehör zu verschaffen. Vor meinen Augen legte er Jane lächelnd die Hand auf die Schulter. Die Berührung schien sie zu beschwichtigen. Sie reckte sich zu ihm hoch, und als sie ihn küsste, versetzte es mir einen heftigen Stich.

Wenigstens hatten sie mich nicht bemerkt. Entschlossen drehte ich mich um und rannte quer über den Rasen Richtung Wald. Wohin ich lief und wozu, war mir egal, doch eins wusste ich genau: Es fühlte sich fantastisch an, aus diesem Haus wegzukommen, das mir immer mehr zum Gefängnis geworden war.

Als ich tief genug ins Unterholz eingedrungen war, um mich sicher zu fühlen, drosselte ich das Tempo und sog gierig sämtliche Geräusche und Gerüche der Natur ein. Es war ein milder Septembertag, es lag noch etwas Sommer in der Luft. Jane lebte schon seit dem Tod ihres Mannes vor zehn Jahren hier draußen; er war älter gewesen als sie und hatte ihr ein beträchtliches Vermögen hinterlassen. Sie hatte sich aus freien Stücken zu diesem zurückgezogenen Leben entschlossen. Einmal hatte sie mir ein Foto von ihrem Mann gezeigt – offenbar waren wir uns über die Jahre einige Male begegnet, und er hatte mich gemocht. Da ich nicht die leiseste Erinnerung an ihn hatte, konnte ich nicht sagen, ob die Zuneigung auf Gegenseitigkeit beruhte.

Ich verfluchte, was aus mir geworden war: ein von sprunghaften Eingebungen geleiteter Invalide, eine leere Hülse, ein Mensch ohne Gesprächsstoff, wenn man von einer angeblichen Schwester absah, von einem vierschrötigen Pfleger und einem Seelenklempner, dessen therapeutische Absichten mir mit jedem Tag suspekter wurden. Da war es fast ein Trost, dass es auch keinen Menschen auf der Welt gab, mit dem dieses erbärmliche Subjekt seinen kümmerlichen Erfahrungsschatz hätte teilen können.

Ich war vollkommen allein.

Sachte fasste ich mir an die zehn Zentimeter lange, flache Narbe, die in einer diagonalen Linie vom Haaransatz quer über die Stirn zur linken Schläfe sichelförmig nach unten verlief. Sie war etwa so breit wie der Fingernagel eines Kindes und rührte von dem Unfall her, dem ich meinen Gedächtnisverlust verdankte. Kein Mensch wusste, was ich in jener Nacht dort draußen auf der Straße verloren hatte, noch dazu in einem fremden Wagen. Die Flammen hatten nicht nur die Nummernschilder, sondern sogar die Fahrzeugidentifikationsnummer versengt, sodass auch kein Halter zu ermitteln war. Dass ich keine Ausweispapiere bei mir hatte, als man mich, nach einem anonymen Notruf, bewusstlos in der Nähe des Unfallorts fand, gab weitere Rätsel auf. Erst als Jane über eine Woche später Vermisstenanzeige erstattete und außerdem der Reihe nach die umliegenden Krankenhäuser anrief, spürte sie mich auf – bei Lichte betrachtet eine ziemlich unwahrscheinliche Häufung von Glück im Unglück.

Ich hatte noch weitere Narben am Körper, von denen mindestens zwei, für die auch Jane keine Erklärung hatte, offensichtlich älteren Datums waren. Doch die am Kopf zog mich immer wieder magisch an. Seit dem Kellersturz reagierte sie schmerzempfindlich auf Berührung, und sie sah noch ziemlich frisch aus. Ich verbarg sie unter ein paar locker in die Stirn gekämmten Strähnen, betrachtete sie jedoch immer wieder, fünf-, zehn-, zwanzigmal am Tag im Spiegel, wie ein Orakel, das mir sagen kann, wer ich bin, wer ich bin.

Hinter mir rief Tom meinen Namen, und es klang alarmiert. Also hatten sie mein Verschwinden schon bemerkt. Das war schnell. Wahrscheinlich war Tom in mein Zimmer gegangen, um sicherzustellen, dass ich meinen Tee getrunken hatte, und hatte neben der vollen Tasse das leere Bett bemerkt.

Ich rannte los, dabei wusste ich, dass es nicht ratsam war, Tom ans Bein zu pinkeln. Als mir einmal wirklich übel gewesen war, hatte ich mich geweigert, die Medikamente zu nehmen, und ihn gefragt, ob es ihm etwas ausmache, wenn ich die Pillen später schluckte. Er sagte, er könne warten, ich sagte, das sei nicht nötig, er solle mir vertrauen. Doch er blieb dabei. Ich erinnere mich an den genauen Wortlaut und den barschen, mühsam beherrschten Ton, als er mir zur Antwort gab: »Es ist mein Job, dafür zu sorgen, dass Sie Ihre verdammten Pillen schlucken, und ich nehme meinen Job ernst. Haben Sie Probleme damit?« Dabei sah er mich so eiskalt an, dass ich eine Gänsehaut bekam und dachte, dass er mit dem Pflegedienst definitiv die falsche Berufswahl getroffen hatte. Und ich war von da an auf der Hut.

Doch jetzt nahm ich es in Kauf, seinen geballten Zorn auf mich zu laden, denn ich wollte allein sein. Nein, ich musste allein sein.

Ich beschleunigte meine Schritte. Schon nach einer Minute kam ich ins Keuchen und hatte Stiche in der Brust. Doch es fühlte sich gut an. Ich fühlte mich lebendig. Ich war frei … und sei es auch nur für wenige Stunden. Leider Gottes bot der Wald keine ausreichende Deckung. Und natürlich war Tom um ein Vielfaches durchtrainierter als ich, sodass ich an den Fingern einer Hand abzählen konnte, wie schnell er mich einholen würde. Seine Stimme war zwar noch weit genug weg, aber näher als erhofft, und sie klang eindeutig gereizt.

Ich musste mich entscheiden. Ich konnte am Waldrand entlang ins Landesinnere laufen. In die Richtung hatte ich mit Jane einmal einen Spaziergang gemacht. Knapp einen Kilometer voraus gab es ein Gehöft in einem verwilderten Garten, das einen idealen Unterschlupf bot; fragte sich nur, ob ich es erreichte, bevor mich Tom einfing. Bog ich dagegen nach links ab, kam ich zur Spitze der Halbinsel, an der das Gelände in einer Steilklippe endete; andererseits bot sich dort wohl kaum ein geeigneter Sichtschutz, und ich fragte mich allmählich, was ich mir überhaupt dabei gedacht hatte, so Hals über Kopf davonzulaufen. Wo sollte ich auch hin? Ich hatte kein Geld. Keine Freunde. Kein gar nichts. Früher oder später würde mir nichts anderes übrig bleiben, als zurückzukehren.

Mein Bauchgefühl protestierte energisch.

Ich kam auf der anderen Seite aus dem Wald. Vor mir lag eine ungefähr hundert Meter breite Wiese, die bis an die Klippe reichte. Ich hatte schon einige Male dort gestanden und den Blick genossen. Es war ein Ort von wilder, einsamer Schönheit, fernab der Zivilisation, mit einer Handvoll weiß getünchten Cottages am Horizont. Heute tauchte die strahlende Herbstsonne den blassblauen Himmel in ein warmes Licht.

Keine Zeit für die schöne Aussicht. Ich warf einen Blick über die Schulter. Von Tom war weit und breit nichts zu sehen, und so preschte ich über Kaninchenlöcher und Grasbüschel voran. Auf halber Strecke sah ich mich noch einmal um. Die Luft war rein. Das letzte Stück vor der Klippe legte ich einen Endspurt ein und spähte in die Tiefe. An diesem Teil der Halbinsel war der Küstenstreifen nicht felsig und schroff, sondern eher ein grasbewachsener, steiniger Hang, der allmählich zum Meer hin abfiel und erst auf den letzten zehn Metern steil ins Wasser hinunterragte. Natürlich hatte auch dieses Gelände seine Tücken, doch schlimmstenfalls rollte ich unsanft hinab.

Bei meinem Abstieg fand ich mit den Füßen an den Felsbrocken Halt. Am oberen Ende hatte ich die Wiese in Augenhöhe und konnte nach Tom Ausschau halten.

Nicht lange, und er trat zwischen den Bäumen hervor – fast genau an der Stelle, an der ich losgelaufen war, doch ob er mich entdeckt hatte, konnte ich nicht sagen. Wütend blickte er im Kreis und rief meinen Namen. Doch dann tat er etwas, womit ich wirklich nicht gerechnet hatte. Er sprintete los und kam schnurgerade auf mich zu, als wüsste er haargenau, wo ich war, auch wenn er mich offensichtlich nicht sehen konnte. Ich warf einen Blick in die Tiefe. Amnesie hatte auch ihr Gutes, denn ich konnte mich nicht entsinnen, ob ich an irgendwelchen Phobien litt, etwa an Höhenangst. Wohl eher nicht, denn der Abgrund ließ mich kalt. Etwa sieben Meter unter mir flachte der Hang zu einem etwa zwei, drei Meter breiten Plateau ab, darunter wurde er wieder steiler. Auf diesem Sims entdeckte ich ein paar dichte Ginsterbüsche, ein gutes Versteck. Wenn ich mich darunterduckte, wäre ich von oben unsichtbar. Es schien mir die Sache wert, und so kletterte ich los.

Ich sollte nicht weit kommen. Der Stein, auf den ich den rechten Fuß setzte, löste sich genau in dem Moment, als ich das linke Bein hob; ich verlor das Gleichgewicht und taumelte nach hinten. Im freien Fall schlug ich einen Purzelbaum, und die sonnengebleichten Felsen zwischen den spärlichen Grasbüscheln rasten mir entgegen. Um den Aufprall abzufangen, streckte ich instinktiv die Arme aus, bevor ich zu meinem Glück in einem der Ginsterbüsche landete und trotz der Dornen, die mir die Haut blutig ritzten, weicher landete als befürchtet, vom Schwung ein Stück weiterrollte und schließlich gefährlich nahe am Felsrand liegen blieb. Immerhin hatte ich mir ausnahmsweise einmal nicht den Kopf angeschlagen. Stöhnend vor Schmerz kroch ich unter den Ginster und rührte mich nicht mehr vom Fleck. Im selben Moment hörte ich Tom mehrere Male meinen Namen rufen. Als ich nicht reagierte, gab er irgendwann auf. Ich machte es mir bequem und richtete mich auf eine längere Wartezeit ein, um ganz sicherzugehen, dass er wirklich umgekehrt war. Vor Erschöpfung fielen mir die Augen zu.

3

Carl Hughie – für seine Leute Mr. H – hatte drei Laster: Rauchen, Glücksspiel und Prostituierte. Im Moment frönte er allen dreien. Die Prostituierte machte sich gerade im Badezimmer des Hotelzimmers fertig, und Mister H hatte es sich, in den hauseigenen Bademantel gehüllt und die *Racing Post* auf den Knien ausgebreitet, in einem Clubsessel bequem gemacht, paffte eine seiner billigen Zigarren und setzte telefonisch eine Wette bei Ladbroke's. Das Leben meinte es richtig gut mit ihm.

Im Rahmen seiner Möglichkeiten war Mister H ein mächtiger Mann. Er kannte gewisse Leute und konnte Strippen ziehen. So wie der Mann, für den er arbeitete, war er auf dem aufsteigenden Ast. Als ewiger Junggeselle genoss er auch noch mit fünfzig Jahren die angenehmen Seiten des Lebens. Die Frau im Badezimmer kostete ihn einen Riesen pro Nacht – ein Sümmchen, das sein offizielles Einkommen nicht hergab, das er sich jedoch spielend leisten konnte. Und bei Gott, sie war jeden Penny wert. Sie nannte sich Magdalena und machte Dinge mit einem Mann, die er sich nicht einmal hätte träumen lassen. Unglückseligerweise sah er genau in dem

Moment, als er die Wette abschloss, im Fernseher an der gegenüberliegenden Wand das Foto eines grauhaarigen Mannes und las im Bildtext darunter, in St Lucia seien zwei britische Staatsbürger ermordet aufgefunden worden.

Den Mann auf dem Foto erkannte Mr. H auf Anhieb wieder.

Mister H griff zur Fernbedienung und stellte den Ton lauter. Bei den Toten, so die Berichterstattung, handele es sich um einen gewissen Maurice Bufton und seine zwanzigjährige Tochter. Man vermutete, hieß es weiter, dass ein Einbruch in der Villa eskaliert sei. Unbestätigten Berichten zufolge war Bufton im Übrigen vor seinem Tod gefoltert worden.

Mister H wusste sofort, dass es sich mitnichten um einen aus dem Ruder gelaufenen Einbruch handelte, sondern um eine Geschichte von höchster Brisanz. Bufton, der sich aus allen seinen Geschäft zurückgezogen hatte, um seinen Ruhestand in der karibischen Sonne zu genießen, wusste etwas, das andere unbedingt erfahren wollten und das ihm, da war sich Mister H. sicher, vor seinem Tod gewaltsam entlockt worden war. Und nun hatte Mister H ein ernstes Problem.

Im Baby-Doll-Negligee zu hochhackigen Pumps erschien mit verführerischem Lächeln Magdalena in der Badezimmertür, doch in diesem Moment hätte sie genauso gut einen blauen Overall zur Clownsmaske tragen können. »Zieh dir was über und schnapp dir einen Drink an der Bar«, sagte er mit einer abwimmelnden Handbewegung. »Mir ist was Geschäftliches dazwischengekommen.« Sie schmollte, hütete sich jedoch, einem Freier zu widersprechen. Er holte sein Handy aus der Tasche und wartete, bis sie sich angekleidet und den Raum verlassen hatte.

Dann ließ er weitere dreißig Sekunden verstreichen und drückte per Kurzwahl eine Nummer.

»Was gibt's?«, fragte sein Boss.

»Sie haben Bufton kaltgemacht.«

Am anderen Ende herrschte Schweigen. »Wer sagt, dass sie das waren?«

»In den Nachrichten ist von einem außer Kontrolle geratenen Einbruch die Rede, aber er wurde auch gefoltert, schätze, das ist kein Zufall.«

Mister H's Boss stieß einen tiefen Seufzer aus. »Dann haben wir ein echtes Problem. Wir können es uns nicht leisten, unseren Mann zu verlieren. Zumindest nicht, bevor wir herausgefunden haben, was er weiß.«

»Was soll ich machen?«

»Ruf' in dem Haus an, in dem sie ihn festhalten. Sag ihnen, sie sollen ihn ruhigstellen und für ein paar Tage mit ihm untertauchen. Egal, wie, lös das Problem, und zwar pronto. Und sag diesem verdammten Seelenklempner, er soll unsere Geduld nicht länger strapazieren. Wir wollen Resultate sehen.«

Mister H war so etwas wie ein Impresario oder Mädchen für alles. Er verfügte über gute Kontakte, erledigte, was es zu erledigen gab, und war nicht allzu zimperlich, wenn dabei jemand zu Schaden kam. Einen Mann mit solchen Qualitäten gab es nicht zum Billigtarif, doch zum Glück ließ der Boss sich seine Dienste etwas kosten. Da Mister H nicht auf den Kopf gefallen war, wusste er allerdings auch, dass der Geldstrom schnell versiegen konnte, falls er einen so wichtigen Auftrag wie diesen vermasselte. Im Klartext: Er musste in kürzester Zeit einen Plan B aus dem Boden stampfen. Doch erst einmal war das Haus zu räumen.

Der Handyempfang draußen an der Küste war lausig; er drückte seine Zigarre aus und wählte den Festnetzanschluss. Es klingelte … und klingelte … und klingelte.

Schließlich sah er auf die Uhr: halb acht. Schon so spät. Es musste jemand da sein. Er holte tief Luft, befahl sich, die Nerven zu bewahren, und wählte erneut.

Auch diesmal hob niemand ab.

4

Als ich aus dem Schlaf schreckte, lag ich auf dem Rücken und blickte in den dunklen Himmel. Am Rande meines Gesichtsfelds sah ich, wie das letzte Abendrot am Horizont versank. Ich brauchte ein paar Sekunden, um zu begreifen, wo ich war. Ich sah auf die Uhr. Es war acht. Du liebe Güte, demnach war ich für drei Stunden eingedöst. In letzter Zeit schlief ich nicht besonders gut und hatte wohl Nachholbedarf. Außerdem hatte ich geträumt. Kurze, lebhafte Träume, vielleicht Erinnerungen aus meinem verschütteten Leben. Vielleicht auch nicht. Wie sollte ich Traum und Wirklichkeit auseinanderhalten?

Ich horchte auf die Brandung, die unter mir an die Felsen schlug, und auf die Schreie der Seemöwen, die in den Klippen heimisch waren. Tom schien nicht mehr in der Nähe zu sein.

Ich versuchte mir die Träume einzuprägen und so abzuspeichern, dass ich später die einzelnen Episoden analysieren konnte, doch es strengte mich zu sehr an, und da mir andere Gedanken dazwischenkamen, gab ich auf. Mir war kalt, ich hatte Hunger. Und es machte mir Angst, allein zu sein. Selbst wenn ich ihren Beweggründen nicht mehr trauen konnte, waren Jane und Tom immer noch die einzigen Menschen, die überhaupt nach mir suchten, und plötzlich sehnte ich mich nach der Geborgenheit des Hauses und lechzte nach einer anständigen Mahlzeit. Ich würde den Schimpf über mich ergehen lassen und konnte mir danach immer noch in Ruhe überlegen, ob es andere Optionen für mich gab.

Auf jeden Fall musste ich erst einmal im allerletzten Dämmerlicht die Klippe hinaufklettern. Ein Blick über den Rand des Felsvorsprungs machte mir klar, wie tief ich fallen würde, falls ich noch einmal ausrutschte. Doch da es mich mit aller Macht nach Hause drängte, machte ich mich unverzüglich an den Aufstieg.

Schon nach knapp einer Viertelstunde sah ich das Haus vor mir. Ich legte eine kurze Atempause ein und betrachtete das Anwesen aus sicherer Entfernung – ein schöner Bau aus dem heimischen Stein gemauert und ringsum in gepflegte Rasenflächen eingebettet. Auch wenn es innen wie außen bessere Tage gesehen hatte, war es immer noch ein stattliches Domizil. Auf beiden Etagen brannte Licht, an allen Fenstern waren die Gardinen zugezogen. Draußen rührte sich nichts.

Ich besaß keinen Schlüssel – Jane hielt nichts davon –, und so lief ich ums Haus und spähte zum Küchenfenster hinein. Die Deckenlampe brannte, doch es war niemand im Raum; außerdem standen keine Töpfe, kein Abwasch oder Reste vom Abendessen herum, woraus ich nur schließen konnte, dass sie ausgeschwärmt waren, um mich zu suchen. Unglücklicherweise hatte ich keine Möglichkeit, mich bei ihnen zu melden. Im Gegensatz zu Jane und Tom besaß ich – wozu auch? –, kein Handy. Zwar hatte mir meine Schwester einmal vage in Aussicht gestellt, mir für den Notfall eins zu besorgen, doch wie so oft ließ sie der Absichtserklärung keine Taten folgen.

Zum Glück war die Hintertür nicht abgeschlossen. Während ich das Haus betrat, suchte ich nach einer logischen Erklärung für meinen Ausflug. Ich dachte nicht daran, wie ein Kind, das etwas ausgefressen hat, heimlich in mein Zimmer zu schleichen. Schließlich war ich ein erwachsener Mann und hatte mir nichts zuschulden kommen lassen. Als sei alles in bester Ordnung, rief ich aus der Küche in möglichst unbekümmertem Ton nach Jane.

Prompt näherten sich Schritte, und im nächsten Moment erschien eine fremde Frau in der Tür. Sie erinnerte an die überschlanken kalifornischen Frauen aus den Fernsehserien: durchtrainiert, sonnengebräunt, das naturblonde Haar zu einem Pferdeschwanz zurückgebunden. Daher war ich kein bisschen verwundert, als sie mich mit unverkennbar amerikanischem Akzent begrüßte.

»Sie müssen Janes Bruder Matt sein«, sagte sie mit einem breiten, selbstbewussten Lächeln und kam auf mich zu, um mir die Hand zu schütteln. Ich machte wohl ein verdutztes Gesicht, denn sie fügte rasch hinzu: »Ich bin Pen, eine alte Freundin aus der Collegezeit. Sie hat mir unterschlagen, wie sexy ihr Bruder ist.«

In meinem früheren Leben muss ich wohl für Komplimente empfänglich gewesen sein, denn ihre Bemerkung machte mich ziemlich verlegen. Als wir uns die Hand gaben, erwiderte ich ihr Lächeln und – in Gedanken –, ihr Kompliment.

»Wir sitzen gerade im Wohnzimmer«, plauderte sie weiter. »Nehmen Sie's mir nicht krumm, ich wollte Ihnen einen kleinen Streich spielen und Sie erschrecken. Jane meint, Sie hätten es verdient, nachdem Sie heute Nachmittag weggelaufen sind. Ich glaube, sie hat sich große Sorgen gemacht. Hat sie Ihnen nicht erzählt, dass sie mich heute Abend erwartet?« Während sie mich durch die Diele zum Wohnzimmer geleitete, redete Pen ohne Punkt und Komma weiter. Sie hatte eine tolle Ausstrahlung, und falls sie nicht vergeben war, hatte ich große Lust, sie näher kennenzulernen.

Erst als sie die Wohnzimmertür öffnete und wie eine Hausherrin beiseitetrat, um mich durchzulassen, dämmerte mir, dass irgendetwas faul an der Sache war.

Im selben Moment sah ich Jane.

Jedenfalls glaubte ich, dass es Jane war. Gar nicht so leicht zu sagen. Die Frau, auf die mein Blick fiel, saß mit dem Gesicht zur Tür mitten im Raum. Sie war mit schwarzem Isolierband an den Stuhl gefesselt und ihr Kopf auf die Brust gesackt. Sie trug einen marineblauen Frotteemantel, der mir vage bekannt vorkam und wenigstens zu einem guten Teil das viele Blut verdeckte: An ihrer linken Hand war nur noch ein Finger übrig. Höchstens zwei, drei Meter von ihr entfernt lag neben dem Fernsehapparat, nur mit einem knallengen G-String bekleidet, Tom. Er hatte dicht nebeneinander zwei Löcher im Rücken, aus denen ihm das Blut wie Tränen rann. Am Hinterkopf das Haar rot verkrustet.

In Sekundenschnelle hatte ich die Szene mit sämtlichen Einzelheiten erfasst. Dann spürte ich, wie sich mir etwas Hartes, Metallisches an den Hinterkopf drückte, während mir die hübsche Amerikanerin namens Pen ins Ohr zischte: »Los, rein mit dir.« Mit dem Pistolenlauf schob sie mich vorwärts.

Kaum stolperte ich ein paar Schritte in den Raum und versuchte zu begreifen, was hier vorging, sah ich, wie sich seitlich von mir irgendetwas bewegte. Im nächsten Moment traf mich ein harter Schlag in die Schläfe, und ich sackte der Länge nach auf eine Chaiselongue. Der glühende Schmerz wich in wenigen Sekunden dem Schock und dem Adrenalin, das mir durch den ganzen Körper flutete. Als ich mich anlehnte und aufzurichten versuchte, bekam ich zum ersten Mal den Kerl zu Gesicht, dem ich den Schlag verdankte. Der Hüne von einem Mann war von oben bis unten in Schwarz gekleidet und musterte mich mit seinen kleinen, dunklen Augen so kaltblütig wie eine Eidechse ein Insekt. Ich war für ihn ein Nichts, und das ließ er mich spüren.

Und nun holte Pen hinter einem der Sessel eine zerknitterte Schürze hervor. Sie war weiß und reichlich mit frischem Blut bespritzt. Als Nächstes zog sie sich Handschuhe an, schraubte einen Schalldämpfer an ihre Pistole und wandte sich an den Hünen. »Also dann, finden wir raus, was er weiß.«

Der Hüne beugte sich herunter, zog mich mit einem Ruck auf die Beine und nahm mich so in den Würgegriff, dass ich seiner Komplizin ins Gesicht blicken musste.

Aus dem Augenwinkel heraus konnte ich Janes Leiche sehen, und bei ihrem Anblick überkam mich eine unsägliche Trauer. Der Mensch, der sich zwei Monate lang um mich gekümmert hatte, der mir derzeit auf der Welt wie kein anderer nahestand, diese lebhafte junge Frau, war mit einem Mal tot.

»Du bist traurig wegen deiner Schwester«, sagte Pen. »Brauchst du nicht zu sein. Sie ist nicht deine Schwester. Bis zu deinem Unfall kannte sie dich nicht einmal. Aber vermutlich bist du inzwischen schon selbst draufgekommen? Das Ganze hier ist ein abgekartetes Spiel. Du, sie, dein Krankenpfleger. Du wurdest hier sozusagen zwischengelagert. Willst du wissen, wozu? Ich könnte es dir verraten.«

Ich holte tief Luft. Der Mann hatte seinen Arm wie einen Schraubstock um mich gelegt, und mir brummte der Schädel, trotzdem fühlte ich mich so hellwach wie nie zuvor. »Ja«, sagte ich, »verraten Sie es mir.«

»Gut. Tu, was wir dir sagen, und du wirst es erfahren. Allerdings die ganze Wahrheit, Matt, auch das, was du vielleicht lieber nicht wissen willst. Das macht es für alle leichter. Das hier ist die letzte Nacht deines Lebens. Nichts zu machen. Du weißt zu viel.«

Wenn das keine Ironie war … »Ich weiß rein gar nichts«, beteuerte ich und bemühte mich wenig überzeugend, ruhig zu klingen. »Ich weiß rein gar nichts über mein Leben bis zu dem Moment, als ich hier in diesem Haus aufgewacht bin. Da Sie offenbar von meinem Unfall wissen, dürfte Ihnen auch das bekannt sein.«

»Ich weiß alles über dich, Matt. Jane und ich haben uns ausgiebig unterhalten. Zuerst war sie etwas zugeknöpft. Aus verständlicher Loyalität gegenüber ihrem Arbeitgeber …«

»Wer war ihr Arbeitgeber? Sie sollten mir so viel wie möglich sagen, wenn Sie sich Hilfe von mir erhoffen.«

»… aber am Ende hat sie geredet«, fuhr Pen fort, als hätte sie meine Frage nicht gehört. »Wer hätte das in ihrer Situation nicht getan? Wir alle haben unsere Schmerzgrenze, und irgendwann hat sie aufgegeben. Von dir erwarten wir uns heute Nacht dasselbe, Matt. Du wirst uns alles erzählen, was du weißt – denn ich hege den Verdacht, dass du dich dümmer stellst, als du bist.«

Ich wollte ihr klarmachen, dass ich mich lieber sofort ergeben würde, doch in dem Moment legte sich mir eine riesige Hand auf den Mund.

Die Frau hielt den Finger an die Lippen. »Pssst. Ich will dir ein Angebot machen, Matt. Beantworte mir ehrlich meine Fragen, und es ist im Handumdrehen ausgestanden. All die Wirren und Qualen dieses Lebens sind vorbei, und du findest endlich deine Ruhe.«

Ihre Worte schlugen mich in einen fast hypnotischen Bann, und für einen Augenblick erschien mir ihr Angebot verlockend. Endlich diesen Albtraum hinter mir lassen. Schlafen, ohne je wieder aufzuwachen.

Aber nein. Ich hatte selbst jede Menge Fragen.

»Du kannst aber auch röchelnd und blutend sterben, Rotz und Wasser heulen und darum flehen, der Qual ein Ende zu setzen. Etwa so.« Sie packte Janes Kopf bei den Haaren und riss ihn hoch, während der Hüne mein Gesicht so zur Seite drehte, dass ich dem Anblick wehrlos ausgesetzt war.

Doch was ich vor mir hatte, war nicht Jane, sondern eine zerfetzte, blutverschmierte Puppe. Als ich sah, was sie mit ihrem Auge gemacht hatten, hob sich mir der Magen. Und plötzlich war ich in heller Panik.

Pen hielt mir ihr Handy vors Gesicht, und ich begriff, dass sie mich filmte. »Also, erste Frage«, sagte sie. »Und die wichtigste von allen. Wo sind die Leichen?«

Ich schluckte, während mir die lähmende Angst in heißen Wogen durch die Glieder fuhr. »Ich habe keine Ahnung, was Sie meinen. Wirklich! Was für Leichen?«

Sie lächelte, aber nicht mehr so hübsch wie vorhin, sondern indem sie die Mundwinkel zu einem grausamen Grinsen verzog. »Ich glaube, du weißt, von welchen Leichen die Rede ist. Auch wenn du die beiden hier verschaukeln konntest« – mit einer Kopfbewegung deutete sie auf die beiden Leichen von Tom und Jane –, »bei mir verfängt das nicht.«

»Es ist die Wahrheit, ich schwör's! Ich kann mich an rein gar nichts erinnern, was vor dem Unfall gewesen ist.«

Nur dass mir in diesem Moment tatsächlich etwas wieder einfiel.

Etwas, das ich lieber für mich behielt.

Pen zuckte die Achseln. »Wir werden ja sehen.« Sie legte die Waffe auf einem der Stühle ab und griff zu einem kleinen, sehr scharfen Messer, mit dem man sicher mühelos einen Finger absäbeln oder auch ein Auge amputieren konnte. Sie ging zu Jane, schlitzte das Isolierband, mit dem sie an den Stuhl gefesselt war, in einer einzigen, brutalen Bewegung durch, riss sie vom Sitz hoch und ließ sie wie einen Müllsack zu Boden fallen. Dann drehte sie sich zu mir um. »Du bist dran.«

Mir pochte das Herz im Halse. Etwas in mir weigerte sich zu begreifen, was mir bevorstand. Dass ich von einem eiskalten sadistischen Monster und einem ungehobelten Handlanger gefoltert werden sollte, um Informationen auszuspucken, über die ich nun einmal nicht verfügte. Dass ich unter entsetzlichen Qualen sterben sollte, ohne je zu erfahren, wer ich tatsächlich war.

Und genau in dem Moment registrierte ich, wie sich hinter Pen etwas bewegte. Es war Tom. Der Kopfschuss hatte offenbar sein Gehirn verfehlt. Er bewegte langsam, doch unverkennbar die Beine, als ob er gerade aus einer Ohnmacht erwachte, und versuchte, den Kopf zu heben.

Dem Typ, der mich im Schwitzkasten hatte, ging wohl ebenfalls ein Licht auf, und unwillkürlich lockerte er seinen Griff. »Mist«, sagte er laut.

Auch Pen blickte über die Schulter, um zu sehen, was er meinte, zischte etwas Unverständliches, griff zur Pistole und wandte sich zu Tom um.

Für Sekunden kehrte sie mir den Rücken zu, und ich wusste, das war meine einzige Chance. Entweder nutzte ich sie, oder ich war tot. Eine einfache Gleichung.

Mit aller Macht riss ich den Kopf nach hinten und rammte ihn dem ahnungslosen Kerl, der mich im Schwitzkasten hatte, ins Gesicht. Wir waren etwa gleich groß, und so erwischte ich ihn am Nasenrücken. Auch wenn ich nichts knacken hörte, stöhnte er heftig vor Schmerz, und bevor er Zeit hatte, sich zu fangen, passierte etwas Erstaunliches: Ich wand meinen Arm los, drehte mich halb zu ihm um, platzierte den Daumen unter seine Nase und drückte sie mit aller Kraft, die ich aufzubieten hatte, nach oben.

Diesmal ließ er mich ganz los, um sich von meinem Griff zu befreien. Ich fuhr herum und versetzte ihm einen gezielten, brutalen Faustschlag auf seinen Riecher. Bevor er sich wieder fangen konnte, packte ich ihn und stieß ihn so nach vorne, dass er zwischen mir und Pen stand und es ihr praktisch unmöglich machte, auf mich zu zielen. Nur für eine Sekunde erhaschte ich einen Blick auf ihr verblüfftes Gesicht, und registrierte, wie sie zu schießen versuchte, ohne ihren Komplizen zu treffen. Dann ließ ich ihn los und rannte geduckt zu dem großen Erkerfenster an der Hausfront.

Mit der Schulter voran stürzte ich durch den Schlitz zwischen den beiden Gardinen, als ein wütender Schuss losging. Klirrend barst das Fenster, und ich landete draußen auf den Scherben, die den Rasen übersäten. Instinktiv rollte ich mich so weit wie möglich vom Fenster weg. Das Adrenalin trieb mich zu Höchstleistungen an, und ich war augenblicklich auf den Beinen. Tief in meinem Innern erwachte ein kampferprobter Überlebensinstinkt, eine völlig neue Seite an mir, die ich eben erst entdeckte. Irgendeine erfahrene, geschulte Stimme hielt mich davon ab, einfach über den Rasen zu laufen, um im Wald dahinter Schutz zu suchen, denn bis ich die ersten Bäume erreichte, würde ich eine leichte Zielscheibe bieten. Stattdessen duckte ich mich unter dem Fenster hinweg und lief zur Rückseite des Hauses. In der Verwirrung, so mein Kalkül, konnten sie nicht mit Sicherheit sagen, in welche Richtung ich flüchten würde. Auf Höhe der Küche sprintete ich das letzte Stück über den Rasen hinterm Haus in den Wald, ohne mich ein einziges Mal umzusehen.

Die Angst und eine wilde Entschlossenheit trieben mich voran. Nachdem ich nun von Pen die Bestätigung hatte, dass Jane nicht meine Schwester war, brannte mir eine einzige Frage unter den Nägeln: Aus welchem Grund hatte man mich in diese Falle gelockt?

5

Im Schutz der Bäume lief ich um die Nordseite des Anwesens herum in die vage Richtung der Straße, die von der Halbinsel aufs Festland führte, als ich hörte, wie irgendwo rechts von mir ein Wagen ansprang. Vermutlich wollten sie mir den Weg abschneiden.

Außer Atem blieb ich stehen, spähte durchs Unterholz und entdeckte einen großen schwarzen Geländewagen, der etwa vierzig Meter von mir entfernt fast lautlos und ohne Scheinwerfer langsam die Auffahrt entlang in meine Richtung kam. Aus dieser Entfernung konnte ich nicht ausmachen, ob ein oder zwei Personen darin saßen, als er vor meinen Augen im Wald verschwand. Jetzt befand er sich unglücklicherweise zwischen mir und dem Binnenland. Ich an ihrer Stelle hätte einen von ihnen vom Haus aus auf meine Spur angesetzt, während der andere das Auto irgendwo vor mir im Wald abstellte und langsam zurücklief, sodass sie mich systematisch in die Zange nahmen. Der Wald war maximal hundert Meter breit und bot nicht allzu viele Verstecke. Darüber hinaus hatten sie in dieser Einöde die Zeit auf ihrer Seite.

Es sei denn …

Mir kam eine Idee. Zwischen den Farnwedeln in einer Mulde hinter einem Baum fand ich eine Stelle mit guter Sicht in beide Richtungen; ich legte mich flach auf den Bauch und horchte angestrengt auf das Geräusch von Schritten in der leichten Brise. Mein Unterschlupf befand sich über fünfzig Meter vom Haus entfernt und bot mir eine so gute Tarnung, dass sie mich unmöglich sehen konnten, wenn sie nicht direkt in mich hineinstolperten.

Etwa zwanzig Minuten lang harrte ich aus. Zu meiner Erleichterung ließ der Schmerz von dem Schlag, den mir der Hüne verpasst hatte, nach. Mit dem dumpfen Dröhnen im Kopf, wie bei einem Kater, konnte ich leben. Da sich in beiden Richtungen nichts Verdächtiges tat, folgerte ich, dass sie nicht versuchten, mich einzukesseln, sondern mir den ersten Zug überließen.

Bei genauerer Betrachtung hatten nicht nur meine Verfolger die Zeit auf ihrer Seite. Auch für mich gab es keinen Grund zur Eile, und so blieb ich weitere zwanzig Minuten liegen. An einer Hand hatte ich mir bei meinem Sprung durchs Fenster eine Schnittwunde zugezogen, wohl nichts Ernstes. Andererseits war ich immer noch so von Adrenalin vollgepumpt, dass ich vielleicht nur keine Schmerzen spürte. Ich stand nach wie vor unter Schock – wegen Janes und Toms grausigem Ende, aber auch wegen meiner eigenen Reaktion, als ich die Chance zur Flucht sah. Statt in Angststarre zu verfallen, hatte ich mich gewehrt.

Und nicht nur das: Ich schien genau zu wissen, was

ich tat, hatte mich einem tief verwurzelten Instinkt überlassen und wie ein Profi gehandelt. Das Gefühl, nicht zum ersten Mal ums nackte Überleben zu kämpfen, ließ sich durch nichts erklären, was ich von meinen Betreuern über mein angebliches bisheriges Leben erfahren hatte.

Umso verzweifelter wünschte ich mir, herauszufinden, wer ich in Wirklichkeit war, und wo sonst sollte ich mit der Suche beginnen als im Haus? Im Lauf der letzten zwei Monate hatte ich keine Gelegenheit ausgelassen, es nach irgendwelchen Hinweisen auf meine Identität zu erkunden, doch Jane und Tom hatten ihre Zimmer zu jeder Tag- und Nachtzeit abgeschlossen, weshalb mich zunehmend das Gefühl beschlich, dass ich nur erfuhr, was sie mir zugestanden. Jetzt dagegen konnte ich stöbern, wo ich wollte. Inzwischen war es dunkel geworden, die ersten Sterne gingen auf. Durch das schützende Blätterdach drang ein mattes, bläuliches Licht. Außer dem lang gezogenen Schrei einer Eule herrschte vollkommene nächtliche Stille. Ich sog die kühle Luft ein und spähte in alle Richtungen durch das Unterholz. Die Stille konnte trügerisch sein, und eine innere Stimme mahnte mich, weiter in meinem Schlupfloch auszuharren. Ich war ein geduldiger Mensch, doch die Situation hatte sich grundlegend geändert, denn ich konnte nicht länger leugnen, dass ich vor meinem Unfall in Ereignisse verstrickt gewesen war, die lange Schatten warfen.

Wo sind die Leichen?

Wer bin ich?

Ich hielt weitere zwanzig Minuten durch. Dabei rechnete ich mir aus, dass Pen und ihr Komplize hier draußen zwar eine Weile unentdeckt bleiben konnten, andererseits zwei Morde begangen hatten und daher früher oder später die Flucht antreten mussten.

Im Zeitlupentempo richtete ich mich zu voller Größe auf und trat aus dem Farn und hinter dem Baum hervor.

Nichts regte sich. Noch ein paar Sekunden, dann wandte ich mich Richtung Haus und ging auf leisen Sohlen los. Es war hochriskant, ich blickte mich unablässig in alle Richtungen um. Was habe ich letztlich zu verlieren?, machte ich mir Mut. Ein sinnloses Leben ohne Vergangenheit. Zwei von drei Menschen, die mich kannten, waren tot, und wahrscheinlich würde ich auch Dr. Bronson nie wiedersehen. Streng genommen existierte ich nicht mehr – eher ein schrecklicher Gedanke, für mich in dieser Nacht jedoch eine Beruhigung, denn wenn ich nichts zu verlieren hatte, sagte ich mir, konnte ich nur gewinnen.

Ich trat aus dem Wald und spähte zum Küchenfenster an der Rückseite des Hauses hinüber. Vor etwas über einer Stunde hatte ich auf diesem Weg das Haus betreten, und in dieser kurzen Zeit hatte ich selbst diese enge, bizarre Welt der letzten Monate unwiederbringlich verloren.

Falls Pen und ihr Komplize noch da waren, würden sie kaum mit meiner Rückkehr rechnen, und falls doch, dann wieder durch die Hintertür. Es war der einzige nicht verschlossene Zugang, noch dazu vom Wald aus am schnellsten zu erreichen. Wenn überhaupt, würden sie mir dort auflauern. Zu riskant, deshalb lief ich im Schutz der Bäume an der Doppelgarage vorbei zur Seitenfront des Hauses. Ich ließ den Blick langsam über das Gelände schweifen. Nichts regte sich, Haus und Garten wirkten verlassen. Ich holte Luft und rannte quer über den Rasen zum einzigen Wohnzimmerfenster an dieser Seite hinüber. Die Gardinen waren immer noch zugezogen, daher schlich ich geduckt bis zum zerborstenen Erkerfenster. Von der Wucht meines Sprungs war der ganze Rahmen herausgebrochen, das Blumenbeet und der Rasen darunter von Scherben übersät. Die Gardine bauschte sich im leichten Wind, wenn auch nicht genug, um den Blick ins Wohnzimmer freizugeben. Nach einem prüfenden Blick über die Schulter lehnte ich den Kopf an die Fensteröffnung und horchte.

Es herrschte vollkommene Stille.

Mein Vorhaben war tollkühn. Möglicherweise starrte mir hinter den Gardinen einer meiner Verfolger ins Gesicht. Vielleicht war ich in wenigen Sekunden tot. Mein Herz raste so heftig, dass ich ein paarmal tief durchatmen musste, um mich einigermaßen zu beruhigen.

Millimeterweise öffnete ich den Gardinenspalt. Diesmal schlug mir von drinnen der Gestank des Todes entgegen – ein stechender, säuerlicher Geruch wie von rohem Fleisch, das in der heißen Sonne fault, und ich musste den Brechreiz unterdrücken. Von meiner Warte aus konnte ich die Leichen nicht sehen, doch in dem Teil des Raums, den ich überblickte, schien niemand zu sein. Vorsichtig stemmte ich mich auf die Fensterbank, setzte ein Knie auf und kletterte hinein.

Bis jetzt hatte ich mich vollkommen lautlos bewegt; drinnen dämpfte der dicke Teppich meine Schritte.

Auf dem Weg zur Tür drehte ich mich zu den Leichen um. In Toms Hinterkopf klaffte ein zweites Loch, und diesmal hatte Pen ganze Arbeit geleistet. Er war tot. Welche Ironie, musste ich unwillkürlich denken, dass mir ausgerechnet Tom das Leben gerettet hatte, indem er sich geweigert hatte, still und unbemerkt zu sterben – was ihn, hätte er es noch erfahren, wohl mächtig geärgert hätte. Dennoch empfand ich eine Mischung aus Dankbarkeit und Trauer.

Jane lag noch an derselben Stelle, an der sie Pen vom Stuhl gezerrt und fallen gelassen hatte. Ein Arm war ausgestreckt hinter ihrem Rücken. Ihr Morgenrock hatte sich geöffnet und eine wohlgeformte Brust enthüllt – ein unerträglich schriller Kontrast zu ihrem grausam entstellten Gesicht. Jane hatte mir also von Anfang an etwas vorgespielt. Aber wieso? Was hatte sie sich davon erhofft? Während ich mich von den Toten abwandte und auf Zehenspitzen zur Tür schlich, erfasste mich die alte, allzu vertraute Ratlosigkeit. An der halb geöffneten Tür blieb ich stehen und spähte vorsichtig hinaus.

Und in diesem Moment sah ich Pen.

Sie stand, die Schulter an die Wand gelehnt, die Pistole in der Hand, mit dem Rücken zu mir in der Diele und blickte unverwandt zur Küchentür. Wie ich vermutet hatte, hielt sie Wache und spekulierte darauf, dass ich, wenn überhaupt, erneut auf diesem Weg hereinkommen würde. Nur vier Meter lagen zwischen uns, doch die gebohnerten Mahagoni-Dielen knarrten. Unmöglich, mich lautlos anzupirschen.

Während ich dastand und meine Möglichkeiten abwog, drehte sie sich um.

Zu meinem Glück bewegte sie sich so lässig, dass ich noch gerade eben den Kopf einziehen und mich hinter der Tür verstecken konnte. Sie hatte mich nicht bemerkt.

Durch den schmalen Spalt zwischen Tür und Scharnieren beobachtete ich, wie sie gähnte, sich wieder zur Küche umdrehte und einen genervten Seufzer ausstieß. Ganz offensichtlich war sie das Warten leid. Ich rührte mich nicht vom Fleck. Bis sie die Hoffnung aufgab, dass ich ihr doch noch in die Falle ging, blieb mir nichts anderes übrig, als mich still zu verhalten.

Eine Minute verstrich. Zwei. Ich überlegte, ob ich zum Fenster zurückkehren und mich hinter der Chaiselongue verstecken sollte, wo sie mich, falls sie ins Wohnzimmer ging, nicht auf Anhieb entdecken würde, doch bevor ich zu einem Schluss kam, hörte ich statisches Knistern. Von meinem Wachposten aus sah ich, wie Pen ein Funksprechgerät an die Lippen hielt.

»Ich weiß nicht, wie lange wir noch warten sollen«, flüsterte sie hinein. »Hier klingelt ständig das Telefon, kein gutes Zeichen, wenn du mich fragst.«

Was mich überraschte. Es klingelte nur selten auf der Festnetzleitung. Einmal die Woche, wenn's hochkam. So selten, wie ich drangegangen war, wollte mir jedes Mal irgendjemand irgendetwas verkaufen.

Die männliche Stimme, die sich über Funk zurückmeldete, konnte ich nicht verstehen. »Also gut«, flüsterte sie, »hol' mich in zehn Minuten ab.«

Dann steckte sie das Gerät wieder in die Jackentasche, machte ohne Vorwarnung kehrt und kam zur Wohnzimmertür. Mir blieb gar keine Zeit, in Panik zu geraten. Als sie, keine dreißig Zentimeter von mir entfernt, hereinkam, schoss ich aus meinem Versteck, packte sie am Handgelenk des Waffenarms und schlang ihr den freien Arm so um den Hals, dass ich ihr die Finger mit aller Kraft in die Haut drücken konnte. Alles lief wie auf Autopilot in Sekundenschnelle ab; mein Unterbewusstsein übernahm die Führung, bevor ich auch nur einen klaren Gedanken fassen konnte. Ich hörte ein kurzes Stöhnen, bevor sie schlaff zusammensackte. Noch bevor sie zu Boden ging, riss ich ihr die Waffe aus der Hand. Sie blieb reglos liegen, ich zielte auf ihren Kopf und spannte in eiskalter Wut den Hahn.

Wäre es nach meinem ersten Impuls gegangen, hätte ich sie auf der Stelle getötet, doch als ich sie mit geschlossenen Augen und friedlichem Gesichtsausdruck reglos auf dem Boden liegen sah, verebbte meine Wut. Ich tastete sie ab und fand das Messer, mit dem sie Jane gefoltert hatte, in ihrer Jackentasche. Zusammen mit dem Funkgerät nahm ich es an mich; nur das Isolierband konnte ich nicht finden. Ich hatte keine Ahnung, wann sie wieder zu sich kommen würde. Gut möglich, dass sie sich nur verstellte, doch mit ihrer Pistole fühlte ich mich bedeutend sicherer. In zehn Minuten – genauer gesagt, in neun – war ihr Partner zur Stelle. Mir blieb also nicht viel Zeit.

Ich entfernte die Batterien aus dem Funkgerät und warf sie irgendwo ins Zimmer, dann rannte ich, nicht besonders leise, die Treppe hinauf. Sofort fiel mein Blick auf Janes halb geöffnete Schlafzimmertür. Eindeutig hatten die Mörder sie und Tom überrumpelt. Da sie halb nackt im Wohnzimmer lagen, war anzunehmen, dass die Täter sie aus dem Bett gezerrt hatten.

Als ich den Raum betrat, bestätigte sich meine Vermutung. Das riesige Himmelbett mit den wuchtigen Pfosten und Platz für drei war zerwühlt, während Kleider und Schuhe quer über den Boden verstreut lagen. Selbst nach ihrem gewaltsamen Tod versetzte mir der Anblick einen Stich der Eifersucht. Inzwischen stiegen viele nebulöse Erinnerungen an Intimitäten mit Frauen aus meinem Unterbewusstsein auf, wenngleich ich mir kein einziges Gesicht vergegenwärtigen konnte. Auch sonst fiel mir nicht das Geringste zu ihnen ein. Sie tauchten wie Gespenster auf und verschwanden. Ich wusste nur, dass ich ihre Nacktheit genossen hatte, und sehnte mich danach.

Ich nahm Toms Jeans vom Boden und fand darin eine Brieftasche sowie ein Handy. In der Brieftasche waren hundertachtzig Pfund in bar, ein paar Kreditkarten und ein Führerschein auf den Namen Robert Thomas Berman, mit einem Foto, von dem mir Tom mit vorschriftsmäßig finsterer Miene entgegenblickte. Dem Führerschein nach lebte er im Süden Londons. Erst jetzt stellte ich verwundert fest, dass ich seinen Nachnamen nicht kannte und ihn auch nie danach gefragt hatte. Es hätte nicht zu unserem Verhältnis gepasst.

Ich wandte mich Janes Kleidern zu. Ihre Jeanstaschen waren leer, doch auf der Kommode stand ihre Handtasche, wie erwartet mit Handy und Portemonnaie.

Es enthielt kein Bargeld, dafür wie bei Tom Kreditkarten und Führerschein, und zwar auf den Namen Alison Wolfrey, wie ihr Liebhaber mit Wohnsitz in London.

Alles, was von Wert war, stopfte ich mir in die Taschen, dann riss ich die Schubladen des Nachttischs auf. Nach den Schlüsseln zu Janes BMW-Cabrio, das sie – wohl, um mich an einer Spritztour zu hindern –, immer in der abgeschlossenen Garage stehen hatte, brauchte ich nicht lange zu suchen.

Ich zwängte sie mir gerade in eine volle Tasche, als das Haustelefon in die gespenstische Stille schrillte. Ein Apparat stand direkt neben mir auf dem Nachttisch, und ich schrak heftig zusammen. Die Waffe in der Hand, trat ich kurz in den Flur und spähte die Treppe hinunter, um sicherzugehen, dass Pen sich nicht zu mir hochschlich, dann zog ich die Schlafzimmertür hinter mir zu und trat ans Telefon. Eine Weile starrte ich auf das Telefon und ließ es klingeln. Schließlich hob ich ab.

»Hallo«, brummte ich, so gut ich konnte, in Toms kurz angebundener, rauer Manier.

»Tom?«, blaffte mich eine Männerstimme an. Es klang angespannt.

»Ja.«

»Holen Sie mir Alison an den Apparat.«

»Sie ist nicht da.«

»Wo zum Teufel steckt die Frau? Sie geht nicht ans Handy.«

Trotz seines ungehaltenen Tons ließ der Akzent auf einen Mann von Bildung schließen.

»Sie ist draußen, schnappt ein bisschen frische Luft«, erwiderte ich und merkte, wie ich mich in meine Rolle hineinfand. »Sie wissen ja, hier draußen ist der Empfang nicht besonders gut.«

»Und wo haben Sie die ganze Zeit gesteckt? Ich wähle mir seit einer Stunde die Finger wund.«

»Auch draußen.«

»Unser Mann ist noch in Sicherheit und wohlauf, will ich hoffen?«

»Unser Mann« war vermutlich ich. Um ein Haar hätte ich erwidert: Ja, bin ich, und da wir schon dabei sind, wer zum Teufel bin ich eigentlich? Doch ich biss mir auf die Zunge. »Klar ist er noch da.«

»Schafft ihn weg. Auf der Stelle.«

Die Waffe im Anschlag, behielt ich die Tür im Auge. »Was ist passiert?«

»Das Versteck ist aufgeflogen. Keine Zeit für lange Erklärungen. Schnappen Sie sich unseren Mann, schaffen Sie ihn von dort weg, und fackeln Sie die Bude ab. Wir wollen schließlich keine Spuren hinterlassen, verstanden?«

Mir lagen tausend Fragen auf der Zunge, doch das war nicht der richtige Zeitpunkt. »In Ordnung, geht klar.«

»Falls Sie Alison nicht finden können, lassen Sie sie

zurück. Wir gabeln sie später auf. Und beeilen Sie sich. Wir haben nicht viel Zeit.«

Er trennte die Leitung, und während ich auflegte, rekapitulierte ich das ganze Gespräch. Ich erinnerte mich Wort für Wort. Ironischerweise besaß ich ein hervorragendes Kurzzeitgedächtnis, was mir leider wenig dabei half, herauszufinden, weshalb man mich wie eine unschätzbar wertvolle Ware behandelte – einen Mann, der über Informationen verfügte, von denen ich keinen blassen Schimmer hatte.

Der Gedanke beschäftigte mich noch immer, als ich mit geladener Waffe zur Tür ging. Und da stieg es mir in die Nase.

Rauch. Offenbar hatte jemand anders in vorauseilendem Gehorsam bereits Feuer gelegt.

Ich riss die Tür auf und sprang für den Fall, dass jemand dahinter lauerte, zur Seite. Doch aus dem Flur schlug mir nur beißender Rauch entgegen. Von unten hörte ich das Knistern und Knacken von brennendem Holz. Auf der Treppe quollen mir die Schwaden von der Eingangsdiele entgegen, und aus der geöffneten Wohnzimmertür schlugen schon die Flammen. Unglücklicherweise war auch die Küche in eine schwarze Wolke gehüllt, sodass ich in der Falle saß. Ich verwünschte mich dafür, Pen verschont zu haben. Offenbar war sie zu sich gekommen und, da ich nun einmal ihre Pistole besaß, auf den Gedanken verfallen, mich bei lebendigem Leibe zu grillen.

Der dichte Qualm verschlug mir schon jetzt den Atem, und da Janes Haus von oben bis unten mit Holzpaneelen ausgekleidet war, würde es brennen wie Zunder.

Ich hielt mir die Hand über den Mund und rannte in mein Zimmer. Wenigstens wusste ich, dass ich durch mein Fenster entkommen konnte. Um mich vor dem schlimmsten Rauch zu schützen, zog ich die Tür hinter mir zu und hastete zu dem Fenster, durch das ich schon einmal einen Abgang gemacht hatte. Jemand war hier oben gewesen und hatte es geschlossen. Ich schob es hoch und warf einen kurzen Blick in die Nacht. Als ich nichts Verdächtiges sehen konnte, schraubte ich den Schalldämpfer von der Pistole ab, warf ihn aufs Bett und steckte mir die Waffe vorne in die Jeans, während ich mit einem stillen Stoßgebet, dass sich bitte kein Schuss lösen möge, hinauskletterte und mit meinem Zimmer das einzige Leben, das ich wirklich kannte, für immer hinter mir ließ.

Diesmal stieß ich mich augenblicklich ab. Als ich in dem Scherbenhaufen auf dem Rasen landete, biss ich die Zähne zusammen.

Immer noch war weit und breit niemand zu sehen. Ich konnte mich in den Schutz der Bäume flüchten und warten, bis meine Verfolger aufgaben und das Weite suchten. Nachdem sie das Haus niedergebrannt hatten, blieb ihnen nichts anderes übrig. Selbst an einem gottverlassenen Ort wie der Halbinsel wäre das Feuer meilenweit zu sehen, und schon jetzt schlugen die Flammen aus den Fenstern. Allerdings hatte ich ein Problem. Wenn die Polizei und die Feuerwehr auf dem Plan erschienen, wollte auch ich mich hier nicht mehr blicken lassen, denn sie würden eine Menge Fragen stellen, auf die ich keine Antwort wusste. Da ich nunmehr die Schlüssel zu Janes Wagen in der Tasche hatte, lag es nahe, mich motorisiert vom Acker zu machen. Ich wusste, dass ich Auto fahren konnte. Mir waren genügend Erinnerungen aufgestiegen, bei denen ich am Lenkrad saß, und vor einigen Wochen hatte mir Jane nach einiger Überredung erlaubt, die Plätze zu tauschen und das Lenkrad zu übernehmen. Ich machte mich gut.

Ich sprang auf, zog die Pistole aus der Jeans und lief schräg über den Rasen zur Garage, die ein Stück entfernt lag. Bei jedem Schritt horchte ich auf verdächtige Geräusche. Als ich um die Ecke sprintete, war die Garage nur noch sechs Meter entfernt. Ein letzter Blick über die Schulter, die Schlüssel raus, ein letzter Sprint zum Tor. Das knirschende Geräusch meiner Schritte auf dem Kies war unvermeidbar. Ich fand den richtigen Schlüssel zur Garage, schloss so leise wie möglich auf und schob das Tor hoch. In diesen Sekunden sträubte ich mich dagegen nachzuschauen, ob in meinem Rücken gerade jemand seine Knarre hob und auf mich zielte. So genau wollte ich es gar nicht wissen.

Ich spähte trotzdem über die Schulter.

Und sah den großen Kerl im Schatten des brennenden Hauses, vielleicht fünfzehn Meter von mir entfernt. In seiner schwarzen Kleidung ging er fast im Rauch und in der Dunkelheit unter, doch es war unverkennbar der Komplize von Pen. Ebenso unverkennbar richtete er seine Waffe auf mich. Pen konnte ich nirgends entdecken, doch sie war zweifellos in der Nähe.

»Keine Bewegung und die Waffe fallen lassen«, rief er mir zu, da er wusste, dass ich ihn gesehen hatte und er wahrscheinlich ein wenig näher herankommen musste, um mich mit Sicherheit zu treffen. Es war das erste Mal, dass er den Mund aufmachte, und wie Pen sprach er mit amerikanischem Akzent.

Eine Sekunde lang blieb ich wie angewurzelt stehen. Als er einen Schritt auf mich zumachte und über die Schulter rief: »Ich hab' ihn«, stürzte ich mich mit einem Satz in den Schatten der Garage, fuhr mit der Waffe herum und schoss. Während ich in der Hosentasche nach den Autoschlüsseln kramte, feuerte ich dreimal vage in seine Richtung, um ihn in Schach zu halten. Ich wusste, dass Jane die Zentralverriegelung mit einer Taste löste, nur konnte ich in der Dunkelheit nicht erkennen, welche.

Im Rücken hörte ich eilige Schritte auf dem Kies.

Kaum duckte ich mich hinter den Wagen, als der erste Schuss an mir vorbeizischte und an der Wand abprallte. Hastig probierte ich sämtliche Tasten durch, und endlich gingen die Scheinwerfer an. Ein zweiter Schuss schwirrte beängstigend nahe an meinem Kopf vorbei, und so feuerte ich aus der Deckung des BMW mehrmals auf meinen Angreifer, der zur Seite sprang und für den Augenblick aus meinem Blickfeld verschwand.

Ich warf mich auf den Fahrersitz. Er war viel zu weit vorne, und ich hatte die Knie fast an der Brust, doch das war meine geringste Sorge. Ich warf den Motor an, legte mit einem Ruck den Gang ein und dankte Gott dafür, dass wenigstens mein praktisches Gedächtnis funktionierte. Dann raste ich, die Pistole in der freien Hand, den Kopf geduckt und jeden Muskel in Erwartung des unvermeidlichen Schusses angespannt, mit Vollgas aus dem Tor.

Die Attacke ließ nicht auf sich warten. Als ich das Gaspedal durchtrat und der Kies unter den Reifen spritzte, tauchte der Mann zu meiner Linken mit der Waffe in den ausgestreckten Händen auf und drückte ab. Die Scheibe explodierte, das Glas flog mir um die Ohren, und ich spürte tatsächlich die Hitze des Projektils, das mein Gesicht um Haaresbreite verfehlte. Die nächsten Kugeln zischten durch den Wagen, doch für Panik blieb mir keine Zeit. Vielmehr erwiderte ich das Feuer, und im Gegensatz zu seinen mit Schalldämpfer abgegebenen heimtückischen Schüssen waren meine wie Kanonendonner. Er war keine drei Meter von mir entfernt und bot ein leichtes Ziel, das ich selbst aus dem fahrenden Auto heraus kaum verfehlen konnte.

Ich traf – wie oft, konnte ich nicht sagen, doch ich sah, wie er zu Boden ging, bevor ich mich wieder nach vorne wandte und mich aufs Fahren konzentrierte.

Im selben Moment kam Pen von der anderen Seite des Hauses angerannt. Ich sah ihr wutverzerrtes Gesicht, und einen Gegenstand in ihren erhobenen Händen. Kaum hatte ich begriffen, dass es eine Steinstatue war, schleuderte sie mir das Ding mit einer Kraft, die ich ihr nicht zugetraut hätte, in die Windschutzscheibe. Reflexartig riss ich das Steuer herum, doch das Geschoss traf die Scheibe über dem Beifahrersitz und riss ein faustgroßes Loch ins Glas, bevor es über die Kühlerhaube zu Boden rollte.

Der Wagen geriet ins Schleudern und schlingerte auf den Rasen; doch ich lenkte ihn zur Eingangsseite zurück, machte einen großen Bogen um Pen, gab Gas und steuerte den Wald Richtung Binnenland an. Da ich wusste, dass mir das Auto meiner Gegner die Einfahrt versperrte, fuhr ich durch ein Blumenbeet daran vorbei. Dann drosselte ich das Tempo, ließ die Scheibe auf der Fahrerseite herunter, lehnte mich mit der Waffe hinaus und schoss in einen Vorderreifen. Grinsend hörte ich das furzende Geräusch, als ihm die Luft ausging. Ich lehnte mich noch weiter hinaus und zielte auf den Hinterreifen, doch diesmal geschah nichts. Das Magazin war leer. Auch egal. Ich hatte sie genügend außer Gefecht gesetzt, um mir einen sicheren Vorsprung zu verschaffen. Die Waffe brachte mir nichts mehr, und so wischte ich den Griff sorgfältig am Hemd ab, so wie ich es in den unzähligen Krimis gesehen hatte, mit denen ich mir in den letzten zwei Monaten die Zeit vertrieben hatte. Dann warf ich sie aus dem Fenster.

Im Rückspiegel sah ich, wie Pen, nunmehr mit Pistole, zur Frontseite des Hauses rannte und einen beachtlichen Sprint hinlegte. Als sie zielte, gab ich Vollgas, und binnen weniger Sekunden lagen dreißig bis vierzig Meter zwischen uns. Wenig später nahm mich der Wald auf, und ich war – wenigstens fürs Erste – in Sicherheit.

Ich fühlte mich unbeschreiblich gut.

6

Als Pen de Souza den Wagen mit ihrer Zielperson am Ende der Auffahrt im Wald verschwinden sah, brüllte sie einen Fluch in die Nacht.

Es war zwecklos, die Verfolgung aufzunehmen. Sie hatte gesehen, wie ihr der Kerl den Reifen zerschoss, und schickte einen zweiten Fluch hinterher. Wieso hatte sie ihm nicht in dem Moment, als er zur Tür hereinkam, die Kniescheibe zertrümmert! Schließlich brauchten sie ihn nur für die Antwort auf eine einzige Frage: »Wo sind die Leichen?«

Weder sie noch ihr Partner Tank hatten die leiseste Ahnung, um wen es sich bei den Toten handelte, und es interessierte sie auch nicht. In ihrer Sparte wurde man dem Klienten zur Gefahr, wenn man zu viel wusste … Ihr klar definierter Auftrag lautete, die exakten Koordinaten der Stelle zu ermitteln, an der sich die Leichen befanden, sie sich einzuprägen (auf keinen Fall etwas Schriftliches!), die Angaben zu überprüfen und die Zielperson zu liquidieren.

Sie hatten auf der ganzen Linie versagt. Das Eingeständnis war bitter. Sie war es nicht gewohnt zu versagen. In den fünf Jahren ihrer Zusammenarbeit mit Tank war ihnen noch keine Zielperson entkommen, dafür hatte ihre ausgeklügelte Kombination aus sorgfältiger Planung und Hinterlist gesorgt. Außerdem führte Pen als das hübsche Mädchen von nebenan mit ihrem gewinnenden Lächeln auch die misstrauischsten Zeitgenossen beiderlei Geschlechts hinters Licht, während ihr Tank mit brutaler Gewalt den Rücken freihielt. Doch an diesem Abend war ihre Rechnung nicht aufgegangen. Was für eine Demütigung, wie sie die Zielperson kaltgestellt hatte! Ausgerechnet sie! Und dann auch noch im Würgegriff! Glücklicherweise hatte der Kerl die Dummheit begangen, sie am Leben zu lassen und nicht zu fesseln, ein schwerer Fehler seinerseits, den er noch bereuen sollte. Doch am bittersten sollte der Kerl noch bereuen, was er mit Tank gemacht hatte, ihrem Partner.

Sie drehte sich um und rannte am brennenden Haus vorbei zu Tank zurück, der im Gras lag und sich die Brust rieb. »Alles in Ordnung, Schatz?«, fragte sie, während sie sich neben ihn kauerte, ihm die Hand auf die Schulter legte und von ganzem Herzen dem Schicksal dafür dankte, dass er eine kugelsichere Weste trug. Ohne ihn wäre sie verloren.

Tank nickte langsam und verzog den Mund zu einem süßsäuerlichen Lächeln. »Ja, nichts passiert. Er hat mich zweimal an der Brust erwischt – gute Schüsse, vor allem aus dem fahrenden Auto! Kann von Glück sagen, dass die Weste aus dieser kurzen Distanz gehalten hat. Ich vermute mal, du hast ihn nicht erwischt.«

Sie schüttelte den Kopf. »Er ist entkommen. Und er hat an unserem Wagen einen Reifen zerschossen.«

Tank stöhnte. »Der Kerl ist kein Idiot. Er ist nicht in Panik geraten, er kennt ein paar gute Kniffe und zielt verdammt gut, selbst unter Hochdruck. Ich hab den Burschen unterschätzt.«

»Für's Erste bin ich heilfroh, dass dir nichts passiert ist.« Pen nahm ihn in die Arme und drückte ihn fest.

»Mir passiert doch nie was, Baby, schon vergessen?«

Er küsste sie leidenschaftlich auf den Mund, und sie erwiderte ihn mit Inbrunst; sie atmete heftig; er wusste, wie er sie von null auf achtzig bringen konnte. Und sie war ihm dankbar dafür, dass er ihr für das Scheitern ihres Plans keine Vorwürfe machte. Immerhin war es ihre Idee gewesen, den Mann in das Zimmer mit den beiden Toten zu locken, weil sie ihre Zielpersonen am liebsten befragte, wenn sie in Panik, aber unversehrt waren: Die Erfahrung hatte sie gelehrt, dass man auf diese Weise am schnellsten etwas aus ihnen herausbekam. Tank hatte trotz seiner Vorbehalte zugestimmt, einer der vielen Vorzüge, die sie an ihm so schätzte. Er stand zu dem, was er tat, was sie über die Jahre in ihrem Geschäft nicht von vielen Männern hatte sagen können. Nur dass der Plan diesmal ins Auge gegangen war. Pen schwor sich, den Fehler wiedergutzumachen.

Widerstrebend löste sie sich aus Tanks Kuss und half ihm auf die Beine. Hand in Hand liefen sie zu dem gestohlenen Auto, mit dem sie hergekommen waren.

»Den kriegen wir nicht mehr, oder?«, fragte Tank,

während er das Reserverad und einen Werkzeugkasten aus dem Kofferraum bugsierte.

»Keine Sorge, wir kriegen ihn«, erwiderte Pen eiskalt.

Sie warf einen Blick zurück zum Haus. Inzwischen schlugen die Flammen meterhoch aus den Fenstern und dem Dachstuhl, und das Feuer erleuchtete den nächtlichen Himmel. Es war ein schöner Anblick, der jedoch selbst hier draußen früher oder später Polizei und Feuerwehr auf den Plan rufen würde.

Pen holte den Radschlüssel aus dem Auto und schenkte Tank ein strahlendes Lächeln. »Und wenn wir ihn erst haben, reiße ich ihm für das, was er dir angetan hat, die Glieder einzeln aus dem Leib.«

7

In einem von Kugeln durchsiebten Wagen würde ich nicht allzu weit kommen. Die Windschutzscheibe hielt sich noch so eben im Rahmen, doch von dem Einschlagloch der Statue breitete sich ein Spinnennetz von Rissen aus, und ich schätzte, dass das Glas seine Halbwertszeit weit überschritten hatte. Vor allem aber wollte ich keine Aufmerksamkeit erregen. Ich hatte soeben einen Mann niedergeschossen und ein brennendes Haus mit zwei Leichen zurückgelassen. Höchste Zeit für einen Plan.

Inzwischen lag die Halbinsel weit hinter mir, und ich fuhr durch eine ländliche, immer noch dünn besiedelte Gegend, in der sich Felder, Wiesen und kleine Wälder abwechselten. Nur gelegentlich passierte ich ein einsames Haus. Mit Jane war ich ein paarmal nach Pembroke, der nächsten größeren Stadt, gefahren, um etwas zum Anziehen zu kaufen, und wusste daher noch, dass es irgendwo an dieser Straße ein Dorf gab. Wenige Minuten später tauchte es zu meiner Linken auf – ein paar verstreute Backsteinhäuser, manche grau, manche weiß verputzt, im schwachen kupferfarbenen Licht der Straßenlaternen so eben zu erkennen. Zivilisation. Auf die

Erleichterung, die ich beim Anblick des Weilers empfand, folgte schnell die Ernüchterung. Ich irrte allein umher. Ohne Vergangenheit hatte ich auch keine Zukunft. Natürlich stand es mir frei, mich bei der Polizei zu melden, doch was wäre die Konsequenz? Ein Leben in einer Anstalt. Oder sogar im Knast, falls sie mir meine haarsträubende Geschichte über das Haus nicht glaubten. Die Vorstellung war unerträglich. Mir blieb nichts anderes übrig, als herauszufinden, wer ich war.

Aber alles hübsch der Reihe nach. Gegenüber dem Dorf erspähte ich einen Pub mit einem hell erleuchteten Aushängeschild, das in der Brise schaukelte. Ich bog von der Straße ab, fuhr ums Haus und parkte in einer dunklen Ecke unter einem großen Baum.

Für einen Moment lehnte ich mich zurück, schloss die Augen und atmete langsam tief durch, um zur Ruhe zu kommen. Von dem Schlag pochte mir immer noch der Schädel, doch ich konnte von Glück sagen, dass ich keine nennenswerten Blessuren abbekommen hatte. Außerdem zitterten mir die Hände nicht mehr, was mich einigermaßen überraschte. Erst vor wenigen Minuten war ich nur knapp dem Tod entronnen, und zumindest einer meiner Verfolger lief noch da draußen herum – der erwartungsgemäße Schock blieb aus.

Ich dachte an meinen Traum da draußen auf dem Felsvorsprung: Szenen entsetzlicher Gewalt; Auge in Auge mit Männern, die mir nach dem Leben trachten und die ich meinerseits zu töten versuche; ihre Gesichter so nahe, dass ich ihren Schweiß riechen kann; wie ich in einem kalten, dunklen Raum am Boden festgehalten werde, wie Männer abwechselnd über mir stehen und mich mit Äxten oder Beilen bedrohen; Fratzen, blutrünstige Monster wie in den Albträumen von Kindern. Und dann dieses riesige fremde Haus aus meinen früheren Träumen, mit den Marmorböden und den abstrakten Gemälden an den Wänden, mit der Leiche auf dem Bett und der sterbenden Frau im Flur … Jedes dieser Bilder konnte ich mir vor Augen führen, und das Fatale war, sie fühlten sich real an. Als ob das alles tatsächlich geschehen wäre. Zusammenhanglose Fetzen eines Albtraums, der offenbar zu meinem früheren Leben gehört hatte. Dabei war ich angeblich einmal bei der Polizei gewesen, doch mit dem Alltag eines Polizisten hatten diese Szenen nichts zu tun. Niemals.

Während ich in Gedanken versunken sitzen blieb, kamen in kurzem Abstand mehrere Sirenen näher und entfernten sich in Richtung des brennenden Hauses; als ich aus dem Fenster blickte, glaubte ich am Horizont ein schwaches orangefarbenes Licht zu erkennen. Nach etwa zehn Minuten wandte ich mich zum Pub um, aus dem behagliches Schummerlicht drang. Mir klebte die Zunge am Gaumen, und ich lechzte nach einem kühlen Bier. Ich hatte Toms Brieftasche mit seinem Geld dabei, und wenn ich nicht völlig danebenlag, hatten sich Pen und – falls er noch unter den Lebenden weilte –, ihr Kumpel inzwischen aus dem Staub gemacht. Vielleicht nicht die klügste Verwendung der bescheidenen Barschaft, überlegte ich, doch sonst sprach nichts dagegen, mir nach allem, was ich an diesem Tag durchgemacht hatte, ein Glas zu genehmigen.

Ich war noch nicht zur Tür hinein, da wusste ich schon instinktiv, dass ich in meiner Vergangenheit viel Zeit im Pub verbracht hatte. Der bittere Hopfengeruch, das gedämpfte Hintergrundgemurmel, das Klirren von Gläsern auf Holz, das alkoholisierte laute Gelächter. Alles bestens vertraut. Auch wenn ich meine Jacke zurechtgerückt und mir notdürftig Staub und Erde abgeklopft hatte, sah man mir zweifellos an, dass ich wohl kaum auf dem Weg vom Büro zu Frau und Kind vorbeikam; dass ich an diesem Abend zweimal nur knapp dem Tod entronnen war, sicher nicht.

Es war halb zehn, im Pub herrschte Hochbetrieb. Die überwiegend männliche Klientel reichte, durch ein paar wenige Ehefrauen oder Freundinnen aufgemischt, vom Milchbart bis zum Greis. Als ich zur Bar strebte, drehten sich die meisten Köpfe herum, und einige illustre Gäste starrten mich unverblümt an. Ich ignorierte die geballte Neugier und bestellte ein großes Foster's, weil ich auf Anhieb wusste, dass dies meine Lieblingsmarke war.

Der Barkeeper hatte ein hochrotes Gesicht und erinnerte mit seinem fast weißen Schnauzbart, der ihm über die Lippen reichte, an ein Walross. Er musterte mich von oben bis unten, als könnte sich unter meiner menschlichen Maskerade ein Alien verbergen. »Engländer«, sagte er abschätzig, doch ich verstand die Bemerkung als Frage.

»Ja«, sagte ich, ohne mit der Wimper zu zucken. »Vermute ich auch.«

Ohne ein Wort drehte er sich um und zapfte mir das

Bier, während ich Toms Brieftasche zückte und in bar bezahlte, bevor ich mich ans hinterste Ende des Tresens hockte und den ersten Schluck genoss. Es war köstlich. Auch im Haus hatte ich – trotz Janes gesundheitlicher Bedenken – einige Male Bier getrunken, doch vom Fass schmeckte es zehnmal besser. Oder es schmeckte an diesem Abend einfach nach wiedergewonnener Freiheit.

Am Ende des Tresens lag eine gefaltete, verkrumpelte Zeitung. Da sie niemandem zu gehören schien, zog ich sie heran und blätterte ein wenig darin. Jane hatte grundsätzlich keine Zeitungen – in ihren Augen nichts weiter als Propaganda-Organe – im Haus, und so war ich ausschließlich aufs Fernsehen angewiesen, wenn ich mitbekommen wollte, was auf der Welt so passierte. In der Ausgabe, die ich überflog, reihte sich ein Desaster, Mord oder Politskandal an den anderen, dazu eine Prise Promi-Klatsch und Schnappschüsse der Reichen und Schönen, von denen ich keinen einzigen erkannte. Erst als ich zum Feuilleton auf den letzten Seiten kam, sprang mir ein Beitrag ins Auge. Es war ein Interview mit einer Frau namens Tina Boyd. Auf dem Bild saß sie hinter einem Schreibtisch und blickte in die Kamera. Sie war eine attraktive Erscheinung – Ende dreißig, dunkles, schulterlanges Haar, hohe Wangenknochen, ebenmäßige Züge. Wären da nicht diese Augen gewesen, hätte ich sie für eine Schauspielerin oder Geschäftsfrau gehalten, doch der harte, funkelnde Blick sprach für einen Menschen, der zu viel gesehen hatte.

Ich riss mich von dem Foto los und las den Artikel.

Ms. Boyd sprach über ihre Arbeit als Detective in den verschiedenen Abteilungen von Scotland Yard und berichtete, dass sie im Lauf der Jahre schon gekidnappt, zweimal niedergeschossen worden war und einmal unter Mordverdacht gestanden hatte; der Umstand, dass überdurchschnittlich viele männliche Kollegen bei gemeinsamen Einsätzen ums Leben gekommen waren, hatte ihr den Spitznamen »schwarze Witwe« eingebracht. Zum Glück hatte sie inzwischen ihren Dienst quittiert und arbeitete als Privatdetektivin mit Lizenz in London. Anschließend erzählte sie kurz von dem Fall, an dem sie gerade arbeitete, der Suche nach einer achtundzwanzig Jahre alten Frau, die seit fast einem halben Jahr verschwunden war, und bat die Öffentlichkeit, ihr mit sachdienlichen Hinweisen zu helfen. Am Ende des Beitrags war das Gesicht der Vermissten abgebildet. Es war so hübsch wie von Künstlerhand geschaffen, wenn auch nicht das Original, sondern eher ein Abklatsch, denn sie sah all den anderen weiblichen Starlets, die einem von jeder Seite des Blatts entgegengrinsten, zum Verwechseln ähnlich. Zugleich erschien sie mir vage bekannt.

Ich kniff die Augen zusammen und hielt mir im schummrigen Licht der Kneipe die Zeitung unter die Nase. Mindestens fünf Sekunden lang starrte ich auf das Foto und zermarterte mir das Hirn darüber, ob ich richtiglag oder mich täuschte.

Ich täuschte mich nicht. Als der Groschen fiel, holte ich tief Luft und hielt mich an der Theke fest, während ich immer noch nicht fassen konnte, was ich sah. Denn auf dem Foto war das Gesicht von einer der beiden

Frauen, die mich in diesem Traum verfolgten, derjenigen, die leblos auf dem Bett lag. Was mir erst einmal meine lang gehegte Vermutung bestätigte: Es war kein Traum.

Es war eine Erinnerung.

Am Ende des Artikels fand sich ein Verweis auf Tina Boyds Website, den ich herausriss und in die Tasche steckte. Zumindest hatte ich jetzt einen Plan. Ich musste Tina Boyd finden und mit ihr sprechen. Falls sie tatsächlich eine so gewiefte Detektivin war, wie der Beitrag nahelegte, konnte sie mir vielleicht zu meinen Erinnerungen Zugang verschaffen.

Doch noch während ich am Tresen stand und den Kneipenlärm ringsum vergaß, kamen mir Zweifel und ich fragte mich, ob das wirklich ein so guter Schachzug war, denn die wenigen Erinnerungsfetzen, aus meiner Vergangenheit, die bisher ans Licht gekommen waren, machten mir zunehmend Angst. Ich musste an Pens Frage mit vorgehaltener Pistole denken: »Wo sind die Leichen?« Wollte ich das wirklich wissen? Und vor allem: Hatte etwa ich diese Frauen auf dem Gewissen?

»Geben Sie mir einen aus?«, fragte jemand hinter mir. Eine rauchige Stimme, eine schwere Zunge. Zugleich stieg mir ein süßliches Parfüm in die Nase.

Als ich mich umdrehte, blickte ich in das Gesicht einer üppigen Dame mit schimmernden schwarzen Locken, allzu großzügig aufgetragenem Make-up und einem Busen, über dem das enge Top bis zur Zerreißprobe spannte.

»Hab dich hier noch nie gesehen«, sagte die Frau und fand mit dem Arm auf dem Tresen Halt. »Wie heißt du denn, Süßer?«

Gute Frage. Nicht einmal darauf wusste ich die Antwort. »Matt.«

»Ich heiße Lucie. Ich wohne gegenüber.« Sie registrierte die Beule in meinem Gesicht und strich in einer zärtlichen, ziemlich eindeutigen Geste mit dem Finger darüber. Als sie sich noch näher zu mir herüberbeugte, roch ich ihre Fahne. »Was haben sie mit deinem Gesicht gemacht?«

»Bin mit dem Kopf gegen eine Tür geknallt«, sagte ich und ging mit dem Oberkörper auf Abstand.

Einerseits war es verlockend, mit ihr ins Gespräch zu kommen – endlich einmal wieder die Gesellschaft einer Frau zu genießen; ich war an diesem Abend auch nicht wählerisch, doch aus dem Augenwinkel heraus sah ich, wie wir die keineswegs freundlichen Blicke von drei Männern zwischen zwanzig und dreißig Jahren auf uns zogen. Im selben Moment heulte eine weitere Sirene draußen vorbei, und für Sekunden war der Pub in blaues Licht getaucht. Höchste Zeit, von der Feuersbrunst auf der Halbinsel so weit wie möglich wegzukommen.

»Komm schon, Lover Boy, nur auf einen Drink!«, sagte sie und schürzte die Lippen zu einer Schnute, die wohl als verführerischer Schmollmund gemeint war.

»Ein andermal«, sagte ich und leerte mein Glas. Für meine Abfuhr erntete ich einen finsteren Blick.

»Bin dir wohl nicht gut genug, was?«

»Nein, das ist es nicht. Ich hab' noch ein gutes Stück Weg vor mir, weiter nichts.«

»Ach, leck mich doch.« Sie kehrte mir den Rücken und knallte ihr Glas auf den Tresen, um den Barkeeper auf sich aufmerksam zu machen.

Da die Blicke der drei jungen Burschen jetzt nicht mehr nur unfreundlich, sondern ausgesprochen feindselig wirkten, beschloss ich, den geordneten Rückzug anzutreten. Im Flur fand ich ein Münztelefon mit einem Anschlagbrett direkt darüber, das von Visitenkarten gespickt war. Ich entschied mich für das erstbeste Taxiunternehmen und wählte die Nummer. Auf gar keinen Fall konnte ich riskieren, mit Janes Wagen zum Bahnhof in Pembroke zu fahren; die zahllosen Einschusslöcher und die rudimentäre Windschutzscheibe hätten den zufälligen Passanten oder eine Streife ins Grübeln gebracht.

Nach etwa dem zehnten Klingelton meldete sich ein alter Mann, und ich nannte ihm meinen Standort. Obwohl er so klang, als hätte ich ihn gerade geweckt, behauptete er, zufällig gerade auf der Straße zum Pub zu sein, und versprach, in wenigen Minuten vorzufahren.

Als ich auflegte, ging die Tür zur Hauptbar auf: Wie in einem Wildwest-Saloon kamen die drei Kerle heraus und pflanzten sich vor mir auf. Der in der Mitte war am kräftigsten. Er trug ein enges T Shirt zum Kapuzenpulli und spannte die im Fitnesscenter aufgepumpten Muskeln.

»Was hast du hier zu suchen?«, fragte er mich mit erhobenem Kinn und in herausforderndem Ton.

»Nichts«, sagte ich. »Ich will gerade weiter.«

»Du hast da drinnen unsere Freundin beleidigt. Wofür hältst du dich eigentlich? Einfach so hier reinzuschneien, als gehörte dir die Bude.«

Als er mir, von seinen Freunden im Rücken angestachelt, immer dichter auf die Pelle rückte, machte ich einen Schritt zurück und merkte, wie ich instinktiv die gespreizten Hände vor die Brust hielt, keine aggressive, sondern eine eindeutig abwehrende Geste.

»Hört mal, ich will keinen Ärger«, sagte ich zu ihnen und wich in kleinen Schritten weiter aus.

»Na schön, dann verpiss dich«, sagte er, ohne jedoch stehen zu bleiben.

So ungern ich ihnen den Rücken kehrte, hielt ich es für das Beste, so schnell wie möglich zu verschwinden. Doch kaum war ich zur Tür hinaus und atmete die kühle Nachtluft ein, hörte ich, wie sie mir folgten.

»Hast wohl Schiss in der Hose, Alter, so wie du den Schwanz einziehst«, stichelte der Anführer.

Unter einem gehörigen Adrenalinstoß ging ich blitzschnell meine Möglichkeiten durch. Hier draußen konnten sie zu dritt gleichzeitig von allen Seiten über mich herfallen. Selbst in besserer Verfassung hätte ich schlechte Karten gehabt; doch so erschöpft, untrainiert und angeschlagen, wie ich war, würden sie Kleinholz aus mir machen.

Meine Entscheidung war schnell getroffen: Als der Anführer, die Kumpel im Schlepptau, für einen Moment auf der Schwelle stehen blieb, fuhr ich herum und überraschte mich selbst mindestens so wie ihn mit zwei blitzschnell aufeinanderfolgenden Haken ins Gesicht. Obwohl er gegen seinen Kameraden zurücktaumelte, hörte ich nicht auf. In blinder Wut drosch ich so lange weiter auf ihn ein, bis die ganze Meute wieder drinnen war.

Er schwankte, seine Nachhut sprang zur Seite, sodass er mit voller Wucht auf den Boden krachte. Ein Blick genügte, um zu sehen, dass er übel zugerichtet war. Trotz seines leeren Blicks und der blutenden, verformten Nase war meine Rage ungebrochen. Ich genoss das Gefühl der Macht. Ich wollte diesem Mistkerl wehtun. Ich hatte das unbändige Verlangen, es ihm heimzuzahlen. Also machte ich einen Schritt zurück und versetzte ihm einen so gezielten Tritt unters Kinn, dass er ein gutes Stück über den Boden rutschte.

Danach rührte er sich nicht mehr, und so schnell, wie er gekommen war, verrauchte mein Zorn. Keuchend vor Anstrengung stand ich da. Die ganze Attacke – denn anders konnte man es nicht nennen, es war eine gezielte Attacke – hatte gerade mal zehn Sekunden gedauert. Da alles so schnell ging und ich meine Aggression sehr effektiv ventiliert hatte, war kein Wort gefallen, und wieder einmal war ich um die Erkenntnis reicher, dass ich mich meiner Haut zu wehren wusste.

Ich wandte mich den anderen beiden zu, die keinen Finger gerührt hatten, um ihrem Kumpel beizustehen, und mich mit kreidebleichen Gesichtern beäugten. »Und ihr beide, auch auf Ärger aus?«, fragte ich.

Beide schüttelten stumm den Kopf.

»Schön. Dann kümmert euch um euren Freund hier und überlegt euch das nächste Mal gut, mit wem ihr euch anlegt.«

Diesmal nickten sie wie auf ein verabredetes Zeichen im Takt.

»Wer zum Teufel sind Sie?«, fragte schließlich einer von ihnen in einem Ton, der an Ehrfurcht grenzte.

»Das wüsste ich auch gerne«, erwiderte ich, ließ sie stehen und machte mir auf dem Weg nach draußen klar, dass ich unnötigerweise Aufmerksamkeit auf mich gezogen hatte. Inzwischen war mir klar, dass ich ziemlich ungemütlich werden konnte, und wenn ich mich nicht in ernste Schwierigkeiten bringen wollte, musste ich schleunigst lernen, mich zu beherrschen. Glücklicherweise stand bei meinem zweiten Abgang das Taxi vor der Tür. Ich stieg hinten ein, lächelte dem Fahrer freundlich zu und sagte ihm, wohin die Reise ging.

Als er losfuhr, warf ich einen Blick durch die Rückscheibe und sah, wie eine wütende, schockierte Schar von Pub-Besuchern auf den Parkplatz strömte. Wir bogen um eine Ecke, und sie verschwanden aus meinem Blickfeld.

Es war Zeit, Tina Boyd zu finden.

8

»Ich tue wirklich alles in meiner Macht Stehende, um Ihre Tochter zu finden, Mr. Donaldson«, sagte Tina Boyd. Dabei beugte sie sich auf ihrem Bürostuhl zu dem Mann ihr gegenüber vor und sah ihm eindringlich in die Augen, um ihm zu zeigen, dass sie den schwierigen Fragen, die der Fall aufwarf, nicht ausweichen würde. Es war gerade erst neun Uhr, doch Allen Donaldson hatte bereits auf sie gewartet, als sie wie jeden Morgen mit ihrem doppelten Espresso *to go* und einem Blaubeer-Muffin aus ihrem Stamm-Café um die Ecke bog. Er war eine halbe Stunde zu früh erschienen. Eigentlich hatte Tina gehofft, in ihrem beengten kleinen Büro so wie immer alleine und in Ruhe frühstücken zu können, doch sie hatte sich beherrscht und ihn nicht wie jeden anderen in einem solchen Fall gebeten, später wiederzukommen.

Alan Donaldson war ein gebrochener Mann. Sie konnte es ihm vom Gesicht ablesen, diesem ruhelosen, gequälten Blick, den angespannten, verhärmten Zügen, der fahlen Haut und den eingefallenen Wangen. Dabei war er sicher einmal ein attraktiver Mann gewesen. Tina sah die Spuren des lässigen Charmeurs von einst, eines

Typs, mit dem sie ihre leidvollen Erfahrungen gemacht hatte. Sein schmales Gesicht war immer noch markant, das kräftige Kinn ebenso wie die aufrechte Haltung sprachen für jemanden, der er es gewöhnt war, sich durchzusetzen.

Doch dann hatte ihn das Glück im Stich gelassen. Vor genau einer Woche war er zum ersten Mal in ihr Büro gekommen und hatte ihr erzählt, seine Frau habe ihn, als sie seine ständigen Seitensprünge nicht länger ertrug, vor fünfzehn Jahren aus dem gemeinsamen Haus geworfen. Donaldson hatte sich mit aller Macht dagegen gewehrt. Er wollte sie nicht verlassen, er flehte sie an, doch sie hatte genug von ihm, also gab er sich geschlagen und zog bei seiner damaligen Freundin ein. Darüber, so seine Version, hatte sich seine Frau derart erbost, dass sie die beiden Kinder, Ben und Lauren, gegen ihn aufhetzte und ihm langsam, aber sicher entfremdete.

Zunächst waren beide Kinder auf die schiefe Bahn geraten, auch wenn Ben sich irgendwann wieder fing, ein Jurastudium absolvierte und nach Kanada auswanderte. Seit zehn Jahren hatte er nicht mehr mit seinem Vater gesprochen. Lauren, wie er selbst gestand, Papas Liebling, war von einer unglücklichen Beziehung in die nächste gestolpert, und da sie hübsch war, mangelte es ihr nie an Verehrern. Dabei hatte sie sich auch von verheirateten Männern aushalten lassen, bis sie ihrer überdrüssig wurden; umgekehrt war sie Liebhabern in die Fänge geraten, die sie bis zur Gewalttätigkeit missbrauchten. Kurz gesagt, hatte sie sich immer wieder den falschen Umgang gesucht. Irgendwann war sie nach

London gezogen. Auch wenn er kaum mit ansehen konnte, wie es um seine Tochter stand, hatte sich Donaldson redliche Mühe gegeben, mit ihr in Verbindung zu bleiben; vor allem aber war der Zorn seiner Tochter auf ihn mit Händen zu greifen. So hatte sie sich mehrmals mit ihm verabredet und die Wohnung verlassen, bevor er erschien; oder seine Anrufe beharrlich ignoriert. Irgendwann war der Kontakt ganz abgerissen.

Nachdem ihm die letzte seiner Freundinnen längst den Laufpass gegeben hatte, lebte Donaldson allein. Seine Exfrau und Mutter seiner Kinder war seit drei Jahren tot. Inzwischen hatte man bei ihm Prostatakrebs im fortgeschrittenen Stadium festgestellt. Er wusste, dass ihm nicht mehr viel Zeit blieb, und so hegte er nur noch den verzweifelten Wunsch, sich mit seinen Kindern auszusöhnen. Doch es gab ein Problem. Ben weigerte sich immer noch, mit seinem Vater zu reden, und als sei er damit nicht genug bestraft, war nun auch noch Lauren spurlos verschwunden.

An diesem Punkt kam Tina ins Spiel. Obwohl sie noch nicht allzu viele Fälle gelöst hatte, war sie eine profilierte, bekannte Privatdetektivin. Donaldson jedenfalls traute ihr offenbar zu, das Mädchen zu finden, und erklärte ihr bei der Auftragsvergabe, Geld spiele keine Rolle. Doch auch wenn die Bezahlung stimmte, konnte Tina nicht hexen. Donaldson tat ihr leid. Sicher, er hatte seinen Niedergang weitgehend selbst verschuldet, doch Tina war fest entschlossen, alles daranzusetzen, ihn mit seiner Tochter wieder zu vereinen; nur aus diesem Grund hatte sie vor wenigen Tagen dem Interview mit der *Mail* zugestimmt und zur Bedingung gemacht, dass es wenigstens zum Teil Laurens Verschwinden gewidmet war und dass sie ein Foto von der jungen Frau brachten.

»Derzeit verfolge ich mehrere Spuren«, sagte sie zu Donaldson, »aber natürlich ist es nicht leicht, jemanden zu finden, der nicht gefunden werden will.«

»Ja, das verstehe ich«, erwiderte er und versuchte, sich die Enttäuschung nicht anmerken zu lassen.

»Haben Sie gewusst, dass Ihre Tochter vor etwas über einem Jahr ihren Namen geändert hat?«

»Nein, tatsächlich?« Er schien schockiert. »Ich weiß, dass sie immer noch sehr wütend auf mich ist, aber dass sie so weit gehen würde, hätte ich nicht gedacht. Und wie nennt sie sich jetzt?«

»Lauren Marano.«

Er runzelte die Stirn. »Keine Ahnung, wie sie darauf kommt.«

Tina zuckte die Achseln. »Vielleicht fand sie nur, dass es exotisch klingt. Schon merkwürdig, ich habe im Internet ausgiebig nach einer Lauren Marano recherchiert. Bei einem so ausgefallenen Namen, dachte ich, werden sich die Kandidatinnen leicht eingrenzen lassen. Leider bin ich auf keine Frau gestoßen, die Ihrer Tochter ähnlich sieht. Auch unter ihrem alten Namen Fehlanzeige.«

»Aber Lauren hatte immer ein Facebook-Profil. Sie hat zwar beharrlich meine Freundschaftsanfragen ignoriert, trotzdem …«

»Jetzt hat sie jedenfalls kein Konto mehr. Ich habe mich mit Facebook in Verbindung gesetzt, um festzustellen, ob sie das Profil einer Lauren Marano oder Donaldson gelöscht haben, und wenn ja, wann. Ich warte noch auf eine Antwort, auch wenn sie nicht verpflichtet sind, mir weiterzuhelfen.«

»Was meinen Sie? Ist es ein schlechtes Zeichen, dass ihr Profil nicht mehr existiert?«, fragte Donaldson scheu.

»Das kann man so nicht sagen, auch wenn es mir meine Arbeit nicht gerade leichter macht, sie aufzuspüren, wo es schon keine Nachsendeadresse zu ihrem letzten Wohnsitz gibt. Ich habe mich bereits an sämtliche Versorgungsbetriebe gewandt, Sie wissen schon, Strom, Wasser, Internet, um ihren Aufenthaltsort zu ermitteln, doch das ist eine Sisyphusarbeit.«

»Und konnten Sie mit Ben Kontakt aufnehmen?«

»Ja«, erwiderte Tina. Dies war der heikelste Punkt. »Ben stand in den letzten drei Jahren mit Lauren lose in Verbindung, doch seit Anfang April hat er nicht mehr mit ihr gesprochen. Er hatte ihre Anschrift, doch offenbar ist sie ungefähr zur selben Zeit, als sie ihren Namen änderte, dort ausgezogen. Ben hat dann versucht sie über die Mobilfunknummer und die E-Mail-Adresse, die er von ihr hatte, zu erreichen, aber die Nummer ist nicht mehr verzeichnet, und auf seine E-Mails hat sie nie reagiert.«

Tina sah den gequälten Ausdruck in seinen Augen. »Hören Sie, Mr. Donaldson, bitte machen Sie sich keine allzu großen Sorgen. Gut möglich, dass Lauren einfach vom Radarschirm verschwunden ist. So etwas kommt alle Tage vor. Wussten Sie, dass in diesem Land jedes

Jahr hunderttausend Menschen vermisst gemeldet werden? Die meisten davon melden sich wieder, wenn sie so weit sind.«

Donaldson nickte bedächtig. »Ja, das wusste ich. Die Polizei hat versucht, mich damit zu trösten. Aber ich weiß auch, dass von diesen hunderttausend zweitausend nie wiederkommen. Ich will ehrlich mit Ihnen sein, Tina. Ich habe große Angst um Lauren. Sie ist immer sehr leichtgläubig und beeinflussbar gewesen, und da draußen laufen eine Menge übler Burschen herum.«

»Wem sagen Sie das«, pflichtete Tina ihm bei und lächelte, um ihren Worten die Spitze zu nehmen.

»Ich weiß. Deshalb habe ich mich ja auch an Sie gewandt. Sie haben zwar keine Kinder, aber ich weiß, dass Sie nicht einfach nur ihren Job machen. Ich vertraue Ihnen. Sie werden alles tun, um meine Tochter zu finden.«

Über die Jahre hatte sich Tina den Ruf erworben, im Interesse der Wahrheitsfindung auch gelegentlich zu unkonventionellen Mitteln zu greifen und die gesetzlichen Bestimmungen nicht nur eigenwillig auszulegen, sondern glattweg zu ignorieren. Es hatte Zeiten gegeben, in denen dieses Image passte, doch sie hatte sich geändert und war darauf bedacht, ihr neues Image zu pflegen. In diesem Fall allerdings war sie entschlossen, alle Register zu ziehen. Laurens Schicksal bereitete ihr größere Sorgen, als sie den Vater spüren ließ. Die Tatsache, dass Ben, der einzige Mensch, mit dem das Mädchen regelmäßig in Kontakt geblieben war, sie nicht mehr erreichen konnte, war kein gutes Zeichen. Und auch er schien alarmiert: Ben hatte die Vermisstenanzeige aufgegeben. Tina hatte mit dem polizeilichen Ermittler gesprochen, der den Fall bearbeiten sollte, doch bei aller Sympathiebekundung hielten sich nach ihrer Einschätzung seine Bemühungen in Grenzen. Für ihn war Lauren nur eine von vielen.

»Ich bin ziemlich optimistisch, dass wir durch das Zeitungsinterview neue Hinweise bekommen«, erklärte sie Donaldson. »Sie haben das Foto, das Sie mir von Lauren gegeben haben, veröffentlicht, und bei mir sind schon einige Anrufe von Leuten eingegangen, die behaupten, sie zu kennen. Ich gehe allen Spuren nach.« In Wirklichkeit hielten sich diese Anrufe in bescheidenen Grenzen, und die meisten Leute, die sich bei ihr gemeldet hatten, konnte sie als Spinner von der Liste streichen. Ein Hinweis allerdings war interessant. Eine junge Frau namens Sheryl hatte ihr heute Morgen eine Nachricht auf den AB gesprochen: Sie sei eine Freundin von Lauren und verfüge über Informationen, die ihr möglicherweise weiterhelfen könnten. Bis jetzt hatte Tina die Frau noch nicht erreicht, aber immerhin, eine Chance. »Wenn Sie wollen, kann ich Ihnen einen detaillierten Zwischenbericht schreiben«, fügte sie hinzu. Er verzog die Mundwinkel zu einem traurigen Lächeln. »Nicht nötig. Sie machen das schon.«

»Sie hätten nicht extra vorbeizukommen brauchen. Ich weiß, dass es für Sie ein weiter Weg ist.«

»Ich regle meine Angelegenheiten immer lieber persönlich. Könnten wir schon mal den nächsten Termin abmachen, für den Fall, dass Sie Neuigkeiten haben?«

Tina nickte. Es würde ihm helfen, die Ungewissheit zu ertragen. »Kein Problem.« Sie notierte sich das Treffen im Kalender und begleitete ihn zur Tür. Auf der Schwelle blieb er stehen und musterte sie mit einem warmherzigen Blick. »Wissen Sie, ich habe in meinem Leben so viel falsch gemacht«, sagte er, »ich wünschte, ich könnte noch mal von vorne anfangen. Ich will Ihnen nicht zu nahe treten, aber erlauben Sie mir, Ihnen einen Rat zu geben: Leben Sie! Hören Sie auf Ihre Wünsche! Greifen Sie zu, wenn sich Ihnen eine Chance bietet. Warten Sie nicht darauf, dass das Leben zu Ihnen kommt.«

»Keine Sorge, ich habe mir dieses Leben hier ausgesucht«, sagte sie, obwohl sie wusste, dass es gelogen war. »Ich halte Sie auf dem Laufenden.«

Sie schüttelten einander die Hand, und sie blickte ihm lange hinterher, wie er mit unsicheren Schritten Richtung Paddington Station lief.

Er war einmal ein Mann mit Hoffnungen und Träumen gewesen, doch Lebensumstände, Krankheit und Alter hatten ihn gebrochen. Tina beschlich die bange Frage, ob sie auch einmal so enden würde. Offenbar hatte er gemerkt, was für eine Last sie schulterte. Entweder war er ein aufmerksamer Beobachter oder sie musste lernen, ihre Gefühlslage besser zu kaschieren.

Sie schüttelte den unbehaglichen Gedanken ab und zündete sich eine Zigarette an. Während sie einen tiefen Zug nahm, starrte sie zur Bahnlinie und zur Überführung der A40 mit den Hochhäusern des Warwick Estate hinaus. Kein erhebender Anblick. Auch sonst bot ihr Büro wenig Inspiration. Das Einzige, was für das kleine beengte Zimmer im Erdgeschoss eines Vorkriegs-Reihenhauses in Bayswater sprach, war seine zentrale Lage etwa achthundert Meter westlich der Paddington Station. Und immerhin gab es Parkplätze auf dem Hinterhof. Sie wohnte in einem Dorf in der Nähe von Potter's Bar, unweit der Umgehungsautobahn im Norden Londons – an einem verkehrsarmen Tag etwa fünfundvierzig Autominuten von ihrem Büro entfernt, und wenn sie ehrlich war, hätte sie genauso gut von zu Hause aus arbeiten können. Doch für Tina war ihr Zuhause ein unantastbarer Zufluchtsort. Unter keinen Umständen hätte sie die hässliche, düstere Welt, mit der sie sich tagtäglich herumschlug, in die eigenen vier Wände geholt. Sie hatte das Beste daraus gemacht, und ihre kleine Detektei erfüllte ihren Zweck.

Durch die geöffnete Tür hörte sie in ihrem Büro das Telefon klingeln. Am liebsten hätte sie es klingeln lassen, doch sie wusste, dass sie danach nur mit halber Aufmerksamkeit bei der Arbeit gewesen wäre. Also nahm sie einen letzten Zug an ihrer Zigarette, drückte sie in dem Aschenbecher aus, für den die Raucher im Gebäude zusammengelegt hatten, und kehrte in ihr Büro zurück.

»Spreche ich mit Tina Boyd?«, fragte die Stimme eines Mannes, als sie den Hörer abnahm.

»Am Apparat.«

Am anderen Ende herrschte Schweigen, und Tina dachte unwillkürlich: Schon wieder irgend so ein Spinner.

»Matt Barren mein Name, ich brauche Ihre Hilfe, um einen Mörder zu finden.«

»Dafür brauchen Sie die Polizei, Mister Barren.«

»Die würde mir meine Geschichte nicht glauben.«

»Dann sollten Sie vielleicht mit einem Anwalt sprechen.«

»Das brächte auch nichts. Hören Sie, ich weiß selbst, wie das klingt …«

»Gut. Es klingt nämlich ganz danach, als wollten Sie meine Zeit vergeuden.«

»Nein, bestimmt nicht. Aber es ist eine lange Geschichte, die ich nicht am Telefon mit Ihnen besprechen kann.«

Tina seufzte. Sie hätte ohne Weiteres nein danke sagen können, und nachdem sie längst aufgelegt hatte, fragte sie sich, warum sie es nicht getan hatte. Doch in dem Moment hatte die Neugier gesiegt. Vielleicht hatte sie sich weniger verändert, als sie glaubte. Wie sich nach ihrem Berufswechsel sehr bald gezeigt hatte, bestand die Arbeit einer Privatdetektivin größtenteils aus unspektakulärer Routine und Fleißarbeit; dieser Anruf dagegen versprach ein wenig Nervenkitzel. Sollte sich der Kerl doch als Spinner erweisen, konnte sie ihn sich immer noch mit dem Pfefferspray und dem Gummiknüppel in ihrer Schreibtischschublade vom Halse halten.

»Also gut«, sagte sie und schaute auf die Uhr. »Kommen Sie um zwölf in mein Büro.«

9

Wenn man keinen Mensch auf der Welt hat und über keinerlei Einkünfte verfügt, kann einem die Welt da draußen ganz schön Angst einjagen. Man fühlt sich ständig in die Enge getrieben, rechnet, egal, welche Richtung man einschlägt, damit, vor einem unüberwindlichen Hindernis zu stehen. Die euphorische Siegesgewissheit nach meiner geglückten Flucht war verflogen. Das Einzige, was mich davon abhielt, mich in Hoffnungslosigkeit und Selbstmitleid zu suhlen, war Tina Boyd. Sie erschien mir wie ein Anker, der mich davor bewahrte, ins vollkommene Niemandsland abzudriften.

Der erste Eindruck erwies sich allerdings eher als ernüchternd. Ihr Büro lag in einer schäbigen Häuserzeile einer schmuddeligen Straße gegenüber einem Bauplatz, an dem die alten Gebäude sinnigerweise so weit abgerissen worden waren, dass sie einen Panoramablick auf die Eisenbahntrassen freigaben. Vielleicht gar kein so schlechtes Geschäftsgebaren, den potenziellen Klienten nicht auf den ersten Blick zu zeigen, dass man sich an ihnen eine goldene Nase verdiente, doch Tina trieb es mit dem Understatement ein wenig zu weit.

Nach Abzug der Taxifahrt besaß ich gerade noch zwanzig Pfund, was auf Tina zweifellos mächtig Eindruck machen würde. Nicht genug, dass ich mich am Telefon wie ein Idiot benommen hatte, hatte ich auch noch die Dreistigkeit besessen, mich um Hilfe an sie zu wenden, ohne dass ich sie bezahlen konnte.

Zumindest war ich sauber und adrett. Nachdem ich gegen Mitternacht in Paddington aus dem Zug gestiegen war, hatte ich mit dem Gedanken gespielt, im Freien zu schlafen, die Idee jedoch ebenso schnell wieder verworfen, als mir auf dem Querbahnsteig der eisige Wind entgegenschlug. In einer Straße um die Ecke hatte ich eine billige Absteige gefunden, das Zimmer in bar bezahlt, heiß geduscht und, Gott sei Dank ohne quälende Träume, kurz, aber erholsam geschlafen.

Als ich am Hauseingang klingelte und auf Tina wartete, wurde ich mit einem Mal ziemlich nervös. Der Blick, mit dem sie mich durch das Glasfenster der Tür von oben bis unten musterte, bevor sie öffnete, war alles andere als ermutigend. Das Foto in der Zeitung war, wie sich zeigte, nicht geschönt; vor mir stand eine attraktive Frau ungefähr in meinem Alter, nicht so groß, wie ich erwartet hätte, doch mit dem schulterlangen dunklen Haar und dem hübschen, markanten Gesicht erinnerte sie mich an eine Schauspielerin aus dem Fernsehen, deren Name mir nicht mehr einfiel. Das Auffälligste an ihr waren die Augen. Dieser fast schroffe, undurchdringliche Ausdruck paarte sich mit verhaltener Neugier, und bei näherer Betrachtung konnte der kühle, abschätzige Blick ihre Verletzlichkeit nur oberflächlich verbergen.

Ich war ihr auf Anhieb verfallen.

Im nächsten Augenblick runzelte sie die Stirn und sagte etwas, das mir einen wahren Schock versetzte.

»Sean? Was in aller Welt führt Sie hierher?«

Ein paar Sekunden brachte ich kein Wort heraus, sondern starrte sie nur an. Sie wirkte, als sähe sie einen Geist.

»Ich heiße Matt – Matthew – Barren«, brachte ich unsicher heraus. »Zumindest hat man mir das gesagt. Ich hatte einen Autounfall. Lag danach drei Monate im Koma.« Zum Beweis strich ich mir das Haar aus der Stirn, um ihr meine Narbe zu zeigen. »Und jetzt kann ich mich aus meinem früheren Leben an nichts mehr erinnern.« Die Tatsache, dass mich Tina offenbar wiedererkannt hatte, gab mir wenigstens einen Hoffnungsschimmer. »Ich brauche Sie, um mir nach und nach einen Reim darauf zu machen, was mir passiert ist.«

Sie gab sich Mühe, mich nicht wie einen Irren anzustarren, doch mit mäßigem Erfolg. »Ich weiß nicht, ob ich Ihnen helfen kann. Sie brauchen einen Arzt .«

»Hören Sie, da draußen laufen Leute herum, die versuchen, mich umzubringen, und ich habe nicht die leiseste Ahnung, wieso. Bitte hören Sie sich wenigstens meine Geschichte an. Das heißt, das wenige, was ich davon weiß. Bitte.«

Tina seufzte. »Na schön, kommen Sie rein«, lenkte sie zögerlich ein.

Sie führte mich einen schmalen Flur entlang, in dem es einige Grade kälter war als draußen, und führte mich in ihr Büro. Es war deutlich kleiner, als ich von jemandem erwartet hätte, der es auf eine Doppelseite in einer überregionalen Zeitung geschafft hatte, mit einem großen Schreibtisch, der unter Ordnern, Mappen und anderem Papierkram verschwand, zwei Stühlen sowie zwei Aktenschränken, die das halbe Zimmer einnahmen.

Sie setzte sich auf einen der Stühle, ich auf den anderen.

»Offenbar kennen Sie mich«, sagte ich. »Können Sie mir sagen, wer ich bin? Denn ich habe ehrlich gesagt nicht die leiseste Ahnung.«

Tina sah mich nachdenklich an. »Bevor ich Ihnen irgendetwas sage, halte ich es für das Beste, dass Sie mir der Reihe nach erzählen, was Ihnen passiert ist und weshalb Sie glauben, dass Sie jemand umbringen will.«

Sie wusste also nicht, was sie von mir halten sollte, und wer hätte es ihr verübeln können. Doch nun war ich einmal da, und mir blieb nichts anderes übrig, als die Karten auf den Tisch zu legen. Genau das tat ich. Ich fing mit dem Unfall an, schilderte ihr, wie es seit meinem Erwachen aus dem Koma weitergegangen war, und schloss mit den Ereignissen vom Vortag. Noch während ich alle meine Erinnerungen zusammenkratzte und ihr ausführlich berichtete, was ich wusste, wurde mir klar, wie haarsträubend die ganze Geschichte klang. Tina hörte mir, das musste man ihr lassen, von Anfang bis Ende zu, ohne mit der Wimper zu zucken und mich auch nur ein einziges Mal zu unterbrechen. Andererseits machte sie sich keinerlei Notizen, was nichts Gutes bedeuten konnte.

»Also, ich fasse zusammen«, sagte sie, nachdem ich geendet hatte. »Sie haben die ganze Zeit im Haus einer Frau verbracht, die vorgab, Ihre ›große‹ Schwester zu sein. Wegen Ihrer Amnesie konnten Sie bis gestern nicht beurteilen, ob es stimmte. Dann erscheinen am Abend zwei bewaffnete Fremde, ein Mann und eine Frau, auf der Bildfläche, die Frau erklärt Ihnen, Jane sei doch nicht Ihre Schwester, und konfrontiert Sie damit, dass sie das Pärchen, Ihre vermeintliche Schwester und Ihren vermeintlichen Pfleger, umgebracht hat. Anschließend stellt Ihnen die Dame eine Frage, auf die Sie keine Antwort wissen, und versucht Sie zu töten. Doch es gelingt Ihnen, sie abzuwehren, und bei Ihrer Flucht schießen Sie einen Ihrer Angreifer nieder.« Sie schwieg und sah mich fragend an. »Habe ich etwas vergessen?«

Ich zuckte die Achseln. »Nein, das trifft es in etwa. Sehen Sie, es muss doch irgendeine Möglichkeit geben zu überprüfen, ob ich die Wahrheit sage. Das Haus, in dem sich die Leichen meiner angeblichen Schwester und des Pflegers befanden, wurde in Brand gesteckt. Vielleicht steht davon etwas in der Zeitung.«

»Vielleicht.« Sie ließ das Wort eine Weile in der Schwebe, als wartete sie auf mein Geständnis, ihr einen Haufen Blödsinn aufgetischt zu haben. Als ich schwieg, seufzte sie. »Na schön, sehen wir uns die Sache mal ein wenig genauer an. Wo, sagten Sie, lag dieses Haus noch mal?«

»Die nächste Stadt ist Pembroke. Das Haus liegt ungefähr zehn Meilen entfernt.«

Ich wartete, während Tina emsig tippte. »Also«, sagte

sie nach einer Weile, »auf einer örtlichen Website gibt es einen Bericht, wonach gestern Nacht zwölf Meilen nordwestlich von Pembroke ein Haus bis auf die Grundmauern abgebrannt ist, von Leichen ist allerdings nicht die Rede.«

»Das kommt noch, verlassen Sie sich drauf.«

»Sie sagten, Sie hätten einen Autounfall gehabt. Ist Ihnen das genaue Datum bekannt?«

»Es war Anfang April. Genauer weiß ich es nicht, aber es ist in Nord-Hampshire passiert, und sie haben mich ins Krankenhaus von Basingstoke eingeliefert. Dort lag ich drei Monate lang im Koma. Leider hatte ich, als sie mich fanden, keinerlei Ausweispapiere bei mir, und den Halter des Fahrzeugs konnten sie auch nicht mehr ermitteln. Das war völlig ausgebrannt.«

»Und wie wurden Sie zu Matthew Barren?«

»Als ich im Krankenhaus aus dem Koma erwachte, war meine Schwester da. Sie hat mir erzählt, wer ich sei. Sie hatte sogar einen Führerschein mit meinem Foto, der auf diesen Namen ausgestellt war.« Allerdings war es das erste und letzte Mal, dass ich ihn zu sehen bekam.

»Schon sonderbar, finden Sie nicht? Ich meine, nicht nur, dass Sie keinerlei Ausweispapiere bei sich hatten, sondern dass diese Frau, die sich als Ihre Schwester ausgibt, weiß, wo sie Sie finden kann.«

»Angeblich hat sie, nachdem ich verschwunden war, bei sämtlichen Krankenhäusern in der weiteren Umgebung angerufen. Als sie mich schließlich fand, kam sie fast täglich zu Besuch, bis ich mich einigermaßen erholt hatte. Und sie hat bei meiner Entlassung den Papierkram erledigt.« So viel zumindest wusste ich noch, als wäre es gestern gewesen: wie ich das Krankenhaus an der Seite einer vollkommen fremden Frau verlasse, der ich mich trotzdem rückhaltlos anvertraue. Sie hatte immer nur gelächelt und geplappert und sich über jeden kleinen Fortschritt gefreut und schien es kaum abwarten zu können, mich zu ihr zu holen; selbst jetzt, nach allem, was geschehen war, beschlichen mich zuweilen Zweifel, ob ich ihr nicht unrecht tat.

Tina tippte erneut mit flinken Fingern in die Tastatur. Nach einer Weile hielt sie inne und lehnte sich zurück.

»Also, ich habe in den entsprechenden Lokalnachrichten eine Meldung über einen Autounfall auf der A31 gefunden, vom 18. April. Der Fahrer wurde mit schweren Verletzungen ins Krankenhaus eingeliefert, der Wagen war ausgebrannt.«

»Das könnte hinkommen.«

»Lassen Sie mal diesen Führerschein sehen.«

»Da muss ich passen. Ich habe ihn nicht. Auch im Haus konnte ich ihn nirgends finden. Aber die hier habe ich mitgehen lassen.«

Ich holte die Führerscheine aus der Tasche, die ich in Toms und Janes persönlichen Sachen gefunden hatte, und reichte sie ihr über den Tisch, während ich ihr erklärte, auf wen sie ausgestellt waren.

Tina überprüfte sie genau.

»Jetzt sind Sie an der Reihe«, sagte ich und gab mir redliche Mühe, einen sachlichen Ton zu wahren. »Sie sagen, Sie wüssten, wer ich bin. Ich bin ganz Ohr.«

Tina richtete sich kerzengerade auf und sah mir in die Augen.

»Sie haben eine runde Narbe am Bauch, stimmt's? Und noch eine am Oberschenkel?«

Ich nickte. »Ja. Jane hat behauptet, die stammten vom Unfall, aber ich war immer skeptisch – sie sahen älter aus.«

»Sind sie auch. Es sind Einschusslöcher.«

Ich war sprachlos. Das gute Gefühl währte genau drei Sekunden – bis Tina weitersprach.

»Sie heißen Sean Egan«, sagte sie nunmehr mit einem deutlich vorwurfsvollen Unterton. »Und Sie haben wegen Vergewaltigung gesessen.«

10

Tina beobachtete Sean Egan, der kerzengerade auf seinem Stuhl saß und sie fassungslos anstarrte. Sein Entsetzen wirkte echt. Er schien wie vom Donner gerührt. Auch sie hatte ihren Schock nur mühsam überspielen können, als er plötzlich nach fünf Jahren bei ihr auf der Matte stand und behauptete, nicht zu wissen, wer er war.

»Ich … ich …« Er atmete laut aus und wusste nicht weiter.

»Sie waren verdeckter Ermittler bei der Polizei«, fuhr Tina fort. »Unsere Wege haben sich beruflich gekreuzt. Sie haben mir sogar einmal das Leben gerettet. Sie sehen zwar ein bisschen anders aus, aber Sie sind es, keine Frage.« Sie schüttelte den Kopf. »Gütiger Himmel, Sean. Was ist mit Ihnen los?«

»Ich hatte gehofft, es mit Ihrer Hilfe herauszufinden.« Er schüttelte den Kopf. »Vergewaltigung? Haben Sie Einzelheiten?«

»Ich entsinne mich nur, davon gelesen zu haben. Demnach haben Sie in einer Bar eine verheiratete Frau kennengelernt und sollen anschließend mit zu ihr nach

Hause gegangen sein, so weit stimmen Ihre Aussagen und die der Frau überein. Erst danach wird es kompliziert. Die Frau behauptete, wegen ihres Mannes, der verreist war, seien ihr doch Bedenken gekommen und sie habe Sie gebeten zu gehen. Aber laut ihrer Aussage dachten Sie nicht daran. Nach ihrer Version haben Sie die Frau zum Verkehr gezwungen und sich hinterher aus dem Staub gemacht.« Dass Sean zu diesem Zeitpunkt mit seiner schwangeren Freundin zusammenlebte, erwähnte Tina nicht. Fürs Erste hatte er offenbar genug zu verdauen, und außerdem lag die Vermutung nahe, dass Seans Ex im Moment nicht allzu sehr erpicht darauf war, wieder von ihm zu hören.

Er legte den Kopf zurück und starrte zur Decke.

Währenddessen googelte Tina die Worte »Sean Egan plus Vergewaltigung plus Polizist« und klickte den ersten Link an. »Offenbar haben die Geschworenen Ihnen Ihre Version der Geschichte nicht abgekauft. Sie wurden zu vier Jahren verknackt. Der Richter hat Sie als rücksichtslosen Täter bezeichnet, der kein Nein akzeptiert.«

Vollkommen verwirrt sah er Tina an. »So etwas würde ich nie tun. Das bin ich nicht.«

»Woher wollen Sie das wissen? Sie erinnern sich an nichts. Hören Sie: Sie waren im Knast. Das muss für einen ehemaligen Polizisten, der wegen einer brutalen Vergewaltigung einsitzt, eine schlimme Erfahrung gewesen sein. Weckt das denn keinerlei Erinnerungen bei Ihnen?«

Er seufzte, legte frustriert die Hände vors Gesicht

und rieb sich die Augen. »Nein, auf Anhieb nicht. Wissen Sie irgendetwas darüber, wie es nach meiner Entlassung mit mir weiterging?«

Sie fügte das Wort »Entlassung« in ihre ursprüngliche Suche ein und überflog die Ergebnisse. »Nein, nichts. Aber das ist auch nicht weiter verwunderlich. Die Entlassung eines Straftäters bringt keine Schlagzeilen. Umgekehrt wird ein Schuh draus. Sie haben Ihre Haft erst vor etwas über drei Jahren angetreten, das heißt, wenn Sie vor fünf Monaten verunglückt sind, haben die Sie für einen Gewaltverbrecher verdammt früh laufen lassen, aber auf die Schnelle finde ich hier nichts von einem Berufungsverfahren.«

»War ich noch bei der Polizei, als das mit der Vergewaltigung passiert sein soll?«

»Nein, Sie haben in der Zeit, als ich Sie kennenlernte, also vor fünf Jahren, Ihren Abschied genommen. Bei einem Ihrer verdeckten Einsätze gab es viele Tote, und Sie sind mit knapper Not an einer Anklage vorbeigerutscht. Sie standen in dem Ruf, ziemlich aufbrausend zu sein, Sean. So viel steht zweifelsfrei fest.«

»Trotzdem habe ich Ihnen das Leben gerettet?«

»Ja«, sagte sie, »Sie haben mir das Leben gerettet.« Was damals geschah, war ihr ins Gedächtnis eingebrannt. Auch wenn er sich äußerlich verändert hatte, saß ihr Sean gegenüber. Diesen gut aussehenden Mann mit dem Blitzen in den Augen und seinem unwiderstehlichen Lausbubencharme. Sie hatte sich auf Anhieb zu ihm hingezogen gefühlt, ihn jedoch trotzdem auf Abstand gehalten. Mit einem Mann wie ihm handelte man sich nichts als Probleme ein, früher genauso wie heute.

»Ich bin kein schlechter Mensch, Tina.«

»Ach, wissen Sie, Sean, mir sind schon eine Menge üble Burschen untergekommen, die das von sich behauptet haben.«

»Aber Sie kannten mich. War ich ein mieser Typ?«

»In meinen Augen nicht, nein. Aber ich würde auch nicht die Hand dafür ins Feuer legen.«

Er schüttelte den Kopf. Der Schock stand ihm immer noch ins Gesicht geschrieben und wirkte so aufrichtig, dass Tina ihr Mitleid unterdrücken musste.

»Können Sie mir sagen, woran ich gerade gearbeitet habe, als sich unsere Wege kreuzten?«, fragte er.

»Ich denke, das lesen Sie am besten selbst nach. Ich lade einfach alles herunter, was ich über Ihre Vergangenheit finden kann, und drucke es für Sie aus, damit Sie es mitnehmen können.«

Er machte eine wegwerfende Handbewegung. »Mitnehmen? Wohin? Ich habe kein Zuhause, ich kenne niemanden. Ich habe keine Familie, keine Freunde, kein Geld. Mit anderen Worten: Ich stehe vollkommen solo da.«

»Sie sollten sich in einer Klinik melden und angeben, dass Sie an Amnesie leiden. Nennen Sie denen Ihren Namen, dann kann Ihnen geholfen werden. Wenn Sie wollen, hänge ich mich ans Telefon und versuche, Angehörige ausfindig zu machen, aber mehr kann ich im Moment nicht für Sie tun.«

»Tina, diese Leute versuchen mich umzubringen«,

sagte er und blickte ihr eindringlich in die Augen. »Ich habe keine Ahnung, weshalb. Ich möchte Sie engagieren und Sie bitten, für mich herauszufinden, was dahintersteckt. Als mir die Mörderin in Janes Haus die Pistole an den Kopf setzte, hat sie mich gefragt: ›Wo sind die Leichen?‹ Ich habe nicht die leiseste Ahnung, was sie aus mir herausbekommen wollte.«

Zugegeben, die Sache reizte sie, endlich einmal wieder etwas Anspruchsvolles! Sie glaubte Sean, und auf jeden Fall klang diese Geschichte um einiges spannender als der übliche Trott. Andererseits handelte sie sich, falls sie ihm half, mit Sicherheit jede Menge Komplikationen und Ärger ein, und beides konnte sie im Moment nicht gebrauchen. »Sie müssen mit dieser Geschichte zur Polizei, Sean. Wenn ich Sie richtig verstehe, wurden Sie Zeuge eines Doppelmords, und möglicherweise haben Sie in Notwehr einen Mann getötet.«

»Obwohl die mir natürlich kein einziges Wort glauben werden? Einem Mann mit Amnesie? Einem Ex-Knacki, wie ich von Ihnen höre? Glauben Sie wirklich, der Verdacht fiele nicht sofort auf mich, wenn ich denen erzähle, die beiden Personen, die sich in den letzten Monaten um mich gekümmert haben, seien von zwei Auftragskillern gefoltert und getötet worden? Ohne erkennbares Motiv und ohne irgendeinen Zeugen?«

»Und haben Sie schon mal daran gedacht, dass ich mich strafbar mache, wenn ich diese Unterhaltung nicht melde?«, hielt ihm Tina entgegen.

Er ignorierte ihren Einwand. »Bitte, Tina, helfen Sie mir herauszufinden, wer ich bin. Ich muss wissen, was diese Typen von mir wollen, wie ich da reingeraten bin und wie das alles mit meinem Unfall zusammenhängt. Sobald ich Klarheit habe, gehe ich zur Polizei und mache eine umfassende Aussage, versprochen. Und Sie halte ich raus.«

Nach wie vor zögerte sie. »Im Übrigen arbeite ich gerade an einem anderen schwierigen Fall.«

»Das weiß ich. Ich bin auf den Zeitungsartikel gestoßen. Genau deshalb bin ich ja hier. Möglicherweise steht dieses vermisste Mädchen nämlich mit dem in Verbindung, was mir passiert ist.«

Tina runzelte die Stirn. An diesem Punkt meldete sich erneut ihre anfängliche Skepsis. »Wie das?«

»Ich habe Ihnen doch erzählt, dass ich irgendwann die Medikamente nicht mehr genommen habe und mir seitdem gelegentlich Erinnerungsfetzen zu Bewusstsein kommen. Außerdem hatte ich zweimal kurz hintereinander ein und denselben Traum. Erschreckend real, und ich bin mir absolut sicher, dass diese Szenen wirklich passiert sind. In dem Traum bin ich in einem Haus mit einer toten und einer schwer verletzten Frau. Ich weiß weder, wer diese Frauen sind, noch, was ich dort zu suchen habe, aber ihre Gesichter, die sehe ich glasklar vor mir, Und bei der Toten handelte es sich, glaube ich wenigstens, um die Vermisste, nach der Sie suchen.«

»Gütiger Gott, Sean. Ist Ihnen klar, wonach das klingt?«

»Ich weiß, wonach das klingt, aber so ist es nicht! Hören Sie, als ich gestern mit dem Psychotherapeuten, diesem Dr. Bronson, darüber sprach, zeigte er sich plötzlich lebhaft interessiert und versuchte mit aller Macht, mich in Hypnose zu versetzen, um mehr Einzelheiten aus mir herauszubekommen. Und, welch ein Zufall, welch ein Zusammenspiel, tauchen am Abend zwei Killer im Haus auf und fragen mich, wo sich irgendwelche Leichen befinden.«

Tina pfiff durch die Zähne. »Wenn das stimmt …«

»Ich sage die Wahrheit, Tina, ich schwör's.«

Sean konnte verdammt überzeugend sein, das wusste Tina nur zu gut. Und wenn er einen ansah so wie gerade jetzt, unwiderstehlich. Auch das war ihr in lebhafter Erinnerung. Sie merkte, wie sich die Waagschale immer mehr zu seinen Gunsten neigte. Seine Geschichte, so verrückt sie klang, sprach nicht nur die passionierte Kriminalistin in ihr an, sondern rührte an jenen selbstzerstörerischen Instinkt, der sie in früheren Jahren in lebensbedrohliche Abenteuer gestürzt und sie nicht erst einmal um ein Haar das Leben gekostet hatte. Sie liebte das Risiko, hatte sich mit Inbrunst in die waghalsigsten Abenteuer gestürzt, doch das war vorbei. Oder nicht? Es juckte ihr in den Fingern.

»Also gut«, sagte sie schließlich, »ich werde Ihnen helfen.«

Und mit diesen Worten machte sie den ersten Schritt auf einem Weg, den sie ihr Lebtag nicht vergessen würde.

11

Der Mann, den Sean Egan als Dr. Bronson kannte, saß im tristen Wohnzimmer seiner beengten Londoner Wohnung und rauchte zu einem Glas Whisky eine Zigarette. Tatsächlich hieß er Robert Whatred, praktizierte schon lange nicht mehr und hatte sein Leben gründlich verpfuscht. Er konnte seinen Niedergang nicht an einem bestimmten Fehler festmachen; eins hatte zum anderen geführt, er war immer tiefer gesunken und am Ende abgestürzt.

Mit seiner florierenden psychotherapeutischen Praxis hatte er in seinen besten Zeiten mehrere Hunderttausend im Jahr verdient. Damals hatte er eine attraktive, gebildete Frau, auf die er stolz war; er besaß Eigenheime in London, Barkshire und in der Dordogne. – Er hatte damals alles, doch er wollte mehr. Robert Whatred litt an Sexsucht. Das gesunde, aktive Sexualleben mit seiner Frau hatte daran ebenso wenig geändert wie die Tatsache, dass er sie wirklich liebte. Sobald ihm eine andere Frau über den Weg lief – ob dick oder dünn, jung oder alt, hübsch oder hässlich, spielte kaum eine Rolle – versuchte er, sie ins Bett zu kriegen. Die glasklare Erkenntnis, dass es sich dabei um ein manisches Suchtverhalten handelte, das auf die mangelnde Geborgenheit und das geringe Selbstwertgefühl aus seiner Kindheit zurückzuführen war, half ihm in der Praxis herzlich wenig. Allenfalls gab es seinen Schuldgefühlen und seinem Selbsthass immer wieder neue Nahrung. In seiner Jugend hatte es zahlreiche Affären und One-Night-Stands gegeben, allesamt zunächst höchst erregend, doch ebenso ausnahmslos mit demselben faden Nachgeschmack. Wenn es vorbei war, fühlte er sich ausgelaugt und elend. Seit seiner Heirat war er sehr vorsichtig gewesen, und in all den Jahren hatte seine Frau nie etwas gemerkt.

Erst als er älter wurde und kein Adonis mehr war, fingen die Probleme an. Seine Attraktivität mochte schwinden, seine sexuellen Bedürfnisse nicht. Eher wurden sie noch stärker und drohten, von ihm Besitz zu ergreifen, je verzweifelter er versuchte, die emotionale Leere in seinem Innern zu füllen. Bei seiner Arbeit stützte er sich zunehmend auf die Methode der Hypnotherapie, und die meisten seiner Patienten waren Frauen, sodass es ihm nie an Gelegenheit mangelte. Einige von ihnen versetzte er in tiefe Trance und nutzte die Situation aus. Anfänglich ließ er es bei Fummeleien bewenden, doch die Erregung war so stark, dass es rasch zu schweren sexuellen Übergriffen kam. Wie früher flog er lange Zeit nicht auf, obwohl die eine oder andere Patientin ganz offensichtlich misstrauisch wurde. Manche sah er nicht wieder. Es kam, wie es kommen musste, eines Tages flog er auf. Die Umstände hätten kaum schlimmer sein können. Statt ihn bei der Polizei anzuzeigen, war eine seiner Patientinnen mit ihrem Verdacht zu seiner Frau gegangen: Die sehr attraktive Blondine hieß Adele, war in den besten Jahren, litt an einer schweren Zwangsneurose und verfügte über einen IQ, den Whatred, der sich eher zu gutgläubigen, einfältigen Frauen hinzog, vollkommen unterschätzt hatte. Nach allem, was Whatred seither in Erfahrung bringen konnte, hatte Adele davor zurückgescheut, Anzeige zu erstatten und ihn gerichtlich zu belangen, jedoch beschlossen, dem Missbrauch seiner beruflichen Position ein Ende zu setzen.

Es hatte keiner besonderen Überzeugungsarbeit bedurft, Mrs. Whatred hellhörig zu machen. Die resolute Frau brachte in seiner Praxis eine versteckte Kamera an, und so wurde aus der Ahnung bald Gewissheit. Das Schicksal war ihm lange genug gewogen gewesen, doch an diesem Punkt wendete sich das Blatt. Zu seinem Missgeschick stand am nächsten Tag ausgerechnet eine seiner Lieblingspatientinnen auf dem Terminplan – Estelle, eine vollbusige Mittfünfzigerin, die aufgrund frühkindlichen Missbrauchs durch den Stiefvater an Bindungsängsten litt. Welch eine Ironie, dass diese Frau, die seit mehr als zehn Jahren keinen Sex mehr gehabt hatte, unter Hypnose einen atemberaubenden Blowjob hinlegte. Die versteckte Kamera war genau an der richtigen Stelle installiert, um Estelle und ihn in Hochauflösung bei der Fellatio einzufangen.

Ursprünglich hatte Mrs. Whatred nur bezweckt, bei einer Scheidung das Beste für sich herauszuschlagen, doch was sie dann zu sehen bekam, traf sie so schwer, dass sie mit ihrem Filmmaterial schnurstracks zur Polizei ging und Whatred noch am selben Tag in seiner Praxis – diesmal wenigstens in einer Sitzung mit einem männlichen Patienten – verhaftet wurde. Danach ging alles ganz schnell: Die berufliche Schmach, die Scheidung, der Verlust seines verbliebenen Vermögens durch Schmerzensgeldansprüche und schließlich die dreijährige Freiheitsstrafe.

Seit seiner Entlassung vor etwas über zwei Jahren war er mehr als einmal dem Selbstmord nahe gewesen und griff immer öfter zur Flasche. Komischerweise hatte ihm der Alkohol die Sucht nach Frauen ausgetrieben. Es fehlte ihm an Neigung und an Kraft, und ohne dieses mysteriöse Stellenangebot, das ihm vor einigen Wochen die Rettung aus seiner Kalamität versprach, hätte er seine suizidalen Absichten längst in die Tat umgesetzt.

Whatred war seinem Arbeitgeber nie persönlich begegnet. Er kannte ihn nur als Mr. H, und sie verständigten sich ausnahmslos telefonisch. Dabei sollte er nur eine ganz bestimmte, absolut illegale Therapieform bei einem Patienten in Wales zum Einsatz bringen. Unter normalen Umständen hätte Whatred keinen Gedanken an diese Offerte verschwendet, da er nicht den geringsten Wunsch verspürte, noch einmal in den Knast zu wandern. Doch der Mann bezahlte gut. Richtig gut. Mister H hatte in einem Schließfach in Handon einen Umschlag mit zehn Riesen hinterlegt, und das war nur der Vorschuss. Für jede Fahrt nach Wales, zweimal die Woche, gab es einen Riesen obendrauf. Abgesehen von der kümmerlichen Sozialhilfe – zu wenig zum Leben, zu viel zum Sterben –, war dies sein einziger Geldhahn.

Doch als er jetzt, mit seinen Gedanken und Ängsten allein, in seiner Wohnung auf einem abgewetzten Sofa saß und auf die Spinnweben an seiner nikotinverfärbten Decke starrte, wünschte sich Whatred, er hätte sich nie auf dieses Abenteuer eingelassen. Die Schuldgefühle, sein lebenslanger Begleiter, drohten ihn zu erdrücken. Seine Komplizenschaft in Hs perfidem Spiel war ihm verhasst: Wie hatte er nur derart tief sinken können, die Amnesie eines Mannes, der ihm in seinem traumatisierten Geisteszustand hilflos ausgeliefert war, mit allen Mitteln aufrechtzuerhalten, statt ihn davon zu heilen, während er zu allem Überfluss auch noch versuchte, für seine Auftraggeber Informationen aus ihm herauszubekommen. Und wie sollte es weitergehen, wenn es ihm gelang? Schon seit einer Weile konnte er das mulmige Gefühl nicht abschütteln, dass seine und Matthew Barrens Tage gezählt waren, wenn Mr. H erst einmal hatte, was er wollte.

Aber blieb ihm eine andere Wahl? So oder so war er am Ende, da konnte er vor seinem Abgang ebenso gut noch mit ein bisschen Geld um sich schmeißen. Er nahm einen Schluck Whisky – an diesem Morgen gönnte er sich einen Black Label – und überlegte, was er mit dem Tag anfangen sollte.

Die Antwort kam prompt. Sein Telefon klingelte.

Er wusste sofort, wer es war. Er wappnete sich und ging ran.

»Wir haben ein Problem«, sagte Mr. H in diesem charakteristisch ungerührten Ton. »Barren ist verschwunden.«

Unter der unheilvollen Nachricht zuckte Whatred zusammen. »Verschwunden? Wohin?«

»Wissen wir nicht. Seine zwei Aufpasser sind tot, das Haus ist abgebrannt. Wissen Sie irgendwas darüber?«

»Natürlich nicht«, sagte Whatred und bemühte sich, Haltung zu bewahren. »Ich bin gestern wie gewohnt zu ihm rausgefahren, da war alles noch ganz normal.«

»Ich gehe wohl richtig in der Annahme, dass Sie die Information, an der ich interessiert bin, noch nicht aus ihm herausbekommen haben.«

»Sonst hätte ich Sie sofort angerufen.« Für den Fall, dass Barren verriet, was Mister H von ihm wissen wollte, hatte ihm sein Auftraggeber eine Telefonnummer gegeben, doch bis jetzt hatte er den Jackpot nicht geknackt. »Aber wir kommen der Sache näher.«

»Was uns jetzt, nachdem er sich aus dem Staub gemacht hat, nicht besonders weiterhilft, richtig? Sie hatten zwei Monate, um es aus ihm rauszukitzeln, und Sie haben versagt.«

»So einfach ist die Sache nicht. Mister Barren hat eine lebensbedrohliche Kopfverletzung erlitten, und Sie haben mich gebeten, Auskünfte über Ereignisse zu liefern, die nur wenige Stunden vor seinem Unfall liegen. Solche Erinnerungen stellen sich nicht von selbst wieder ein. Möglicherweise bleiben sie für immer verschüttet.«

»Ich wollte etwas anderes von Ihnen hören.« Jetzt schwang ein unmissverständlich scharfer Unterton mit. »Wie lange wird es ohne Ihre Medikamente und Ihre …

Therapie dauern, bis er sein Gedächtnis wiedererlangt?« Das Wort »Therapie« klang aus seinem Mund wie ein Voodoo-Zauber.

Keine Chance, sich herauszureden. Whatred seufzte. »Das geschieht nach und nach. Es war schon ein hartes Stück Arbeit, die älteren Erinnerungen bei ihm zu unterdrücken. Bei der retrograden Amnesie, unter der Mr. Barren leidet, wird ihm die Zeit kurz vor seinem Unfall als Letztes zu Bewusstsein kommen.« Den Zusatz »falls überhaupt« ersparte er sich. Dazu war alles gesagt. »Aber das Übrige – die Erinnerungen an seine Kindheit, seine Jugend und schließlich die zwei Jahrzehnte danach, die kommen wieder.«

»Wie lange wird er brauchen?«

»Schwer zu sagen. Retrograde Amnesie ist ein unberechenbarer Zustand. Die Verläufe sind ganz individu…«

»Wie lange?«

Genau aus diesem Grund hasste es Whatred, sich mit Laien herumzuschlagen. Sie hatten nicht die leiseste Ahnung von der Komplexität der Gehirnfunktion. Sie waren auf simple Antworten aus. »Ohne Medikamente und regelmäßige Hypnotherapie kommen die ersten Erinnerungen, also die aus dem Langzeitgedächtnis, mehr oder weniger sofort. Durchaus möglich, wenn auch nicht zwingend, dass er sich binnen weniger Tage auch an ein Gutteil seines Lebens als Erwachsener erinnern kann.«

Mr. H stieß einen Fluch aus.

»Andererseits werden gewisse Dinge höchstwahrscheinlich für immer verschüttet bleiben«, fügte Whatred hastig hinzu. »Ich habe immer einen großen Teil der Hypnotherapie darauf verwandt, Barren falsche Erinnerungen einzupflanzen. Dabei habe ich mich peinlich genau an Ihre Vorgaben gehalten.«

»Trotzdem, sobald er herausfindet, wer er wirklich ist, hört der Spaß auf. Dann kann er uns richtig gefährlich werden.«

Whatred hatte keine Ahnung, wer mit »uns« gemeint war, und wollte es auch gar nicht so genau wissen. Sein Instinkt sagte ihm, je weniger er wusste, desto besser für seine Gesundheit. »Barren wird eine Weile brauchen, die Puzzleteile zusammenzufügen«, versuchte er Mister H zu beruhigen. »Er war zwei Monate lang in einem Zustand permanenter Orientierungslosigkeit. Ich denke, fürs Erste ist er ziemlich hilflos.«

Mister H legte eine Denkpause ein. »Was glauben Sie? Was könnte jemand aus ihm herausbekommen haben, der ihn gegen seinen Willen festhält und auch vor Folter nicht zurückschreckt?«

Gütiger Gott, dachte Whatred, *wo bin ich da bloß hineingeraten?* »Er weiß nicht viel. Und mit Sicherheit nicht das, was Sie von ihm zu erfahren hofften.« Doch noch während er sprach, kamen ihm Zweifel. Immerhin hatte Barren von dem Vorfall in dem Haus mit den Morden geträumt. Von diesen Erinnerungsfetzen war es nicht allzu weit bis zu den entscheidenden Ereignissen danach. Doch diesen Gedanken hielt er vor Mister H zurück. Stattdessen sagte er: »Über jene Nacht wird er nichts verraten. Er weiß nichts davon. Sie befürchten demnach, dass er entführt worden ist?«

»Das wissen wir bis jetzt noch nicht«, erwiderte Mister H. »Doch alles spricht dafür, dass er noch am Leben ist.«

»Und ich? Bin ich auch in Gefahr?«, fragte Whatred. »Ich meine, nach der schrecklichen Geschichte mit den anderen beiden?«

»Keine Sorge, Ihnen passiert schon nichts. Halten Sie sich bedeckt, und gehen Sie nie ohne Ihr Handy raus. Gut möglich, dass wir Sie noch brauchen.«

Mr. H hatte aufgelegt. Whatred starrte auf das Telefon und hatte das unabweisliche Gefühl, dass er sich sehr wohl in größter Gefahr befand. Er hatte sich mit äußerst gefährlichen Leuten eingelassen und steckte bis zum Hals in der Sache mit drin. Schlimmer noch: Seit gestern war er entbehrlich.

Mister H legte das Telefon weg und schüttelte frustriert über die Serie an Fehlschlägen den Kopf.

Er hegte keinen Zweifel, dass Sean Egan, in dessen benebeltem Hirn Informationen im Wert von zig Millionen schlummerten, noch am Leben war und es irgendwie geschafft hatte, aus den Fängen der Killer und aus dem abgefackelten Haus zu entkommen.

Folglich mussten sie ihn ausfindig machen und schleunigst dafür sorgen, dass er aus dem Verkehr gezogen wurde.

Höchste Zeit für Plan B.

12

Ich versuchte, Tina zu überreden, mich bei ihr zu Hause aufzunehmen, doch davon wollte sie nichts wissen. Konnte ich es ihr verübeln? Ich sah schlimm aus, meine Geschichte klang bizarr, und in ihren Augen war ich ein Vergewaltiger – keine Empfehlung für einen Hausgast.

Die Sache mit der Vergewaltigung war ein Magentiefschlag. Ich empfand mich nicht als aggressiven oder gar gewalttätigen Mann, und die Vorstellung, mich einer Frau aufzuzwingen, war mir vollkommen fremd. Doch solange meine wahre Identität im Dunkeln lag, konnte ich nicht mit Bestimmtheit sagen, wozu ich fähig war. Gegenüber Jane hatte ich mich stets korrekt verhalten, auch wenn ich einräumen musste, dass meine Gefühle nicht immer ausschließlich brüderlicher Natur gewesen waren. Doch vielleicht hatte ich mich nur zusammengerissen, weil ich mich von ihr abhängig wusste und unser Verhältnis nicht aufs Spiel setzen wollte, vor allem aber, weil ich unter dem Eindruck stand, sie sei meine Schwester. Unterm Strich musste ich mich der bitteren Tatsache stellen, dass ich theoretisch nicht nur ein Vergewaltiger, sondern sogar für die Morde in meinem wiederholten Albtraum verantwortlich sein konnte.

Bis ich mein Gedächtnis wiederfand, war theoretisch alles möglich.

Doch mit Tina an Bord hatte ich zumindest eine Chance, die Wahrheit ans Licht zu bringen, auf die Gefahr hin, dass sie mir nicht gefiel.

Inzwischen saßen wir in Tinas Wagen auf dem Weg zur Notaufnahme des örtlichen Krankenhauses. So sehr ich mich gegen den Gedanken sträubte, sah ich ein, dass ihr Rat vernünftig war. Tina hatte mir ein Handy gegeben und ihre Nummer darauf gespeichert, damit wir uns jederzeit gegenseitig erreichen konnten. Sie hatte mir auf die Seele gebunden, es mit einem Passwort zu sichern, und mir aufgetragen, ihr wenn nötig eine Nachricht auf die Mailbox zu sprechen. Sie rufe dann umgehend zurück. Auf meine Frage nach dem Grund hatte sie nicht lange um den Brei herumgeredet. »Nehmen Sie's mir nicht krumm, Sean, aber ich möchte nicht mit Ihnen in Verbindung gebracht werden, und für den Fall, dass dieses Handy in die falschen Hände fällt, muss ich mich schützen.«

Das leuchtete ein, und ich beklagte mich nicht. Überhaupt war Tina angesichts meiner prekären Lage gut zu mir gewesen. Sie hatte sogar an einem Geldautomaten hundert Pfund gezogen und mir in die Hand gedrückt und mich zuletzt auch noch zu einem Schinken-Baguette aus einem Imbiss eingeladen. In Anbetracht der Tatsache, dass eigentlich ich sie hätte bezahlen müssen, war ich ihr mehr als dankbar.

»Was werden die Ihrer Meinung nach mit mir machen?«, fragte ich, als wir an einer Ampel hielten. Der Himmel war wolkenverhangen, und plötzlich ging ein prasselnder Regen nieder.

Ohne sich zu mir umzusehen, zuckte sie die Achseln und sagte: »Keine Ahnung. Vielleicht behalten die Sie zur Beobachtung über Nacht da. Höchstwahrscheinlich werden Sie an einen Spezialisten in der Psychiatrie überstellt, vielleicht auch vorübergehend in eine Klinik. So oder so haben Sie wenigstens ein Dach überm Kopf.«

»Und was gedenken Sie unterdessen zu tun?«

»Ich sehe zu, ob ich etwas über Ihre Vergangenheit in Erfahrung bringen kann. Ich habe immer noch eine Menge Kontakte bei der Polizei und sollte in der Lage sein, ein paar Lücken in Ihrer Geschichte zu schließen. Außerdem schaue ich mal, ob ich vielleicht irgendwelche Angehörigen von Ihnen auftreiben kann, bei denen Sie Unterschlupf finden. Wenn Sie allerdings recht haben und irgendwelche Leute hinter Ihnen her sind, haben wir natürlich das Problem, dass Sie Ihre Familie in Gefahr bringen könnten.«

Ich schüttelte nur müde den Kopf. »Ich brauche jede Menge Antworten, nicht zuletzt auf die Frage, wieso mich einige Leute unbedingt tot sehen wollen.« Wie so oft in den letzten Wochen packte mich bei der Frage, die mir am meisten unter den Nägeln brannte, eine lähmende Hoffnungslosigkeit – der schlichten Frage: »Was für ein Mensch bin ich?«

Diesmal legte mir Tina mitfühlend die Hand auf den

Arm. »Wir finden die Antworten, Sean. Es mag eine Weile dauern, aber wir finden sie. Immerhin habe ich die Führerscheine von Ihrer angeblichen Schwester und Ihrem Pfleger, das ist schon mal ein Anfang. Vielleicht fällt Ihnen auch zu den Informationen etwas ein, die ich Ihnen ausgedruckt habe. Natürlich sind das nur Bruchstücke in Ihrem Lebenslauf, fast nichts zu Ihrem beruflichen Werdegang, aber immerhin etwas. Bei Ihrer Arbeit, besonders zu der Zeit, als sich unsere Wege kreuzten, dürfen Sie nicht vergessen, dass Sie damals V-Mann waren. Trotzdem, wir stehen nicht mit leeren Händen da.«

Ich betrachtete das Dutzend DIN A4-Blätter, das ich auf dem Schoß hielt, und fragte mich, ob irgendetwas darunter war, das vielleicht meinem Gedächtnis auf die Sprünge helfen und etwas aus den Tiefen meines Unterbewusstseins an die Oberfläche holen konnte.

Wir hatten Grün und bogen zu einem sehr modernen Hochhauskomplex mit seltsamen blauen Fenstern ab.

Vor einem großen roten Schild mit der Aufschrift *Notaufnahme* fuhr Tina heran. »Da wären wir. Die Notaufnahme des St Mary's Hospital. Den Fußweg dort entlang, der Eingang ist rechts.«

Als es so weit war, fiel mir der Abschied von ihr schwer. »Und wenn sie mir das Handy abnehmen und ich Sie nicht erreichen kann?«, fragte ich und schämte mich für den Anflug von Panik in meinem Ton. »Tina, ich hasse es, so hilfsbedürftig und schwach zu sein, aber im Moment … im Moment sind Sie der einzige Mensch, an den ich mich halten kann.« Gegen die Woge der

Emotionen, die sich in meinem Gestammel Bahn brach, war ich machtlos, und ich fürchtete jeden Moment loszuheulen. In den Wochen bei Jane hatte ich kein einziges Mal geweint; ich glaube, die Medikamente, die sie in mich hineinstopften, hatten jeden Gefühlsausbruch im Keim erstickt. Doch in diesem Augenblick musste ich meine ganze Willenskraft zusammenkratzen, um die Tränen zurückzuhalten. »Sie machen sich keine Vorstellung davon, wie es in mir aussieht. Diese Stadt, diese Straßen, dieses Krankenhaus, das alles bereitet mir eine Höllenangst.«

»Ich weiß, dass ich nicht ansatzweise nachvollziehen kann, was Sie durchmachen, Sean, ich kann nur ahnen, wie entsetzlich es sein muss, keine Erinnerungen zu haben, aber das Saint Mary's ist ein Krankenhaus der Spitzenklasse, und ich bin sicher, dass sie Ihnen da weiterhelfen können.«

Ich wusste, dass sie recht hatte und dass es unmöglich war, bei ihr zu bleiben. Die Woge verebbte so schnell, wie sie über mich geschwappt war. »Sicher, in Ordnung. Aber bleiben Sie bitte mit mir in Kontakt.«

Als ich die Tür öffnete, um auszusteigen, hielt mich Tina am Arm zurück. »Warten Sie.« Dann griff sie ins Handschuhfach und holte etwas heraus, das an ein Schmuckkästchen erinnerte. »Hier, nehmen Sie das, aber verstecken Sie es gut.« Sie reichte mir ein kleines Plastikobjekt kaum größer als eine Münze.

Ich sah es mir an. »Was ist das?«

»Ein winziger Peilsender. Damit kann ich Sie, egal, wo Sie sind, bis auf fünf Meter Entfernung orten, das heißt, falls Sie Ihr Handy verlieren oder es Ihnen abgenommen wird, spüre ich Sie trotzdem auf.«

»Respekt«, sagte ich. »Ich bin beeindruckt.« Und das war eher untertrieben.

»Das Ding hat richtig Geld gekostet, also verlieren Sie es bitte nicht. Die Batterie hält nur achtundvierzig Stunden, danach müssten wir uns etwas anderes einfallen lassen, aber hoffen wir einfach mal, dass sich bis dahin alles für Sie geklärt hat.«

Ich bückte mich und steckte mir den Sender in die Socke, wo er vermutlich am besten aufgehoben war. »Danke, Tina. Ich weiß wirklich zu schätzen, was Sie für mich tun.«

Ohne ein Lächeln sah sie mich an. »Enttäuschen Sie mich nicht, Sean.«

Ich nickte und trat in den Regen.

13

Als Nächstes stand Sheryl Warner auf Tinas Terminkalender, das Mädchen, das am Morgen wegen des Artikels in der *Mail* angerufen hatte, um mit ihr über Alan Donaldsons Tochter Lauren zu sprechen. Offenbar waren die beiden jungen Frauen miteinander befreundet gewesen, und nach einer kurzen Unterhaltung hatte Tina beschlossen, ihr einen Besuch abzustatten.

Auf der Fahrt zu Sheryl Warners Haus musste sie an Sean Egan denken. Sie war unschlüssig, was sie von der ganzen Geschichte halten sollte, dabei nahm sie ihm ab, dass ihm die ganze Geschichte tatsächlich passiert war. Nur bei dem Traum, in dem er Lauren beschrieb, stieß sie an ihre Grenzen. Davon abgesehen, sah dem Mann, den sie von früher kannte, eine Vergewaltigung einfach nicht ähnlich, auch wenn sie die Berufserfahrung bei der Polizei lehrte, dass scheinbar charmante, gefestigte Persönlichkeiten unter bestimmten Umständen zu schrecklichen Dingen fähig waren, und dass Sean Gewalttätigkeit zuzutrauen war, wusste sie aus der kurzen Zeit, in der sie ihn kannte. Da hatte er ohne Not das Gesetz in die eigene Hand genommen, sich ohne Dienstanweisung in eine bewaffnete Bande eingeschleust und unmittelbar an der Entführung eines Mordverdächtigen beteiligt. Am Ende hatte es den Tatverdächtigen und die ganze Bande bis auf Sean erwischt, und dass er sich nicht vor Gericht verantworten musste, hieß noch lange nicht, dass er nicht persönlich für den Tod eines oder mehrerer dieser Verbrecher verantwortlich war. Für einen Moment spielte sie mit dem Gedanken, Seans Geschichte einem bestimmten ehemaligen Kollegen bei der Polizei zu erzählen. Immerhin verfügte Sean nach eigener Aussage über wichtige Informationen zu zwei Morden. Streng genommen machte sie sich selbst der Mitwisserschaft und Beihilfe nach der Tat schuldig, wenn sie es nicht tat.

Am Ende folgte sie ihrem Bauchgefühl und beschloss, erst einmal zu sehen, wie es weiterging. Zweifellos wäre es nützlich, mit der Frau zu sprechen, die Sean wegen Vergewaltigung angezeigt und deren Zeugenaussage ihn damals hinter Gitter gebracht hatte. Natürlich leichter gesagt als getan, denn wie alle Vergewaltigungsopfer genoss die Frau lebenslange Anonymität. Um sie ausfindig zu machen, würde Tina also ein paar Strippen ziehen müssen. Und was dann? Selbst wenn Sean vollkommen unschuldig war, würde die Frau sich hüten, das zuzugeben. Das alte Problem mit Vergewaltigung während einer Verabredung: Immer stand das Wort des einen gegen das des anderen. Und doch wusste Tina, dass es ihr wesentlich leichter fallen würde, mit Sean zusammenzuarbeiten, wenn sie erst einmal mit der Frau gesprochen hätte, an der er sich nach Auffassung der Geschworenen vergriffen hatte.

Sheryl Warner wohnte am südlichen Ende von Camden Town, einen Steinwurf von der U-Bahn-Station Morningside entfernt. In der Gegend kannte sich Tina aus. Nicht weit von hier hatte sie eine Zeit lang mit ihrem damaligen Freund, einem Kollegen bei der Polizei namens John Gallan, gelebt; in der Nähe der High Street befand sich ihr Stammlokal, das italienische Restaurant Contie's. John war der letzte Mann, mit dem sie zusammengezogen war, und das lag schon viele Jahre zurück. John war seit nunmehr acht Jahren tot, und sie fragte sich, wo die Zeit geblieben war. Wie mochte ihr Leben in weiteren acht Jahren aussehen?

Da sie im näheren Umkreis zum Haus keine Parklücke fand, wich sie auf eine kostenpflichtige Straße aus. Es hatte geregnet, doch im Moment klarte der Himmel auf. Ihr Weg führte sie an der Straße mit dem Restaurant vorbei, und sie konnte der Versuchung nicht widerstehen, nachzuschauen, ob Contie's noch existierte. Es war verschwunden; in dem Lokal befand sich jetzt ein offensichtlich gut besuchtes Café, und Tina war irgendwie erleichtert, denn der Anblick des Italieners mit den traditionellen rotweiß karierten Tischtüchern und den leeren Weinflaschen an den Wänden hätte sie melancholisch gestimmt.

Sheryls Wohnung lag im ersten Stock eines großen Reihenhauses gegenüber einem gepflegten Park – wie aus dem Bilderbuch oder auf einem Maklerfoto, auch wenn man bei näherem Hinsehen bemerkte, dass der Park ein Treffpunkt für Alkoholiker war und sich keine zwanzig Meter von Sheryls Haustür entfernt ein heruntergekommener, schäbiger Pub befand, der eher einer Festung glich und sich gegen einen riesigen Hochhauskomplex in unmittelbarer Nachbarschaft behaupten musste. So typisch für London, dachte Tina. Du läufst um die nächste Straßenecke und kommst in eine andere Welt.

Der Buzzer ertönte, und Tina trat in den Hausflur, wo ihr ein muffiger Geruch entgegenschlug. Sie stieg die Treppe hinauf, und bevor sie oben an die Wohnungstür klopfen konnte, öffnete ihr eine zierliche blonde Frau etwa Mitte zwanzig, die in ihrem rosa Shirt zu Trainingshose und dicken Socken auf eine lässige Art hübsch war. Als sie lächelte, zeigte sie frisch gebleachte Zähne, eine Spur zu groß für ihren Mund. »Hi Tina«, sagte sie in einem leicht affektierten Ton. »Nett, Sie kennenzulernen.« Dabei reichte sie ihr die Hand. »Kommen Sie rein.«

Sheryl führte sie in das geräumige Wohnzimmer, das nach Parfüm und Zigaretten roch und so aussah, als könnte es einen ordentlichen Frühjahrsputz gebrauchen. Sie warf sich aufs Sofa, während sie Tina mit einer stummen Geste aufforderte, in einem Sessel Platz zu nehmen.

»Entschuldigen Sie die Unordnung, ist gestern spät geworden.«

Tatsächlich herrschte in dem Raum ein ziemliches Chaos: Überall standen Henkelbecher und anderes Geschirr sowie halbvolle Aschenbecher herum, quer über den Boden lagen Kleider und Unterwäsche verstreut. Am helllichten Tag waren alle Gardinen zugezogen und sämtliche Lampen an, eine klaustrophobische Atmosphäre.

Bevor sie sich setzte, nahm sie ein T-Shirt vom Sessel und warf es auf den Teppich. Um drei Uhr nachmittags war die Entschuldigung, fürs Aufräumen sei keine Zeit gewesen, irgendwie schwer nachzuvollziehen.

Wie gewohnt kam sie sofort zur Sache. »Wann haben Sie Lauren Donaldson das letzte Mal gesehen?«

»Ist schon eine ganze Weile her.«

»Geht's etwas genauer?«

Sie kicherte. »Ich kann mir Daten nicht besonders gut merken.«

»Versuchen Sie's einfach mal«, sagte Tina. »Immerhin haben wir es mit einer vermissten Person zu tun.«

Sheryl schien von ihrem nüchternen Ton ein wenig verblüfft, legte sich jedoch nicht mit ihr an. Stattdessen kniff sie wie ein Kind, wenn es sich konzentriert, angestrengt die Augen zu. »Also, das ist schon ein paar Monate her. Etwa März oder April. Sie war mit Jen in einem Club. Die beiden waren eng befreundet. Sie haben viel zusammen rumgehangen.«

»Hat Jen auch einen Nachnamen?«

Sie überlegte einen Moment. »Jones, ja, Jen Jones.«

Tina machte sich eine Notiz.

»Sheryl, ich konnte bis jetzt beim besten Willen Laurens letzte Adresse nicht ausfindig machen. Wissen Sie vielleicht, wo sie wohnte, als Sie sich das letzte Mal gesehen haben?«

»Sie wohnte mit Jen zusammen. Letzten Sommer bin ich einmal nach einer Party mit raufgekommen. In Chalk

Farm, nicht weit von hier. Ehrlich gesagt, hatte ich einen sitzen, deswegen kann ich Ihnen die genaue Adresse beim besten Willen nicht sagen.«

»Haben Sie eine Idee, wie ich Jen aufspüren könnte?«

Sheryl schüttelte den Kopf. »Nein, die hab' ich auch schon lange nicht mehr gesehen, ich glaube, das letzte Mal zusammen mit Lauren.«

Tina drängte sich der Gedanke auf, dass ihr Besuch reine Zeitvergeudung war. »Und woher kannten Sie Lauren?«

»Wir haben uns vor ein paar Jahren auf einer Party kennengelernt. Wir haben uns auf Anhieb gut verstanden und verabredet. Wir hingen mehr oder weniger mit den gleichen Leuten ab.«

»Und was für Leute waren das?«

»Na ja, dieselbe Partyszene eben. Man geht in dieselben Clubs, trifft sich auf denselben Partys wieder … Sie wissen schon.«

»Also so etwas wie ein lockerer Bekanntenkreis?«

»Ja«, erwiderte Sheryl wenig überzeugend. »So was in der Art.«

»Können Sie mir die Namen anderer Leute aus diesem Kreis nennen, die Lauren kennen müssten?«

»Ehm … Gott, keine Ahnung.«

»Wie viele Leute gehörten denn ungefähr zu diesem Partykreis? Schon irgendwie interessant, dass sich außer Ihnen niemand bei mir zu Laurens Verschwinden gemeldet hat.«

»Schätze mal, ein paar von denen bleiben lieber anonym.«

Jetzt war Tina ganz Ohr. Eine typische Situation im Zuge detektivischer Routinearbeit. Man wühlte sich langsam durch einen Haufen unbrauchbarer Banalitäten, und plötzlich stieß man auf ein möglicherweise wertvolles Detail. »Wieso das?«

Zum ersten Mal machte Sheryl einen unsicheren Eindruck. Sie griff nach einem Zigarettenpäckchen auf dem Beistelltisch neben ihr, zündete sich eine an und hielt Tina das Päckchen hin. Sie winkte dankend ab. Sie hatte schon unterwegs zwei geraucht, genug für den restlichen Tag.

Sheryl nahm einen kurzen Zug, als fände sie eigentlich keinen Geschmack daran, dann sah sie Tina durch den Rauch in die Augen. »Also, kann ich Sie was fragen? Was ist Ihrer Meinung nach mit Lauren passiert?«

»Das weiß ich nicht«, sagte Tina, »aber ich bin ernstlich besorgt. Sie wurde seit Monaten nicht mehr gesehen; ihre Facebook-Seite wurde gelöscht; ihr Telefonanschluss existiert nicht mehr. Ihr Bruder, offenbar der einzige Mensch, mit dem sie regelmäßig in Verbindung stand, kann sie seit Anfang April nicht mehr erreichen.«

»Sie meinen Ben? Von dem hat sie des Öfteren gesprochen. Wie's aussieht, war er der Einzige in ihrer Familie, den sie mochte.«

Sie nahm einen zweiten halbherzigen Zug an der Zigarette. »Ehrlich gesagt, mache ich mir auch Sorgen um sie. Ich habe ein paarmal versucht, sie anzurufen, aber wie Sie schon sagten, ist die Leitung tot.«

»Und haben Sie es mit Jen versucht?«

»Ein Mal. Jen kannte ich nicht so gut wie Lauren.

Aber ihre Leitung war auch tot. Daraufhin habe ich einigen Leuten erzählt, dass ich die beiden schon lange nicht mehr gesehen hätte, aber es schien keinen zu interessieren. Als hätten sie sich einfach in Luft aufgelöst. Sie waren nicht mehr dabei, andere kamen dazu. So ist das eben in der Szene, ein Kommen und Gehen.« Sie schwieg einen Moment. »Sie sind nicht mehr bei der Polizei, oder?«

»Nein. Alles, was Sie mir sagen, wird absolut vertraulich behandelt. Mir geht es einzig und allein darum, Lauren zu finden.« Und diese Jen, fügte Tina im Stillen hinzu. Das gleichzeitige Verschwinden der beiden jungen Frauen war schon ein seltsamer Zufall.

»Bei manchen Partys, zu denen ich gehe, sind eine Menge Drogen im Spiel«, fuhr Sheryl fort. »Und da verkehren reiche Typen. Kerle, die einem Sachen kaufen, einen in teure Restaurants einladen, so was in der Art. Und, na ja, wenn die gut zu einem sind, fällt man ihnen nicht in den Rücken.«

»Ich glaube, ich verstehe, was Sie meinen.«

»Einer von diesen Typen, der eine Menge von diesen Partys organisiert, macht sich schon mal an die Mädchen ran und fragt, ob sie sich was nebenher verdienen wollen.«

»Und womit?«

»Na ja, Begleitservice eben. Mich hat er auch gelegentlich gefragt, aber ich wollte nicht. Lauren dagegen, ich schätze, die hat sich breitschlagen lassen. Die hat ein paarmal mitgemacht. Jedenfalls schien sie immer gut bei Kasse zu sein.«

»Können Sie mir den Namen dieses Mannes nennen, der die Partys organisiert?«

»Er ist immer noch ein Freund von mir. Was würden Sie mit ihm machen?«

»Einfach nur mit ihm reden, weiter nichts. Er würde mir bestimmt helfen wollen, oder?«

Sheryl verzog das Gesicht. »Da wäre ich mir nicht so sicher. Ich habe ihn selbst schon nach Lauren gefragt, und er hat dichtgemacht. Meinte, er hätte sie einfach nur eine Weile nicht mehr gesehen, Ende der Durchsage.«

Tina beugte sich vor und fixierte Sheryl mit einem ernsten Blick. »Ich werde ihm nicht sagen, dass ich seinen Namen von Ihnen habe, Sie können sich darauf verlassen, dass ich Ihren Namen mit keiner Silbe erwähnen werde, aber wenn Ihr Freund irgendetwas über Lauren weiß, dann muss ich es herausfinden.«

»Im Ernst, mit dem legen Sie sich besser nicht an. Er kennt gewisse Leute.« Dabei legte sie die Betonung auf das Wort »kennt«. »Einmal war ein Schwarzer hinter ihm her, dem er wohl irgendwie Geld schuldete, und den haben sie wenig später erschossen aufgefunden.«

Tina hatte keine Ahnung, ob die Geschichte stimmte oder nicht, und es war ihr letztlich egal. »Um mich müssen Sie sich keine Sorgen machen, ich komm' schon klar.«

Sheryl lächelte. »Ja, das gefällt mir an Ihnen. Sie machen den Eindruck, als würden Sie sich von den Kerlen nichts gefallen lassen.«

»Ich lass' mir von niemandem etwas gefallen. Und

auch Ihnen wird nichts passieren. Ich gebe Ihnen mein Wort.«

Sheryl stieß einen Seufzer aus. »Er heißt Dylan Mackay. Ich kann Ihnen seine Telefonnummer geben, wenn Sie wollen.«

Tina wusste, dass sie mit einem Anruf nichts erreichen würde. »Haben Sie vielleicht seine Adresse?«

Sheryl schüttelte den Kopf. »Ich war noch nie bei ihm zu Hause, aber ich glaube, es ist irgendwo in Kensington.«

»Ich finde ihn schon«, sagte Tina und machte sich eine entsprechende Notiz. »Hätten Sie vielleicht Fotos von Lauren und Jen aus diesem Jahr?«

»Klar, ich hab' ein paar auf meiner Facebook-Seite.« Sie sah sich auf dem Sofa um, bis sie ein iPad in einer rosa Hülle fand.

Tina wartete, bis sie sich eingeloggt hatte, und dachte unwillkürlich, was für ein tristes Leben dieses Mädchen führte, allein in dieser chaotischen Wohnung, wenn sie nicht mit Leuten auf Partys ging, die ihr nicht wirklich nahestanden und die sie nur flüchtig kannte. Sie verspürte das Bedürfnis, so schnell wie möglich hier rauszukommen und etwas anderes zu tun – auch wenn ihr die Ironie nicht entging, dass ihr eigenes einsames Leben kaum besser war.

»Hier, sehen Sie, da sind wir alle drei drauf«, sagte Sheryl, kam zu Tina herum und setzte sich auf die Lehne ihres Sessels. Sie beugte sich mit dem iPad vor, sodass sie zusammen auf das Display schauen konnten.

Es war ein gelungenes Foto von den drei Frauen. Alle

hübsch, in ihren Party-Outfits tief dekolletiert, alle mit einer Überdosis Make-up und einem strahlenden Grinsen für die Kamera. Sheryl stand links. Sie hielt ein volles Glas Champagner in der Hand und hatte Lauren den Arm um die Schulter gelegt. Lauren zog eher eine Schnute und sah im Vergleich zu den anderen mitgenommen aus. Die Frau rechts von Lauren sah sich Tina genauer an. Das also war Jen; mit ihrem wasserstoffblonden Haar und den vollen, sinnlichen Lippen sah sie besonders sexy aus; etwas in ihrer Mimik und Gebärde deutete darauf hin, dass sie mehr als die anderen beiden in dieser fragwürdigen Szene zu Hause war. Selbst ihr Lächeln wirkte aufgesetzt. Kein Zweifel, diese Frau war keine Mitläuferin, sondern kannte das Spiel. »Das haben sie im China White's gemacht«, erklärte Sheryl stolz. »Es war ein schöner Abend, so viel weiß ich noch.«

Tina überprüfte das Datum des Posts: 28. März. Also nur elf Tage vor Seans Autounfall, schoss ihr augenblicklich durch den Kopf.

»Und haben Sie die beiden an diesem Abend zum letzten Mal gesehen?«, fragte sie.

»Also, wo Sie mich so fragen, ja, gut möglich. Nein, tatsächlich, Sie haben recht, es *war* das letzte Mal.«

Der Zeitpunkt verstärkte Tinas Sorge, doch das behielt sie für sich. »Und haben Sie vielleicht auch Fotos von Dylan?«

»Ja, ein paar, glaube schon.« Sie scrollte ihre Bilder durch, bis sie eins von einem ungefähr dreißig Jahre alten, gut aussehenden Mann auf einer anderen Party fand. Er war sonnengebräunt, mit dunklem, lockigem Haar. Ein Mann aus gutem Hause, der mit Geld um sich warf. Er war Tina auf Anhieb unsympathisch.

Sie stand auf, reichte Sheryl ihre Visitenkarte und bedankte sich für das Gespräch. »Könnten Sie mir diese beiden Fotos wohl herunterladen und per E-Mail schicken? Und vielleicht noch andere, die Sie von Lauren und Jen haben?«

»Klar«, sagte Sheryl und begleitete Tina zur Tür. »Aber vergessen Sie bitte nicht, mich bei Dylan absolut herauszuhalten.«

Tina versicherte ihr noch einmal, sie habe nichts zu befürchten, obwohl sie sich schon auf der Treppe fragte, ob sie in der Lage sein würde, ihr Versprechen zu halten. Wenn sie sich Dylan vorknöpfte, musste sein Verdacht früher oder später auf Sheryl fallen, und Tina bezweifelte, dass die junge Frau ihm gewachsen war. Doch das lag nicht in ihrer Macht. Sie musste Lauren finden.

Genauer gesagt, musste sie herausfinden, was dem Mädchen zugestoßen war.

14

In der Notaufnahme von St Mary's herrschte Hochbetrieb. Es war laut, und in dem offenen Wartebereich saßen mehrheitlich Patienten, die trotz ihrer Verwundungen noch laufen konnten, darunter nicht wenige, die ziemlich gesund aussahen.

Es hatte einige Minuten gedauert, bis die Schwester am Empfang begriff, was mit mir nicht stimmte. Akute Amnesie kam ihnen wohl nicht alle Tage unter, und ihr schien nicht einzuleuchten, was mich zu einem Notfall machte. Auch die Tatsache, dass es für einen Matthew Barren keine Versicherungsnummer gab, machte die Sache nicht leichter. Da ich ihr meinen wirklichen Namen nicht nennen wollte, zuckte ich nur die Achseln und stellte mich dumm. Am Ende schob sie mir ein Krankenblatt hin, ich füllte es im Handumdrehen aus und suchte nach einem freien Platz. Ich fand einen leeren Stuhl am Ende einer Reihe neben einem alten Mann, der nach Kompost roch, gegenüber einer ziemlich aufgelösten jungen Mutter, die ihr zweijähriger Sohn in Atem hielt, indem er beharrlich versuchte, sich von ihrem Schoß zu winden. Ich konnte ihn verstehen.

Ich nutzte die Zeit und überflog die Informationen, die Tina über meine Vergangenheit zusammengestellt hatte. Nicht lange, und ich stieß auf atemberaubende Erkenntnisse. Zum Beispiel, dass ich tatsächlich einen Bruder hatte. Der vor zwanzig Jahren gestorben war. Er hieß John und hatte mit einundzwanzig Jahren im ersten Golfkrieg gedient. Am Höhepunkt der Kämpfe zur Befreiung Kuwaits von Saddam Husseins Streitkräften geriet der Transportpanzer, in dem er mit anderen Kameraden unterwegs war, unter *friendly fire* von einem amerikanischen A10-Kampfflugzeug, und John erlitt großflächige Verbrennungen im Gesicht und am ganzen Körper. Auch wenn er den Angriff überlebte, hatte er den Dienst bei der Army quittiert und war dem Bericht zufolge vier Jahre später arbeitslos und mit schweren posttraumatischen Belastungsstörungen gestorben.

Ich versuchte, mir die Erinnerungen an diese Familientragödie zu vergegenwärtigen, doch einmal mehr stocherte ich im Nebel. Minutenlang starrte ich auf das Schwarzweißfoto von Johns Gesicht als jungem Mann. Auf dem Bild verzog er das Gesicht zu einem scheuen, fast nervösen Lächeln, als suchte er nach der richtigen Pose. Mit dem militärisch kurzen Haarschnitt, dem rundlichen, jungenhaften Gesicht und den Grübchen auf den rosigen Wangen hatte er wenig Ähnlichkeit mit mir. Irgendwie kam er mir vertraut vor, doch ich konnte nicht sagen, ob ich mich tatsächlich vage an ihn erinnerte oder ob mir meine Einbildungskraft einen Streich spielte.

Es gab noch ein zweites Foto von ihm. Diesmal lag er

im Krankenhaus, und sein Gesicht verschwand fast gänzlich unter dem Verband. Bei dem Anblick wurde mir flau: mein Bruder mit dem vor Gesundheit strotzenden jungen Gesicht auf dem ersten Bild war wenig später bis zur Unkenntlichkeit verbrannt. Ich hatte Angst vor weiteren Aufnahmen des entstellten Veteranen, doch glücklicherweise blieb es dabei. Ich wollte auch nicht lesen, wie er gestorben war, andererseits musste ich wissen, wie es mit ihm und meiner übrigen Familie weitergegangen war.

Johns Tod war, wie sich herausstellte, ebenso dramatisch wie tragisch gewesen. Dem kopierten Zeitungsartikel zufolge geriet mein Bruder, der zu dieser Zeit ehrenamtlich in einem Wohltätigkeitsbuchladen arbeitete, in der Mittagspause auf dem Weg zu einer Imbissbude in einen bewaffneten Raubüberfall. Zwei maskierte Männer hielten vor einer Filiale der NatWest-Bank einen Geldtransporter mit vorgehaltener Waffe in Schach, während um die Ecke ihr Komplize im Fluchtauto saß und den Motor aufheulen ließ. Statt einen großen Bogen um die Gefahrenzone zu machen, war John offenbar losgerannt und hatte die Gangster auf dem Weg zum Wagen gejagt. Einen der beiden hatte er zu Fall gebracht, doch dem anderen, einem großen, kräftigen Mann, war es gelungen, ihn abzuschütteln. In diesem Moment hatte sich sein Komplize wieder aufgerappelt und John, obwohl er auf den Knien war und die Hände über den Kopf hob, mit einem Kopfschuss aus nächster Nähe niedergestreckt. Er war sofort tot.

Mein Bruder.

Es war eine Qual, den Artikel zu lesen. Noch schlimmer waren die letzten Worte, mit denen laut Augenzeugenberichten der Schütze John in den Tod geschickt hatte.

»Da, du Missgeburt!«

Eine kurze Bemerkung, die unterstrich, wie verächtlich der Mörder über ihn dachte. Ein Mann, der im Dienst für sein Land unsägliche Verletzungen erlitten hatte und gerade versuchte, das Richtige zu tun, wurde von diesem Abschaum wie ein Hund niedergeschossen und obendrein noch verhöhnt.

Mir drehte sich der Magen um. Mich packte die blanke Wut.

Vor allem aber kam die Erinnerung zurück.

Da, du Missgeburt! Diese Worte hallten in irgendeinem hintersten Winkel meines Unterbewusstseins nach, und plötzlich sah ich mich in einem schummrigen Krematorium wieder, in dem ein kahlköpfiger Priester mit ernster Miene eine Trauerrede hielt und aufzählte, wie viel Gutes John in seinem kurzen Leben getan hatte. Ich stand in der ersten Reihe und spürte, wie mir die Tränen in den Augen brannten. Es war keine Trauer, sondern die Wut der Ohnmacht. Als ich mit gesenktem Kopf vor dem Sarg stand, hörte ich nicht den fruchtlosen Worten des Priesters zu, sondern kämpfte den Zorn über die geballte Ungerechtigkeit herunter, die meinem Bruder widerfahren war. Im nächsten Moment sah ich vollkommen klar meine Mutter und meinen Vater neben mir stehen. Meine Mutter trug ein schwarzes Kleid unter dem schwarzen Mantel, mein Vater zum viel zu weiten Anzug eine billige schwarze Krawatte, und sie hielten sich bei den Händen.

Ich wusste, dass es meine Eltern waren – dieselben Leute wie auf dem Foto in meinem Zimmer in Janes Haus, und ich fragte mich, wie Jane da rangekommen war. Noch bevor ich mir die anderen Artikel aus Tinas Mappe vorgenommen hatte, wusste ich auch, dass sie beide tot waren. Doch statt darüber traurig zu sein, weckte die Erkenntnis eine euphorische Stimmung. Langsam und unerbittlich kamen die Erinnerungen zurück.

»Nein, Jordan!«

Die Stimme der geplagten Mutter gegenüber riss mich aus meinen Gedanken. Als ich aufblickte, sah ich, wie der hyperaktive Junge an den Papieren auf meinem Schoß zog. Seine Mum stand auf, schloss ihn fest in die Arme und kehrte mit ihm auf ihren Platz zurück. Das Kind wehrte sich vergebens gegen ihren Griff.

»Tut mir leid«, sagte sie, während sie den um sich schlagenden Jungen bändigte. »Er langweilt sich.«

Ich lächelte. »Macht nichts. Ich auch.«

»Er kann eine ziemliche Nervensäge sein, aber eigentlich ist er ein lieber Junge«, fuhr sie fort, doch ich hörte nicht mehr zu.

Meine ganze Aufmerksamkeit richtete sich nämlich auf die beiden Männer in Anzug und Regenmantel, die in diesem Augenblick durch die Eingangstür traten. Einer war hochgewachsen und drahtig, mit einem Büschel widerspenstigem dünnen grauen Haar auf dem Oberkopf, das so mit Gel an die Kopfhaut zementiert war, dass es die fortgeschrittene Glatze verbarg. Ich schätzte ihn auf etwa fünfzig, vielleicht auch ein paar Jahre älter. Der andere war ein gutes Stück kleiner, dafür umso stämmiger. Die Natur hatte ihn mit kräftigem schwarzem Haar gesegnet und einem noch dichteren Vollbart, der sein Mienenspiel verdeckte, doch ich sah, wie er mit seinen scharfen, wachen Augen den Raum absuchte. Sein Blick ruhte eine Sekunde zu lange auf mir, bevor er weiterwanderte. Der Mann war um die vierzig, die Sorte, der man besser nicht in die Quere kam.

Ich wusste auf Anhieb, dass es Polizisten waren. Ihr Gang, ihre Haltung signalisierten Autorität, und obwohl sie jetzt gezielt in eine andere Richtung blickten, war mir klar, dass sie meinetwegen da waren. Für einen Moment überlegte ich, ob Tina meine Geschichte ihren ehemaligen Kollegen preisgegeben hatte, verwarf den Gedanken jedoch ebenso schnell. Das hätte nicht zu ihr gepasst. Sie würde nichts hinter meinem Rücken machen.

Dann fragte ich mich, ob ich nur paranoid sei, doch als ich unauffällig in ihre Richtung spähte, sah ich, wie die beiden mit den zwei uniformierten Leuten vom Wachdienst sprachen.

So lässig wie möglich legte ich sämtliche DIN A4-Blätter auf den Stuhl neben mir und eine Zeitung darüber, dann stand ich gemächlich auf.

Inzwischen hatten sich die vier aufgeteilt und kamen in einer Zangenbewegung zielstrebig die beiden Stuhlreihen entlang auf mich zu.

Für eine Sekunde dachte ich daran wegzurennen,

doch die Gleittür war der einzige Zugang zum Raum und von ihnen gut gedeckt.

»Mister Barren?«, sagte die getarnte Glatze, während die anderen mich umstellten. Seine Stimme klang vage vertraut – wie plötzlich vieles in meinem Leben. »Ich bin Detective Inspector Carl Jones, und das ist Detective Constable Brian Smith.« Zum Beweis zückte Tarnglatze einen Dienstausweis, den er nur so lange aufklappte, dass ich ein Foto von ihm zusammen mit dem Rangabzeichen von Scotland Yard erkennen konnte, bevor er ihn wie ein Zauberkünstler wieder verschwinden ließ. »Wir müssten uns mit Ihnen im Revier unterhalten.« Dabei beugte er sich vor und nahm mich am Arm – nicht grob, aber auch nicht gerade sanft. »Bitte kommen Sie ruhig mit, schließlich wollen wir kein Aufsehen erregen.«

»Und darf ich fragen, in welcher Angelegenheit?«, erwiderte ich, als sie mir noch näher zu Leibe rückten.

»Das besprechen wir besser dort. Wenn Sie jetzt bitte die Hände auf den Rücken legen, wir möchten Ihnen zu Ihrer eigenen Sicherheit Handschellen anlegen.«

Wie mit einem widerspenstigen Kind sprach er in beschwichtigendem Ton, doch er konnte mich nicht täuschen. Die Sache stank, so viel stand fest. Fragte sich nur, was ich dagegen unternehmen konnte – vier gegen einen! Obwohl die Leute vom Wachdienst auf den ersten Blick keine echte Herausforderung darstellten, machte ich mir in Bezug auf den bärtigen Cop keine Illusionen. Er griff sich mit den Händen ans Revers seines Sakko, um bei der geringsten Gegenwehr die Waffe zu zücken, und starrte mir eindringlich ins Gesicht.

»Schon gut«, sagte ich. »Die Handschellen können Sie sich schenken. Ich komme freiwillig mit.«

»Es ist zu Ihrer eigenen Sicherheit, Sir«, wiederholte Tarnglatze und zauberte mit einer eleganten Handbewegung ein paar Schellen hervor.

»Heißt das, Sie wollen mich verhaften?«, fragte ich. Unter gar keine Umständen würde ich ihnen erlauben, mir die Dinger anzulegen.

»Falls nötig, ja.«

»Und was legen Sie mir zur Last?«

»Mord«, sagte er so laut vernehmlich, dass es einige der Leute im Wartebereich mitbekommen mussten. Ich hörte, wie hinter dem Belagerungsring der Männer Jordans Mum nach Luft schnappte. Die Wachleute standen plötzlich kerzengerade, und es lag erwartungsvolle Spannung über dem Raum.

»Hören Sie«, erwiderte ich. »Hier muss ein Missverständnis vorliegen. Ich habe niemanden umgebracht.«

Noch während ich sprach, stieß ich Tarnglatze mit aller Kraft zurück, schwang mich blitzschnell herum und versuchte, ihre Mauer zu durchbrechen.

Doch ich verfehlte meine Chance. Schwarzbart hatte offensichtlich mit einem solchen Zug von mir gerechnet. Er schlang die Arme um meinen Oberkörper und schob mich zu den Stühlen. Gegen das vereinte Gewicht des muskulösen Mannes und der zwei dicken Wachleute kam ich nicht an. Ich sackte auf die Knie und wurde im nächsten Moment unsanft mit dem Gesicht nach unten auf den harten Boden gedrückt, sodass ich bäuchlings liegen blieb. In panischer Angst wehrte ich mich nach Leibeskräften, doch wieder vergebens. Ich war ihnen hilflos ausgeliefert, und als sie mir die Arme zusammendrückten und die Handschellen zuschnappen ließen, fragte ich mich nur, wohin sie mich bringen wollten.

»Diese Männer sind nicht von der Polizei!«, brüllte ich in den Raum, doch unter dem Gewicht meiner Gegner bekam ich kaum Luft, und so konnten die anderen mich kaum hören.

»Kommen Sie, Mr. Barren. Das ist wenig hilfreich«, sagte Tarnglatze, während er sich neben mich kauerte. »Wir wollen uns lediglich mit Ihnen unterhalten.«

Ich wollte zu ihm aufschauen, doch in der Stellung, in der sie mich festhielten, sah ich nichts weiter als seinen Schuh. Er redete weiter auf mich ein, und ich wehrte mich nicht länger, doch im nächsten Moment spürte ich, wie mir jemand – wahrscheinlich Schwarzbart – im Rücken sachte das Hemd hochzog, dann spürte ich einen Stich.

Wieder bäumte ich mich auf. Ich versuchte, etwas zu sagen, doch diesmal brachte ich kein Wort heraus. Ich wurde so schwach und benommen, als wiche wie die Luft aus einem Reifenschlauch sämtliche Energie aus meinem Körper.

»So weit, so gut, meine Herren«, sagte Tarnglatze, während er und Schwarzbart mich auf die Beine hievten.

Ich konnte mich kaum aufrecht halten, und so mussten mich die beiden stützen. Trotzdem entging mir nicht, dass Tarnglatze das Bündel Papiere an sich nahm, das mir Tina mitgegeben hatte.

»Alles in Ordnung mit ihm?«, fragte einer der Leute vom Wachdienst.

»Der markiert bloß«, antwortete Schwarzbart, der bisher noch nichts gesagt hatte, in barschem Ton. »Ist bekannt dafür. Können Sie uns vielleicht einen Rollstuhl für ihn besorgen?«

Während der Wachmann sich an uns vorbeidrängte, sah er mich unsicher an. Ich versuchte ihm irgendein Zeichen zu machen, denn wenn diese Typen wirklich von der Polizei waren, dann eindeutig von der zwielichtigen Sorte. Kein Cop macht sich einen Delinquenten bei der Verhaftung mit einem Betäubungsmittel gefügig. Doch der Wachmann hatte sich bereits abgewandt, und ich konnte mich nur noch darauf konzentrieren, wenn möglich bei Bewusstsein zu bleiben.

Wenig später kehrte der Wachmann mit einem Rollstuhl zurück, und die beiden angeblichen Detectives hievten mich hinein. Tarnglatze sprach noch ein wenig mit den beiden Sicherheitsleuten, und während ich dasaß und mich nicht rühren konnte, sah ich nur, dass mich sämtliche Leute im Wartebereich anstarrten wie eine Zirkusattraktion. Doch sobald ich versuchte, mit einem von ihnen Augenkontakt aufzunehmen, verschwammen sie vor meinem Blick; schließlich wurden mir die Lider so schwer, dass ich sie kaum noch offen halten konnte. Wie von ferne registrierte ich, dass ich durch die Gleittür der Notaufnahme an die frische Luft gefahren wurde. Kaum waren wir draußen, spürte ich den Atem von Tarnglatze direkt am Ohr. »Von wem hast du dieses Material, Sean?«, zischte er und schlug mir das Bündel Papiere an den Kopf.

Also kannte er meinen richtigen Namen. Ich war nicht überrascht. Derzeit schienen alle, denen ich begegnete, mehr über mich zu wissen als ich selbst. Ich antwortete nicht. Selbst wenn ich gewollt hätte, wäre ich nicht mehr dazu in der Lage gewesen. Mir war die Zunge so schwer, dass ich nicht mehr sprechen konnte.

»Kann nur für dich hoffen, dass du keine Dummheit gemacht hast«, wisperte er. »Denn ich sag's ganz offen, tot bist du für uns genauso nützlich wie lebendig.«

Über diesen beruhigenden Worten schlief ich ein.

15

Pen de Souza verachtete Männer. Sie hatten Pen von Anfang an missbraucht. Angefangen hatte es mit ihrem Vater. Der frustrierte Alkoholiker, der glaubte, der Rest der Menschheit sei ihm etwas schuldig, hatte die Tatsache, dass er ein Niemand war, stets auf andere geschoben und seinen Ärger an den Menschen ausgelassen, die ihm am nächsten standen – an Pen und an ihrer Mutter. Und so reihten sich in Pens Kindheitserinnerungen Prügel, Erniedrigung und sexueller Missbrauch in einer Endlosschleife aneinander. Dabei hatte ihre Mom wiederholt versucht, mit ihr zu flüchten, war jedoch jedes Mal gescheitert. Früher oder später hatte sie sich von seinen leeren Versprechungen einlullen lassen, war mit Pen im Schlepptau nach Hause zurückgekehrt, und das Ganze ging von vorne los.

Das erste Mal hatte er Pen mit zehn Jahren vergewaltigt. Damals hieß sie noch nicht Pen, sondern … Nein, den Namen der Person, die sie einmal gewesen war, hatte sie für immer aus ihrem Wortschatz gestrichen. Diese Person gab es nicht mehr. Falls sie jemals ihrer Mom erzählte, was er mit ihr gemacht hatte, so seine

Drohung, brächte er sie beide um. Es sollte ihr süßes kleines Geheimnis bleiben, und wenn sie immer schön täte, was er sagte, würde er sie wie eine Prinzessin auf Händen tragen. Doch er trug sie nicht auf Händen. Er vergewaltigte sie wieder, auch wenn sie ihn anflehte, es nicht zu tun. Wie oft es danach noch passiert war, konnte Pen nicht mehr sagen. Wenn möglich, dachte sie nicht mehr daran, und wenn möglich, verschwendete sie überhaupt keinen Gedanken mehr an ihre Kindheit, außer an den Tag, an dem sie sich mit fünfzehn Jahren wehrte.

Es war ein heißer Nachmittag im Sommer. Ihre Mom war nicht zu Hause, der Mistkerl besoffen, und Pen wusste, was ihr bevorstand. Sie roch es förmlich, die Spannung zwischen ihnen war mit Händen zu greifen, und sie registrierte seine hinterlistigen Blicke.

Als er mit schiefem Grinsen und schwerfälligem Gang auf sie zukam, griff sie instinktiv nach einer leeren Bierflasche auf dem Buffet. Wie ihm das Grinsen verging und er sie ungläubig anstarrte, würde sie ihr Lebtag nicht vergessen. Die Flasche traf ihn mit voller Wucht seitlich am Kopf. Seltsamerweise ging sie nicht zu Bruch, verfehlte jedoch nicht ihre Wirkung. Während er sich mit der Hand an die Schläfe fuhr, an der ihm das Blut in die Haare sickerte, ging er in die Knie. Im selben Moment war Pen hinter ihn gesprungen, sodass er sie nicht sehen konnte, und mit aller Kraft, die in ihr steckte, schlug sie ihm die Flasche diesmal mitten auf den Schädel. Jetzt zersplitterte das Glas, und wie sie so mit dem Flaschenhals in der Hand dastand, erfüllte sie ein nie gekanntes Gefühl der Macht. Dann lächelte sie. Als der Mistkerl sich zu ihr umdrehte und dieses Lächeln sah, riss er voller Furcht die Augen auf. »Bitte nicht, Prinzessin«, lallte er mit halb geschlossenen Augen, während ihm das Blut aus der tiefen Schnittwunde am Oberkopf quoll. Doch von da an kannte Pen keine Gnade mehr. Gnade war etwas für die Schwachen, und sie würde nie wieder zu den Schwachen zählen.

In einer einzigen, blitzschnellen Bewegung hatte sie ihm mit dem gezackten Flaschenhals das Gesicht wie eine reife Wassermelone von oben bis unten aufgeschlitzt und ihm die Hälfte des linken Ohrs abgesäbelt, Seine Schmerzensschreie waren Musik in ihren Ohren.

In diesem Moment hätte sie ihn zur Strecke bringen können. Die Verlockung war groß. Es hätte sie einen einzigen tiefen Schnitt durch die Kehle gekostet, und sein erbärmliches, sinnloses Leben wäre vorbei. Doch Pen war kein Vollidiot. Sie wusste, dass ihr in diesem Fall kein Richter die Notwehr abgekauft hätte und sie möglicherweise für Jahre hinter Gitter gewandert wäre. Der Mistkerl war es definitiv nicht wert, dass sie ihm nur eine weitere Minute ihres Lebens opferte. Also hatte sie die Flasche in den Mülleimer geworfen, den Verletzten blutend auf dem Boden liegen gelassen und ihre Mom bei der Arbeit angerufen, um ihr mitzuteilen, was passiert war. Blöderweise hatte Pen geglaubt, ihre Mutter würde sie verstehen, doch die dämliche Kuh war ihm derart hörig, dass sie sich augenblicklich ins Auto schwang und nach Hause kam. Beim Anblick seines zerfleischten Gesichts schloss sie ihn dann unter Tränen in die Arme. In Panik rief sie den Krankenwagen und versuchte seine Wunden notdürftig zu versorgen. Als Pen einen Anlauf machte, ihr zu erklären, wieso es dazu gekommen war, brüllte ihre Mom sie nur an und erklärte, sie sei nicht länger ihre Tochter, sondern eine Teufelsbrut. Sie sei mit ihr fertig.

Sobald ihn die Ärzte einigermaßen zusammengeflickt und er sich halbwegs erholt hatte, erstattete das Stück Scheiße Anzeige gegen Pen, und sie wurde verhaftet. Im Prozess wegen Gewaltanwendung und Körperverletzung hatte sich ihre Mutter auf seine Seite geschlagen und seine Geschichte bestätigt, wonach er seine Tochter nie angerührt und sie sich die ganze Sache mit dem Missbrauch ausgedacht habe. Der Richter, ein sauertöpfischer alter Mann, der unter der Robe wahrscheinlich Damenwäsche trug, hatte erklärt, Pen sei ein kaltes, sadistisches junges Mädchen mit einem massiven Aggressionsproblem, und ihr fünf Jahre Jugendhaft aufgebrummt. Dies war der zweite Verrat, den ein Mann an ihr beging, und es sollten noch viele folgen. Doch das war eine andere Geschichte, und sie dachte nicht gerne daran zurück. Außerdem hatte sie jetzt Tank. Er war der einzige Mann, der ihr je etwas bedeutet hatte und der sich von den anderen in jeder Hinsicht unterschied. Sie verstanden einander intuitiv; sie waren eins.

Pen hatte sich noch nicht ganz von dem schockierenden Gedanken erholt, dass sie Tank am Vorabend um ein Haar verloren hätte, als sie beide zusammen auf den ungefähr vierzig bis fünfzig Jahre alten Mann zugingen, der mit einer Aktentasche in der Hand neben seinem Auto stand. Bei leichtem Nieselregen befanden sie sich mitten auf einer ausgedienten Start- und Landepiste westlich von London.

»Was ist gestern Nacht passiert?«, fragte der Mann im Anzug, ohne sich vorzustellen oder sie zu begrüßen, obwohl sie einander noch nie begegnet waren. »Wie ich höre, ist die Zielperson entkommen. Dafür bezahlt Sie mein Klient nicht.« Die Worte waren an Tank gerichtet, was den schmierigen Bastard nicht daran hinderte, Pen mit seinen Blicken auszuziehen.

Genau auf diese Reaktion waren sie und Tank vorbereitet, und so hatten sie sich eine entsprechende Antwort ausgedacht. Statt Tank ergriff Pen das Wort und starrte den Mann dabei so unerbittlich an, dass er ihrem Blick auswich. »Ich weiß zwar nicht, wie, aber er muss uns erwartet haben, denn als wir im Haus eintrafen, war er nicht da. Von seinen beiden Aufpassern haben wir herausbekommen, dass er sich am späten Nachmittag ohne Erlaubnis entfernt hatte und sie keine Ahnung hatten, wo er hingegangen war. Außerdem haben sie uns erzählt, sie hätten mithilfe eines Hypnotherapeuten versucht herauszufinden, wo sich die Leichen befänden, doch ihre Rechnung sei nicht aufgegangen. Wie's aussieht, leidet die Zielperson an akuter Amnesie.«

Der Mann im Anzug schnaubte. »Aber er besitzt genügend Geistesgegenwart, um Ihnen beiden zu entwischen.«

»Er ist nicht ins Haus zurückgekehrt. Als wir hörten,

wie er mit einem gestohlenen Auto aus der Garage fuhr, haben wir versucht, ihn aufzuhalten, aber wir kamen zu spät.«

»Sie wollen allen Ernstes behaupten, Sie könnten nichts dafür?«

Pen gab sich gelassen. »Sie sagen es, wir können nichts dafür. Erstens war es ein Eilauftrag, wir brauchen Ihnen wohl nicht zu sagen, wie hoch in einem solchen Fall das Risiko ist. Zweitens wusste die Zielperson offenbar schon vor unserem Eintreffen, dass etwas nicht stimmte. Damit konnten wir nicht rechnen. Folglich haben wir die beiden Zeugen unschädlich gemacht und das Haus in Brand gesteckt.«

Während der Mann im Anzug bedächtig nickte und sich die Auskunft durch den Kopf gehen ließ, warf er erneut einen verstohlenen Blick auf Pens Brüste. »Die Zielperson muss so schnell wie möglich liquidiert werden. Wie Sie das machen, ist Ihre Sache, aber finden Sie den Mann. Schenken Sie sich die Befragung. Das ist abgehakt. Wenn er tatsächlich noch an Amnesie leidet, kann er auch nichts verraten. Liquidieren Sie ihn, und zwar pronto.«

»Wir haben zu wenig Informationen über den Mann«, entgegnete Pen, »und wir operieren hier im Ausland. Das wird kein Kinderspiel.«

Der Mann im Anzug griff in seine Aktentasche, zog einen DIN A4-Schnellhefter heraus und reichte ihn Pen. »Ich habe hier ein ausführliches Dossier über die Zielperson. Mit Klarnamen heißt er Sean Egan, und wir werden unsere sämtlichen Kontakte mobilisieren, um

Ihnen bei der Suche behilflich zu sein. Aber es ist unerlässlich, ihn zu liquidieren, bevor er die Informationen, über die er verfügt, preisgeben kann.«

»Sind Sie sicher, dass er diese Informationen hat?«

»Verlassen Sie sich drauf. Möglicherweise hat er sie durch den Unfall vergessen, doch früher oder später wird er sein Gedächtnis wiederfinden und begreifen, wie brisant sein Wissen ist. Liquidieren Sie ihn, und mein Klient ist bereit, Ihnen auf die großzügige Summe, die er Ihnen bereits zahlt, noch einmal eine halbe Million draufzusatteln. Sollte die Sache allerdings schiefgehen, wäre er sehr ...« Er legte eine Kunstpause ein, als suchte er nach Worten. »Äußerst aufgebracht.« Er schwieg, um der Botschaft Nachdruck zu verleihen.

Pen war die Identität des Klienten bekannt. Der Mann war nicht nur selbst ein skrupelloser Killer, sondern verfügte über immensen Reichtum und andere Ressourcen, um zu bekommen, was er wollte. Sie hatte den Auftrag angenommen und sie würde ihn zu Ende führen. »Wir finden ihn«, sagte sie kurz und bündig, nickte Tank zu, machte auf dem Absatz kehrt und lief ohne ein weiteres Wort an seiner Seite zum Wagen zurück. Mit der Zusage, einen flüchtigen Mann aufzuspüren, fuhren sie hohes Risiko, doch Pen dachte an die Bonuszahlung und den Plan, sich mit ihrem Liebhaber zurückzuziehen und es sich für den Rest ihres Lebens wohlergehen zu lassen.

Die Liquidierung von Sean Egan würde sie ihrem Traum ein gutes Stück näher bringen. Mehr Motivation brauchte sie nicht.

Als sie am Auto ankamen, drückte Pen Tank am Arm und gab ihm durch die Jacke einen Kuss auf die kräftige Schulter. »Jagdsaison, Süßer«, flüsterte sie, während ihr ein Schauer der Erregung den Rücken herunterlief.

16

Als ich aufwachte, war es stockdunkel. Das Motorengeräusch und die Tatsache, dass ich mit angewinkelten Beinen sowie im Rücken gefesselten Händen auf der Seite lag und kräftig hin und her geschüttelt wurde, sagten mir, dass ich mich im Kofferraum eines Autos befand. Mir dröhnte der Schädel, ich konnte keinen klaren Gedanken fassen, und als mir wieder zu Bewusstsein kam, was im Krankenhaus passiert war, brach mir der kalte Angstschweiß aus. Ich war in der Hand der beiden falschen Polizisten und hatte keine Ahnung, wohin die Fahrt ging. Mir schwante nichts Gutes.

Und noch etwas fand ich heraus: Ich litt an Klaustrophobie. Kaum wurde mir meine Lage klar, geriet ich in helle Panik. Gefesselt konnte ich mich in der Enge des Kofferraums kaum rühren. Nur mühsam unterdrückte ich einen Schrei. Ich musste mich beruhigen. Vor meinen Augen war es pechschwarz, es roch nach Öl und Dreck, doch früher oder später würden sie mich herausholen, und bis dahin musste ich mir etwas einfallen lassen, um ihnen zu entkommen.

Der Wagen wechselte ständig das Tempo, es ging um

scharfe Kurven, dann wieder über längere Strecken geradeaus, und ich vermutete, dass wir uns irgendwo auf dem Lande befanden. Dabei hätte ich nicht sagen können, wie lange ich bewusstlos gewesen war. Ob fünf Minuten oder fünf Stunden – keine Ahnung. Wie hatten sie mich nur im Krankenhaus ausfindig gemacht? Aus der Tatsache, dass es keine echten Cops waren, durfte ich schließen, dass Tina nichts damit zu tun hatte, und außer ihr konnte unmöglich jemand wissen, wo ich war.

Trotzdem hatten diese Typen mich aufgespürt.

Mich durchzuckte der Gedanke, dass sie mich irgendwann im Haus in Wales unbemerkt mit einem Peilsender versehen hatten, so ähnlich wie der von Tina. Das würde auch erklären, wieso Tom bei seiner Suche am Vortag offensichtlich gewusst hatte, wo ich zu finden war. Die deprimierende Erkenntnis, dass sich das Ding wahrscheinlich in meiner Armbanduhr befand, ließ nicht lange auf sich warten. Durch die Handschellen spürte ich, dass ich die Uhr noch trug; als ich mich mühsam auf den Bauch drehte, stellte ich dagegen fest, dass sie mir Tinas Handy aus der Brusttasche genommen hatten. Sie hatten mich also durchsucht, waren im Besitz meines Mobiltelefons und einer Menge Artikel über meine Vergangenheit, die ich ihnen irgendwie erklären musste, ohne Tina mit hineinzuziehen.

Blieb eine einzige Hoffnung – Tinas Sender in meiner Socke. Ich war mir einigermaßen sicher, dass sie dort nicht nachgesehen hatten, sodass Tina, falls sie meinen Verbleib überprüfte, immer noch die Chance hatte, mich zu finden. Vielleicht nicht mehr als ein Strohhalm, doch besser als nichts.

Die nächste halbe Stunde lang konzentrierte ich mich darauf, langsam durchzuatmen sowie den Brechreiz und das Gefühl der Hilflosigkeit im dunklen Kofferraum zu ignorieren, während die Fahrt auf gewundenen Wegen weiterging. Mir kam mein Bruder John in den Sinn. Ein guter Mann, der den Versuch, das Richtige zu tun, mit dem Leben bezahlt hatte. Ich gab mir Mühe, mehr Erinnerungen und gemeinsame Erlebnisse aus unserer Kindheit wachzurufen. Es war schwer, doch langsam stiegen mir kleine Videoclips aus dem Unterbewusstsein auf: Wie John und ich als Kinder nebeneinander in einem Flüsschen angeln, wie mir John auf der Straße vor einem vage vertrauten Haus das Fahrradfahren beibringt; John in Uniform und eine Frau, offenbar meine Mutter, die ihn auf die Wange küsst, während ich daneben stehe und unglaublich stolz und glücklich bin.

Mein Bruder. Der Mann, den ich vergessen hatte. Der Mann, der seit zwanzig Jahren tot war.

Es folgte eine Flut widerstrebender Gefühle. Das Glück darüber, dass meine Erinnerungen wiederkamen, und die traurige Gewissheit, dass die Menschen, die mir am nächsten standen, schon lange tot waren und niemand sie ersetzt zu haben schien. Die Angst vor dem, was mir bevorstand. Die Fahrt ging langsamer voran, offenbar auf unebenem Grund, und als wir über ein Schlagloch fuhren, stieß ich mit dem Kopf an den Deckel des Kofferraums. Wenig später ging es nochmals um eine Kurve, dann blieben wir stehen. Jemand stieg aus, ich hörte, wie quietschend ein Tor geöffnet wurde, dann setzten wir uns wieder in Bewegung, um nach wenigen Sekunden endgültig anzuhalten. Sie schalteten den Motor aus.

Wahrscheinlich war es das Beste, mich noch eine Weile bewusstlos zu stellen, um mich ihren Fragen zu entziehen, und so schloss ich die Augen.

Der Deckel flog auf, und ich wurde unsanft herausgehievt. Ich ließ mich, immer noch mit geschlossenen Augen, schlaff zur Seite fallen.

»Hör zu, du Wichser. Aufstehen. Wir wissen, dass du wach bist.« Es war Schwarzbart, und er klang angepisst. Als ich nicht antwortete, hatte ich als Nächstes Tarnglatze am Ohr, der es mit Zureden versuchte: »Komm schon, Sean. Wir haben dir nur eine kleine Beruhigungsspritze verpasst. Die Wirkung muss schon eine Weile verflogen sein, es nützt dir also nichts, dich schlafend zu stellen.«

Da ich immer noch nicht erkennen konnte, was es mir bringen sollte zu reagieren, ließ ich es bleiben. Dies erwies sich wenige Sekunden später als ein schlechter Schachzug, denn einer von ihnen – mein begründeter Verdacht fiel auf Schwarzbart – trat mir in die Eier, und mir fuhr ein unerträglicher Schmerz durch den Körper. Ich riss die Augen auf und konnte den Schrei nicht unterdrücken. Es tat so höllisch weh, dass ich mich auf dem Kies wälzte und mir an die entsprechende Stelle fassen wollte, was sich mit den gefesselten Händen als nicht durchführbar erwies. Zum ersten Mal sah ich, wo ich war. Wenn ich den Kopf hob, konnte ich in etwa zwanzig Metern Entfernung den unteren Teil eines großen Holzbaus erkennen, mit Bäumen und Grünfläche dahinter. Die Vögel zwitscherten, und die Sonne hatte sich durch die Wolkendecke gekämpft, was die Sache nur noch schlimmer machte.

»Sag' ich doch, der Bursche blufft«, kommentierte Schwarzbart, und im selben Moment sah ich, wie er erneut mit dem Fuß ausholte. Er traf mich im Unterleib. Es tat weh, aber nicht annähernd wie sein Tritt in die Eier, der sich immer noch so anfühlte, als hätte er sie mir in die Blase gekickt und sie steckten dort fest.

Da es zu spät war, mich schlafend zu stellen, nutzte ich die äußerst begrenzten Möglichkeiten zur Selbstverteidigung, indem ich die Knie ans Kinn hob und den Kopf einzog, um eine möglichst kleine Zielscheibe zu bieten, als Schwarzbart schon wieder Schwung holte.

»Das reicht«, sagte Tarnglatze. »Du hast ihn schon weichgeklopft. Und jetzt steh auf, Sean.« Er beugte sich zu mir herunter, packte mich am Genick und zog mich hoch.

Diesmal leistete ich keinen Widerstand und kam wackelig auf die Beine, sodass ich mir einen flüchtigen Eindruck von meiner Umgebung verschaffen konnte. Bei dem Bau, den ich gesehen hatte, handelte es sich um eine alte Scheune mit holzgedecktem Satteldach, hinter der Wiesen und Felder lagen. Auf der anderen Seite des kiesbedeckten Hofs befand sich ein halb verfallenes Gebäude, ein ehemaliges Bauernhaus oder eine

Werkstatt, jedoch offensichtlich schon seit geraumer Zeit unbewohnt. An einer Seite schloss sich ein weiteres Nebengebäude an, hinter diesem verstellte eine dichte Reihe alter Eichen den Blick. Es war ein gottverlassener Ort und abgesehen vom Vogelzwitschern und dem Verkehrsrauschen in der Ferne absolut still. Selbst wenn ich aus Leibeskräften schrie, würde mich hier niemand hören.

Der Abend dämmerte, und es wurde langsam kühl. Ich schätzte, es war zwischen sechs und sieben; als mich die beiden im Polizeigriff quer über den Hof zur Scheune führten, fragte ich mich, wann oder, genauer gesagt, ob ich die Sonne je wiedersehen würde.

Tarnglatze zog einen Schlüssel aus der Tasche und öffnete ein schweres Vorhängeschloss an der Doppeltür zur Scheune. Als sie mich hineinführten, stieg mir ein stechender, abgestandener Gestank in die Nase.

Bis auf eine Reihe leerer Dieselbehälter an einer Wand und einen Metallstuhl in der Mitte, der so aussah, als sei er im Boden verankert, war die Scheune leer. An den beiden Armlehnen des Stuhls hingen je eine Kette von zwölf bis dreizehn Zentimetern mit Metallschellen daran, und vor den Stuhlbeinen lagen zwei weitere Fesseln am Boden. Neben dieser komfortablen Sitzgelegenheit stand ein orangefarbener Plastikeimer; mein Blick fiel auf ein verkrustetes bräunliches Rinnsal am Eimer und eine eingetrocknete Lache auf dem Boden darunter. Dazu passten mehrere dunkle Flecken die sich in unregelmäßigen Abständen rings um den Stuhl verteilten.

Man brauchte nicht viel Fantasie, um sich vorzustellen, worum es sich bei den Flecken handelte oder wozu die Vorrichtung diente. Als mir klar wurde, dass sie mich hergebracht hatten, um mich zu foltern, vergaß ich über der panischen Angst für den Augenblick die Schmerzen im Unterleib.

»Gütiger Himmel, stinkt das hier drinnen«, brummte Schwarzbart, während sie mir die Handschellen abnahmen und mich auf den Stuhl stießen.

Für den Bruchteil einer Sekunde dachte ich daran auszubrechen, bevor sie mich fesseln konnten, doch Tarnglatze zauberte aus seinem Jackett einen kleinen Revolver hervor, den er mir an die Schläfe hielt, und die Idee war gestrichen. »Vergiss es, Sean«, sagte er mit einem Grinsen, von dem sich um seine blauen Augen Lachfältchen bildeten.

So viel musste man Tarnglatze lassen: Selbst aus nächster Nähe sah er wie ein netter, glaubwürdiger und überaus vernünftiger Mann aus, der alles daransetzen würde, einem Menschen unnötigen Kummer zu ersparen, und so redete er auch. Schon eine eindrucksvolle Nummer, räumte ich innerlich ein, sich nicht sämtliche Sympathien zu verscherzen, selbst wenn man einem wehrlosen Menschen den Lauf einer Waffe an die Schläfe drückt. Gleichzeitig wusste ich, dass er nötigenfalls Gebrauch davon machen würde.

»Sieh mal, wir sind dir einfach immer einen Schritt voraus«, fuhr er fort, während mir Schwarzbart, um sicherzustellen, dass ich mich nicht doch noch vom Acker machte, die restlichen Ketten anlegte. »Merk dir das. Und wenn du hier heil rauskommen willst, dann tu genau das, was wir dir sagen, verstanden?«

Ich nickte, doch mein Blick wurde magisch von dem Eimer angezogen. Darin lagen zwei Zangen unterschiedlicher Größe auf eingedicktem, verkrustetem Blut. In der bräunlichen Masse waren winzige gelbliche Steinchen zu erkennen, und ich brauchte ein paar Sekunden, bis ich begriff, dass es Zähne waren. Ich bekam einen trockenen Mund. »Natürlich«, erwiderte ich mit schwacher Stimme.

»Gut. Bringen wir die Sache so elegant und stressfrei wie möglich hinter uns.« Tarnglatze nickte Schwarzbart zu, der mir gerade die letzte Kette am Stuhl anlegte. »Würdest du bitte kurz draußen warten?«, sagte Tarnglatze zu seinem Kumpel. »Ich möchte mich einen Moment allein mit Sean unterhalten.«

Schwarzbart brummte etwas Unverständliches und ging.

Sobald er das Scheunentor hinter sich zugezogen hatte, stieß Tarnglatze einen tiefen Seufzer aus, strich sich sorgfältig den spärlichen Wuchs auf dem Kopf so zurecht, dass er den größten Teil seiner Blöße bedeckte, und sah mit einem teilnahmsvollen Blick auf mich herab. Erst jetzt bemerkte ich, dass sich die Waffe in Luft aufgelöst hatte, doch inzwischen waren mir scine Zauberkünste vertraut. »Also, Sean, ich komme dir nicht dumm, wenn du es umgekehrt auch so hältst und meine Fragen ehrlich beantwortest, könnten wir eine vernünftige Lösung finden. Ich kann zwar für nichts garantieren, aber wenn du uns die Informationen lieferst, die wir brauchen, bleibst du möglicherweise am Leben.«

Diesmal seufzte ich. »Irgendwie bringe ich nicht den Optimismus auf zu glauben, dass Sie sich an Ihren Teil der Verabredung halten werden.«

»Wir hätten nur einen einzigen Grund, dich zu töten, dich zum Schweigen zu bringen. Aber dafür hast du bereits einen überaus triftigen Grund.«

»Ach ja? Und der wäre?«

»Du bist in einen mehrfachen Mord verwickelt«, sagte er nur.

Was mich wieder an meinen Traum mit der toten Frau auf dem Bett – der jungen Frau, nach der Tina Boyd auf der Suche war – erinnerte und an die schöne Blondine im Flur. Nicht zuletzt an die Angst in ihren Augen, als sie mich kommen sah.

»Du sagst ja gar nichts, Sean. Weil du dich erinnern kannst, nicht wahr?« Er lächelte immer noch, wenn auch alles andere als freundlich.

Ich schüttelte den Kopf. »Ich habe keine Ahnung, was Sie meinen. Wirklich nicht. Ich leide an Amnesie.«

»Demnach weißt du nicht, wer du bist?«

Auch wenn ich physisch wie mental erschöpft war, begriff ich, dass er mir eine Falle stellte, und auf gar keinen Fall würde ich Tina verraten. »Ich erinnere mich an meinen Namen«, erklärte ich. »Der ist mir heute wieder eingefallen. Deshalb habe ich die Sachen ausgedruckt.«

»Und wo genau?«

»In einem Internet-Cafe in Paddington in der Nähe

des Krankenhauses, aus dem Sie mich entführt haben. Wie haben Sie mich übrigens gefunden?«

»Versuch hier nicht, den Spieß umzudrehen, Sean. Du beantwortest hier die Fragen.«

»Nichts anderes hatte ich im Sinn.« Im Unterleib spürte ich nur noch einen dumpfen, pochenden Schmerz, und zu meiner eigenen Überraschung merkte ich, dass ich unglaublich durstig war. »Kann ich bitte etwas Wasser zu trinken haben?«

Er schüttelte den Kopf. »Nicht, bevor du anfängst, die Wahrheit zu sagen. Und im Moment tust du das glaube ich nicht. Denn für einen Mann mit einer vollständigen Amnesie kommst du erstaunlich gut zurecht. Wo hattest du das Handy her?«

»In einem Laden gekauft.«

»Wozu?«

»Weil ich dachte, ich könnte es vielleicht brauchen«, schnauzte ich, als ärgerte ich mich über die Richtung, die das Gespräch nahm.

Ich war mir absolut sicher, dass ich mich nicht zum ersten Mal in einer solchen Situation befand, in der ich unter Druck blitzschnell reagieren musste und mich nicht um mein Leben reden durfte. Und ich schlug mich recht gut. Tina hatte gesagt, ich hätte bei der Polizei eine Weile als V-Mann gearbeitet, was die Ausdrucke bestätigten. Mein Pech, dass der Mann, den ich zu überzeugen versuchte, ebenfalls über meine Vergangenheit Bescheid wusste.

Tarnglatze zog das Handy aus der Tasche. »Wie lautet die PIN?«, fragte er.

»Ich stellte mich begriffsstutzig, denn wenn ich sie ihm nannte, hätte er Zugriff auf Tinas Nummer. Nachdem ich eine Weile geschwiegen hatte, schüttelte ich müde den Kopf. »Du lieber Gott, ich kann mich nicht erinnern.«

»Leck mich, Sean. Ich habe dich gewarnt, verarsch mich nicht.«

»Nein, im Ernst. Himmel, nach allem, was mir in den letzten vierundzwanzig Stunden passiert ist, kann ich selbst kaum glauben, dass ich mich überhaupt noch an etwas erinnere. Tut mir leid. Vielleicht fällt sie mir wieder ein.« Ich seufzte laut. Tarnglatze schien ein wenig besänftigt. »Erzähl mir, was gestern Nacht in dem Haus in Wales los war.« Bei mir fiel der Groschen. Jetzt wusste ich, woher mir die Stimme von Tarnglatze vage bekannt vorkam. »Sie haben im Haus angerufen, stimmt's? Und mir gesagt, ich sollte verschwinden. Das waren Sie. Und Sie dachten, Sie sprächen mit Tom.«

»Muss ich mich wiederholen? Ich stelle hier die Fragen. Was ist gestern Abend vorgefallen?«

Also erzählte ich ihm haarklein und wahrheitsgemäß, wie sich alles zugetragen hatte, von dem Moment an, als ich auf einen Spaziergang verschwand. Ich ließ nichts aus. Als ich geendet hatte, nickte Tarnglatze bedächtig, als leuchtete ihm ein, was ich sagte. Tat es wahrscheinlich auch, nur mir leider nicht.

»Die Leute, die versucht haben, dich umzubringen, sind sehr gefährlich. Äußerst skrupellos. Die sind hinter derselben Information her wie wir. Auch sie wollen wissen, wo die Leichen sind.«

»Was für Leichen?«, fragte ich, indem ich mich anstrengte, die Bilder aus meinem Traum zu verbannen. Diese Schreckensbilder und die Angst.

»Ich glaube, Sean, du weißt es, und falls nicht, kann ich dir nur dringend raten, deinem Gedächtnis auf die Sprünge zu helfen.«

»Können Sie mir wenigstens ansatzweise erklären, worum es bei der Sache eigentlich geht? Vielleicht macht es dann klick.«

»Na schön, nur so viel: Die Leute, die dich umbringen wollen, stellen eine Bedrohung für die nationale Sicherheit dar. Wenn die rausbekämen, wo sich die Leichen befinden, von denen die Rede ist, säßen sie am längeren Hebel. Das heißt aber auch, dass du als der einzige Mensch, der weiß, wo sie sind – und so viel kann ich dir verraten, Sean, irgendwo in deinem Kopf ist diese Information abgespeichert –, dass du dich in dem Fall in äußerster Lebensgefahr befindest. Sie werden Himmel und Hölle in Bewegung setzen, um dich zu liquidieren. Finden dagegen wir die Leichen zuerst, machen wir ihnen einen Strich durch die Rechnung, und damit wärst du aus dem Schneider. Falls du mir also meine Frage beantworten kannst, hast du ausgezeichnete Karten, und alles spricht dafür, dass du irgendwo anders ein neues Leben anfangen kannst. Ich denke, das müsste ein ziemlicher Anreiz sein, um zu reden.«

»Und ob«, sagte ich, »aber im Augenblick kann ich Ihnen ehrlich und wahrhaftig nicht helfen.« Egal, ob Tarnglatze die Wahrheit sagte oder log, hätte ich ihm die Information gegeben. Selbst für ein Glas eisgekühltes Wasser hätte ich sie ihm verraten. Ich hatte nur den einen Wunsch, diesem Albtraum ein Ende zu machen.

Tarnglatze sah mich mit einer Miene an, als hätte er mir sein Vertrauen geschenkt und ich ihn bitter enttäuscht. »Ich werde deinen Therapeuten Dr. Bronson holen. Er kommt hierher, du lässt dich von ihm hypnotisieren, und wir sehen, ob wir dir so auf die Sprünge helfen können. Ich weiß, dass es ihm bis jetzt nicht gelungen ist, aber diesmal wirst du mit ihm kooperieren wie nie zuvor. Weil dein Leben davon abhängt, Sean, darüber musst du dir im Klaren sein. Sollte auch das nicht verfangen, bleiben uns nur die weniger subtilen Methoden.«

Dabei streifte sein vielsagender Blick den Eimer.

»Ich sage die Wahrheit, ehrlich.«

»Nun denn, wir werden ja sehen. Ich rufe jetzt Dr. Bronson an, unterdessen übernimmt hier mein Kollege. Bin gleich wieder da. Er wird dir wehtun. Es bereitet ihm allzu viel Vergnügen, jemandem Schmerzen zuzufügen. Andererseits ist er auch Profi und wird dafür sorgen, dass du, wenn der Doktor kommt, bei Bewusstsein und in der Lage bist, mit ihm zusammenzuarbeiten. Außerdem wird er in dem Moment aufhören, in dem du uns erzählst, was wir wissen wollen.«

»Aber wie soll ich Ihnen sagen, was Sie hören wollen, wenn ich keinen Schimmer habe, was es ist!«, sagte ich, und die Verzweiflung war echt. Ich war skeptisch, dass ich noch mehr Schmerzen aushalten würde, und merkte, wie ich erneut in Panik geriet. »Bitte, ich werde alles tun, um zu kooperieren. Und könnte ich wohl bitte ein Glas Wasser haben?«

Tarnglatze schüttelte verächtlich den Kopf und kehrte mir den Rücken. »Wenn's geht, schrei' nicht gar so laut«, sagte er über die Schulter, als er zum Tor hinausging und mich hilflos zurückließ.

17

Tina brauchte nicht allzu lange, um die Anschrift von Dylan Mackay ausfindig zu machen, jenes Mannes, der mutmaßlich Lauren und ihrer Freundin Jen einen Job als Begleiterin angeboten hatte und der laut Sheryl Lauren aus dem Gedächtnis streichen wollte, als hätte sie nie existiert. Tina hatte im Lauf der Jahre festgestellt, dass es nicht allzu schwer war, jemanden aufzuspüren, der sich keine große Mühe gab, unentdeckt zu bleiben, und dieser Dylan hatte sich offensichtlich kaum um Anonymität geschert. Vom Katasteramt erfuhr sie, dass es in Kensington gerade einmal zwei Hausbesitzer unter dem Namen Dylan Mackay gab; nachdem sie sich deren volle Personalien notiert hatte, genügte eine einfache Google-Suche, und schon hatte sie auf Facebook das Foto jenes gut aussehenden Mannes mit dem dunklen, lockigen Haar und der arroganten Pose vor Augen, das ihr Sheryl in ihrer Wohnung gezeigt hatte. Sie hätte die junge Frau nicht einmal um eine Kopie zu bitten brauchen, denn seine Privatsphäre-Einstellungen gingen gegen null. Er war sogar auf LinkedIn – angesichts seines kryptischen Lebenslaufs ein Witz. Wenn Tina sah, wie gedankenlos manche Leute ihr Leben querbeet im Internet ausbreiteten, konnte sie nur müde lachen, besonders bei denen, die Dreck am Stecken hatten. Nach allem, was Sheryl angedeutet hatte, verdingte sich Dylan als eine Art Schickimicki-Zuhälter, und Tina sah keinen Grund, daran zu zweifeln. Eine einfache Bonitätsprüfung ergab, dass Dylans Wohnung zwar auf dem überhitzten Londoner Immobilienmarkt mindestens siebenhundert Riesen wert war, dass er andererseits eine Hypothek über Vierhunderttausend und Kreditkarten sowie andere Schulden in Höhe von nochmals Hundertzwanzigtausend hatte – so weit die eingetragenen Verbindlichkeiten. Demnach brauchte Dylan eindeutig Geld, was ihn für Tina zu einer vielversprechenden Informationsquelle machte.

Sie sah auf die Uhr. Es war zwanzig nach sechs. Im Prinzip konnte sie ihm auf der Stelle einen Besuch abstatten, doch es war Rushhour, und die Chance, dass sie ihn zu Hause antraf, stand eins zu eins. Tina schätzte ihn als den Typ ein, der nicht mit der Sonne aufstand, und so beschloss sie, die Sache auf den nächsten Morgen zu verschieben.

Ihr kam Sean wieder in den Sinn. Wie war es wohl mit ihm weitergegangen? Vor gut vier Stunden hatte sie ihn im Krankenhaus abgesetzt und seitdem nicht mehr von ihm gehört. Sie überlegte, ob sie ihn auf dem Handy, das sie ihm gegeben hatte, anrufen sollte, hielt es dann aber doch für sicherer, über den Peilsender, den er an sich trug, festzustellen, wo er gerade war. Sie neigte nicht zu Paranoia, doch niemand sollte erfahren, dass sie mit Sean zusammenarbeitete, schon gar nicht, nachdem er praktisch zugegeben hatte, indirekt in zwei Morde verwickelt zu sein. Von Rechts wegen hätte sie das, was er ihr erzählt hatte, der Polizei melden müssen, da Gespräche zwischen Privatdetektiven und Klienten nicht derselben Schweigepflicht unterlagen wie etwa bei einem Anwalt. Doch zunächst einmal galt die Unschuldsvermutung, und solange er ihr nicht zu nahe kam, hatte er eine Chance verdient.

Sie rief die Website mit der Bewegungsaufzeichnung des Peilsenders auf, gab die entsprechende Ident-Nummer ein und zuckte ungläubig zusammen, als sie sah, wo sie sich befand. Das rote Licht blinkte in einer ländlichen Gegend etwa acht Kilometer nordwestlich des Autobahnkreuzes 18 auf der Londoner Ringstraße im Grenzbereich Hertfordshire und Buckinghamshire. Sie zoomte den roten Punkt so nahe wie möglich heran und kratzte sich am Kopf, als sie einen Gebäudekomplex namens Cherry Tree Farm vor sich sah.

Was zum Teufel hatte er dort verloren? Tina ging die möglichen Erklärungen durch. In der Notaufnahme hatte ein Arzt bei Sean eine schwere Amnesie diagnostiziert und ihn vorschriftsgemäß in eine geschlossene Anstalt eingewiesen, um ihn weiteren Untersuchungen zu unterziehen. Doch daran glaubte sie selbst nicht. Erstens war Cherry Tree Farm für eine Heilanstalt offensichtlich nicht groß genug. Zweitens schien es angesichts des bürokratischen Aufwands fast unmöglich, ihn in so kurzer Zeit dort einzuliefern. Drittens hielt sie es für unwahrscheinlich, dass sie ihn in eine geschlossene Abteilung einwiesen. Auch wenn er an Amnesie litt, war er mehr oder weniger im Vollbesitz seiner geistigen Kräfte.

Als letzte harmlose Erklärung fiel ihr nur noch ein, dass er kalte Füße bekommen und die Notaufnahme verlassen hatte, bevor er einen Arzt gesehen hatte. Doch selbst dann: Was in aller Welt zog ihn auf eine gottverlassene Farm irgendwo in der Pampa? Und wie hätte er dorthin kommen sollen? Eine Taxifahrt quer durch Nordwest-London, mitten im Rushhour-Verkehr hätte sicherlich mehr als die hundert Pfund gekostet, die Tina ihm geliehen hatte. Natürlich konnte sie nicht ausschließen, dass ihm irgendwelche Erinnerungen aufgestiegen waren, die ihn mit dieser Farm verbanden, doch dass er nichts Besseres zu tun hatte, als gleich dorthin zu fahren, passte nicht zu ihm.

Blieb nur eine Erklärung: Es war etwas schiefgelaufen, und Sean steckte in Schwierigkeiten. Nur für den Fall, dass er den Peilsender irgendwie verloren hatte, griff Tina zum Handy, rief im Krankenhaus an und bat darum, zu einem Mr. Matthew Barren durchgestellt zu werden. Die Rezeptionistin fragte nach der Station.

»Kann ich Ihnen nicht sagen. Ich habe ihn heute Nachmittag in der Notaufnahme abgesetzt. Er leidet an Amnesie. Wäre es Ihnen wohl möglich nachzusehen, ob er eingewiesen wurde? Ich wollte rüberkommen und ihn besuchen.« Während die Rezeptionistin sich dem Computer zuwandte, trat Tina in den Flur, zündete sich eine Zigarette an und nahm einen langen, gierigen Zug.

»Tut mir leid, unter diesem Namen wurde niemand eingewiesen«, meldete sich die Frau zurück.

Vorsichtshalber bat Tina sie, auch unter Sean Egan nachzusehen. Die Angestellte zierte sich ein wenig, lenkte jedoch am Ende ein. Als sie wieder ans Telefon kam, war Tina nicht überrascht zu hören, dass es auch keinen Patienten dieses Namens im Krankenhaus gab.

Sie bedankte sich und trennte die Leitung. Was nun? Sie hatte Hunger und war müde, doch unter diesen Umständen konnte sie nicht einfach Feierabend machen. Falls Sean das Krankenhaus nicht freiwillig verlassen hatte, dann hatte ihn jemand entführt. In diesem Moment zuckte ihr der Gedanke durch den Kopf, dass ihn die Leute in Wales möglicherweise mit einem eigenen Peilsender versehen hatten und seiner Spur gefolgt waren. Vielleicht einfach nur in einer Armbanduhr oder sogar, wenn sie echte Profis waren und über ein echtes Hightech-Gerät verfügten, irgendwo implantiert. So oder so hätte sie an die Möglichkeit denken müssen.

Zu spät. Sie drückte die Zigarette aus und kehrte in ihr Büro zurück.

Höchste Zeit, frische Landluft zu schnuppern. Sie hoffte, er war noch da.

Und noch am Leben.

18

Robert Whatred saß in seinem Wohnzimmer und verfolgte mit mäßigem Interesse die Abendnachrichten, als das Telefon klingelte.

Der Anruf kam von einer unterdrückten Nummer, und Whatred packte wie jedes Mal die Angst. Mit zitternder Hand hielt er das Telefon ans Ohr.

»Wir haben unseren Mann zurück«, sagte Mister H.

»Gott sei Dank«, sagte Whatred, auch wenn ihm nicht klar war, was das für ihn bedeutete.

»Wir halten ihn an einem Ort außerhalb der Stadt fest. Um diese Zeit müssten Sie es in etwa einer Stunde hierher schaffen. Ich simse Ihnen nach diesem Anruf die Adresse. Kommen Sie bitte auf der Stelle her.«

»Ich habe getrunken.«

»Wie viel?«

»Über der Promillegrenze.«

»Dann lassen Sie sich nicht erwischen.«

Mister H sprach in einem harten, kompromisslosen Ton, ohne die Spur von Mitgefühl. Whatred rieselte es eiskalt den Rücken herunter. Er verfluchte den

Tag, an dem er sich auf die ganze Sache eingelassen hatte.

»Was soll ich mit ihm machen?«, fragte er.

»Sorgen Sie dafür, dass er sich daran erinnert, wo die Leichen sind. Mir ist vollkommen egal, wie Sie das anstellen oder wie lange es dauert, bringen Sie also eine Reisetasche mit, denn Sie werden bei ihm bleiben, bis er die Antwort ausspuckt.«

»Ich kann nicht einfach so …«

»Halten Sie den Mund, Whatred. Für Ihre ›Kann-nicht‹ und ›Geht-nicht‹ ist es zu spät. Wir brauchen die Information, und Sie werden sie aus ihm herausholen. Und ich sag' Ihnen noch etwas. Er kann sich schon wieder an einiges erinnern, und er ist mit Sicherheit nicht so fügsam und verwirrt, wie Sie gestern noch glaubten. Er ist den Profikillern entwischt, die kurz davor die anderen beiden umgebracht hatten, und hat es ohne große Schwierigkeiten allein bis nach London geschafft. Außerdem erinnert er sich wieder an seinen wirklichen Namen. Daher die Frage: Haben Sie mich angelogen, als wir heute Morgen miteinander sprachen?«

»Nein, selbstverständlich nicht«, sagte Whatred ein wenig zu hastig, während er fieberhaft überlegte, ob er mit Seans Traum herausrücken sollte oder nicht. Er beschloss, ihn für sich zu behalten. »Ich würde Sie nicht belügen.«

»Gut. Sie gehören jetzt uns, Whatred. Sie tun, was wir Ihnen sagen, verstanden?«

Diese Worte bestätigten, was Whatred von Anfang an gefürchtet, sich aber nie eingestanden hatte. In dem

Moment, als er den Auftrag annahm, hatte er seine Seele verkauft, und wie's aussah, würde er sie nie zurückbekommen. Er holte tief Luft und spürte die Ernüchterung. »Verstehe«, sagte er. »Schon unterwegs.«

19

Tina stellte den Wagen im Schutz eines schmalen Wäldchens etwa hundert Meter östlich der drei Gebäude ab, die zur Cherry Tree Farm gehörten. Der Peilsender, den sie Sean gegeben hatte, war auf fünf Meter genau, und demnach befand er sich in dem Bau an der Westfront.

Tina klappte den Laptop zu, schob ihn unter den Beifahrersitz, stieg aus und schloss leise die Tür. Auf der Straße kam von hinten ein Wagen vorbei, doch er fuhr schnell, und im Nu waren die Scheinwerfer im Dunkeln verschwunden. Sie sah auf die Uhr. Zwanzig nach acht, etwa sechs Stunden nachdem sie Sean an der Notaufnahme abgesetzt hatte. In dieser Zeit konnte ihm alles Mögliche zugestoßen sein.

Tina hatte keine Ahnung, was sie erwartete, ein ebenso bedrohlicher wie aufregender Gedanke. In den letzten Jahren war sie dem Tod mehr als einmal nahe gekommen und hatte kein Risiko gescheut, doch damals hatte es wenig gegeben, für das es sich zu leben lohnte. Das hatte sich geändert. Mit ihrer Arbeit als Privatdetektivin, die ihr ein geregeltes Einkommen sicherte, und ihrem Cottage auf dem Lande war sie einigermaßen zufrieden. Sie brauchte nicht mehr ständig Kopf und Kragen zu riskieren; schließlich ging es dabei nicht nur um sie. Ihre Mum hatte Ende letzten Jahres eine Krebsphobie entwickelt; eines Tages hatte ihr Vater Tina zur Seite genommen und ihr so schonend wie möglich beigebracht, dass die Krankheit von der ständigen Sorge ihrer Mutter rührte, Tina brächte sich mit ihrer gefährlichen Arbeit früher oder später um. »Du kannst damit nicht weitermachen, Schatz«, hatte er gesagt. »Es tut uns beiden weh. Ich kann den Kummer irgendwie ertragen, aber deine Mum kommt damit nicht klar. Bitte denk an sie, wenn du dich das nächste Mal auf solche waghalsigen Abenteuer einlässt. Irgendwann geht das schief.«

Tina hatte immer ein harmonisches, normales Verhältnis zu ihren Eltern gehabt. Sie waren immer gut zu ihr gewesen. Die selbstzerstörerischen Neigungen, mit denen sie sich in der Vergangenheit abgeplagt hatte, rührten von ihrer Arbeit bei der Polizei und nicht von irgendeinem ungelösten Kindheitstrauma. »Geht in Ordnung, Dad«, hatte sie ihm mit einem gerührten Lächeln versprochen. »Das habe ich hinter mir gelassen.«

Wie sich jetzt zeigte, nicht ganz. Denn die Gefahr hatte Tina doch wieder eingeholt. Da war sie nun – sie schlich sich im Dunkeln durch den Wald, um einen rechtskräftig verurteilten Vergewaltiger, der an Amnesie litt, aus den Händen bedrohlicher Entführer zu befreien. Sie hatte mit sich gekämpft, ob sie die Polizei einschalten sollte, doch unterm Strich hatte sie nichts in der Hand, um zu beweisen, dass Sean tatsächlich in ernsten Schwierigkeiten steckte. Lieber erst einmal selber herausfinden, was los war. Kaum hatte sie allerdings den Waldrand erreicht und das baufällige Bauernhaus erblickt – dunkel und offensichtlich unbewohnt, dahinter dann die große Scheune mit dem schwachen Licht, das aus einem Spalt drang –, wusste sie, dass hier etwas nicht stimmte.

Sie blieb stehen und sah sich um. Keine parkenden Autos, keine Stimmen oder anderen menschlichen Geräusche. Es war eine kühle Nacht, und es herrschte Totenstille. Sie griff in die Taschen ihrer Jacke und ertastete die beruhigenden Waffen: einen illegal in Belgien erstandenen Elektroschocker, eine Dose Pfefferspray aus einem Haushaltswarengeschäft in Frankreich und einen kleinen, bleiernen Totschläger aus einem Antiquitätengeschäft in Camden – für den absoluten Notfall. Falls sie sich auch nur mit einer ihrer Waffen erwischen ließ, musste sie mit einer Strafanzeige rechnen; falls mit allen dreien, wanderte sie wahrscheinlich für einige Zeit hinter Gitter. Und wenn schon: Hauptsache, sie konnte sich verteidigen, jeden anderen Gedanken schob sie beiseite.

Für einen Moment sah sie ihren Vater vor sich, wie er versuchte, sie zurückzuhalten; die Sorge und Enttäuschung standen ihm ins Gesicht geschrieben, doch sie verscheuchte sein Bild. Höchste Zeit zu handeln.

Das Adrenalin pochte ihr in den Adern. Als sie auf die Lichtung trat und lautlos um das erste Gebäude huschte, ein ehemaliges Plumpsklo vielleicht, spürte sie den Nervenkitzel von einst. Es folgte ein niedriger Zaun, vielleicht ein ehemaliger Schweinepferch. Sie trat vorsichtig hinüber und schlich sich um das zweite Gebäude herum – ein einstöckiges Haus mit einem flachen, eingesackten Schieferdach. Tina fragte sich, wem dieser Hof gehörte und weshalb er so verwahrlost war. Sie würde im Katasteramt nachfragen, doch eines stand fest: Es verhieß nichts Gutes, dass sie Sean an einen so abgelegenen Ort gebracht hatten.

Jetzt lagen nur noch zwanzig Meter zwischen ihr und der Scheune. Daneben stand, halb hinter den hängenden Zweigen einer Trauerweide, ein schwarzer Audi A6; ein Stück weiter hinten konnte sie die Umrisse eines hohen Drahtzauns mit einem Vorhängeschloss am Tor ausmachen, der den Zugang von der Straße aus verwehrte.

Den Finger am Auslöser des Elektroschockers, horchte Tina angestrengt in die Dunkelheit. Dank der ländlichen Stille hörte sie aus dem Schuppen gedämpfte Stimmen. Sie holte einmal tief Luft, trat aus der Deckung und überquerte lautlos den Hof bis zur Scheune.

Am Tor machte sie halt und legte das Ohr ans Holz. Zwei Männer sprachen leise miteinander, doch sie konnte nicht verstehen, was sie sagten. Von Sean hörte sie nichts. Sie überlegte, wie sie weiter verfahren sollte. Bevor ihr eine zündende Idee kam, hörte sie das unverkennbare Knirschen von Reifen auf Kies. Sie spähte seitlich um die Scheune herum und sah, wie sich ein Scheinwerferpaar langsam auf das Tor zubewegte; im selben Moment klingelte im Schuppen das Telefon. Einer der Männer meldete sich, und sowie er zum Tor eilte, konnte sie seine Stimme besser hören.

Ohne zu zögern schlich Tina um die Ecke des Schuppens, wo sie der Mann, der sein Telefonat beendet hatte, nicht sehen konnte.

Als Robert Whatred vor dem Eingang anhielt, wünschte er sich an jeden anderen Ort der Welt. Als eingefleischtem Städter waren ihm die Dunkelheit und Stille, die ihm hier draußen entgegenschlugen, fremd. Dies war ein einsamer Ort, an dem die Bäume wie Wachposten in den Nachthimmel ragten. Er hatte das Gefühl, als verschlinge ihn die Nacht.

Wenn sie ihn hier töteten, würde niemand je davon erfahren. Es wäre ein Kinderspiel. Vor allem aber käme es seinen Auftraggebern zupass. Whatred machte sich keine Illusionen darüber, dass er zu viel wusste. Durch die Blume hatte Mister H es ihm schon gesagt. Und so steckte er in einem schrecklichen Dilemma. Falls es ihm nicht gelang, dem Mann, den er immer noch als Matt kannte, die Nacht seines Autounfalls mit allen Einzelheiten ins Gedächtnis zu rufen, war er für seine Auftraggeber entbehrlich. Doch auch, wenn sie bekamen, was sie wollten, lief es für ihn unter dem Strich auf dasselbe hinaus.

Whatred versuchte, seinen Atem unter Kontrolle zu bringen, indem er – wie früher mit seinen Patienten – in melodischem, rhythmischem Ton leise das Wort »Ruhe« wiederholte.

Es half nichts. Er hatte nur den einzigen Wunsch,

hier wegzukommen. *Schnapp' dir das Geld, und verzieh dich irgendwohin, wo sie dich nicht finden können.*

Doch in diesem Moment kam im Dunkeln mit selbstbewusstem, zügigem Schritt eine Gestalt auf ihn zu, und in der nächsten Sekunde erschien sein Gesicht im Scheinwerferkegel.

Whatred schluckte. Es war zu spät.

20

Es war schon seltsam. Während ich hilflos auf diesem Stuhl saß, ins Gesicht geschlagen, bedroht, und gewaltsam festgehalten wurde, während mir jemand mit einer Zange einen Backenzahn zog, war etwas mit mir passiert. Wie aus dem Nichts tauchte vor meinem geistigen Auge ein hochgewachsener, spindeldürrer Mann zwischen fünfzig und sechzig Jahren auf; er hatte schütteres Haar und einen Gesichtsausdruck wie ein Bestattungsunternehmer. Er saß mir gegenüber auf einem Schreibtischstuhl, und in sonorem, väterlichem Ton sagte er zu mir: »Immer alles abstreiten, Sean. Geben Sie nie etwas zu. Halten Sie sich an Ihre Geschichte, das ist Ihre einzige Überlebenschance. Egal, was die mit Ihnen machen, bleiben Sie bei Ihrer Version. Denn in dem Moment, in dem Sie Schwäche zeigen, sind Sie so gut wie tot.« Vor einer halben Ewigkeit war dieser Mann mein Chef bei der Polizei gewesen. Mir fiel sogar sein Name wieder ein – zumindest der Spitzname, den ich hinter seinem Rücken für ihn hatte. Ihm war etwas Schlimmes zugestoßen, auch wenn ich mich nicht erinnerte, was.

In diesem Moment zählte nur der Rat, den er mir vor vielen Jahren gegeben hatte, und ich beherzigte ihn, um mich gegen alles zu wappnen, was meine Kidnapper mit mir trieben. Es waren heftige Schmerzen. Der Zahn war die Hölle, und inzwischen konnte ich vor Durst kaum noch einen klaren Gedanken fassen. Gleichzeitig merkte ich, dass Tarnglatze, der bei diesem Gespann das Sagen hatte, drauf und dran war, mir meine Beteuerungen abzukaufen. Da ich jedoch keine langfristige Strategie hatte, um mich aus meiner Lage zu befreien, und auch nicht die leiseste Ahnung, wo sich diese Leichen befanden, half das wenig.

Nach den Geräuschen draußen vor der Scheune zu urteilen, war soeben Dr. Bronson eingetroffen, um mir auf die Sprünge zu helfen. Tarnglatze hatte die Scheune gerade verlassen, um ihm entgegenzugehen, sodass ich mit Schwarzbart, der wenige Meter von mir entfernt stand und missmutig zu mir heruntersah, alleine zurückblieb. Er sagte kein Wort und wirkte ziemlich gelangweilt. Ganz offensichtlich hatte es ihm Spaß gemacht, mich zu quälen. Während er mich schlug, hatte er das Gesicht zu einem hämischen Grinsen verzogen, und als er mir wenig später in der hohlen Hand den blutigen Zahn vor die Nase hielt, den er mir gerade gezogen hatte, strahlte er wie über eine Trophäe. Doch fürs Erste hatte er seinen Sadismus wohl befriedigt.

Dabei war er so brutal zu Werke gegangen, dass ich immer noch ein wenig aus der Wunde im Kiefer blutete, wenn auch nicht mehr so stark. Ich spuckte Blut und Speichel aus und tastete mit der Zunge die Mundhöhle ab, zuerst behutsam das Loch, dann die anderen Zähne, um – weniger ängstlich als anzunehmen – zu überlegen, welcher als nächster fällig war.

Und da merkte ich es: An einem Backenzahn ragte die Füllung ein wenig zu weit hervor. Auch das Material fühlte sich nicht richtig an, und ich fragte mich, wieso mir das erst jetzt auffiel. Wenn es keine normale Füllung war, stellte sich weiterhin die Frage, was sie mir dort eingepflanzt hatten.

Einen Peilsender zum Beispiel?

»Was machen Sie da?«, schnauzte Schwarzbart.

»Nichts«, sagte ich, während ich sah, wie sich hinter ihm das Scheunentor einen Spaltbreit öffnete und eine weibliche Gestalt hereinhuschte. Obwohl ich mich darauf konzentrierte, den Blick keine Sekunde lang von Schwarzbart abzuwenden, wusste ich, dass es Tina war, und ich musste mich schwer zusammenreißen, um die Woge der Hoffnung und Erleichterung, die mich überflutete, zu überspielen. »Ich will nur sehen, was Sie angerichtet haben. Beten Sie zu Gott, dass sich das Blatt nicht wendet, denn dann mache ich Hackfleisch aus Ihnen.«

Er trat unwillkürlich einen Schritt zurück und sagte mit bösartigem Grinsen: »Wird es nicht, da habe ich keine Bange. Denn du kommst hier nicht lebend raus.«

»Wir werden ja sehen«, antwortete ich und sah ihm mit einem durchbohrenden Blick in die Augen.

Er hob die Hand, um mich erneut zu schlagen, doch in letzter Sekunde musste er hinter sich ein Geräusch gehört haben, denn er drehte sich blitzschnell um.

Zu spät. Ich hörte so etwas wie ein elektrisches Knistern, dann ging Schwarzbart ächzend zu Boden, wo er am ganzen Leib zitternd liegen blieb und sich vor Schmerzen wand. Jetzt stand Tina vor mir und sah mich besorgt an.

»Mist, Sean. Sie sehen übel aus.«

»Schnell«, sagte ich hastig. »Die Schlüssel sind in seiner linken Tasche. Es ist ein kleiner silberner, der passt zu allen.«

Tina bückte sich, kramte in Schwarzbarts Tasche und zog den Schlüsselbund heraus.

»Der da, der links«, sagte ich, als sie alle durchging.

Tina zauderte nicht. Sie wusste so gut wie ich, dass uns nur Sekunden blieben; ohne zu zögern packte sie meine Handschellen und schloss auf. Als sie sich zu meinen Knöcheln bückte, beugte ich mich vor und nahm die blutige Zange aus dem Eimer, bevor ich gebannt zum Scheunentor sah. Falls Tarnglatze zu früh hereinkam, war es das für uns.

Ich hörte, wie draußen ein Wagen anhielt, und wusste, dass sie jeden Moment hereinspazieren würden.

»Fertig, schnell!«, zischte Tina und sprang auf.

Keine Zeit für Höflichkeiten oder Informationsaustausch. Ich konnte ihr nicht einmal sagen, dass Tarnglatze eine Schusswaffe besaß, sondern hatte nur den einen Gedanken, auf dem schnellsten Wege zu verschwinden. Ich sprang vom Stuhl, und obwohl mir im ersten Moment die steifen Beine einknickten, war ich im Nu wieder fit. Tina eilte voraus, ich folgte ihr dicht auf den Fersen zum Tor hinaus und dann quer über den Hof in die Dunkelheit.

Nicht allzu weit hinter uns stieß jemand einen Fluch aus, und Tarnglatze rief wütend: »Stehen bleiben, oder ich schieße!«

Nichts auf der Welt hätte mich aufhalten können. Ebenso wenig Tina, die vor mir zum nächsten Gebäude sprintete, das uns Deckung bot.

Ein Schuss ertönte. Ich konnte nicht sagen, wie dicht er an mir vorbeizischte; jedenfalls prallte er an der Wand vor mir ab und pfiff in nächster Nähe durch die Dunkelheit.

»Den nächsten hast du im Rücken, Sean!«, brüllte Tarnglatze, doch diesmal klang in seinem Ton Verzweiflung mit, denn ich lief bereits geduckt um die Ecke zur Rückseite des leeren Gebäudes und damit aus seiner Schusslinie.

Wir rannten weiter. Vor mir sprang Tina über einen niedrigen Zaun, der aus dem Nichts auftauchte. Als ich es ihr gleichtat, stolperte ich und stieß mit dem Knie auf etwas Hartes. Vor Schmerzen rollte ich mich stöhnend zur Seite, war jedoch in einer Sekunde wieder auf den Beinen und ließ mich von dem Hochgefühl beflügeln, so unversehens frei zu sein. Noch während ich um mein Leben rannte, schwor ich mir, nie wieder in eine solch prekäre Situation zu geraten. Niemand würde mir je wieder meine Freiheit nehmen.

Ich folgte Tina in das Waldstück, das an das letzte Gebäude grenzte, und riskierte einen kurzen Blick über die Schulter. Obwohl uns niemand folgte, war mir klar, dass sie uns nicht einfach so ziehen lassen würden. Außerdem war ich mir fast sicher, dass ich immer noch einen Peilsender an mir hatte und sie mich jederzeit aufspüren konnten. Ich zog die Uhr vom Handgelenk und warf sie ins Gestrüpp. Mir war wieder eingefallen, dass sie ein Geschenk von Jane war, und so lag es nahe, dass sie das Gerät darin versteckt hatten, falls nicht tatsächlich in dem Backenzahn. Bei aller Gefahr, in der ich mich befand, gab mir der Gedanke an Janes Verrat jetzt noch einen Stich. Zwei Monate lang hatte sie mich in dem Glauben gewiegt, meine Schwester zu sein, hatte mir über unsere vermeintliche gemeinsame Kindheit das Blaue vom Himmel heruntergelogen und mich vorsätzlich und künstlich in diesem Zombie-Zustand gehalten. Herzloses Miststück.

Auf der anderen Seite des Wäldchens kamen wir auf einen schmalen Feldweg. Dort stand etwa zwanzig Meter entfernt ein Ford Focus am Straßenrand. Tina rannte voraus, schloss auf, und gleichzeitig sprangen wir in den Wagen.

»Sie tragen einen Peilsender an sich, Sean«, sagte sie, während sie den Motor anwarf.

»Ich weiß. Nur so konnten sie mich finden. Möglicherweise ist er in meiner Uhr. Die habe ich eben weggeworfen.«

»Gut. Geht's Ihnen einigermaßen?«

»Hab mich schon besser gefühlt. Und Sie?«

»Na ja, hatte nicht unbedingt damit gerechnet, dass heute noch auf mich geschossen wird«, sagte sie, während sie vom Seitenstreifen fuhr und ohne das Licht einzuschalten, losfuhr.

»Wenigstens wurden Sie nicht getroffen.«

»Wenn das kein Trost ist.«

Nach ein paar Minuten kamen wir an eine Kreuzung, und Tina schaltete die Scheinwerfer an, bevor sie auf die Hauptstraße abbog, aufs Gas trat und den Wagen vor uns überholte.

Sie warf einen Seitenblick auf meine Hand. »Was wollen Sie mit der Zange?«

So schwer es mir fiel, musste ich ihr beichten, was ich vermutete. »Vielleicht war der Peilsender doch nicht in meiner Armbanduhr. Ich habe eben mit der Zunge meine Mundhöhle abgetastet und gemerkt, dass ich da hinten eine Füllung habe, die sich komisch anfühlt.«

Sie fluchte. »Das hat uns gerade noch gefehlt. Ich kann es mir nicht leisten, dass solche Typen hinter mir her sind. Wir müssen anhalten, und ich werfe einen Blick drauf.« Vor uns tauchte eine Parkbucht mit zwei Lkws auf. Tina hielt dahinter an. Sie schaltete das Innenlicht ein und zückte eine kleine Taschenlampe. Hut ab vor der Professionalität dieser Frau. Klare Ansage und nicht lange gefackelt. Sie tat einfach, was zu tun war, und vor allem tat sie es schnell.

»Weit aufmachen.«

Ich gehorchte, sie beugte sich vor und leuchtete mir mit der Lampe in den Mund. Dabei kam sie so dicht heran, dass ich ihr Haar und ihren natürlichen Duft riechen konnte. Ich fühlte mich augenblicklich zu ihr hingezogen. Sie war eine attraktive Frau, und die Coolness, mit der sie brenzlige Situationen meisterte, erhöhte ihren Reiz.

»Gott, was haben die mit Ihnen gemacht! Haben die Mistkerle Ihnen einen Zahn gezogen?«

Zur Bestätigung brachte ich einen gurgelnden Laut heraus.

»Also, da ist tatsächlich etwas, das seltsam aussieht: Mist, Sie haben recht. Der muss raus. Tut mir leid.« Sie nahm den Kopf ein Stück zurück und sah mir immer noch aus nächster Nähe in die Augen. »Soll ich das für Sie machen?«

Ich reichte ihr die Zange und holte tief Luft; für den Moment war mein Interesse an ihr ein wenig gedämpft. »Legen Sie los.« Auch das musste ich Tina lassen. Sie ersparte mir irgendwelche Sprüche in der Art: »Das tut jetzt ein bisschen weh« oder »Dass ich Ihnen das jetzt antun muss!« Stattdessen befahl sie mir, den Mund so weit wie möglich offen zu halten, sah sich mithilfe der Taschenlampe die Stelle noch einmal an, legte die Zange um den richtigen Zahn und nahm mich in den Schwitzkasten.

Ich fügte mich in das, was getan werden musste, schloss die Augen und versuchte, mich in Gedanken an einen anderen, freundlicheren Ort zu versetzen. Ich dachte an meinen Bruder John, stellte mir vor, wie wir an einem Sommertag vor vielen Jahren zusammen angeln gingen. Das Bild verschmolz mit einer anderen Erinnerung. John und ich in einem Park. Ich war noch klein, vielleicht sechs Jahre alt, und er brachte mir das Fahrradfahren bei. Er versetzte mir einen kräftigen Schubs, sodass ich wackelig losfuhr, bis ich zum ersten Mal aus eigener Kraft das Gleichgewicht fand. Es gab mir ein fantastisches Gefühl, dass ich nicht herunterfiel, und als ich in die Pedale trat, hörte ich Johns ermunternde Rufe …

Der Schmerz traf mich in einer einzigen kurzen Schockwelle, und ich musste meine ganze Selbstdisziplin aufbringen, um mich nicht aus Tinas Griff zu winden, bevor sie den Zahn draußen hatte.

Als sie fertig war, sackte ich auf meinem Sitz zurück. Dann tastete ich nach dem elektrischen Fensterheber, beugte mich hinaus und spuckte einen Mundvoll Blut durch den Spalt.

»Hier, spülen Sie mit Wasser nach«, sagte Tina und reichte mir eine Plastikflasche.

Ich spuckte noch einmal Blut, dann trank ich gierig, und es war mir egal, wie viel Blut ich mittrank. Ich war ausgedörrt. Als ich die Flasche leer hatte, wischte ich mir den Mund ab und warf einen Blick auf den Zahn, den Tina in der Hand hielt. Er sah fast normal aus, doch die vermeintliche weiße Füllung ragte ein wenig über den Rand hinaus, als sei sie nicht sauber eingepasst. Außerdem sah das Material mehr nach Plastik als Keramik aus.

»Ich denke, da haben wir unseren Peilsender«, sagte Tina und schnippte mit einem schön geformten Fingernagel dagegen. »Ich würde mir das Ding ja liebend gerne ansehen, aber …« Sie warf den Zahn aus dem Fenster, und schon waren wir wieder auf der Straße. »Wäre wohl keine so gute Idee.«

Ich spuckte noch ein paarmal Blut in die Wasserflasche, bevor ich mit der Zunge das neue Loch begutachtete. Es lag genau gegenüber dem Zahn, den mir Schwarzbart ausgerissen hatte, zumindest war es also symmetrisch, auch wenn mir für eine Weile das Kauen keinen Spaß machen würde.

Aber wen kümmerte das schon. Ich war am Leben. Ich schöpfte Hoffnung. Und mir kamen weitere Erinnerungen.

Ich sackte gegen die Lehne und versuchte mich von den Schmerzen, die mich in heißen Wellen durchzuckten, abzulenken, indem ich an Tina dachte. Gut aussehend, sexy, willensstark und hart im Nehmen.

Himmel, genau mein Typ.

21

Nach etwa einer halben Stunde und einigen gezielten Umwegen bogen wir in ein Straßendorf ab, eine Mischung aus modernem und traditionellem Baustil.

»Wohnen Sie hier?«, fragte ich, als sie vor einer Gruppe malerischer Reihenhäuschen hielt, die so aussahen, als seien die einstigen Erbauer maximal einen Meter sechzig groß gewesen.

Für meine Frage erntete ich einen strengen Blick. »Richtig. Und kommen Sie nicht auf dumme Gedanken, Sean. Ich nehme Sie nicht mit rein.«

»Tina, bitte. Wo soll ich denn sonst hin? Ich bin verletzt. Und ich habe kein Geld. Na ja, nicht viel.«

Sie stellte den Motor ab und machte mir stumm Zeichen, ihr ins Haus zu folgen. »Egal, wie Sie darüber denken, sind Sie immer noch ein rechtskräftig verurteilter Vergewaltiger«, sagte sie, als sie die Tür hinter uns zugezogen und Licht gemacht hatte.

Ihre Worte trafen mich um einiges heftiger als die Attacken, die ich gerade hinter mir hatte, und verdüsterten mir die Stimmung. »Aber Sie kennen mich«, sagte ich verzweifelter als beabsichtigt.

»Nein, ich kenne Sie nicht«, konterte sie und wandte sich auf dem Weg zur Küche zu mir um. »Sie kennen sich ja nicht einmal selbst.«

»Immerhin habe ich Ihnen einmal das Leben gerettet.«

»Und ich habe mich soeben revanchiert. Wir sind also quitt. Jetzt kümmere ich mich um Ihre Wunden und quartiere Sie in ein Hotel ein.« Sie kramte in einer Schublade und kam mit einem Beutel Wattestäbchen sowie einem Desinfektionsmittel wieder. »Setzen Sie sich.«

Ich setzte mich an den kleinen Küchentisch und wartete, während sie mir behutsam die Verletzungen im Gesicht mit dem Antiseptikum betupfte. So wie alles an diesem Tag tat es weh, und ich gewöhnte mich allmählich daran. Wesentlich schwerer fiel es mir, der Versuchung zu widerstehen, mich vorzubeugen und Tina auf den Mund zu küssen. Unsere Gesichter waren nur dreißig, vierzig Zentimeter voneinander entfernt ... verdammt schwer, ihr nicht in die blitzenden Augen zu sehen und mir auszumalen, was daraus hätte werden können ... doch in ihren Augen war ich ein Vergewaltiger, und vorerst konnte ich ihr das Gegenteil nicht beweisen.

»Wie sehe ich aus?«, fragte ich und brachte ein erstes zaghaftes Lächeln zustande.

»Sie haben schon mal besser ausgesehen. Die haben da drinnen kräftig zugelangt. Bluten Sie noch im Mund?«

»Nichts Besorgniserregendes. Die sind hinter derselben Information her wie die anderen Typen gestern

Abend. Wollen von mir wissen, wo diese Leichen geblieben sind, von denen ich angeblich wissen muss. Ich frage mich immer noch, ob das irgendetwas mit dem Traum von den beiden Frauen zu tun hat.«

»Und können Sie sich noch an etwas anderes aus diesem Traum erinnern?«

»Im Moment nicht, aber langsam kommt mein Gedächtnis zurück. Ich habe ständig Erinnerungsblitze. Wahrscheinlich brauche ich nur noch die Puzzleteile zusammenzufügen. Das, was Sie für mich ausgedruckt haben, hilft mir dabei, aber bevor ich zu Ende lesen konnte, haben die Kidnapper den Stoß in die Finger bekommen.«

Tina kniff die Augen zusammen. »Aber Sie haben denen nicht erzählt, wo Sie das herhaben?«

»Nein. Deswegen haben sie mich ja so rangenommen. Sie wollten mir nicht glauben, dass ich mir das alles selbst aus dem Internet zusammengesucht habe. Ich habe Sie nicht verpfiffen, Tina. Das würde ich niemals tun.«

Ihr Gesicht entspannte sich. »Danke, das weiß ich zu schätzen.« Sie nahm eine Tube Bonjela-Gel vom Tisch. »Keine Ahnung, ob das hilft, aber vielleicht streichen Sie sich das rings um die wunde Stelle.«

»Die wunden Stellen«, korrigierte ich sie, nahm das Gel und stellte beim Auftragen der Salbe fest, dass der Schmerz von Neuem aufflammte.

»Mein Gott, zimperlich waren die jedenfalls nicht. Diese Geschichte gerät außer Kontrolle, Sean. Sie müssen zur Polizei.«

»Kann ich nicht. Sie *waren* von der Polizei. Zumindest hatten sie echte Dienstausweise dabei. Nur so konnten sie mich mitten aus der Notaufnahme holen. Die haben sich sogar vom Krankenhaus-Wachdienst helfen lassen.«

»Ich kenne ein ziemlich hohes Tier bei der Polizei, mit Sicherheit nicht korrupt. Mit dem können Sie reden.«

Auch wenn ich absolut nicht scharf darauf war, konnte ich ihren Einwand nachvollziehen. »Na schön, von mir aus können wir für morgen einen Termin ausmachen. Für heute will ich niemanden mehr sehen, und zumindest können mich diese Typen nicht mehr finden.«

»Warten Sie, ich mach Ihnen noch ein Pflaster auf diese Platzwunde über dem Auge«, sagte sie, schnitt einen dünnen Streifen ab und klebte ihn mir behutsam auf die Stirn.

Diesmal spürte ich ihren Atem im Gesicht, und zu meiner Besorgnis fühlte ich mich erregt.

»Sind Sie sicher, dass mich, so wie ich aussehe, noch dazu gegen Bargeld, irgendein Hotel aufnimmt? Es wäre wirklich sehr nett, wenn ich bei Ihnen auf dem Sofa schlafen dürfte. Ich werde Sie nicht enttäuschen, bestimmt.«

Tina richtete sich auf, zog eine Packung Zigaretten aus der Jacke, zündete sich eine an und hielt mir die Packung hin. »Jetzt hören Sie mir mal gut zu, Sean. Das hier ist meine Zuflucht. Hierher ziehe ich mich von all diesem Mist zurück, mit dem ich mich den ganzen Tag beschäftigen muss. Einmal haben ein paar Burschen hier drinnen versucht, mich umzubringen, und um ein Haar wäre es ihnen gelungen. Ich war nahe daran, auszuziehen, doch als ich meine Ängste überwunden hatte, habe ich mir geschworen, dass mir hier drinnen nie wieder etwas passiert. In meinem Haus übernachten nur Leute, denen ich hundertprozentig vertraue. Und vorerst gehören Sie nicht dazu.«

Ich nickte. »Leuchtet mir ein. Hoffentlich stehe ich wenigstens auf der Anwärterliste.«

Sie zuckte die Achseln. »Schauen wir mal. Zehn Minuten die Straße runter finden Sie ein Hotel, die Besitzer sind bei ihren Gästen nicht allzu wählerisch. Ist nicht gerade eine Nobel-Absteige, aber immerhin sauber und sicher.«

»Im Vergleich zu einer Scheune, mit Folterstuhl und Spuckeimer statt Bad und WC auf jeden Fall eine Luxusherberge.«

»Sehe ich auch so.« Sie nahm einen Zug an der Zigarette, und durch den Rauch sah ich ihr scheues Lächeln.

»Ich habe von meinem Bruder gelesen«, sagte ich, um das Thema zu wechseln. »Wie er dabei umkam, als er sich in einen bewaffneten Raubüberfall einmischte. Schon seltsam. Ich hatte völlig vergessen, dass ich mal einen Bruder hatte.«

»Hat das Dossier Ihrem Gedächtnis auf die Sprünge geholfen?«, fragte Tina.

Ich nickte. »Allerdings. Meine Kindheit und Jugend habe ich bald wieder zusammen, ich sehe meinen Bruder sehr deutlich vor mir, aber, wie gesagt, konnte ich

Ihre Ausdrucke nicht zu Ende lesen. Wurden die Männer, die ihn getötet haben, je gefasst?«

Sie runzelte die Stirn. »Nicht mal daran können Sie sich erinnern?«

Ich stieß ein trockenes Lachen aus. »Mein Gedächtnis ist immer noch ein Schweizer Käse, Tina.«

»Na ja, Sean, Sie haben ihn gerächt. Hat eine Weile gedauert, aber am Ende hatten sie die Burschen. So sind wir uns begegnet.«

»Wollen Sie's mir erzählen?«

»Ist eine lange Geschichte. Ein andermal.«

»Sind die Männer, die meinen Bruder auf dem Gewissen haben, tot?«

»Ja«, sagte sie. »Sie sind alle tot.«

»Und habe ich sie getötet?«

»Auf Ihr Konto geht zumindest einer. Genauer gesagt, haben Sie ihn vor meinen Augen erschossen. Bei den anderen beiden weiß letztlich niemand – offenbar Sie inbegriffen –, wer die tödlichen Schüsse abgegeben hat. Aber obwohl Sie Ihren Dienst quittieren mussten, kamen Sie nie vor Gericht.«

Ich seufzte. Es war tröstlich, dass ich wenigstens einen zur Strecke gebracht hatte, möglicherweise sogar alle drei. Auch wenn ich keine Ahnung hatte, wer diese Männer waren, die vor etwa zwanzig Jahren meine Familie ins Unglück stürzten, hatten sie ihre Strafe verdient. Ich hätte etwas darum gegeben, mich an alles zu erinnern. Tina drückte ihre Zigarette aus und klappte auf dem Küchentisch ihren Laptop auf. »Eins würde mich interessieren. In diesem wiederkehrenden Traum –

wie Sie sagen, sehen Sie darin die Frau, die ich suche, Donna Laurenson, und noch eine andere junge Frau. Können Sie mir sagen, wie die zweite aussieht?«

Ich sah sie glasklar vor mir. »Langes, volles blondes Haar. Sehr hübsch. Ende zwanzig.«

Tina hob den Laptop hoch und reichte ihn mir. »Ist sie das?«

Auf dem Foto waren in Nahaufnahme drei junge Frauen zu sehen. Eine von ihnen war das tote Mädchen; eine andere kannte ich nicht; doch meine ganze Aufmerksamkeit galt der dritten. Ich konnte mich nicht von ihrem strahlenden Lächeln und den tiefblauen Augen losreißen. Ich bekam einen trockenen Mund und merkte, wie sich mir der ganze Magen zusammenzog. »Mein Gott«, sagte ich leise. »Das *ist* sie.«

»Sind Sie sicher?«

Ich nickte. »Absolut.«

»Was zum Teufel läuft da eigentlich, Sean?«

»Ich wünschte, ich könnte es Ihnen sagen. Wie heißt sie?«

»Jen Jones.«

Der Name sagte mir nichts, aber es war eindeutig das Mädchen. Das Foto traf mich ins Mark. Ich geriet in einen solchen Strudel der Gefühle, dass sich für einen Moment alles um mich drehte, als hätte mich ein Fieber erfasst.

»Was haben Sie?«, fragte Tina und starrte mich an.

Ich holte tief Luft. »Dieses Mädchen … Jen Jones. Ich habe sie geliebt.« Und im nächsten Moment fühlte ich mich für eine Sekunde wieder in den Traum versetzt, in dem sie mit dem Rücken an der Wand saß, aus der Kopfwunde blutete und sich in meine Richtung drehte. Dann diese Angst in ihrem Blick, als sie mich dort stehen sah.

Wieso? Warum, hatte sie solche Angst vor mir?

Ich gab Tina den Laptop zurück. Plötzlich fühlte ich mich vollkommen ausgelaugt und entsetzlich müde. »Ich denke, es ist an der Zeit, mich in diesem Hotel einzuquartieren. Vielleicht kann ich mich morgen an mehr erinnern.«

Doch ich hatte die Worte noch nicht zu Ende gesprochen, als mir mehr denn je die bange Frage kam, ob ich das wirklich wollte.

22

Als Tina Sean im Hotel abgesetzt hatte und nach Hause kam, war es bereits nach zehn. Sie brühte einen koffeinfreien Kaffee auf, sackte auf einen Küchenstuhl und zündete sich eine letzte Zigarette an, bevor sie sich auf ihrem Laptop notierte, dass sie ihm noch einmal hundert Pfund für das Hotel und Kleider zum Wechseln geliehen hatte. Wenn das so weiterging, war sie in einer Woche pleite. Von der Detektivarbeit wurde man nicht reich. Sie kam über die Runden, aber das war's auch schon, jedenfalls konnte sie sich nicht leisten, jemanden auszuhalten, geschweige denn, einen Mann wie Sean mit wenig Aussicht, das Geld in absehbarer Zeit irgendwo aufzutreiben. Abgesehen davon war es gefährlich, ihn in ihr Leben zu lassen.

Die Männer in der Scheune hatten ihn mithilfe des Peilsenders seit seiner Flucht aus diesem Haus in Wales verfolgt. Dann waren sie ihm den ganzen Tag lang, einschließlich seinem Besuch in ihrem Büro, auf den Fersen geblieben. Allzu lange würden sie nicht brauchen, um zwei und zwei zusammenzuzählen und herauszubekommen, wer die Frau war, die Sean gerettet hatte.

Somit war sie selbst in Gefahr. Sie stieß einen Seufzer aus und sog gierig an der Zigarette. Immer dasselbe bei ihr. Mit der Privatdetektei hatte sie gehofft, wieder etwas Ordnung und Normalität in ihr Leben zu bringen, während sie gleichzeitig ihre Talente und Erfahrung als Polizistin nutzte, doch bei Tina Boyd liefen die Dinge nun mal selten glatt. Und wenn sie ehrlich war, musste sie einräumen, dass sie an diesem Abend, als sie mit dem Elektroschocker in der Hand zur Scheune schlich und wusste, dass sie ihr Leben riskierte, ein unglaubliches Hochgefühl empfunden hatte, das an sexuelle Erregung grenzte.

Sie drückte die Zigarette aus und nahm einen letzten Schluck Kaffee, bevor sie ihren allabendlichen Rundgang durchs Cottage machte, um sich zu vergewissern, dass alle Fenster und Türen verriegelt waren. Heute Abend fühlte sie sich dabei verloren – der einsame Routinegang einer einsamen Frau. Und sie vermisste Sean. Beim Versorgen seiner Wunden hatte sich etwas in ihr gerührt. Das Bedürfnis nach Nähe, der Wunsch, die Arme um ihn zu legen und einmal wieder den Körperkontakt mit einem Mann zu spüren. Doch sie hatte sich dagegen gewehrt, und das nicht nur, weil sie ihm vorerst nicht vollständig vertrauen konnte. Es war mehr als das. Sie hielt die Männer immer auf Abstand, als sei es ein Zeichen von Schwäche, sich in jemanden zu verlieben oder einen Menschen zu brauchen – keine zukunftsträchtige Strategie. Um das Problem in den Griff zu bekommen, hatte sie sogar eine Psychotherapie angefangen. Ihre Therapeutin war der Überzeugung, ihre

Angst vor Intimität stamme aus den ungewöhnlich blutigen Jahren bei der Polizei, in denen sie von Männern viel Gewalt eingesteckt hatte. Und Tina gab ihr recht. Mehr als einmal hatte sie dem Tod ins Auge geblickt und ihrerseits andere töten müssen. Insgesamt dreimal, alles Männer, die es nicht anders verdienten. Von diesen Traumata hatte sie tiefe Narben davongetragen, zweifellos bis an ihr Lebensende.

»Und trotz alledem habe ich offenbar immer noch nicht die Schnauze voll«, sagte sie laut, als sie sich schlafen legte.

Durchs Fenster hörte sie das leise Verkehrsrauschen auf der M25 in sechs Kilometern Entfernung. Ansonsten war es draußen still. Normalerweise genoss sie diese Stille, doch an diesem Abend verhieß sie nichts Gutes.

Sie legte den Elektroschocker und das Pfefferspray griffbereit auf den Nachttisch, kroch unter die Decke und blieb einige Minuten mit offenen Augen liegen, während sie an Lauren Donaldson, Jen Jones und den geheimnisumwitterten Sean Egan dachte, dem vielleicht doch noch einfallen würde, weshalb die Mädchen verschwunden waren.

Kurz vor dem Einschlafen stellte sie sich eine einzige Frage: »Bereue ich es, dass ich mich auf Sean Egan eingelassen habe?«

Die Antwort kam prompt.

»Bis jetzt noch nicht.«

23

In dieser Nacht kehrten die Träume wieder, ein endloser Wirrwarr aus Momentaufnahmen: sonnige Nachmittage in der Kindheit; eine Jugend voller Angst; die Tragödie; die Arbeit als V-Mann; Gewalt; Sex; Freude; Verzweiflung. Von jedem etwas. Es war, als würde eine schwere Tür langsam aufgeschoben, und durch den Spalt drängte mit Macht meine Vergangenheit heraus.

Um etwa drei Uhr morgens wachte ich desorientiert und schweißgebadet von heftigen, pochenden Schmerzen in der Mundhöhle auf. Ich hatte keine Ahnung, wo ich war, und brauchte eine Ewigkeit, bis ich begriff, dass ich in dem bescheidenen Zimmer des Hotels lag, in dem ich mich am Abend einquartiert hatte – mit den dreckigen Kleidern am Leib und zwei hässlichen großen Löchern im Kiefer, wo vorher Backenzähne gewesen waren. Ich stand auf, taumelte ins Badezimmer, pinkelte im Dunkeln und konnte der Versuchung nicht widerstehen, einen Blick in den Spiegel zu werfen. Im Schimmer der Straßenlaternen, der durchs Fenster drang, konnte ich mein zerschundenes Gesicht recht gut erkennen. Dazu das fettige, zerzauste Haar. Mit einem Wort, ich sah scheiße aus.

»Ich bin Sean Egan«; erklärte ich meinem Spiegelbild. »Ich war Undercover-Polizist. Ich habe in London bei Scotland Yard gearbeitet, in einer Abteilung, die sich CO10 nannte. Mein Boss hieß Robin Soundso, doch wir nannten ihn alle nur Captain Bob. Er war ein Arschloch, aber gut in seinem Job.«

Ich schwieg und grinste zufrieden. Mein Leben kam zurück, und zwar rasant. Was ich wohl noch alles über mich herausfinden würde …? Vielleicht nicht alles so angenehm, aber weit besser, als ohne Biografie und Identität herumzulaufen. Und irgendwie wusste ich, alles würde gut. Ich war ein anständiger Kerl. Mir lagen die Menschen am Herzen. Ich glaubte an Gerechtigkeit.

Bevor ich ins Bett und zu meinen Visionen zurückkehrte, bläute ich mir diese Worte ein.

Das nächste Mal wachte ich erst gegen zehn Uhr morgens wieder auf. Kaum war ich in der Nacht erneut eingedöst, waren die ruhelosen Visionen zurückgekehrt, doch sobald ich versuchte, die Filmausschnitte chronologisch aneinanderzureihen, stellte ich fest, dass ich sie nicht einordnen konnte. Alles war noch sehr verworren, und bestimmte Lebensabschnitte, besonders meine Kindheit und die Jahre als Undercover-Cop, kamen mir weitaus lebhafter in Erinnerung als andere Phasen. An die Zeit, als ich Tina begegnet war, konnte ich mich ebenso wenig erinnern wie an die Vergewaltigung, die ich angeblich begangen hatte, noch an meine Zeit im Knast.

Zugleich fand ich es höchst eigenartig, dass ich unbewusst immer noch Jane für meine Schwester hielt, obwohl sie weder in meinen Träumen noch in den Ausdrucken von Tina erschien. Mit dem Verstand wusste ich, dass ich keine Schwester hatte und dass die Frau, die sich als solche ausgegeben hatte, eine Schwindlerin gewesen war, doch irgendwo tief drinnen hatte sich die Überzeugung eingenistet und behauptete sich gegen besseres Wissen.

Dieses Rätsel brachte mich schließlich auf Dr. Bronson und unsere Hypnose-Sitzungen in dem Haus in Wales. Hatte er mir etwa falsche Erinnerungen eingepflanzt? War so etwas überhaupt möglich?

Ich musste unbedingt mit dem Mann sprechen, und zwar so schnell wie möglich, denn eine beharrliche Stimme sagte mir, dass er mir dabei helfen konnte, die jüngeren Ereignisse wieder ans Licht zu holen, vorausgesetzt, ich übte den nötigen Druck auf ihn aus. Bestimmt konnte Tina mir dabei helfen, ihn aufzuspüren. Sie hatte mir sowohl eine neue Handynummer gegeben, unter der ich sie erreichen konnte, als auch die Festnetznummer in ihrem Büro. Zwar hatte ich jetzt kein eigenes Handy mehr, doch auf dem Nachttisch stand ein Telefon. Ich rief Tina an und sprach ihr, als sie sich nicht meldete, unter beiden Nummern eine Nachricht auf Band, mit der Bitte, Bronson ausfindig zu machen. Als ich mich aus dem Bett aufrappelte, spürte ich die Strapazen der letzten sechsunddreißig Stunden in sämtlichen Gliedern.

Ich hatte ein winziges käfigartiges Zimmer mit einem

scheußlichen geblümten Teppichboden sowie Betonwänden mit einem dünnen Anstrich, doch wenigstens war es sauber. Ich zog die Gardinen zurück, öffnete das Fenster und blickte nach draußen. Das Hotel war ein billiges, modernes, vorzeitig gealtertes Haus mit einem zu zwei Dritteln vollen Parkplatz. Es befand sich an einer Durchgangsstraße mit einem Einkaufszentrum, das aus einer Reihe Leichtbau-Hallen bestand. Es herrschte schon recht dichter Verkehr, dafür waren trotz des prächtigen, sonnigen Wetters umso weniger Fußgänger zu sehen.

Ich blieb eine Weile am Fenster stehen und ließ die Welt vorüberziehen, während ich versuchte, mir darüber Klarheit zu verschaffen, durch welche Entscheidungen ich mich in diese Lage gebracht hatte – ein rechtskräftig verurteilter Delinquent, der ganz auf sich gestellt war, mit Feinden an jeder Straßenecke und einer einzigen Freundin, die mir allerdings nicht ganz über den Weg traute. Ich glaubte nicht, dass ich die Seiten gewechselt hatte. Das hätte nicht zu mir gepasst.

»Ich bin ein anständiger Mann«, flüsterte ich mir ein ums andere Mal zu. Und wie durch einen Zauberspruch sah ich mich plötzlich mühelos in meine Rolle als V-Mann zurückversetzt.

24

Dylan Mackay wohnte in einem Apartment im zweiten Stock eines Stadthauses aus dem achtzehnten Jahrhundert in einer der weniger schönen Straßen unweit der A4 in Kensington. Doch trotz der etwas heruntergekommenen Gebäude und der Essensgerüche aus den billigen Restaurants zu beiden Seiten der Straße waren hier die Betuchten unter sich. Am Eingang befand sich eine moderne Videosprechanlage, und Tina drückte den Knopf mit der Nummer drei. Es war genau elf Uhr, und sie ging davon aus, dass Dylan bereits auf war. Falls nicht, würde sie irgendwo in der Straße warten.

Mehr als eine Minute verging, bevor sich in der Gegensprechanlage die Stimme eines Mannes meldete. »Ja?«, fragte sie.

»Mister Mackay?«, sagte Tina und hob das Gesicht zur Kamera. »DC Ann Wright, Scotland Yard. Ich würde mich gerne kurz mit Ihnen unterhalten, wenn ich darf.«

Sie hielt einen übers Internet erworbenen gefälschten Dienstausweis hoch. Er war alles andere als perfekt, doch für die Kameralinse einer Videosprechanlage erfüllte er seinen Zweck. Tina konnte nur hoffen, dass Mackay sie nicht aus den Medien wiedererkannte, was ihr schon mehr als einmal passiert war.

Tat er nicht. »In welcher Angelegenheit?«, fragte er in einem genervten, angriffslustigen Ton, der Tina an ihren Bruder als Teenager erinnerte.

»Das möchte ich nicht über die Sprechanlage diskutieren. Können Sie mich bitte reinlassen?« Dabei richtete sie den Blick fest auf die Linse und verzog den Mund zu einer kleinen Schnute. Sie hatte sich für diesen Anlass in einen schicken Hosenanzug geworfen und die obersten beiden Blusenknöpfe offen gelassen – warum nicht das ganze Arsenal zum Einsatz bringen, wenn es dabei half, sich bei Mackay Zugang zu verschaffen.

Und es funktionierte. Mackay brummte etwas Unverständliches, doch eine Sekunde später war Tina zur Tür hinein.

Schlechter Schachzug, Dylan, dachte sie im Stillen auf dem Weg die Treppe hoch und ließ sich Zeit, um ihre Fragen noch einmal durchzugehen.

»Also, was wollen Sie von mir?«, fragte Mackay, als er an die Tür kam und sie widerstrebend für sie aufhielt.

Sie führte direkt in ein geräumiges und so blendend weißes Wohnzimmer, dass sie die Augen zusammenkniff.

»Falls sich die Nachbarn mal wieder über die Musik beschwert haben, reden sie dummes Zeug«, fuhr er fort. »Ich hatte seit Wochen keine Gäste mehr.« Er ließ sich auf ein breites weißes Sofa fallen, das den Raum beherrschte, und starrte Tina ungeduldig an.

Er sah gut aus, doch auf eine schon beinahe asexuelle, manierierte Art. Sowohl in seiner Sprechweise als auch seiner Erscheinung erinnerte er Tina an die Figuren aus *Made in Chelsea*. Tina fühlte sich eher zu kernigeren Männern hingezogen, und Mackay war das Gegenteil: durchschnittlich groß, weder kräftig noch schmächtig, mit einem Boygroup-Haarschnitt, den er sich offenbar hastig zurechtgegelt hatte. Er trug Jeans und ein Leinenhemd, das den Blick auf die gebräunte, enthaarte Brust freigab. Er war barfuß und machte den Eindruck, als sei er gerade erst aufgestanden.

Tina blieb stehen und blickte zu ihm hinunter. »Es geht nicht um die Nachbarn«, sagte sie. »Es geht um zwei vermisste Mädchen. Lauren Donaldson und Jennifer Jones.«

»Keine Ahnung, wovon Sie reden«, sagte er und schüttelte den Kopf.

Doch er war ein schlechter Lügner; sie sah ihm an, dass er sehr wohl verstand.

»Und ob Sie das wissen.« Sie griff in ihre Innentasche und zückte die beiden Fotos, die ihr Sheryl Warner geschickt hatte. Dann trat sie einen Schritt auf ihn zu, sodass sie dicht vor ihm stand, und hielt ihm die Bilder unter die Nase.

Er warf einen flüchtigen Blick darauf und schüttelte erneut den Kopf.

»Noch nie gesehen. Wer bringt mich denn mit denen in Verbindung?«

Tina ignorierte die Frage. »Ich bin davon überzeugt, dass Sie die Frauen sehr wohl kennen, Mr. Mackay. Sie haben die beiden zur Prostitution angestiftet. Und nun werden sie vermisst. Was ganz und gar kein gutes Licht auf Sie wirft.«

Mackay sprang auf und fixierte sie mit einem wütenden Blick. »Jetzt machen Sie mal einen Punkt. Wenn Sie hier mit Anschuldigungen um sich werfen, hole ich augenblicklich meinen Anwalt dazu. Und ich möchte Ihre Dienstmarkennummer sehen. So lasse ich nicht mit mir reden.«

Tina starrte zurück. »Ihnen ist also egal, was mit den beiden Mädchen passiert sein könnte?«

»Wie ich bereits sagte, weiß ich nicht mal, wer sie sind. Wer hat Sie auf mich gebracht? Denn derjenige hat gelogen. Und jetzt machen Sie, dass Sie hier rauskommen. Wenn Sie mit mir sprechen wollen, dann über meinen Anwalt. Kapiert?«

Tina rührte sich nicht vom Fleck. »Ich glaube Ihnen kein Wort.«

»Mir doch egal, was Sie glauben oder nicht. Und jetzt noch einmal: Gehen Sie freiwillig oder muss ich Ihren Vorgesetzten anrufen?«

»Ich habe keinen Vorgesetzten. Ich bin nicht bei der Polizei, Dylan.«

Mackay schnaubte. »Und wer zum Teufel sind Sie dann?«

»Ich arbeite für Lauren Donaldsons Vater. So oder so werde ich das Mädchen aufspüren. Und Sie werden mir dabei helfen.«

»Nein, werde ich nicht, blödes Miststück. Und jetzt verschwinden Sie, oder ich verpasse Ihnen einen Tritt in den Arsch.«

Tina sah, wie sich bei dem jungen Mann die geballte Wut aufstaute. Ganz offensichtlich schien er versucht, sie notfalls gewaltsam rauszuschmeißen. Mit hochhackigen Schuhen war sie etwa so groß wie er, wenn auch geringfügig zarter gebaut. Tina hatte mit einer solchen Reaktion gerechnet. Was sie nicht einkalkuliert hatte, war der Zorn, der in ihr selbst hochstieg.

»Ich kenne Leute, die dir Feuer unterm Himmel machen können, Schlampe«, fuhr Mackay in seinem irritierenden Upper-Class-Tonfall fort, der nicht ganz zu seiner Wortwahl passte. »Bist du darauf aus?«

»Drohen Sie mir nicht, Dylan.«

An diesem Punkt platzte ihm der Kragen. Er packte Tina am Arm, um sie vor die Tür zu setzen.

Sie reagierte prompt und instinktiv, indem sie herumwirbelte und ihm das Knie in die Weichteile rammte.

Vor Schmerz schnappte er nach Luft und taumelte nach hinten. In diesem Moment war er vollkommen wehrlos, und so gab es keine Entschuldigung für das, was als Nächstes passierte. Tina packte ihn mit einer Hand an seinem Leinenhemd und versetzte ihm mit der anderen einen kräftigen Faustschlag ins Gesicht, schlang ein Bein um seines und brachte ihn zu Fall. Er krachte mit voller Wucht rücklings auf den gefliesten Boden, und ehe er begriff, was mit ihm geschah, hatte Tina einen Fuß auf seinem Hals.

Der plötzliche Gewaltausbruch versetzte sie in eine

seltsame Erregung, zwecklos, sich etwas vorzumachen. Dieses Arschloch hatte sie wie Dreck behandelt und ihr absichtlich Informationen über Lauren und ihre Freundin Jen vorenthalten, zwei Mädchen, die vermisst wurden und höchstwahrscheinlich ermordet waren. In all den Jahren bei der Polizei hatte sie sich streng an die Dienstvorschriften halten, allzu oft klein beigeben und Verdächtige mit Samthandschuhen anfassen müssen. In ihrem alten Leben wäre ihr nichts anderes übrig geblieben, als sich mit Dylans Lügen und Beleidigungen abzufinden. Das war vorbei. Sie genoss ihre neu gewonnene Macht.

Sie zückte ihr Handy und schaltete die Kamera ein. »Bitte lächeln, Dylan«, sagte sie in aufgesetzt freundlichem Ton, bevor sie ihn hilflos, mit schmerzverzerrtem Gesicht, gedemütigt am Boden liegend fotografierte. Sie steckte die Kamera zurück und nahm den Fuß von seinem Hals. »Wetten, dass Sie hier irgendwo Drogen rumliegen haben? Sie sehen mir wie der klassische kleine Dealer aus. Einer von den Jungs, die sich für richtig cool halten.« Damit durchquerte sie das Zimmer und zog die Schubladen eines Schranks neben der Tür zur Küche auf. Sie kramte darin und stieß auf eine zerbeulte Tabakdose. Als sie den Deckel öffnete, entdeckte sie ungefähr zwanzig Ein-Gramm-Tütchen mit einem weißen Pulver, das eindeutig nach Koks aussah. »Ei, ei, ei, was haben wir denn da!« Sie kehrte zu Mackay zurück und leerte den Fund über ihm aus. Er lag immer noch am Boden, und sie konnte nicht sagen, ob er nicht aufstehen wollte oder konnte. »Sie müssen wissen, dass auch ich meine Kontakte habe, Dylan. Und zwar bedeutend bessere als Sie. Und wenn Sie mir nicht die Wahrheit sagen, erfahren die von Ihrem kleinen Vorrat hier.«

»Hören Sie«, sagte er mit zusammengebissenen Zähnen. »Ich habe wirklich keine Ahnung, wovon Sie reden.«

Diesmal trat sie ihm in die Weichteile, und er stieß einen schrillen Schmerzensschrei aus.

»Gott«, wimmerte er und drehte sich wie ein Kind mit angezogenen Beinen auf die Seite, während ihm die Tränen in die Augen traten.

Sein Anblick versetzte Tina einen Schock, und sie empfand nur noch Abscheu über ihr Verhalten. Gütiger Gott, was war mit ihr los? Sie fasste sich mit der Hand an den Mund und wich einen Schritt zurück. Sie hatte vorsätzlich und systematisch einen wildfremden Menschen angegriffen und ernsthaft malträtiert. Sie versuchte, an Alan Donaldson zu denken, einen gebrochenen Mann, der, bevor er an Krebs starb, seine Tochter ein letztes Mal wiedersehen wollte. Das hier war für ihn. Schließlich war es nicht leicht, aus einem verwöhnten, reichen Bengel wie diesem Zuhälter und Drogenpusher Antworten herauszubekommen. Er hatte nicht kooperiert, und Tina blieb nichts anderes übrig, als ihren Fragen ein wenig Nachdruck zu verlcihen.

Doch ihre Rechtfertigungen klangen hohl. Sie hatte eine Grenze überschritten.

»Gott, Sie haben mir schrecklich wehgetan«, flüsterte der Mann am Boden, der jetzt den Tränen freien Lauf ließ.

»Und ich werde Ihnen so lange wehtun«, erwiderte sie, »bis Sie mir die Wahrheit sagen.« Was sie einmal begonnen hatte, musste sie zu Ende bringen.

»Sie haben Lauren Donaldson und Jen Jones als Prostituierte vermittelt, stimmt's?«

»Nein, habe ich nicht, ich schwör's.«

»Blödsinn.« Sie beugte sich über ihn und hob den Fuß mit dem Stöckelschuh, auch wenn sie inständig hoffte, dass die Drohgebärde genügte.

»Nein, bitte …«

Ohnmächtig hob er eine Hand, Tina trat sie weg.

»Ich will eine ehrliche Antwort, denn wissen Sie was? Ich kann Sie fertigmachen. Ich hetzte Ihnen die Polizei auf den Hals; ich lasse alle Welt wissen, dass Sie ein Zuhälter sind; wenn's sein muss, stelle ich die Fotos von Ihnen mit meinem Schuh vor Ihrem Gesicht überall ins Internet; ich komme zurück und prügle Sie windelweich. Sie werden sich wünschen, tot zu sein. Verstanden?« Der erhobene Fuß ließ keinen Zweifel daran, dass sie es ernst meinte.

»Nein, bitte nicht«, flehte er. »Sie haben keine Ahnung, auf was Sie sich da einlassen.«

»Ich weiß nur, dass Sie offenbar keine Ahnung haben, was Sie sich antun, wenn Sie mir dumm kommen. Sie müssen reden, und zwar jetzt.«

»Ich kann nicht.«

Er wusste etwas, doch offensichtlich hatte er noch mehr Angst vor dem, was andere mit ihm machen würden, wenn er redete, als vor ihr.

Spätestens jetzt hätte sie aufhören können, aufhören

sollen. Doch sie stand kurz vor dem Durchbruch, und in der Zielgeraden schlappzumachen, kam nicht infrage.

Zaghaft rührte sich Dylan unter ihrem Fuß. Er schien ein wenig Hoffnung zu schöpfen. »Hören Sie, wenn Sie jetzt gehen, werde ich nichts …«

Sie trat ihm mit aller Kraft in die Rippen, und als er sich unter Qualen krümmte, machte sie einen Schritt zurück und zog sich demonstrativ ein paar OP-Handschuhe an, bevor sie ein leeres Weinglas vom Beistelltisch nahm und an der Kante zerbrach.

Dylan stieß einen Angstschrei aus und versuchte sich wegzurollen, doch bevor er sich in Sicherheit bringen konnte, hatte ihm Tina den Arm auf den Rücken gepresst und das Knie darauf gedrückt. Eine innere Stimme befahl ihr, sofort damit aufzuhören, doch berauscht von ihrer momentanen Macht, ignorierte sie die Stimme der Vernunft und rechtfertigte ihr Betragen.

Die Angst in den Augen des jungen Mannes war nicht zu übersehen. Obwohl sie über das, was sie tat, nur noch Ekel empfand, ließ sie sich nichts anmerken, sondern richtete den gleichgültigen, harten Blick auf ihr Opfer. »Ich glaube, Sie nehmen mich nicht ernst, Dylan. Und das ist ein Riesenfehler.«

»Doch, das tue ich, bestimmt!«

»Wie Sie wohl mit einer hübschen langen Narbe quer übers Gesicht von Ohr zu Ohr aussehen würden«, sagte sie und hielt ihm die gezackte Bruchstelle des Glases zwei Zentimeter vors Gesicht, während sie langsam und scheinbar genüsslich in der Luft eine Linie von seiner Lippe bis zum linken Auge zog. »Finden wir es heraus?«

»Nein, bitte, bitte …«

»Dann reden Sie. Sie haben Lauren Donaldson und Jen Jones als Prostituierte vermittelt, richtig?«

»Ja, ja«, platzte er heraus. »Lauren habe ich ein paarmal an Männer vermittelt, Jen nur ein einziges Mal.«

»Und beide zusammen?«

Er zögerte.

»Wagen Sie es nicht, mich anzulügen«, fauchte sie und rückte ihm mit dem Gesicht dicht auf die Pelle. Inzwischen hatte sie fast vor sich selber Angst, und allein Gott wusste, was in dem jungen Mann vor sich ging.

»Ja«, sagte er. »Einmal.«

»Und? Haben Sie die beiden da zum letzten Mal gesehen?«

Zögern.

Sie kniff die Augen zusammen. »Ja oder nein?«

»Ja.«

»Wann war das?«

»Vor mehreren Monaten, im Frühling.«

Nur noch eine Frage.

»An wen?«

Dylan tropfte der Schweiß von der Stirn. Wie einem kleinen Jungen stand ihm die blanke Angst ins Gesicht geschrieben. »Das kann ich Ihnen nicht sagen«, flüsterte er. »Bitte zwingen Sie mich nicht dazu.«

Sie konnte sich nicht erlauben, schwach zu werden. »Ich höre.«

»Nein.« Jetzt wimmerte er leise. Zu verängstigt, um sich zur Wehr zu setzen, fügte er sich in sein Schicksal.

Als ihr dämmerte, wozu sie sich hatte hinreißen lassen, knickte Tina ein. Sie musste aufhören, und zwar sofort. »Ich gebe Ihnen noch eine Chance«, sagte sie, doch sie hörte ihrer eigenen Stimme an, dass sie nicht mehr mit voller Überzeugung dahinterstand.

Dylan weinte immer noch still vor sich hin. Sie hatte ihn gebrochen. Es war ein schreckliches Gefühl.

»Wo haben Sie Ihr Handy?«

»In meiner Jeanstasche.«

Ohne den abgebrochenen Glasstiel sinken zu lassen, nahm sie ihm mit der Linken sein Handy ab und stand auf. Sie legte das zerbrochene Glas auf den Tisch und steckte das Mobiltelefon ein. »Das nehme ich mit«, erklärte sie. »Und wenn Sie über unsere kleine Unterhaltung hier den Mund aufmachen, sind Sie fällig. Verstanden?«

Er nickte und rollte sich wie ein zurechtgewiesenes Kind auf die andere Seite, sodass er ihr den Rücken kehrte. Sie war sicher, dass er es nicht wagen würde, den Vorfall anzuzeigen und sich den unangenehmen Fragen der Polizei über das Verschwinden der jungen Frauen zu stellen. Er wusste etwas sehr Wichtiges, auch wenn er nicht bereit war, es ihr zu verraten.

Tina verließ die Wohnung ohne ein weiteres Wort, und erst, als sie nach einem zehnminütigen Fußweg wieder in ihrem Wagen saß, verlor sie die Fassung und schluchzte los. Der bloße Gedanke an das, was sie gerade getan hatte, war unerträglich. Sie war eine taffe

Frau, doch allzu sehr an Gewalt gewöhnt. Zwar hatte sie schon getötet, doch bis jetzt nur in der Hitze des Gefechts und gefährliche Killer. Die Sache mit Dylan Mackay lag anders. Er mochte ein arrogantes Arschloch sein, ein Mörder war er nicht. Außerdem hatte sie ihm nicht aus Notwehr wehgetan. Ihre angedrohte und ausgeübte Gewalt war kalkuliert. Sie hatte ihn gequält. Anders konnte man es nicht beschreiben, und es beschämte sie zutiefst, was aus ihr geworden war. Eine Minute lang hatte sie da drinnen die Kontrolle verloren, und das Gefühl der Macht hatte sie für einen Moment berauscht. Es hatte gutgetan, sich im Gegensatz zu ihren Dienstjahren über Regeln und Vorschriften hinwegzusetzen, um an entscheidende Informationen zu ihrem Fall zu gelangen. Denn dass sie einen wirklichen Durchbruch zu verzeichnen hatte, stand fest.

Doch zu welchem Preis? Ihrer Integrität? Sah ganz so aus. Ihrer Zurechnungsfähigkeit? Schon möglich. Vor allem aber fragte sie sich:

Wie viel tiefer konnte sie noch sinken?

25

Es war der entspannendste Vormittag seit … nun ja, keine Ahnung, seit wann.

Es fühlte sich fantastisch an, frei zu sein. Ich konnte tun und lassen, was ich wollte, wann ich es wollte. Zugegeben, ich war äußerst knapp bei Kasse, und das wenige, was ich in der Tasche hatte, schuldete ich Tina, doch endlich einmal war ich mein eigener Herr. Auch wenn ich erst vor zwei Tagen geflüchtet war, schien die Zeit in dem einsamen Haus in Wales in weite Ferne gerückt. Sie hatten mich dort praktisch gefangen gehalten und mir einen täglichen Cocktail von Tabletten verabreicht, um mich hilflos und gefügig zu machen, während Dr. Bronson in dem Versuch, bestimmte Informationen zu entlocken, in meinem Hirn herumpfuschte.

Doch das war Schnee von gestern, und die Erinnerungen an mein früheres Leben kamen in einem Tempo zurück, wie ich es nicht erwartet hätte. Jedes Mal, wenn mir eine neue Erinnerung hochschoss, hielt ich einen Moment inne und versuchte sie in das nach wie vor lückenhafte Puzzle meiner Vergangenheit einzufügen. Manchmal gelang es mir; dann wieder stiegen die Erinnerungsfetzen, die irgendwo in meinem Bewusstsein geschlummert hatten, vereinzelt auf, und ich konnte nur hoffen, dass sie sich früher oder später einordnen würden. Jedenfalls war es ein unglaubliches Gefühl zu wissen, dass ich nach all den Wochen im geistigen Niemandsland wieder vertrauten Boden unter den Füßen hatte und Stück für Stück erkannte, wer ich war.

Stundenlang lief ich durch das Dorf und die Umgebung. Nebenbei erledigte ich einen kleinen Einkauf: ein neues Hemd, neue Jeans und Unterwäsche. Die alten Sachen, die ich am Leib getragen hatte und an denen die Ereignisse der letzten zwei Tage nicht spurlos vorübergegangen waren, warf ich in den Müll. Schließlich kaufte ich mir, ohne irgendwelche persönlichen Daten zu hinterlegen, ein billiges Prepaid-Handy. Danach blieben mir noch zwanzig Pfund, von denen ich in einem McDonalds die Hälfte für zwei Big Macs, eine große Portion Fritten, ein heißes Apfeltörtchen und einen Erdbeermilchshake hinblätterte. Nicht gerade Götterspeise, trotzdem köstlich, und ich hatte es mehr als nötig.

Satt und schläfrig kehrte ich zum Hotel zurück und freute mich auf ein Nickerchen. Da ich noch nicht wieder von Tina gehört hatte, überlegte ich, ob ich es erneut versuchen sollte, doch das konnte warten. An diesem Tag konnte alles warten. Ich war ein freier Mann. Ich hatte einen vollen Bauch und war am Leben. Die Welt schien in Ordnung.

Die Tür zum Nachbarzimmer stand offen, und im Vorbeigehen erspähte ich das Zimmermädchen beim

Reinemachen. Ich lächelte ihr zu und wünschte ihr noch einen schönen Tag; sie erwiderte den Gruß und nickte überschwänglich. Sie war jung, Anfang zwanzig, noch dazu hübsch, und prompt regte sich bei mir etwas in den Lenden. Du liebe Güte, war ich geil. Und ich konnte wenig dagegen tun. Trotzdem, an diesem prächtigen Tag würde ich mir weder darüber noch über irgendetwas sonst graue Haare wachsen lassen.

Mein Zimmer war noch nicht gemacht. Als ich es betrat, lag ein schwacher Schweißgeruch in der Luft, und das Bett war so zerwühlt, wie ich es verlassen hatte. Auf dem Weg zur Toilette dachte ich daran, ein Bitte-nicht-stören-Schild rauszuhängen, um mich nicht in meinem Schönheitsschlaf wecken zu lassen.

Doch die Badezimmertür ging von selber auf, bevor ich sie erreichte. Mit dem Revolver vom Vortag trat mir Tarnglatze entgegen und drückte mir den Lauf an die Brust. »Schön, Sie wiederzusehen, Sean«, sagte er ruhig, als ich vor ihm zurückwich und mich schnell mit dem Rücken an der Wand hinter mir wiederfand.

Diesmal trug er keinen Anzug, sondern penibel gebügelte Jeans, ein rosafarbenes Hemd und ein Sportsakko, als käme er gerade vom Mittagessen aus dem Golfklub. Er sah so harmlos aus, dass ich ihn ohne die Waffe und den angespannten, ungeduldigen Blick nicht ernst genommen hätte. Oder auch ohne die frische Erinnerung daran, wie er seinem Kollegen aufgetragen hatte, mir mit einer Zange einen Zahn zu ziehen.

Jetzt erschien, wie konnte es anders sein, hinter ihm auch Schwarzbart, der Zahnchirurg, in der Tür, mit demselben lässig brutalen Gesichtsausdruck. Auch er trug Freizeitkleidung, obwohl ich mir kaum vorstellen konnte, dass sie ihn in den Golfklub lassen würden.

Keine Ahnung, durch welchen Kniff sie mich diesmal aufgespürt hatten, doch mein Gehirn arbeitete schon auf Hochtouren daran, wie ich mit heiler Haut hier rauskam.

Tarnglatze bekam das offenbar mit. »Diesmal keine krummen Touren, wenn ich bitten darf«, sagte er und blieb, ohne die Waffe zu bewegen, in geringem Abstand von mir stehen. »Sonst erschieße ich Sie auf der Stelle. Wir wollen Sie lebendig haben, aber wenn's sein muss, nehmen wir Sie auch tot. Und wir kommen damit durch, verstanden?«

»Ich kann Ihnen die Information, hinter der Sie her sind, immer noch nicht liefern.«

»Vielleicht jetzt noch nicht, aber bald. Wir wissen, dass Sie Ihr Gedächtnis wiedererlangen.«

Während er sprach, pflanzte sich Schwarzbart neben ihm auf und funkelte mich an. »Ein zweites Mal kommst du nicht davon«, knurrte er. »Leg's drauf an, und ich mach dich zum Krüppel.«

»Hängen Sie das Bitte-nicht-stören-Schild draußen an die Tür«, befahl ihm Tarnglatze, ohne den Blick von mir abzuwenden. »Wir bleiben lieber unter uns.«

Schwarzbart schien es nicht zu passen, so unverblümt zum Befehlsempfänger degradiert zu werden, doch missmutig trat er ab.

»Also gut, Sean, wir gehen jetzt das Ganze noch einmal durch. Entweder Sie tun haarklein, was ich Ihnen sage, oder Sie sind tot.« Im selben Moment klopfte es an der Tür. Das konnte nur das Zimmermädchen sein. Schwarzbart hielt das Schild in der Hand, und offensichtlich überrumpelt warf er einen kurzen Blick Richtung Tür, während Schwarzbart demjenigen, der davorstand, zurief, bitte später wiederzukommen.

Ich stürzte mich auf den Revolver, indem ich Tarnglatze mit einer blitzschnellen Bewegung den Arm zur Seite stieß und ihm das Handgelenk verdrehte. Mit einem Knall löste sich ein Schuss, und in einer Staubwolke kam der Putz von der Decke. Als ich ihm den Daumen in den empfindlichen Teil seiner Innenhand direkt unter dem Gelenk trieb, jaulte er auf. Unter einem kräftigen Schlag in die Rippen verlor er das Gleichgewicht. Er ließ die Waffe zu Boden fallen, und ich legte mit einem gezielten Kinnhaken nach. Sein Kopf flog zurück, er sackte auf das ungemachte Bett und rollte zur Seite.

Das Handgemenge hatte gerade einmal drei Sekunden gedauert und Schwarzbart mindestens zwei gebraucht, um zu reagieren. Doch jetzt stürmte er von der anderen Seite des Bettes auf mich zu. Sein Gesicht war zu einer Maske verzerrt, und er setzte zu einem Schlachtruf an. Aus dem Flur hinter der Tür hörte ich das Zimmermädchen schreien, doch ich tastete bereits den Boden nach der Waffe ab, packte sie und wich an die Wand zurück, als Schwarzbart im Hechtsprung auf mich zugeflogen kam. Er erwischte mich volle Breitseite und zerrte mich an den Haaren, doch da hatte ich bereits den Finger am Abzug und hörte die drei gedämpften Schüsse, die ich ihm mit aufgesetztem Lauf in den Oberkörper abfeuerte.

Er ließ mich los, und als er mich ungläubig anstarrte, herrschte im Raum mehrere Sekunden lang vollkommene Stille. Dann stieß ich ihn energisch von mir, sodass er zu Boden sank, wo er hilflos nach dem Blutfleck tastete, der sich auf seinem Hemd ausbreitete.

Genauso lange brauchte ich, um mich von dem Schock über das, was ich getan hatte, zu erholen. Ich konnte nicht fassen, dass ich soeben auf einen Menschen geschossen hatte, auch wenn es derselbe Mann war, dessen Folter ich erst vor wenigen Stunden ertragen hatte. Ich war wie erstarrt, doch als ich den Blick auf meine Waffenhand senkte, stellte ich fest, dass sie nicht zitterte. Draußen schrie das Zimmermädchen, dann knallten einige Türen zu. Unterdessen versuchte Tarnglatze sich vom Bett zu hieven und an der Badezimmertür Halt zu finden. Ich wusste, dass ich auf dem schnellsten Wege verschwinden musste, doch zuerst brauchte ich Antworten. Daher packte ich Tarnglatze am Kragen seines flotten Sportjacketts, drehte ihn zu mir um und drückte ihm den rauchenden Lauf der Waffe in die Wange. Unter der Hitze zuckte er zusammen, und zum ersten Mal sah ich Angst in seinem Gesicht.

»Wer sind Sie?«, fragte ich. »Sagen Sie es mir, oder ich blase Ihnen die Rübe weg.«

Draußen im Flur rief ein Mann, jemand solle die Polizei verständigen, dann krachte eine andere Tür zu.

»Es ist nicht so, wie Sie glauben«, stammelte Tarnglatze.

»Ist mir egal. Raus damit. Ich habe Ihren Freund erschossen. Meinen Sie wirklich, bei Ihnen kämen mir Gewissensbisse? Ich gebe ihnen fünf Sekunden.« Um meiner Drohung Nachdruck zu verleihen, drückte ich ihm mit aller Kraft den Lauf noch fester in die Wange. »Eins, zwei …«

Hinter mir rührte sich etwas, dann zog mir jemand heftig am Bein. Nur mit Mühe konnte ich mich aufrecht halten, und als ich herumfuhr, sah ich, dass sich Schwarzbart auf die Knie hochgerappelt hatte und mir beide Arme um die Beine schlang, um sie mir wegzuziehen.

Für den Bruchteil einer Sekunde sah ich ihn nur an und fragte mich, woher ein Mann, der gerade drei Schuss abbekommen hatte, die Kraft nahm. Dann stürzte er nach vorn, und ich begriff, dass er versuchen wollte, mich in die Weichteile zu beißen. Als ich seine Zähne am Stoff meiner neuen Jeans spürte, setzte ich ihm den Lauf an die Schläfe und drückte ab.

Die Kugel trat nicht auf der anderen Schädelseite aus. Zumindest gab es keine Wolke aus Blut und Gehirnmasse, wie ich es aus Filmen kannte. Vielmehr lief ihm ein rotes Rinnsal aus der Wunde, und sein Blick erstarrte. Noch bevor ich ihn aus dem Weg schubste und mich zu Tarnglatze umdrehte, wusste ich, dass Schwarzbart tot war.

Doch es hatte zu lange gedauert. Tarnglatze war bereits ins Badezimmer geflüchtet und verriegelte, als ich zielte und ihn anbrüllte, sich nicht zu bewegen, von innen die Tür.

Ich hätte ihn mir vornehmen können. Es wäre mir ein Leichtes gewesen, die Tür einzutreten, und er hätte geredet. Doch mir blieb keine Zeit. Das Geschrei im Flur war verstummt, es trat allmählich Stille ein, und ich war mir ziemlich sicher, dass sich die Schüsse in Zimmer 305 wie ein Lauffeuer im ganzen Hotel herumgesprochen hatten. Schwarzbart lag tot am Boden, und ich war der Schütze.

Ich bückte mich und fand die Brieftasche in seiner Jeans. Ohne den Inhalt zu überprüfen, steckte ich sie ein, schob die Waffe, mit dem Lauf nach unten, in meine Gesäßtasche und zog zur Tarnung das Hemd über die Hose.

Mir blieb keine Zeit, im Zimmer meine Spuren zu verwischen. Stattdessen riss ich die Tür auf, steckte den Kopf hinaus und spähte in den Flur. Keine Menschenseele zu sehen. Niemand war scharf darauf, in die Schusslinie zu geraten.

Doch als ich die Treppe hinunterrannte, sah ich einen Stock tiefer das Zimmermädchen mit einem anderen Angestellten und einem Gast zusammenstehen. Alle drehten sich zu mir um, und dem Mädchen entfuhr bei meinem Anblick ein spitzer Schrei. Dennoch rührte sich keiner der drei vom Fleck.

Mir blieb keine Zeit, meine Unschuld zu beteuern. Ich musste mich so schnell wie möglich in Sicherheit bringen, und bevor ich auch nur einen Gedanken fassen konnte, hatte ich die Waffe aus der Jeans gezogen.

»Aus dem Weg! Aus dem Weg! Aus dem Weg!«, schrie ich und zielte vage auf die Gruppe.

Sie sprangen so schnell zur Seite, dass sie fast übereinander purzelten.

Im Laufschritt steckte ich die Pistole wieder weg und kam wenig später an die Rezeption, an der ich mich am Vorabend an Tinas Seite angemeldet hatte. Da sie zur Sicherheit eine Kreditkarte verlangten, hatte Tina widerstrebend mit ihrer bezahlt. Wie sich jetzt zeigte, war ihre Skepsis mehr als berechtigt gewesen, auch wenn ich um einiges tiefer in der Scheiße saß als geahnt. Ich hatte soeben einen Mann getötet und wenig Aussicht zu beweisen, dass ich in Notwehr gehandelt hatte. Schließlich hatte ich vier Schüsse auf ihn abgefeuert, den letzten mit aufgesetzter Waffe in den Kopf – eine Menge Erklärungsbedarf.

Die Frau, an der ich erst vor fünf Minuten mit einem freundlichen Hallo vorbeigekommen war, sprach jetzt aufgeregt ins Telefon. Als sie mich erblickte, verstummte sie und wurde aschfahl.

Auf dem Weg durchs Foyer mied ich ihren Blick und versuchte mich ganz normal zu geben, als hätte ich mit dem ganzen Aufruhr nichts zu tun, obwohl ich schweißgebadet und so mit Adrenalin vollgepumpt war, dass es mich physische Anstrengung kostete, nicht augenblicklich loszurennen.

Kaum war ich draußen in der strahlenden Sonne dieses prächtigen Herbstnachmittags, hörte ich nicht allzu weit entfernt eine Polizeisirene unaufhaltsam näher kommen. Ich rannte über den Parkplatz und hämmerte mir ein, mich zu beruhigen, um keinen Fehler zu begehen.

In diesem Moment sah ich, dass ein billiger blauer Wagen mit weißen Racingstreifen vorwärts aus der Parklücke fuhr. Die Fenster waren heruntergelassen, sodass mir ohrenbetäubende Katzenmusik entgegendröhnte. Der Fahrer hatte sich noch nicht ganz hinausmanövriert, als ich ihm vor die Kühlerhaube sprang und den Weg versperrte. Er machte ein wütendes Gesicht und brüllte mir etwas zu, doch bei dem Geplärre aus dem Radio konnte ich ihn nicht verstehen. Als er die Waffe in meiner Hand sah, blieb er ohnehin stehen.

»Aussteigen!«, brüllte ich und war mit wenigen Sätzen an der Fahrerseite. Da die Tür verriegelt war, setzte ich ihm die Waffe an die Schläfe und wiederholte den Befehl.

»Nicht schießen!«, rief er und riss die Tür so schnell auf, dass er mich beinahe umstieß. Ich packte ihn am Kragen und warf ihn buchstäblich auf den Asphalt. Die Rolle des Revolverhelden, stellte ich mit gemischten Gefühlen fest, war mir auf den Leib geschrieben. Die Grenze zwischen Undercover-Polizist und Gangster schien sich zu verwischen.

Ich sprang auf den Fahrersitz, gab Vollgas und stellte die Musik ab, bevor ich den Parkplatz verlassen hatte. Das Heulen der Sirene war jetzt lauter, als hätte die erste Streife Verstärkung bekommen. Es herrschte fließender, mäßiger Verkehr, doch ich ließ mich nicht aufhalten, sondern nötigte mit einem gewagten Überholmanöver die Fahrerin des Mini-Van vor mir zu einer Vollbremsung. Als sie wütend hupte, bog ich scharf rechts in entgegengesetzter Richtung zu den Sirenen ab und zwang beim Überholen eines weiteren Wagens ein entgegenkommendes Auto, blitzschnell auszuweichen. Das Ganze hatte etwas Surreales, und ich fühlte mich mitten in einen Hollywood-Action-Thriller versetzt. Keine Frage – der Nervenkitzel, als Flegel am Steuer die Fahrbahn freizufegen, bereitete mir ein Hochgefühl.

Doch auch die andere Stimme in meinem Kopf war nicht zu überhören. Je weiter ich mich vom Hotel und von meinen Verfolgern entfernte, desto beharrlicher sagte sie mir, dass meine Situation jetzt noch weit prekärer war als am Abend zuvor. Von jetzt an waren nicht nur dubiose Figuren hinter mir her.

Ich war wegen Mordes zur Fahndung ausgeschrieben.

26

Erst kurz nach zwei kehrte Tina ins Büro zurück. Um nach dem aufwühlenden Vormittag etwas zur Ruhe zu kommen, hatte sie sich Sandwiches und einen Kaffee besorgt und im Hyde Park gegessen. Dabei hatte sie ein hartes Stück Selbstüberzeugungsarbeit geleistet, um sich nicht gar so mies zu fühlen. Schließlich war Dylan Mackay eine harte Nuss, und sie hatte ihm ein paar wichtige Hinweise entlockt, mit denen er niemals freiwillig herausgerückt wäre. Dennoch hatte sie den Schock nicht ganz überwunden, als sie sich an den Schreibtisch setzte und überlegte, wie sie weiter verfahren sollte.

Zuallererst musste sie herausfinden, seit wann genau die Handy-Anschlüsse von Lauren und Jen nicht mehr existierten, um das Datum ihres Verschwindens möglichst genau einzugrenzen. Außerdem benötigte sie die Telefondaten sowohl zu den beiden Mädchen als auch zu Dylan Mackays Nummer. Auf diese Weise konnte sie die Abfolge der Ereignisse rekonstruieren und, mit ein bisschen Glück, eine Nummer zu dem Mann ausfindig machen, mit dem Dylan die Mädchen verkuppelt hatte.

Als Privatdetektivin hatte sie keinen legalen Zugriff auf solche Daten, ein Polizist hingegen kam leicht an entsprechende Informationen, und Tina verfügte über einen entsprechenden Kontakt bei Scotland Yard. Ihr Mann hieß Jeff Roubaix, und nach ihrer Zusage an Laurens Vater, den Fall zu übernehmen, hatte sie ihn sofort angerufen und gebeten, ihr die entsprechenden Informationen zu besorgen, wie immer gegen Bares. Das war jetzt über eine Woche her, und sie hatte noch nicht wieder von ihm gehört, was nicht weiter verwunderlich war, denn es konnte schon mal mehrere Wochen dauern, zu einer registrierten Nummer den Betreiber herauszufinden, der einem wiederum die Anrufliste lieferte. Bei nicht registrierten Nummern, von denen es viele gab, war es um einiges langwieriger und schwerer.

Doch Tina wollte nicht länger warten. Sie musste die Dinge vorantreiben. Also zündete sie sich eine Zigarette an, ging vors Haus und rief Roubaix an.

»Sekunde«, meldete er sich prompt. Aus dem Hintergrund hörte sie Bürolärm und Türenschlagen. »So, jetzt können wir reden«, sagte er nach einer Weile, und den veränderten Geräuschen nach vermutete sie, dass er sich ebenfalls ins Freie begeben hatte. »Wie geht's?«

Tina stand nicht der Sinn nach Smalltalk, doch sie kannte Jeff aus den guten alten Zeiten bei der Kripo Islington. Er war ein Jahr nach ihr zur Zivilfahndung gestoßen, und sie hatten eine Weile zusammengearbeitet. Er war immer ein netter Kerl gewesen, noch dazu ein gut aussehender Typ. Bedauerlicherweise liebte er das Glücksspiel. Die harmlosen Anfänge von damals wuchsen sich im Lauf der Zeit zum Problem aus.

»Ganz gut. Ziemlich beschäftigt.«

»Nicht anders als bei uns. Aber wenigstens bist du dein eigener Boss. Mit dem Mädchen schon weitergekommen? Hab den Artikel in der *Daily Mail* gesehen.«

Jeffs Angewohnheit, in nachlässigen Halbsätzen zu sprechen, hatte Tina von jeher genervt – allein schon deswegen war sie nie auf ihn geflogen. Glücklicherweise legte er diese Nachlässigkeit nicht bei seiner Arbeit an den Tag. »Nein, noch nicht. Allerdings brauche ich dringend die Anruflisten zu dieser Nummer, die ich dir gegeben habe.«

»Ich mach' so schnell ich kann, Tina, aber du weißt ja, wie der Hase läuft. Hab erst gestern den Betreiber rausgekriegt, und das war überdurchschnittlich schnell. Mit den Listen musst du dich noch ein bisschen gedulden.«

»Wenn du willst, kannst du die Sache ein bisschen pushen.«

»Ja, mühsame Angelegenheit, wie du weißt.«

»Ich bezahl' extra dafür, Jeff. Das sollte dich beflügeln. Ich muss wissen, wann und wo der Anschluss gekündigt wurde. Außerdem brauche ich dringend die Telefonlisten zu zwei weiteren Nummern.«

Jeff stöhnte ins Telefon. »Ich kann denen nicht alle naselang ohne triftigen Grund mit solchen Datenanfragen kommen. Das weißt du so gut wie ich.«

Wo er recht hatte, da hatte er recht. Wäre da nicht seine Spielleidenschaft gewesen. »Hör zu. Ich zahle dir für jede Nummer das Doppelte des vereinbarten Betrags. Das heißt, wenn du mir die Informationen *schnell* beschaffst – und unter schnell verstehe ich innerhalb der nächsten vierundzwanzig Stunden –, bekommst du sechsmal mehr. Das müsste als Motivationsschub reichen, um dir so viele triftige Gründe auszudenken, wie du brauchst. Und du bekommst es in bar.«

»Ein hübsches Sümmchen, Tina«, sagte er so leise, dass sie ihn bei dem Verkehrslärm auf der Straße noch so gerade eben verstehen konnte, doch laut genug, dass die Gier nicht zu überhören war.

»Mein Klient ist vermögend und hat nicht mehr lange zu leben. Er möchte seine Tochter finden. Er knausert daher nicht.«

»Du weißt schon, dass du eine Meldung machen musst, wenn du zu einer vermissten Person wichtige Hinweise hast.«

»Sobald ich was Konkretes in der Hand habe, gehe ich damit zur Polizei, aber erst dann. Und ich ziehe dich nicht mit rein, versprochen, Jeff. Ich habe deinen Namen nirgends schriftlich vermerkt und rufe dich von einer nicht registrierten Nummer aus an. Niemand kann uns miteinander in Verbindung bringen.«

Er seufzte. »Meinetwegen. Ich mache die Sache so dringend, wie ich kann, ohne dass bei denen die Alarmglocken schrillen. Das mit den vierundzwanzig Stunden kann ich dir allerdings nicht versprechen.«

»Je schneller, desto mehr Geld«, erklärte sie ihm und beendete, nachdem sie ihm die Nummern vorgelesen hatte, das Gespräch.

Ein paar Minuten lang blieb sie mit geschlossenen Augen in der Sonne stehen und genoss bei den letzten Zügen an ihrer Zigarette das Gefühl, zu Lauren Donaldsons Verschwinden endlich eine heiße Spur zu haben, auch wenn sie ziemlich sicher war, dass es bei diesem Fall kein glückliches Ende geben würde. Sie dachte an Sean. Sie musste herausfinden, inwiefern er in die Sache verwickelt war. Er hatte ihr ein paar Nachrichten auf den Anrufbeantworter gesprochen, und es wurde Zeit, ihn zurückzurufen. Hoffentlich wollte er nicht noch mehr Geld von ihr. Er war schon jetzt ein Aderlass.

Als sie gerade die Kippe ausdrückte, klingelte drinnen das Telefon. Sie eilte ins Haus zurück und sah auf dem Display eine Mobiltelefonnummer, die sie nicht kannte.

Es war Sean.

»Gutes Timing«, sagte sie. »Ich wollte Sie gerade anrufen.«

»Wir haben ein ernstes Problem«, sagte er atemlos. Es klang, als wäre er irgendwo mit dem Auto unterwegs. »Die haben mich gefunden.«

»Mein Gott, wie denn? Wir haben doch die Wanze entfernt.«

»Keine Ahnung, aber sie haben mir in meinem Hotelzimmer aufgelauert, als ich heute Nachmittag zurückkam.«

Und da fiel bei Tina der Groschen. Ohne Zweifel hatten diese Leute mithilfe des Peilsenders Seans Bewegungsprofil rekonstruiert und ihn mithilfe seines Anrufs gestern Morgen bis zu ihrem Büro verfolgt. Stand also zu vermuten, dass sie ihr Büro und ihr Telefon verwanzt hatten.

»Kein weiteres Wort«, sagte sie und schrieb sich seine Mobilfunknummer auf ein Blatt Papier. »Ich rufe in zwei Minuten unter dieser Nummer zurück.«

Tina legte auf, schnappte sich den Zettel und sah sich unterwegs nach irgendwelchen Hinweisen auf gewaltsames Eindringen um. Auf Anhieb konnte sie nichts entdecken. Was ihr noch mehr Angst einjagte. Nur Vollprofis konnten sich zu einem Gebäude Zutritt verschaffen, ohne die Alarmanlage auszulösen, dann in ihr Büro eindringen und ihr Telefon so mit der neuesten Technik verwanzen, dass sie eingehende Anrufe lokalisieren konnten. Vielleicht lag sie falsch. Theoretisch konnten sie Sean einen zweiten Peilsender eingepflanzt haben, doch sie bezweifelte es. Schon einer war schwierig genug, ohne dass derjenige ihn entdeckte, zwei nahezu unmöglich.

Etwa zweihundert Meter entfernt gab es in der Parallelstraße eine öffentliche Telefonzelle. Tina rannte im Dauerlauf hinüber und wählte Seans Nummer. Er meldete sich auf Anhieb und klang, als sei er immer noch mit dem Auto unterwegs.

»Von wo aus haben Sie mich heute Morgen angerufen, als Sie die Nachricht auf meinem AB hinterlassen haben?«, fragte sie.

»Von meinem Zimmer aus. Ich hatte noch kein Handy.«

»Dann gibt es nur zwei Möglichkeiten, wie die Sie

aufgespürt haben könnten. Die erste Möglichkeit: Die haben Ihnen noch einen zweiten Peilsender eingesetzt.«

»Nein, auf keinen Fall«, sagte er. »Ich habe mich gestern Nacht von oben bis unten abgetastet, jeden Zentimeter. Da ist kein zweiter, sonst hätte ich ihn gefunden.«

Sie seufzte. »Hatte ich mir schon gedacht. Dann haben sie mein Büro verwanzt.« Sie erklärte ihm kurz, wie so etwas technisch funktionierte.

»Mist«, sagte er, als sie geendet hatte. »Die Typen sind verdammt gut.«

»Übertreiben Sie nicht. Ich nehme mal an, Sie sind ihnen entwischt.«

»Schon, aber da ist etwas, worüber ich mit Ihnen reden muss.« Etwas in seinem Ton ließ Tina aufhorchen. »Was ist passiert?«

»In meinem Zimmer hat es einen Kampf gegeben. Sie haben wieder versucht, mich zu kassieren, aber zum Glück hat ihnen das Zimmermädchen einen Strich durch die Rechnung gemacht. Einer von ihnen hatte eine Waffe, die ich ihm abnehmen konnte.« Beredtes Schweigen. »Ich hab' auf den Typen mit dem Bart geschossen. Den Kerl, den Sie gestern Nacht mit dem Schocker unschädlich gemacht haben. Und dann hab' ich mich vom Acker gemacht. Dabei musste ich mir ein Auto borgen.«

»Der Kerl, auf den Sie geschossen haben. Ist er …« Tina sprach den Satz nicht zu Ende, da sie die Antwort lieber nicht hören wollte.

»Ja«, sagte er zögernd. »Er ist tot.«

»Um Himmels willen, Sean! Sie müssen zur Polizei.«

»Vorher muss ich mit Ihnen reden, und zwar nicht am Telefon. Das ist zu gefährlich.«

»Und was meinen Sie, wie gefährlich es nach dem Schlamassel für mich ist, mich mit Ihnen persönlich zu treffen?«

»Tina, ich flehe Sie an.«

Sie holte tief Luft. »Wo sind Sie?«

»Etwa eine Meile nördlich von Cheshunt an der A10 gibt es eine Parkbucht. Wenn Sie auf der M25 die Abfahrt am Autobahnkreuz 26 nehmen, sind es noch etwa zehn Minuten. Ich warte dort in einem blauen Ford Fiesta mit weißen Streifen an der Seite.«

»Schick«, sagte Tina. »In Ordnung, bis gleich.«

27

Als Tina hinter dem Ford Fiesta heranfuhr, war es 15:30 Uhr. Sie wollte nicht wissen, wie er den Halter dazu gebracht hatte, ihm den Wagen zu überlassen. Auf dem Weg zu ihrem Treffpunkt war sie an dem Hotel vorbeigekommen, und beim Anblick des Krankenwagens sowie einem Dutzend Polizeifahrzeugen auf dem Parkplatz war ihr unmissverständlich klar geworden, dass sie ihre Verbindung zu ihm nicht länger geheim halten konnte. Binnen weniger Stunden würden die ermittelnden Beamten bei Scotland Yard herausfinden, dass sein Hotelzimmer mit ihrer Kreditkarte bezahlt worden war, und schon stünden sie bei ihr zu Hause an der Tür.

Der kleine Parkplatz befand sich an einer geraden Strecke der teils ländlichen Schnellstraße mit Feldern und Wiesen zu beiden Seiten und war, abgesehen von Seans und ihrem eigenen Wagen, leer. Tina stieg aus, ging zum Fiesta hinüber und stellte zu ihrem Staunen fest, dass niemand am Lenkrad saß. Doch dann entdeckte sie Sean in etwa zwanzig Metern Entfernung unter einem Baum. Er hatte sie gesehen und winkte ihr zu.

Sie musste über einen Zaun klettern, um zu ihm zu gelangen, und als sie näher kam, sah sie, wie müde und mitgenommen er war, auch wenn er neue Kleider trug.

»Danke, dass Sie gekommen sind, Tina«, sagte er mit einem breiten Lächeln. Offenbar war er aufrichtig froh, sie zu sehen.

»So kann das nicht weitergehen, Sean.«

Er seufzte. »Ich kann noch nicht zur Polizei. Die nehmen mir meine Geschichte nie und nimmer ab.«

»Aber Sie können auch nicht bis in alle Ewigkeit wegrennen. Wo wollen Sie denn hin?«

»Keine Ahnung, aber meine Erinnerungen kommen jetzt sehr schnell wieder, und falls Sie den Psychiater ausfindig machen könnten, der mich in dem Haus in Wales behandelt hat, bin ich ziemlich sicher, dass er zusätzlich ein paar Lücken schließen könnte. Ich bin inzwischen davon überzeugt, dass er mir bei diesen Hypnotherapie-Sitzungen falsche Erinnerungen eingepflanzt hat, um mich in diesem verwirrten Zustand zu halten. Irgendwo in meinem Unterbewusstsein bin ich zum Beispiel immer noch davon überzeugt, dass Jane meine Schwester war, auch wenn ich mit dem Verstand genau weiß, dass sie mich belogen hat.« Er sprach hastig und wippte dabei zwischen Fersen und Zehen hin und her, während er sich unablässig mit der Hand durchs Haar strich, sodass Tina einen Blick auf die breite rosa Narbe erhaschte, die unter dem Haaransatz quer über seine Stirn verlief – sichtbares Zeugnis für die Sekunde, die ihm die ersten achtunddreißig Jahre seines Lebens ausgelöscht hatte.

»Ich werde sehen, was sich machen lässt, um ihn zu finden, Sean.«

»Der Mann heißt Dr. Bronson, Mitte fünfzig. Groß, schwarzes, angegrautes Haar. Trägt Brille. Er hat versucht, mir aus der Nase zu ziehen, wo sich die beiden Leichen befinden, hinter denen alle her sind, und ich vermute stark, dass er das auch unter Hypnose mit mir gemacht hat.«

»Und in Verbindung mit diesem Traum über die beiden Mädchen sind Ihnen keine neuen Erinnerungen gekommen?«, fragte Tina, während sie beschloss, ihm vorerst nichts über Laurens und Jens mögliche Arbeit als Prostituierte zu erzählen.

Er schüttelte den Kopf. »Aber dass es sich bei den Leichen, hinter denen sie her sind, um die Frauen in meinem Traum handelt, da bin ich mir sicher.« Seufzend musste Tina unwillkürlich an Alan Donaldson denken. »Ich habe das Gefühl, Sie könnten richtig liegen. Aber was kann so wichtig daran sein, wo sie zu finden sind?«

»Keine Ahnung, jedenfalls arbeitet dieses Pärchen, das in dem Haus Tom und Jane gefoltert und dann ermordet hat, gegen die beiden Typen in der Notaufnahme und heute im Hotel. Bei beiden Parteien tappe ich völlig im Dunkeln. Immerhin habe ich dem Kerl, den ich erschossen habe, die Brieftasche abnehmen können, aber er hatte keine Ausweispapiere dabei. Nur ein bisschen Bargeld.«

»Und das werden Sie verbrauchen, richtig?«

Er runzelte die Stirn. »Tina, ich weiß, wie das Ganze

aussieht, aber es war reine Notwehr. Es war deren Waffe. Sie wollten mich schon wieder entführen, und ich habe mich gewehrt.«

»Trotzdem haben Sie die Zeit gefunden, in den Taschen Ihres Opfers zu kramen. Daraus kann ich nur entweder schließen, dass Sie unter Stress äußerst cool sind oder dass es Ihnen nicht viel ausmacht, jemanden getötet zu haben.«

»Tina, bitte! Ich hab' mir das alles nicht ausgesucht. Ich habe nur den einen Wunsch, dahinterzukommen, was mich unablässig zur Zielscheibe macht. Sie wissen, dass ich kein kaltblütiger Killer bin. Für den größten Teil meines Berufslebens war ich bei der Polizei, verflucht noch mal. Ich habe Ihnen das Leben gerettet, schon vergessen?«

»Wie könnte ich, Sie rufen es mir ja oft genug in Erinnerung«, sagte sie, unschlüssig, was sie von alledem halten sollte. Tatsächlich machte ihr hier draußen an der Straße, auf der die Autos vorbeirasten, der Mann, der vor ihr stand, ein wenig Angst. »Wenn Sie erst jemanden erschießen, ihm anschließend die Brieftasche abnehmen und dann das Weite suchen, trägt das nicht gerade dazu bei, die Polizei von Ihrer Unschuld zu überzeugen. Und wo ist die Waffe?«

Er deutete auf das dichte Gestrüpp hinter sich. »Da drin. Ich hab' die Munition rausgenommen und den Revolver getrennt von den Kugeln vergraben.« Er seufzte. »Ich werde mich stellen, ehrlich, aber dann will ich genau wissen, wer ich bin und was ich getan habe.«

»Das ist ein löbliches Ziel, Sean, ich wäre mir nur nicht so sicher, ob es funktioniert.«

»Jedenfalls ziehe ich Sie in nichts rein, ganz bestimmt nicht.«

»Das haben Sie schon. Ich habe Sie mit meiner Kreditkarte in dieses Hotel eingecheckt, schon vergessen?«

»Aber Sie haben nichts Unrechtes getan. Ich habe mich um Hilfe an Sie gewandt, Sie haben versucht, etwas für mich zu tun, und nun trennen sich unsere Wege, das war's für Sie.«

»Sie wissen, dass ich mit der Polizei reden muss.«

Er nickte. »Natürlich. Sagen Sie denen, was Sie für richtig halten. Das ist irrelevant. Da Sie nicht wissen, wo ich hinwill, können die Sie nicht für ihre Zwecke einspannen.« Er griff in seine Gesäßtasche und zog den Peilsender heraus, den sie ihm gegeben hatte. »Hier, den brauche ich nicht mehr. Und ich werde auch das Handy abschalten, das ich bei mir habe, und den Wagen entsorgen, Sie können mich also nicht erreichen. Falls mir noch etwas über Lauren Donaldson einfällt, rufe ich Sie an.«

»Falls ja, überlegen Sie sich bitte gut, was Sie mir auf den Anrufbeantworter sprechen. Die Polizei wird meine Telefone abhören. Wahrscheinlich auch die Kerle, die hinter Ihnen her sind.«

Er holte tief Luft. »Tut mir leid, dass ich Sie in die ganze Sache hineingezogen habe. Es war gewiss nicht meine Absicht, Sie in Schwierigkeiten zu bringen.«

Sie zuckte die Achseln. »*Shit happens.* Vor allem

mir.« Sie brachte ein Lächeln zustande. »War jedenfalls nicht langweilig mit Ihnen.«

»Ist doch schon mal was.« Er machte einen Schritt auf sie zu. »Danke für alles, Tina. Und das Geld zahle ich Ihnen zurück.«

Dann trat er ohne Vorwarnung näher, nahm sie in die Arme und wollte sie küssen. Sie war so überrumpelt, dass sie für eine Sekunde nicht reagierte.

Doch nur für eine Sekunde.

»Was zum Teufel soll das werden?«, fuhr sie ihn an und stieß ihn mit beiden Händen weg.

Er stolperte zurück und schien ebenso verblüfft wie sie. »Tut mir leid. Das war nicht beabsichtigt.«

»Himmel, Sean! Was denken Sie sich eigentlich?«

»Keine Ahnung, ich fühle mich einfach nur zu Ihnen hingezogen. Vom ersten Moment an.« Er verzog das Gesicht zu einem halb verlegenen Lausbubenlächeln.

Das bei ihr nicht verfing. »Sie sind ein verurteilter Vergewaltiger und außerdem ein Mann, der, auch ohne mich zu verprellen, mehr als genug Probleme hat.«

Damit kehrte sie ihm den Rücken und lief, ohne ihm viel Glück zu wünschen, zu ihrem Wagen.

28

Als Detective Chief Inspector Mike Bolt am Tatort erschien, glich das Sunny View Hotel einem Tollhaus. Ein großer Teil des Gebäudes, darunter auch die Rezeption und der Notausgang, waren abgesperrt, und die hundertachtzig Zimmer wurden gerade evakuiert. Eine ganze Reihe der Gäste fanden es offenbar nicht komisch, wie eine Schafherde aus dem Haus getrieben zu werden, ohne dass sie zu ihren Autos durften. Sie liefen aufgescheucht um das Absperrband rings um den mittleren Bereich des Parkplatzes herum und legten sich mit den uniformierten Polizisten an. Am Eingang zum Parkplatz hatte sich eine Traube Schaulustiger gebildet, die Polizeifahrzeuge zu beiden Seiten der Straße brachten den Verkehr ins Stocken.

Es war Viertel nach vier, und seit dem Moment, als die Meldung von dem tödlichen Schusswechsel in Zimmer 305 eingegangen war, hatte Bolt jede Hoffnung auf einen pünktlichen Feierabend begraben. Er leitete eine der nächstgelegenen Mordermittlungsgruppen, und so war das hier vom ersten Augenblick an sein Fall.

Vor einem riesigen Baumarkt in fünfzig Metern Entfernung stellte er seinen Wagen ab, und während sie ihn innerhalb der Absperrung mit Handschuhen versorgten, riefen einige Beamte seinen langjährigen Kollegen Mo Kahn, der eine halbe Stunde vor ihm eingetroffen war.

Obwohl sie sich nicht zum ersten Mal an diesem Tag sahen, begrüßten sie sich nach alter Gewohnheit auf den Eingangsstufen zum Hotel mit Handschlag.

»Also, womit haben wir es zu tun?«, fragte Bolt.

Mo klappte das Notebook auf, das er stets und überall bei sich hatte. »Nichts von der Stange, Chef, würde ich sagen. Wir haben eine tätliche Auseinandersetzung in einem Hotelzimmer. Ein Zimmermädchen, das nebenan sauber macht. Sie sieht, wie einer der Gäste in sein Zimmer zurückkehrt, und als sie wenig später an seine Tür klopft, um festzustellen, ob sie bei ihm weitermachen kann, hört sie Kampfgeräusche, gefolgt von mehreren Schüssen. Sekunden später rennt der Gast mit einer Schusswaffe aus dem Hotel und lässt einen toten Mann zurück. Wir haben auch einen Zeugen. Einen Mann, der mit den anderen beiden zusammen in dem Zimmer war.«

»Und der ist unverletzt?«

»Ja. Er sitzt da drüben im Wagen.« Er deutete auf einen Streifenwagen am anderen Ende des Parkplatzes in sicherer Entfernung von der Menge. Daneben waren zwei Uniformierte postiert. »Sicherheitshalber haben wir ihm Handschellen angelegt. Er wurde noch nicht durchsucht.«

»Wir müssen sofort in Barnett eine Einsatzzentrale einrichten und ihn schnellstmöglich dort hinbringen.«

»Hab' schon Grier damit beauftragt. Im Lauf der nächsten Stunde sollten wir so weit sein.«

»Hat schon jemand mit dem Zeugen gesprochen?«

»Tja, Chef, das ist eine merkwürdige Sache. Unter dem Detective Chief Inspector tut er's nicht; weigert sich beharrlich, mit irgendjemandem sonst zu reden. Der Detective Inspector von Barnett hat es versucht. Ich auch. Fehlanzeige, und er sagt nicht mal, warum.«

»Was ist mit dem Opfer? Was wissen wir über den Toten?«

Mo schüttelte den Kopf. »Nichts. Weißer Nordeuropäer, männlich, Anfang bis Mitte vierzig, vier Schüsse aus nächster Nähe. Er hatte keine Ausweispapiere bei sich, trug dafür interessanterweise Handschuhe.«

»Sieh mal an«, sagte Bolt. »An einem warmen, sonnigen Tag wie diesem, noch dazu im Haus, dürfte es nicht allzu viele geben, die mit Handschuhen rumlaufen, dafür hätten die meisten Ausweispapiere dabei. Und der andere Mann? Der Zeuge? Hatte der auch Handschuhe an?«

»Nein, aber falls er versucht hat, sie loszuwerden, sollten wir sie finden.«

»Und als unser Tatverdächtiger an der Reinigungskraft vorbei in sein Zimmer zurückkehrte, war er allein, richtig?«

»Ja. Und hat sich offenbar ganz normal verhalten, ihr sogar Hallo zugerufen.«

»Und wie lange danach ging nach Aussage des Mädchens die Schießerei los?«

»Recht bald. Sie sagt, als sie den Verdächtigen vorbeikommen sah, war sie mit dem Zimmer nebenan fast fertig und wollte mit dem nächsten anfangen. Also nur wenige Minuten. Sie hat ausgesagt, vorher hätte sie keine lauten Stimmen gehört, nichts, was auf einen Streit hindeutete. Genauer gesagt, hätte sie gar nichts gehört.«

Bolt nickte bedächtig. »Die beiden haben ihm also in seinem Zimmer aufgelauert. Er kommt rein, und wenige Minuten später ist einer von ihnen tot, und der Verdächtige stürmt mit einer Waffe durchs Hotel. Wissen wir schon, wer der Tatverdächtige ist?«

»Ein paar Jungs von der Kripo Barnett sprechen gerade mit der Frau an der Rezeption. Ich war auf dem Weg zu ihnen, um zu hören, ob sie schon einen Namen wissen, als Sie nach mir riefen.«

»Gut, dann lassen Sie sich nicht länger von mir aufhalten. Bin gespannt, ob unser Zeuge bereit ist, mir gegenüber sein Schweigen zu brechen und zu erklären, was zum Teufel hier vor sich geht.«

»Ehrlich gesagt, Chef«, fügte Mo hinzu, als sich Bolt zum Gehen wandte, »sieht der nicht nach dem typischen Kriminellen aus.«

Bolt grinste. »Tun die Cleversten von denen nie.« In Wahrheit war er schon nach dem wenigen, was er bisher erfahren hatte, perplex. Wieso war ihr Zeuge geblieben und hatte auf seine Vernehmung gewartet, wenn er dem Gast einen Hinterhalt gelegt oder ihn wegen eines schiefgelaufenen Deals gestellt hatte? Die meisten Kriminellen waren dämlich und ihre Motive leicht zu durchschauen. Gier, Eifersucht und Trunkenheit deckten so ziemlich das ganze Spektrum ab. Falls bei einer

Straftat etwas danebenging, besonders wenn es Tote gab, gerieten sie meist in Panik und suchten das Weite. Dieser Bursche nicht. Andererseits benahm er sich auch nicht wie ein verängstigter Zeuge, er weigerte sich zu reden, das kam nicht alle Tage vor. Bolt war gespannt.

Noch neugieriger wurde er, als er die Tür zum Rücksitz des Streifenwagens öffnete und auf einen ziemlich normal aussehenden Mann um die fünfzig hinunterblickte, der sich kleidete wie sechzig, mit einer schrecklichen, durch die Ereignisse oben im Hotel aus der Fasson geratenen Frisur. Trotz der im Rücken gefesselten Hände wirkte er nicht im Geringsten irritiert. Im Kontrast zu seinem unscheinbaren Äußeren legte er ein beachtliches Selbstbewusstsein an den Tag. Bolt stellte sich als Detective Chief Inspector und Leiter der Ermittlungen zu diesem Mordfall vor und nahm neben ihm Platz. Zu seiner Überraschung zeigte sich der Mann verärgert.

Er verlangte, Bolts Dienstausweis zu sehen, und Bolt hielt ihm die Marke so vors Gesicht, dass er sie lesen konnte.

»Würden Sie mir bitte die Handschellen abnehmen?«, fragte der Zeuge mit einer Aussprache, die darauf schließen ließ, dass er an eine halbwegs vernünftige Privatschule gegangen war.

»Nicht, bevor wir festgestellt haben, wer Sie sind. Wie ich höre, wollten Sie mit keinem der anderen Beamten sprechen.«

»Ich habe auf den Leiter der Ermittlungen gewartet.«

»Nun, da bin ich. Also, wer sind Sie?«

»In der Innentasche meines Jacketts finden Sie meinen Ausweis.«

Bolt griff hinein und zog ein Plastikkärtchen heraus. Ein Blick darauf genügte, und er wusste, wieso der Mann neben ihm, seinem MI5-Dienstausweis nach ein gewisser Carl Hughie, so wortkarg war.

Bolt seufzte. »Sie sind Geheimagent.«

»Ja. Ich kann Ihnen gerne den Namen und die Telefonnummer eines Mannes in den oberen Etagen nennen, der Ihnen meine Vertrauenswürdigkeit bestätigen wird. Mein Kollege und ich arbeiten an einem sehr heiklen Auftrag. Wir waren heute Nachmittag in dem Hotelzimmer, um mit jemandem zu sprechen, der bei unserem Einsatz von Interesse ist. Doch die Zielperson zog eine Handfeuerwaffe, erschoss meinen Kollegen und flüchtete vom Tatort.« Er leierte seine Ansage so ruhig und ungerührt herunter, als hätte er sie sich eben erst im Wagen zurechtgelegt.

»Und wie hieß Ihr Kollege? Wieso hatte er keine Ausweispapiere dabei?«

»Ich habe Ihnen alles gesagt, was ich Ihnen zu sagen habe. Sie müssen sich an meinen Vorgesetzten wenden. Ich gebe Ihnen gerne seine Nummer.«

»Das hier ist eine Mordermittlung, Mr. Hughie. Sie sind ein wichtiger Zeuge. Im Moment sind Sie eher ein dringender Tatverdächtiger. Sie können sich nicht aussuchen, welche Fragen Sie beantworten.«

»Ich bin mit einer Angelegenheit von nationaler Sicherheit befasst, DCI Bolt, und es gibt triftige Gründe dafür, dass ich Ihnen im Moment nicht weiterhelfen kann. Mein Vorgesetzter wird Ihnen oder auch Ihren Vorgesetzten gerne mit Einzelheiten dienen.«

Bolt holte tief Luft. Hughie schien zu wissen, was er wollte, vor allem, was er nicht wollte. Allerdings eine harte Nuss. »Na schön, dann nennen Sie mir wenigstens den Namen des Tatverdächtigen, nach dem wir fahnden müssen.«

Hughie schüttelte den Kopf. »Tut mir leid. Im Augenblick kann ich Ihnen nicht mehr sagen.«

»Wir finden es sowieso heraus, mit Ihrer mangelnden Kooperation halten Sie uns nur unnötig lange auf und helfen unserem Tatverdächtigen zu entkommen – falls dieser Vorfall hier tatsächlich mit Ihren Ermittlungen zusammenhängt, nicht gerade zuträglich für die nationale Sicherheit.«

Hughie schwieg.

»Wie Sie wollen. Sie werden in Kürze zum Polizeirevier Barnett gebracht. Dort werden wir Ihre Aussage zu Protokoll nehmen. Fürs Erste verhafte ich Sie wegen Mordverdachts.« Er verlas Hughie seine Rechte und schickte sich an auszusteigen.

»Können Sie mir nicht, wo Sie nun wissen, mit wem Sie es zu tun haben, die Handschellen abnehmen?«

»Nein«, sagte Bolt und knallte die Wagentür hinter sich zu.

In diesem Moment kam Mo mit einem verdutzten Gesicht auf ihn zugerannt. Gleichzeitig klingelte das Handy in Bolts Tasche. Er ließ es klingeln, um zu hören, was sein Kollege Neues zu berichten hatte. »Was gibt's?«, fragte er.

»Die Sache wird immer abstruser, Chef«, sagte Mo keuchend, als er stehen blieb. »Der Tatverdächtige hat sich im Hotel unter dem Namen Matthew Barren eingetragen, wahrscheinlich ein Alias, denn er hat eine falsche Adresse angegeben. Doch die Zahlung erfolgte über die Kreditkarte einer anderen Person, Sie kommen nicht drauf, wer.«

»Dann überraschen Sie mich«, sagte Bolt und zog das Handy aus der Hosentasche.

»Tina Boyd.« Die bloße Erwähnung ihres Namens weckte bei Bolt sehr gemischte Gefühle, die in der ohnehin verworrenen Lage alles andere als hilfreich waren. Stirnrunzelnd betrachtete er das Handy und hielt es ans Ohr.

»Hallo Tina«, sagte er. »Das war Gedankenübertragung. Ich glaube, wir beide sollten uns unterhalten.«

29

Ich hatte Tina angelogen. In Wahrheit hatte ich die Pistole, mit der ich Schwarzbart erschossen hatte, nicht weggeworfen, sondern behalten. Warum, konnte ich selbst nicht so genau sagen. Zu meiner eigenen Sicherheit vermutlich. Inzwischen war mir klar, dass ich im Ernstfall recht gut auf mich aufpassen konnte, doch tief im Innern wusste ich, dass mir der Besitz einer Waffe Handlungsspielraum verschaffte. Auch mit einer einzigen Kugel im Magazin konnte ich mich vielleicht im Notfall einer Festnahme und erneuten Haft entziehen.

Doch vorerst schob ich diesen Gedanken beiseite.

Zu meiner Freude fand ich auf dem Vordersitz des gestohlenen Wagens ein iPad. Dank Jane wusste ich, wie man damit umging. So ungern sie es sah, wenn ich ihres benutzte, was ich im Nachhinein verstehen konnte, hatte ich es ihr ein paarmal abluchsen können. Auch das iPad im Auto war mit einem vierstelligen Passwort gesichert, doch in einer TV-Serie über Verbrechensbekämpfung hatte letzte Woche der Moderator beklagt, dass allzu viele Leute ihren Besitz mit den simpelsten Zahlenkombinationen sichern, beispielsweise 1111 oder 1234. Daher hatte ich es, während Tina zu mir unterwegs war, mit 1111 probiert und prompt ins Schwarze getroffen.

Zwei Stunden später parkte ich in einer abgelegenen Straße in Bedford – hoffentlich weit genug vom Hotel entfernt, um mich für einen Moment zu entspannen. Ich musste den Wagen loswerden. Er war nicht gerade unauffällig und natürlich längst zur Fahndung ausgeschrieben, doch mit gerade einmal vierzig Pfund, Schwarzbarts bescheidener Barschaft, in der Tasche hatte ich beschlossen, diese Nacht im Auto zu schlafen. Alles Weitere würde sich zeigen. Ich hielt mich an die Strategie, nicht allzu weit vorauszudenken, da es schlichtweg zu deprimierend war. Stattdessen beschloss ich, möglichst noch mehr über meine Vergangenheit herauszufinden. Als ich meinen Namen googelte, staunte ich nicht schlecht über die Ergebnisliste. Die jüngsten Einträge bezogen sich auf meinen Vergewaltigungsprozess und die anschließende Verurteilung. Diesem Kapitel fühlte ich mich noch nicht gewachsen. Die entsprechenden Erinnerungen dazu, die mir inzwischen hochgekommen waren, bestätigten mein spontanes Gefühl, dass ich unschuldig war. Andererseits musste ich inzwischen einräumen, dass ich auch keine großen Hemmungen hatte, einer Frau Avancen zu machen, wie mein Verhalten gegenüber Tina vor wenigen Stunden gezeigt hatte. Mein Annäherungsversuch hatte mich selbst verblüfft: spontan und instinktiv. Ich hatte mich einfach nur nach menschlicher Wärme und der Berührung einer Frau gesehnt. Doch sie hatte mich wie einen

Irren zurückgewiesen, und bei der Erinnerung überkam mich eine Woge der Scham.

Ich schob den Gedanken beiseite.

Weiter unten auf der Liste bezogen sich die Einträge auf meine Tätigkeit als verdeckter Ermittler, die irgendwie zu meiner Entlassung aus dem Polizeidienst geführt hatte. Tarnglatze und Schwarzbart hatten mich mit ihrem Erscheinen in der Notaufnahme daran gehindert, sie zu lesen.

Der letzte Auftrag als V-Mann lag fünf Jahre zurück, und es handelte sich offenbar um eine streng geheime Operation. Nach außen hin war ich wegen psychischer Belastung für unbestimmte Zeit beurlaubt, während ich mich in Wirklichkeit in eine Bande bewaffneter Gangster einschleuste, die in den neunziger Jahren meinen Bruder ermordet hatte. Ich wurde mit der Entführung eines Tatverdächtigen in Verbindung gebracht; am Ende waren alle drei Mitglieder der Gang tot, und als ich im Zuge dieser Aktion einer Polizistin, Tina Boyd, das Leben rettete, kassierte ich zwei Schüsse. Meine tödlichen Schüsse auf zwei der Gangster wurden als Notwehr eingestuft, da es sich bei dem Mann um den Schützen handelte, der Tina zu töten versucht und zweimal auf mich gefeuert hatte.

Nach der Lektüre über diesen Lebensabschnitt versuchte ich die entsprechenden Erinnerungen wachzurufen. Schließlich handelte es sich bei der Schießerei um ein dramatisches Erlebnis. Eine Zeit lang rührte sich nichts, doch als ich schon die Segel streichen wollte, blitzte in meinem Kopf ein brennendes Haus auf, und ich sah, wie ich im Dämmerlicht mit einem Mann kämpfte. Ich blickte ihm in die hasserfüllten Augen und wusste, dass er wild entschlossen war, mich zu töten. Einige Sekunden lang spürte ich die Angst von damals – die Gewissheit meines unmittelbar bevorstehenden blutigen Endes – doch dann verblasste die Szene im Dämmer meines Unterbewusstseins.

Umso heftiger traf mich die Erinnerung an ein anderes Erlebnis – eine erschreckende Momentaufnahme von meinem ersten Tag im Gefängnis. Ich stand in einem Raum und übergab einem angeödeten Gefängniswärter, mit flächendeckend tätowierten Armen meine Habe, und er schrieb alles einzeln auf. Dann zog ich mich aus. Händigte meine Kleidung aus. Wartete, ließ die peinliche Leibesvisitation über mich ergehen, bei der keine Körperöffnung ausgespart wurde. Dann die letzten Worte des Tätowierten, bevor sie mich in meiner neuen Uniform in den Zellentrakt führten: »Das wird da drinnen nicht leicht für Sie werden.« Es klang nicht die Spur von Mitgefühl heraus. Eine nüchterne Feststellung, weiter nichts. Mir hallte der genaue Wortlaut in den Ohren. Ich erinnerte mich an die heiße Woge der Angst, die mich dabei erfasste. Und der Wut über die Ungerechtigkeit. Als hätte sich ohne ersichtlichen Grund die ganze Welt gegen mich verschworen und alles Gute, was ich je getan hatte, zählte nicht mehr. Dann führten sie mich durch eine Tür, und hinter mir wurde ein Schlüssel umgedreht – das Ende meines bisherigen Lebens.

Ich wartete, bis auch dieser Schock sich legte, und

nahm aus der Flasche neben mir auf dem Sitz einen Schluck Wasser. Ich starrte auf das iPad und kämpfte mit mir, ob ich weiterlesen sollte. Am Ende klickte ich mit mulmigen Gefühlen einen Artikel aus der *Mail Online* über meinen Vergewaltigungsprozess an.

Der nicht bebilderte Bericht war kurz und bündig. Der in Ungnade gefallene ehemalige Polizeibeamte Sean Egan »war der Vergewaltigung schuldig befunden und zu fünf Jahren Haft verurteilt worden«. Im Wesentlichen bestätigte der Artikel nur das, was ich bereits von Tina wusste: Neu war mir, dass ich angeblich betrunken gewesen sei, mein Opfer dagegen nicht. Dem Bericht zufolge nahm die Frau zum Zeitpunkt des Übergriffs Antibiotika, die sich mit Alkohol sehr schlecht vertrugen. Zwei ihrer Freundinnen bestätigten ihre Aussage, sie habe an dem ganzen Abend, an dem wir uns kennenlernten, nichts getrunken. Ich wusste nicht, ob dies einen großen Unterschied machte, wie der Bericht zu suggerieren schien. Das namentlich nicht genannte Opfer, so der Artikel, hatte erklärt, ich hätte ihr Leben ruiniert und dafür seien fünf Jahre Haft ein lächerlich geringes Strafmaß. Ich beließ es bei der einmaligen Lektüre und war dankbar, dass ich in diesem Fall vor weiteren Erinnerungen verschont blieb. Ich schaltete das iPad aus und warf es in einen schwarzen Müllcontainer vor einem Haus ein paar Meter entfernt. Ich hätte es liebend gern behalten, doch aus besagter Fernsehserie wusste ich, dass die Besitzer ein gestohlenes Gerät mithilfe ihres Passworts überall auf der Welt orten können, weshalb ich davon ausging, dass es wesentlich leichter zu finden sein würde als der Wagen.

Als ich wieder hinterm Lenkrad saß und losfuhr, traf mich die Erkenntnis, dass ich mich im Lauf der Jahre in einige krasse Vorgänge verwickelt hatte und mich daher über meine jetzige Situation streng genommen nicht zu wundern brauchte.

Ich dachte wieder an den Traum und wie die jetzigen Ereignisse in jenem seltsamen Haus, das ich darin vor mir sah, ihren Anfang genommen hatten. Was zum Teufel war in jener Nacht mit dieser blonden Frau und ihrer Freundin, nach der Tina suchte, passiert?

Und wo befanden sich die Leichen?

30

Tina saß an diesem Abend mit einem Kaffee und einer Zigarette in ihrem Wohnzimmer und wurde das Gefühl nicht los, dass ihr die Situation entglitt.

Als Sean ihr von dem Vorfall im Hotel erzählt hatte, wusste sie, dass sie sich bei der Polizei melden und sie über die Hintergründe aufklären musste. Sie hatte Sean eine Stunde Vorsprung gelassen, bevor sie zum Telefon griff, auch wenn ihr schleierhaft war, wieso. Nicht, dass er es verdiente. Mit seinem Draufgängertum hatte er auch ihr jede Menge Ärger eingebrockt, und zu allem Überfluss noch dieser Annäherungsversuch, kurz nachdem er einen Mann getötet hatte, was nicht gerade für sein Einfühlungsvermögen sprach. Doch ob es ihr passte oder nicht, hatte er ihr vor fünf Jahren das Leben gerettet, das hakte man nicht einfach ab.

Als Tina sich schließlich zu dem Anruf aufraffte, beschloss sie, mit Mike Bolt, ihrem ehemaligen Chef und Liebhaber, persönlich zu sprechen. Als Leiter des Morddezernats war Mike, als sie ihn erreichte, bereits mit den Ermittlungen zu dem Toten im Hotel betraut und hatte schon von ihrer Verbindung mit dem Tatverdächtigen erfahren. Sie sprachen einige Minuten miteinander, und Tina legte alles, was sie wusste, auf den Tisch.

Sie nannte ihm Seans Namen und fasste die Ereignisfolge von dem Moment an zusammen, als er sich am Vortag um Hilfe an sie gewandt hatte.

»Wir müssen deine Aussage zu Protokoll nehmen«, entgegnete Mike mit kaum verhohlenem Ärger.

»Bitte verhafte mich nicht, Mike. Ich habe mir nichts zuschulden kommen lassen und keine schlechte Publicity verdient.«

»Ich werde tun, was ich kann, Tina, vorausgesetzt, du spielst von jetzt an mir gegenüber mit offenen Karten. Sobald du versuchst, etwas vor mir zu verheimlichen, lernst du mich von einer anderen Seite kennen.«

»Ich habe nichts zu verbergen«, beteuerte sie. »Ehrlich.«

Eine Weile sagte er nichts, und um das drückende Schweigen zu brechen, fragte sie ihn, ob sie das Opfer schon identifiziert hätten. »Wieso lässt du dich immer mit den falschen Leuten ein?« Sein Ton erinnerte Tina an ihren Vater. »Wieso … gehst du es nicht einfach mal ruhiger an?«

Aber das war ja gerade das Problem. Hätte sie in dem Moment, als Sean in ihr Büro marschierte, gewusst, was sie sich mit ihm einhandelte, hätte sie ihn auf der Stelle an die Luft gesetzt.

Oder nicht?

Tina riss sich in Gedanken von dem unangenehmen Telefonat los. Sie drückte die Zigarette aus und griff zu ihrem Laptop. Draußen wurde es schon dunkel. Wenn ihr Büro verwanzt war, dann möglicherweise auch ihr Haus, und so hatte sie mit der allerneuesten Wanzendetektor-Technik an beiden Orten jeden kleinen Winkel akribisch abgesucht, auch wenn sie sich eingestand, dass ihr Gerät möglicherweise nicht in der Lage war, deren Ausrüstung zu orten. Dennoch hatte sie auch die Außenseite ihres Laptops auf Tastatur-Tracker überprüft und die Festplatte durch einige Virenprüfprogramme gejagt, bevor sie die Datei zu Lauren Donaldson öffnete.

Sie ging noch einmal durch, was sie wusste. Was Sean ihr erzählt hatte, schob sie erst einmal beiseite, da es sich dabei unterm Strich um Mutmaßungen handelte. Fest stand, dass beide Mädchen etwa zur gleichen Zeit verschwunden waren. Das letzte Mal hatte man sie zusammen gesehen, so die Zeugenaussage von Sheryl, was die Vermutung nahelegte, dass sie im Zuge derselben Ereignisse miteinander verschwunden waren. Dylan Mackay hatte zugegeben, sie mit reichen Männern verkuppelt zu haben, sich jedoch geweigert, den Namen des letzten Freiers preiszugeben, und das unter schwerster Nötigung. Seine Standhaftigkeit ließ nur den einen Schluss zu, dass er vor dem Burschen höllische Angst hatte. Ergo handelte es sich erstens bei dem Mann um einen richtig schlimmen Finger, und zweitens hatte er etwas mit dem Verschwinden der Mädchen zu tun. An diesem Punkt gab es nur eins: Sie musste den Namen des Burschen in Erfahrung bringen, dann würde sie weitersehen.

Doch ohne Dylans Hilfe war das leichter gesagt als

getan. Sie steckte den USB-Stick ein, auf den sie den Inhalt von Dylans Handy gespeichert hatte, und ging seine Fotos, Notizen und Kontaktlisten durch, ohne irgendetwas Nützliches zu finden. Er hatte eine Menge Fotos: Auf einigen posierte er im Trubel einer Party; auf anderen waren Frauen, darunter einige nur spärlich bekleidet, zu sehen; es folgten einige Schnappschüsse im Freundes- und Familienkreis. Auf einem Bild hielt Dylan einen etwa dreijährigen Jungen in die Höhe, der mit ihm um die Wette in die Kamera grinste. Die Menschlichkeit der Szene führte Tina noch einmal die Ungeheuerlichkeit ihrer schweren Nötigung vor Augen.

Doch letztlich brachte keines der Fotos neue Erkenntnisse. Dasselbe galt für die Notizen, und die Kontaktliste war nichts weiter als das – eine Liste mit dreihundertdreiundfünfzig Namen, darunter möglicherweise dem des Mannes, der Lauren und Jen als Letzter von Dylan gebucht hatte. Natürlich lag es nahe, dass sein Name längst nicht mehr auf der Liste stand oder auch nie darin geführt worden war. Doch irgendwann einmal mussten sie miteinander gesprochen haben, und mit an Sicherheit grenzender Wahrscheinlichkeit telefonisch. Folglich hatte Tina die beste Chance, die Identität des Mannes anhand von Dylans Anrufdaten herauszubekommen. Dazu musste sie warten, bis Jeff Roubaix sie für sie besorgte.

Bis dahin war noch Laurens und Jens letzte Adresse ausfindig zu machen. Sheryl zufolge hatten die beiden zusammen in einem Apartment in Chalk Farm gewohnt, doch eine kurze Suche im Grundbuchamt wie auch im

Wählerverzeichnis blieb ergebnislos, was Tina nicht weiter überraschte. Jeder Ermittler schlug sich heutzutage mit diesem Problem herum: Da die Kommunikation größtenteils über E-Mail und Telefon stattfand, wurden die postalischen Anschriften nicht mehr so häufig vermerkt wie früher, was es nicht gerade leichter machte, jemanden aufzuspüren.

Nachdem sie sich eine weitere Zigarette angezündet hatte, suchte Tina Sheryls Nummer heraus und rief sie an.

»Waren Sie bei Dylan?«, fragte Sheryl prompt.

»Ja, aber keine Sorge. Ich habe Sie mit keiner Silbe erwähnt.«

»Danke, das ist nett von Ihnen. Hat er Sie weitergebracht?«

»Ein wenig.«

»Das wundert mich. Sie besitzen offenbar besondere Überredungskünste.«

Kannst du laut sagen, dachte Tina.

»Und was hat er Ihnen gesagt?«

»Er hat mir nur ein paar Anhaltspunkte gegeben, wo ich weitersuchen kann«, erwiderte Tina zugeknöpft. »Ich halte Sie auf dem Laufenden, wenn ich mehr weiß.«

Sie überlegte, ob sie Sheryl raten sollte, Dylan eine Weile aus dem Weg zu gehen, nur für den Fall, dass er irgendwie herausbekam, woher Tina seinen Namen wusste, doch sie überlegte es sich anders. Warum dem Mädchen unnötig Angst einjagen?

»Ich versuche gerade, Laurens und Jens letzte Adresse in Chalk Farm herauszubekommen«, fuhr sie fort.

»Kennen Sie irgendjemanden, der mir dabei helfen könnte?«

»Auf Anhieb nicht. Wir waren zwar alle befreundet, aber nicht besonders eng. Gibt es keine anderen Möglichkeiten, da ranzukommen? Ich meine, Sie sind doch Detektivin.«

Tina seufzte. »Sicher, irgendwann kriege ich sie raus, aber es würde schneller gehen, wenn sie mir jemand nennen könnte.«

Sheryl schien zu überlegen, denn am anderen Ende trat für Sekunden Stille ein. Nach einer Weile sagte sie: »Ich weiß nur, dass Jen, kurz bevor sie verschwand, mit jemandem zusammen war. Lauren hat mir von ihm erzählt. Ich bin ihm nie begegnet, aber ich glaube, er wohnte nur ein paar Häuser weiter. Vielleicht kann Ihnen Dylan Näheres sagen.«

»Kennen Sie den Namen des Mannes?«

»Gott, wie hieß der noch gleich?«

Tina wartete wieder, während Sheryl in ihrem Gedächtnis kramte.

»Sean, richtig, Sean.«

Tina war hellwach. »Sind Sie sicher?«

»Ja, vollkommen sicher. Er hieß Sean.«

»Und mit Nachnamen Egan?«

»Seinen Nachnamen hat sie mir nie genannt. Ich glaube, er war ein bisschen älter als sie. Vielleicht Ende dreißig, und Lauren meinte, er sähe gut aus. Hören Sie, tut mir leid, ist nicht sonderlich hilfreich, oder?«

»Und ob.« Für Tina stand nun absolut außer Frage, dass es sich bei Jens Freund um niemand anderen als um Sean Egan handeln konnte. Das mit dem Alter kam hin, und das mit dem guten Aussehen auch. Es war kein konkreter Beweis, dass er in die Sache verwickelt war – weit davon entfernt –, doch mit einem Schlag interessierte sie sich brennend für seine Geschichte mit dem Traum und die größeren Zusammenhänge. Eins jedenfalls stand fest: Immer wieder liefen die Fäden bei Sean zusammen.

31

Zum Mittagessen kehrte ich im Stadtzentrum von Bedford in ein Restaurant von der Größe eines Ballsaals ein. Wo locker fünfhundert Gäste Platz gefunden hätten, saßen kaum fünfzig; der Laden wirkte ziemlich leer, was mir nur recht sein konnte. Mein Plan war höchst simpel: Nach einer ordentlichen Mahlzeit zum Auto zurückzukehren, mit dem ich nach der Entsorgung des iPads ans andere Ende der Stadt gefahren war, und darin schlafen. Mit vollem Magen hoffte ich besser denken zu können.

Ich nahm Fisch, Chips und Erbsenbrei, und es schmeckte überraschend gut. Ich aß den Teller leer und kippte ein großes Foster's hinterher. Dann wurde ich verschwenderisch und bestellte mir zum Nachtisch Sirupkuchen und ein zweites Bier, was mir in Erinnerung rief, dass ich noch nie besonders gut mit Geld umgehen konnte.

Als ich es mir mit meinem zweiten Glas an einem Ecktisch in sicherem Abstand zu den anderen Gästen gemütlich machte, entspannte ich ein wenig und ließ die Gedanken schweifen. In den Wochen bei Jane hatte ich viel Zeit allein verbracht, doch dank der Mischung aus Tabletten und Gedächtnisverlust hatte mein Grips nur für die banalsten Alltagsdinge gereicht. Die Welt war in jenen Wochen eine *tabula rasa*, ein verwirrender, unverständlicher Ort. Jetzt hingegen erschien mir alles aufregend und neu, auch wenn es ironischerweise ganz danach aussah, als würde ich meine neue Freiheit schon wieder verlieren, bevor ich sie richtig auskosten konnte.

Mir kam die Geräuschkulisse im Gefängnis in den Sinn. Das Scheppern der eisernen Zellentüren; das Rasseln von Schlüsseln; die Rufe und Pfiffe, die über mehrere Stockwerke hallten; das Wimmern der Neulinge und Verzagten bei Nacht; das Masturbationsgeächze … Und dann die Gerüche: Desinfektionsmittel in den Korridoren; säuerlicher Schweiß an den Mitgefangenen; schlechter Atem; billiger Großküchen-Fraß.

Als ich über meinem zweiten Bier in der behaglichen Wärme des Restaurants saß und die Erinnerungen aus meinem Unterbewusstsein aufsog, kam es mir so vor, als schlüge ich ein Buch auf und finge zu lesen an.

Das wird nicht leicht für Sie hier drinnen.

Und bei Gott, der Mann sollte recht behalten. Sie holten mich schon nach wenigen Tagen. In meiner Zeit als verdeckter Ermittler hatte ich dabei geholfen, eine Menge richtig übler Burschen einzulochen – bewaffnete Gangster, Drogenschmuggler, Mörder – und eine Reihe von diesen Leuten besaßen immer noch viel Geld und Macht, eine verhängnisvolle Kombination. Aufgrund meiner früheren Tätigkeit hatten sie mich in einem Trakt mit den sogenannten gefährdeten Insassen untergebracht, die besonderen Schutz genossen: den Pädophilen, den Vergewaltigern, den verängstigten Neulingen, den Ex-Cops – Leuten, die dasselbe Rechtssystem eingeholt hatte, dem sie von Berufs wegen hätten dienen müssen. Doch die Vorsichtsmaßnahme griff zu kurz.

Nach meiner Ankunft bekam ich eine eigene Zelle, und als ich eines Morgens am Waschbecken stand und mir die Zähne putzte, kamen zwei Wärter unseres Trakts herein. Der ranghöhere der beiden nannte sich Mister Crawley und hatte mich bei meiner Ankunft »eingewiesen«. Der stämmige, lebhafte Mann aus Yorkshire hatte ein verknautschtes, gerötetes Gesicht, das aussah, als hätte es ein zweijähriges Kind aus Knetgummi geformt, und einen warmherzigen Umgangston – genau der Typ, mit dem man sich in einem Pub auf einen Plausch einlassen würde.

»Also, Sean«, sagte er und sah mich mit einem kläglichen Lächeln an. »Der Chef möchte Sie sehen. Wir sind mit Ihnen noch nicht im grünen Bereich, deshalb müssen wir Ihnen leider Handschellen anlegen.«

»Haben Sie eine Ahnung, worum es geht?«, fragte ich und legte die Zahnbürste weg. Vielleicht ein Hoffnungsschimmer, dass sie mein Urteil doch noch aufgehoben hatten.

»Keine Ahnung«, sagte er, während der andere Mann, an dessen Namen ich mich nicht erinnerte, die Zellentür abschloss. »Sie wissen ja, wie das mit den Chefs so ist. Sind sich zu fein, um mit uns kleinen Leuten zu reden. Kennen Sie bestimmt noch von der Polizei.«

Wir plauderten freundlich weiter, während er mich mit dem Gesicht zur Wand drehte und mir die Handschellen anlegte, und in diesem Moment merkte ich, dass der andere Wärter das Waschbecken mit heißem Wasser füllte und die Temperatur mit dem Finger prüfte. Ich witzelte noch, der Chef litte offenbar unter einer Zwangsneurose, wenn er verlangte, dass ich mich vor dem Treffen zum zweiten Mal wusch, doch mein Instinkt sagte mir augenblicklich, dass etwas nicht stimmte. Und ich sollte recht behalten, denn im nächsten Moment packte mich Mr. Crawley von hinten, wirbelte mich herum, drückte mir zusammen mit dem anderen Burschen den Kopf ins Becken und hielt mich unter Wasser fest. Es war so heiß, dass es wehtat, aber nicht heiß genug, um mich zu verbrühen. Ich wehrte mich wie ein Irrer, doch Crawley war um einiges stärker, als ich ihm zugetraut hätte, außerdem waren sie zwei gegen einen. Keine Chance. Ich konnte nicht einmal mehr schreien.

Da sie mir den Kopf schräg ins Becken tauchten, behielt ich die Augen über Wasser. Ich sah ihnen direkt ins Gesicht und hoffte, beim Anblick der Qual in meinem Blick würden ihnen Skrupel kommen. Doch in diesem Moment registrierte ich, dass mir der eine, dessen Name mir nicht mehr einfiel, ein Handy vors Gesicht hielt und das, was sie mit mir machten, filmte.

Sowie der Drang, Luft zu holen, immer stärker wurde, erfasste mich die helle Panik. Meine Lungen fühlten sich zum Platzen an, und dennoch ließen sie mich nicht los. Ich erinnerte mich, wie ich dachte, dass sie mich ertränkten. Ich wehrte mich noch heftiger und versuchte, um mich zu schlagen, doch mit den Handschellen war ich hilflos.

Und dann zogen sie, so plötzlich, wie sie ihn untergetaucht hatten, meinen Kopf an den Haaren aus dem Wasser.

»Jason lässt schön grüßen«, zischte Crawley mir ins Ohr, als ich nach Luft schnappte.

Ich wusste genau, von wem die Rede war: Jason Slade, ein sadistischer Drogendealer, einer der widerwärtigsten Gangster, dem ich je begegnet war. Ironischerweise hatte ich Slade nicht einmal hinter Gitter gebracht. In einer jahrelangen Operation, in der ich als V-Mann fungierte, hatten wir es versucht, doch der Kerl war so gerissen, dass er den Köder nicht geschluckt hatte. Da ich wusste, dass ein paar abscheuliche Verbrechen auf sein Konto gingen, hatte ich ihm eines Nachts mit behelfsmäßigen Schlagringen vor seinem Haus aufgelauert und meinen Frust an ihm ausgelassen. Damals kam er nicht zu seiner Rache, doch die schlimmsten Verbrecher haben ein gutes Gedächtnis, wie ich jetzt zu meinem Leidwesen erkennen musste.

Crawley ließ mir vielleicht zehn Sekunden, um ein paarmal durchzuatmen, bevor er mich wieder untertauchte, und diesmal sogar noch länger. Die Prozedur wiederholten sie noch zweimal, und beim letzten Durchgang schluckte ich eine Menge Wasser. In dem Moment glaubte ich wirklich, sie würden mich krepieren lassen, bis Crawley mich endgültig herauszog und mir im selben Moment ein Handtuch vors Gesicht hielt, damit niemand mein Röcheln hörte.

»Ich hätte das nicht getan, wenn du kein Vergewaltiger wärst«, sagte er in fast bedauerndem Ton, »aber das bist du nun mal. Deshalb hast du wie die anderen hier verdient, was du bekommst. Da ich dich für einen vernünftigen Mann halte, begreifst du sicher, dass es zu deinem Besten ist, wenn du das hier für dich behältst.«

Seufzend warf er mir ein letztes bedauerndes Lächeln zu. »Denn falls du quatschst, wird es dir schlecht bekommen. Sehr schlecht.«

Doch auch ohne dass ich etwas sagte, würde es mir schlecht – sehr schlecht – ergehen, so viel war mir klar. Dabei war Jason Slade bei Weitem nicht so mächtig wie andere Männer, denen ich in die Quere gekommen war. Da draußen liefen einige Typen herum, die es sich etwas kosten lassen würden, mich tot zu sehen, und wenn schon Slades Arm bis in meine Zelle reichte ... Nach diesem Vorfall, erinnerte ich mich, gab ich die Hoffnung auf, jemals wieder lebend dort herauszukommen. Ich war davon überzeugt, in dieser Hölle zu sterben.

Doch dann kam es anders.

In meinen ersten Jahren als V-Mann war ein Mann namens Jack Duckford, etwa zehn Jahre älter als ich, mein Mentor gewesen. Ein gut aussehender Bursche, der aus London stammte und ständig flotte Sprüche auf den Lippen hatte. Wir arbeiteten bei einigen Einsätzen zusammen und hielten auch noch eine Weile Kontakt, als er das Undercover-Geschäft aufgab und beim NCS, dem National Crime Squad, einer übergeordneten

Dienststelle zur Bekämpfung der organisierten Kriminalität, anheuerte.

Eines Tages, etwa vier Wochen nach meiner Einweisung, vielleicht auch etwas später, stattete er mir einen Besuch ab.

Ich erinnerte mich, wie ich ihn ungläubig anstarrte. Drei Jahre hatten wir uns nicht mehr gesehen. Die meisten meiner Freunde und früheren Arbeitskollegen mieden mich wie einen Aussätzigen, und so konnte ich mich vor Freude darüber, dass jemand aus meiner Vergangenheit zu mir kam, kaum fassen.

Wir hielten uns nicht mit Smalltalk auf. Als er mich fragte, wie es mir ergehe, sagte ich ihm die Wahrheit. »Es ist schlimm, Jack. Fünf Jahre halte ich das nicht aus.« Dann erzählte ich ihm – im Flüsterton, da man nie wusste, wer einen belauschte –, was Crawley und der andere Wärter mit mir machten. »Kannst du irgendetwas für mich tun?«

Er beugte sich ganz dicht zu mir vor. »Hast du es getan, Sean? Hast du diese Frau vergewaltigt?«

Ich antwortete mit Nachdruck. »Nein. Ich habe mich nie im Leben einer Frau aufgezwungen. Du kennst mich. Das passt nicht zu mir.«

Er nickte bedächtig. »Ja, das weiß ich. Ich musste es nur aus deinem Mund hören.« Dann sah er sich zwischen den kahlen Wänden um und ließ die seelentötende Trostlosigkeit auf sich wirken. »Gott, haben die dir übel mitgespielt, Sean! Die gute Arbeit, die du in all den Jahren geleistet hast, und das ist der Dank dafür. Lassen dich mit all den Perversen hier verrotten.«

»Du erinnerst dich doch an Jason Slade?«

»Klar erinnere ich mich an den Abschaum. Auch wenn ich ihn lieber aus dem Gedächtnis streichen würde.«

»Der steckt hinter den Übergriffen. Und da draußen stehen noch andere Schlange, die es mir durch diese Wärter heimzahlen können. Und das werden sie, ohne Erbarmen.«

Jack runzelte die Stirn. »Ich glaube nicht, dass ich auf dem Amtsweg etwas für dich tun kann, Sean. Dummerweise stehen die ›Guten‹ nicht Schlange, um dir zu helfen. Aber ich höre mich um. Ich habe eine Menge nützliche Kontakte auf beiden Seiten. Der eine oder andere kann vielleicht bei den richtigen Leuten ein bisschen Druck ausüben.«

Ich dankte ihm, und für den Rest seines Besuchs sprachen wir noch ein wenig über dies und das. Es war schon seltsam, denn ich konnte wirklich nicht begreifen, weshalb er gekommen war. Wir waren nicht die allerdicksten Freunde. Doch als die erste unvermeidliche Gesprächspause zwischen uns eintrat, beugte er sich zu mir vor und sagte, »Halte durch, Sean, und du bist schneller draußen, als du denkst. Egal, was passiert, ruf mich an, sobald du auf freiem Fuß bist. Möglicherweise habe ich Arbeit für dich.«

»Was für Arbeit?«

Er lächelte. »Das, was du am besten kannst.«

32

Tina hatte in den letzten Monaten gutes Essen zu schätzen gelernt; neben Kaffee und Zigaretten bereitete es ihr den größten Genuss. Sie hatte sich das Kochen beigebracht, und die Zubereitung ihrer Mahlzeiten hatte für sie therapeutischen Wert. Doch an diesem Abend musste es schnell gehen, und so hatte sie sich für Thunfisch- und Avocadosalat mit knusprigem, selbst gebackenem Brot und Humus entschieden. Sie war gerade mit dem Essen fertig, als es laut an der Haustür klopfte.

Sie sah auf: Zehn nach acht. Sie war sich ziemlich sicher, dass Mike Bolt auf der Matte stand, doch in der gegenwärtigen kritischen Situation wollte sie auf Nummer sicher gehen. Sie lief nach oben und sah aus dem Fenster des Gästezimmers.

Da stand er. Ihr ehemaliger Chef, einstmaliger Liebhaber und guter Freund. Der Mann, dem sie mehr als einmal fast verfallen wäre, hätte sie nicht wiederholt im entscheidenden Moment der Mut verlassen. Seit die Beziehung nach ihrem einzigen ernsthaften Versuch in den letzten Jahren gescheitert war, bevor sie richtig angefangen hatte – hauptsächlich Tinas Werk –, hatten sie sich fast anderthalb Jahre nicht mehr gesehen. Bindungsängste, wenigstens hatte ihre Therapeutin Debbie ein passendes Wort dafür, nur bis jetzt kein wirksames Mittel.

So ungern sie es sich eingestand, fehlte ihr Mike, und daher war sie ein wenig enttäuscht, als sie sah, dass er nicht alleine, sondern mit seinem Kollegen Mo Khan gekommen war. Sie ging nach unten und ließ sie herein. Allseits höfliches Händeschütteln. Mike brachte zwar ein Lächeln zustande, doch sie vermisste dieses Funkeln in den strahlend blauen Augen.

Sie führte die beiden ins Wohnzimmer und bot ihnen etwas zu trinken an. Sie lehnten dankend ab.

»Entschuldige die späte Störung«, sagte Mike. »Aber du weißt ja, wie das ist.«

»Kein Problem. Ich hatte nichts vor.« Sie setzte sich aufs Sofa, und die beiden drehten ihre Sessel in Tinas Richtung. »Hoffentlich stört es euch nicht, wenn ich rauche. Ich habe gerade gegessen, und die Zigarette schmeckt mir als Nachtisch immer am besten.«

Mike grinste. »Fühl dich ganz wie zu Hause. Du hast doch auch nichts dagegen, oder, Mo?« Mo winkte ab und plumpste in den Sessel. Tina registrierte, dass er seit ihrer letzten Begegnung vor mehreren Jahren weiter zugenommen hatte. Er war noch nie der schlankste Cop gewesen, doch noch ein paar Pfund, und sie mussten ihm aus dem Sessel helfen.

»Wir kommen gerade vom Sunny View Hotel«; fing Mike etwas förmlich an. »Wo heute Nachmittag in dem

Zimmer, das du für einen Mr. Matthew Barren gebucht hast, ein Mann ermordet wurde.«

»Also, gebucht hat das Zimmer Matthew Barren, der, wie ich dir bereits sagte, mit richtigem Namen Sean Egan heißt. Ich habe nur bezahlt.«

»Ich möchte dich bitten, mit uns in allen Einzelheiten durchzugehen, was passiert ist, seit dich Sean Egan, der jetzt unser Hauptverdächtiger ist, im Büro aufgesucht hat«, fuhr er fort, ohne auf ihren Einwand zu reagieren.

In den nächsten zehn Minuten schilderte Tina ihnen ausführlich die Ereignisse seit ihrer ersten Begegnung mit Sean, ohne jedoch ihren eigenen Vermisstenfall zu erwähnen, da sie letztlich nicht mit Sicherheit sagen konnte, ob es eine Verbindung gab.

»Eine ziemlich haarsträubende Geschichte«, sagte Mo, als sie Seans Begründung dafür wiedergegeben hatte, wieso Leute, die er nicht kannte, wegen Informationen, an die er sich nicht erinnern konnte, hinter ihm her waren.

»Ich weiß«, räumte Tina mit einem Seufzer ein, »und ich kann immer noch nicht hundertprozentig sagen, ob das Ganze einen Sinn ergibt. Er hat erzählt, diese Killer, die in Wales aufgetaucht seien, um ihn zu liquidieren, hätten das Haus, in dem er wochenlang festgehalten worden sei, abgefackelt.«

»Und wieso hast du die Sache nicht sofort der Polizei gemeldet?«

»Weil ich nichts weiter als seine Darstellung hatte, die, als er sie mir das erste Mal erzählte, noch abwegiger klang als jetzt. Ich habe Zeitungsmeldungen über einen

Brand in der Nähe von Pembroke gegoogelt, und tatsächlich ist am Montagabend, so wie er behauptet, ein solches Haus abgebrannt. Allerdings stand darin nichts von Leichen, die sich in dem Haus befanden. Ich habe Sean gebeten, sich freiwillig zu stellen. Ich habe ihn ins Krankenhaus gebracht, weil er an Amnesie litt, aber von dort haben ihn die beiden Männer, die sich als Polizeibeamte ausgaben, die beiden, die laut Sean heute wieder in seinem Hotelzimmer aufgetaucht sind, entführt.«

Mike runzelte die Stirn. »Und die wollten von ihm wissen, wo sich irgendwelche Leichen befänden?«

»Sagt Sean.«

»Und er hat dir keine Anhaltspunkte gegeben, um wessen Leichen es sich handelt?«

Tina hörte die Skepsis in seinem Ton. »Nein«, sagte sie nach kurzer Überlegung, ob sie die Einzelheiten von Seans wiederkehrendem Traum erwähnen sollte. »Er behauptet, er hätte keine Ahnung, aber ich habe nur sein Wort darauf.«

»Mo, würden Sie bitte mal feststellen, ob die örtliche Polizei in diesem ausgebrannten Haus irgendwelche Leichen gefunden hat?«

Mühsam hievte sich Mo aus seinem Sessel und begab sich zu seinem Anruf in die Eingangsdiele.

Ein paar Sekunden blickten sich Tina und Mike nur stumm an. Er sah gut aus, fand sie. Groß, breitschultrig, mit wundervollen Augen und einer gütigen Ausstrahlung, die sie immer angezogen hatte. Doch irgendwie hatte sie es wieder einmal geschafft, es zu vermasseln.

»Wie kommt ihr mit dem Fall voran?«, fragte sie, um das Schweigen zu brechen.

Mike erwiderte ihre Frage mit einem lakonischen Lächeln, und Tina stellte fest, dass sie immer noch etwas füreinander empfanden. »Ich will offen mit dir sein, weil du uns gegenüber offen bist. Es könnte wahrlich besser laufen. Bis jetzt haben wir den Toten noch nicht identifiziert, da er keine Ausweispapiere bei sich hatte, und der überlebende Zeuge namens Carl Hughie nicht kooperiert. Wie's aussieht, ist Hughie mit dem MI5 verbandelt und hat ein paar ziemlich hohe Tiere auf seiner Seite, denn wir können den Kerl nicht mal vernünftig befragen. Ich habe schon einen Anruf von meinem Chef im Morddezernat bekommen. Von ganz oben machen sie Druck, den Kerl mit Samthandschuhen anzufassen. Angeblich geht es bei Hughies Auftrag um die nationale Sicherheit. Wir haben seine Hände und die Handschuhe, die wir bei ihm gefunden haben, auf Schmauchspuren untersucht, aber bis jetzt Fehlanzeige.«

»Das ist kein Wunder«, sagte Tina. »Sean hat zugegeben, dass er Hughies Kollegen erschossen hat. Er sagt, es war Notwehr.«

»Vielleicht hat er es damit ein bisschen übertrieben«, brummte Mo, als er ins Zimmer zurückkam und sich setzte. »Das Opfer hat vier Schüsse abbekommen, davon einen aus kürzester Entfernung in den Kopf.«

Auch wenn sie sich nichts anmerken ließ, machte Tina diese Neuigkeit zu schaffen. Es zeichnete sich immer deutlicher ab, wie unberechenbar Sean war.

»Außerdem hat er beim Verlassen des Hotels seine

Waffe geschwungen und Personal wie Gäste damit bedroht«, fuhr Mo fort, »bevor er mit vorgehaltener Pistole ein Auto entführte. So verhält sich normalerweise kein unschuldiger Mann. Wir alle wissen, dass Sie beide früher miteinander zu tun hatten und dass er Ihnen das Leben gerettet hat, aber wenn Sie wieder von ihm hören, müssen Sie es uns melden.«

»Mach ich«, sagte Tina, obwohl sie nicht wusste, ob sie ihr Versprechen halten würde. Dass irgendwelche Leute sich in Mikes Ermittlungen einmischten, bevor sie richtig angefangen hatten, gefiel ihr nicht. Sie dachte an Dylan Mackay und die Prügel, die sie ihm am Morgen verpasst hatte. Das war ein Fehler gewesen. Es war illegal. Man könnte es ihr sogar als Folter auslegen. Andererseits wären Mike und Mo mit legalen Mitteln nie an dieselben Informationen gekommen.

Mos Handy klingelte. »Das war Grier«, sagte er, als er das Gespräch beendet hatte. »In dem Haus im ländlichen Pembrokshire, das am Montagabend abgebrannt ist, wurden tatsächlich zwei bislang nicht identifizierte Leichen gefunden. Auch wenn sie die Todesursache bis jetzt noch nicht eindeutig angeben konnten, legen die ersten Untersuchungsergebnisse nahe, dass sie beide bereits vor dem Brand eines gewaltsamen Todes starben.«

»Ich kann euch dabei helfen, die Leichen zu identifizieren«, sagte Tina. »Die hier hat mir Sean gegeben.« Sie reichte Mike die beiden Führerscheine, die Sean im Haus entdeckt und mitgenommen hatte.

Mike sah sie sich sorgfältig an, bevor er sie Mo reichte. »Wo hat er die her?«

»Aus ihren Brieftaschen.«

»Na, das ist ja interessant«, sagte Mo. »Wir haben zwei Leichen, und Sean Egan kramt in ihren Taschen, nimmt an sich, was er finden kann, und tischt dir dann eine Geschichte über zwei mysteriöse Auftragskiller auf, die angeblich für den Tod der beiden verantwortlich sind. Und die außer ihm kein Mensch kennt. Sieht nicht gerade rosig für ihn aus, oder?«

Wie sollte sie Mo in diesem Punkt widersprechen. »Ich weiß«, sagte Tina. »Deshalb rede ich ja auch mit euch. Ihr werdet mir vielleicht nicht glauben, aber ich bin ganz und gar zufällig in die Sache hineingeraten.«

»So wie immer.«

Tina wollte etwas erwidern, schluckte es jedoch herunter. Es war nicht zielführend, sich mit den beiden anzulegen. Mike sah Mo mit einem Blick an, der besagte: »Schalt einen Gang runter«, bevor er sich wieder Tina zuwandte. »Also gut, eine klare Ansage. Die Sache hat ab jetzt nichts mehr mit dir zu tun. Du hältst dich da raus. Lass uns unsere Arbeit machen, und wir tun unser Bestes, damit du in den Schlagzeilen nicht mit einem flüchtigen Mordverdächtigen in Verbindung gebracht wirst. Deal?«

Tina nickte. »Deal.«

Doch als sie ihre früheren Kollegen zur Tür begleitete, wusste sie auf Anhieb, dass sie ihr Versprechen nicht halten würde.

33

Dylan Mackay kam mit Stress nicht gut klar. Zum einen war er nicht daran gewöhnt. Das Leben hatte ihm ein paar ziemlich gute Karten ausgeteilt. Reiche Eltern, von denen er immer bekommen hatte, was er wollte; eine erstklassige Schulbildung an einer von Londons führenden Public Schools; genügend Charme und sicheres Auftreten, um andere nach seiner Pfeife tanzen zu lassen; nicht zuletzt das Knabengesicht, auf das Frauen offenbar standen. Hätte er sich richtig ins Zeug gelegt, wäre er schon Millionär. Nur dass er sich nie ins Zeug gelegt hatte. Während Ma und Pa ihn unbedingt in Oxford sehen wollten, hatte er sich schon früh an gute Drogen sowie an die Partyszene gewöhnt und es mit Ach und Krach an die Uni Leicester geschafft. Nach dem Grundstudium hatte er für ein Jahr pausiert, doch aus dem einen Jahr waren inzwischen drei geworden, und er hatte einen Haufen Geld ausgegeben, das nicht ihm gehörte. Ehe er richtig begriff, wie der Hase lief, sah er sich als DJ wieder, der seinen dürftigen Lebensunterhalt auf den Partys von Freunden bestritt. Denn eins musste man ihm lassen: An Freunden mangelte es ihm nie.

Aber Freunde bezahlen einem nicht die Rechnung – jedenfalls nicht in der Höhe, wie sie bei Dylan aufgelaufen waren. Nachdem sein alter Herr ihm den Geldhahn zugedreht hatte, weil er zur Hochzeit einer Cousine unter einer tödlichen Mischung aus hochprozentigem Chang-Bier, Champagner und Ecstasy völlig durchgeknallt war und sich beim Empfang vor den teils minderjährigen Brautjungfern entblößte, musste er sich nach alternativen Erwerbsmöglichkeiten umsehen. Natürlich gab es da ein Problem: Wenn man sich erst einmal auf illegale Sachen einließ – und Dylan hatte in den letzten zwei Jahren eine Menge illegale Sachen gemacht –, bekam man es mit ziemlich zwielichtigen Leuten zu tun, was seine gegenwärtige missliche Lage erklärte. Er hätte Tina Boyd kein Wort sagen sollen. Kaum hatte er etwas rausgelassen, bereute er es schon. Er hätte sich wehren sollen, verflucht noch mal! Dylan war kein Feigling, wie schon so mancher Typ, der sich mit ihm anlegen wollte, am eigenen Leib erfahren hatte, doch sie hatte ihn überrumpelt, und als sie ihm dieses abgebrochene Glas vors Gesicht hielt und ihm drohte, es aufzuschlitzen – und sie hätte ernst gemacht, so viel war klar –, war ihm gar nichts anderes übrig geblieben, als klein beizugeben. Immerhin hatte er nicht den Namen preisgegeben, hinter dem sie her war, und wenigstens darauf konnte er stolz sein. Da sie aber nun mal sein Handy hatte, war es nur eine Frage der Zeit, bis sie den Namen des Mannes herausfand, den er schützte, und wenn das passierte, war er am Arsch.

Natürlich wusste er, wer sie ihm auf den Hals gehetzt

hatte. Diese kleine Schlampe Sheryl Warner. Sie hatte immer mit Jen und Lauren abgehangen, und er hatte nicht vergessen, wie sie ihm, kurz nachdem die beiden Mädchen von der Bildfläche verschwunden waren, jede Menge unbequeme Fragen stellte. Sie konnte von Glück sagen, dass sie nicht selber spurlos verschwunden war – irgendwann hatte sie den Schnabel gehalten, und die Aufregung hatte sich gelegt.

Und jetzt das.

Es juckte ihm in den Fingern, es dem Plappermaul heimzuzahlen. Er wusste, dass sie auf ihn scharf war, und so würde er eines Abends mit einem unwiderstehlichen Lächeln bei ihr vorbeischauen und sie, falls sie ihn reinließ, verprügeln, bis ihr Hören und Sehen verging. Der Gedanke war verlockend, doch seine Rache musste ein Weilchen warten, denn im Moment hatte Dylan Wichtigeres zu tun. Ihm war eingeschärft worden, eine bestimmte Nummer anzurufen, falls irgendjemand aufkreuzte und allzu großes Interesse an Jen und Lauren zeigte. Man hatte ihm unmissverständlich klargemacht, was mit ihm passieren würde, falls er es unterließ. Bis jetzt hatte er es aus Angst noch nicht getan. Wenn der Mann, bei dem er sich melden sollte, erfuhr, dass er mit Tina kooperiert hatte und diese Frau jetzt wusste, dass Jen und Lauren für ihn angeschafft hatten, steckte Dylan ganz schön in der Klemme. Weshalb ihm seit zwölf Stunden eine lähmende Angst in den Knochen steckte.

Es war eine ausweglose Situation. Melde dich, und du wirst für die zur Belastung; halte den Mund, und du bist erst recht am Arsch. Was für eine Wahl?

Über der ungefähr dreißigsten Zigarette stand Dylan am Schlafzimmerfenster und starrte auf die Straße hinunter, während er auf das Mobiltelefon in der anderen schweißnassen Hand starrte und sich klarmachte, dass er um den Anruf nicht herumkam. Von der Spannung in seinem Kopf war ihm speiübel. Die Sache konnte ihn das Leben kosten, und das alles nur wegen diesem Miststück Sheryl. Gott, wie er sich wünschte, sie in die Finger zu kriegen und ihr den Hals umzudrehen. Und erst diese Boyd. Wenigstens die bekäme mit ihm ihre Quittung, wenn er diese Nummer wählte. Die hatte wirklich nicht die leiseste Ahnung, wem sie auf die Zehen trat. Bei der Erinnerung an die Prügel, die er von dieser Frau bezogen hatte, kam Dylan Mackay die Galle hoch, und er drückte auf die Schnellwahltaste seines Handys.

Als er es ans Ohr hielt und ihm vor Anspannung die Luft wegblieb, betete er inständig, dass niemand abnahm.

Doch dann meldete sich die vertraute Stimme: »Lange nicht mehr von dir gehört. Was gibt's?«

Dylan schluckte. »Jemand hat Fragen gestellt.«

34

Als ich aufwachte, schien mir die Morgensonne ins Gesicht. Obwohl ich wirr geträumt hatte, konnte ich mich an nichts deutlich erinnern, doch als ich frierend auf dem Autositz die steifen Glieder streckte, hatte ich einen weiteren Flashback vom Gefängnis und stellte ungläubig fest, dass mir aus dieser Zeit immer mehr Erinnerungen kamen. Ich sah die Gesichter von verschiedenen Insassen und Wärtern, von einigen fielen mir die Namen wieder ein, andere zogen einfach nur an mir vorüber.

Doch inzwischen konnte ich auch die Lücken schließen. Zwar war mir meine Kindheit nur bruchstückhaft präsent und die Überzeugung, eine Schwester zu haben, saß immer noch tief, dafür wurden die Bilder aus meinem Leben als Erwachsener, besonders die Jahre bei der Polizei, immer plastischer und realer.

Ich war auf dem Weg der Besserung. Nur leider gleichzeitig auf der Flucht. Ich hatte so gut wie kein Geld und schlimmer noch, keinen Plan. Ich war versucht, Tina anzurufen und sie noch einmal zu bitten, Dr. Bronson für mich ausfindig zu machen, doch ich hatte sie schon viel zu sehr strapaziert, und falls sie wie angekündigt zur Polizei gegangen war, dann waren sie längst dabei, die Mobilfunknummer zurückzuverfolgen, unter der ich sie gestern angerufen hatte. Genauer gesagt, würden sie jede Nummer zurückverfolgen, unter der ich sie anrief. Folglich musste ich einen anderen Weg finden, mit ihr Kontakt aufzunehmen.

Erst einmal schaltete ich das Autoradio ein und ging die Sender durch, bis ich zu den Nachrichten kam. Es gab einen mächtigen politischen Skandal um einen Abgeordneten, der vom Big Business Schmiergelder angenommen hatte; einen Bericht über die neu entfachte Gewalt im Nahen Osten; schließlich ein paar dürre Sätze über einen Vorfall in einem Hotel im Norden Londons, bei dem am Vortag ein Mann erschossen worden war. Die Nachrichtensprecherin erklärte, die Polizei bitte dringendst um sachdienliche Hinweise aus der Bevölkerung, doch kein Wort über mich oder die Identität des Toten.

Ich schöpfte ein wenig Hoffnung. Vielleicht blieb mir wenigstens ein bisschen Zeit, bevor mein Gesicht über die Fernsehbildschirme flackerte und die Jagd auf mich richtig losging. Ich wusste, dass ich das Auto loswerden musste, doch zuerst wollte ich mir etwas zu essen besorgen.

Ein Stück außerhalb der Stadt fand ich eine Raststätte, gönnte mir ein üppiges Frühstück und ein paar Tassen Kaffee. Als ich fertig war, hätte ich am liebsten noch ein bisschen geschlafen, doch dazu blieb keine Zeit. Ich fuhr in die Stadt zurück und ließ den Wagen in einer kleinen Nebenstraße stehen. Inzwischen war es kurz nach neun, und so lief ich eine Weile herum, bis ich den Busbahnhof fand. Ich sah mir die verschiedenen Routen an und sprang schließlich auf einen Bus Richtung Cambridge. Ich wollte einfach nur an irgendeinen einsamen Ort, um für ein, zwei Tage abzutauchen und in Ruhe meinen nächsten Schachzug zu überlegen. Abzüglich Fahrschein und einer Flasche Wasser betrug meine Barschaft noch ganze sechs Pfund. Um zu überleben, blieb mir folglich nichts anderes übrig als zu stehlen. Vor einer halben Ewigkeit hätte mir dieser Gedanke zu schaffen gemacht, doch das war vorbei. Hier ging es ums Überleben. Die Welt hatte mir ein mieses Blatt ausgeteilt: Bei der Polizei rausgeschmissen, für etwas in den Knast gewandert, das ich nicht getan hatte; und jetzt, wie es schien, Jagdbeute für eine Menge Leute, die ich nicht kannte und die mich entweder zum zweiten Mal hinter Gitter oder gleich unter die Erde bringen wollten. Ich war ganz und gar auf mich gestellt, doch nicht zum ersten Mal. Ich hatte schon Schlimmeres überlebt, und ich war entschlossen, auch das hier zu überstehen.

Der Bus schlängelte sich über kleine Sträßchen durch die Ebenen von Bedfordshire und Cambridgeshire; die holprige, gewundene Route führte durch malerische Dörfer und weniger malerische Städte. Nach etwa einer Stunde Fahrt hielten wir an einer geraden Allee mit vereinzelten Häusern und sanft gewelltem Ackerland zu beiden Seiten. Einer spontanen Eingebung folgend, stieg ich aus, um zu Fuß weiterzugehen. Es hatte etwas

Befreiendes, sich an einem sonnigen Tag wie diesem die Beine zu vertreten, und ein irrationales Gefühl sagte mir, wenn ich nur lange genug weiterlief, käme ich irgendwie ans richtige Ziel.

So hielt ich es jedenfalls. Von meinem reichhaltigen Frühstück gestärkt und einem letzten Rest an Freiheitstrieb beflügelt, wanderte ich mehrere Stunden lang durch Wald und wogende Weizenfelder, sog die Gerüche und den Anblick der Landschaft ein, Kraftquellen im Kampf gegen die Angst vor dem Gefängnis und Tod, die mich auf Schritt und Tritt verfolgte.

Irgendwann hatte ich meine Wasserflasche leergetrunken und kam über einen steinigen Pfad an einer großen Holzscheune vorbei. Das Tor stand offen, und ich spähte hinein. Es war niemand da, doch drinnen stapelten sich Heuballen, und der gesamte Boden verschwand unter einer losen Schicht Streu. Erst jetzt machte sich bei mir die Erschöpfung breit. So weit das Auge reichte, konnte ich keine anderen Gebäude erkennen, auch keine Menschenseele, und so stapelte ich in einer Ecke, die vom Tor aus nicht zu sehen war, büschelweise Heu, legte mich darauf, versteckte die Pistole neben mir unter ein paar Halmen und schloss die Augen.

Mein letzter Tag im Knast. Das leere Gefühl, so viel Zeit vergeudet zu haben, und die Angst vor dem, was vor mir lag. Doch immerhin hatte ich, vermutlich dank Jack Duckfords Kontakten zur Unterwelt, die übrige Zeit ohne weitere Vorfälle hinter mich gebracht. Derselbe Wärter, der mich aufgenommen hatte, händigte mir meine bescheidene Habe aus, mit der ich eingetroffen war, bevor er mich einer gestrengen Bewährungshelferin namens Sian überließ, einer Frau mit drahtigem Bürstenschnitt und einem gequälten Gesicht, als litte sie unter Verstopfung. Sie fuhr mit mir zu der Resozialisierungseinrichtung irgendwo am Arsch von Belham, wo ich mangels einer Unterkunft bei Angehörigen die nächsten drei Monate verbringen sollte.

Ich erinnerte mich wieder an meine grimmigen Gefühle beim Anblick des Gebäudes. Dort stank es noch schlimmer als im Knast. Zumindest war es im Gefängnis sauber. Hier dagegen roch es, als sei der Körpergeruch zusammen mit dem Gestank der Hoffnungslosigkeit in den dreckigen, von Spinnweben überzogenen Wänden verkrustet. Die Gäste oder Insassen oder wie auch immer man sie nennen mochte, wirkten entweder apathisch und zugedröhnt oder einfach nur ratlos. Das Personal, größtenteils hoffnungslos überfordert, wuselte in dem verzweifelten Bemühen, den Laden zusammenzuhalten, beständig überall herum. Als ich in die Eingangshalle kam und fast über einen Wischmopp und einen Eimer gestolpert wäre, die vorsorglich neben einer sauer riechenden Urinpfütze standen, wusste ich, dass ich es in diesem Loch nicht über die volle Zeitspanne schaffen würde.

Eine Stunde später rief ich im Flur zu dem Zimmer, das ich mit drei anderen Männern teilte, vom Münztelefon aus Jack an. Als ich dort stand, den Hörer ans Ohr drückte und versuchte, das betrunkene Gegröle aus einem anderen Zimmer zu ignorieren, traf mich mit voller Wucht die Erkenntnis, dass Jack meine einzige Hoffnung war und ich nicht gewusst hätte, was ich machen sollte, falls er sich nicht meldete.

Als ich seine Stimme hörte, fiel mir ein Stein vom Herzen.

»Sean hier«, sagte ich, »bin gerade entlassen worden. Dieser Job, den du bei deinem Besuch erwähnt hast, ist der noch zu haben?«

»Und ob«, antwortete er, ohne zu zögern. »Wir brauchen dich mehr denn je.«

»Würdest du mir ein bisschen darüber erzählen?«

»Nicht am Telefon. Aber so viel kann ich dir verraten: Ist genau deine Kragenweite.«

35

Tina arbeitete nicht gerne von zu Hause aus, doch in diesem Fall blieb ihr nichts anderes übrig. Von Mike wusste sie, dass der Kollege des Mannes, den Sean getötet hatte, über Beziehungen zu den Geheimdiensten verfügte, was erklärt hätte, wie sie es geschafft hatten, ihr Büro so zu verwanzen, dass ihr Spürgerät nichts fand.

Wahrscheinlich hörten sie auch ihr Haus ab, doch irgendwie fühlte sie sich darin sicherer; außerdem merkte man in einem verschlafenen Nest viel eher, ob man unter Beobachtung stand, als mitten in der Metropole.

Warum in aller Welt diese Typen hinter Sean her waren und wie das Ganze mit dem Verschwinden von Lauren Donaldson und Jen Jones zusammenhing, war ihr allerdings immer noch ein Rätsel. Jedenfalls war sie fest davon überzeugt, dass die beiden Fäden zusammenliefen. Bis sie von Jeff Roubaix die Telefondaten zu den Mädchen wie auch zu Dylan Mackay hatte, waren ihr die Hände gebunden.

Sie leerte ihre vierte Tasse Kaffee an diesem Tag und überlegte, ob sie einen kleinen Nachmittagsspaziergang einlegen sollte. Sie wanderte gerne – seltene Gelegenheiten, ungestört über die Welt nachzudenken. Vielleicht kämen ihr auch diesmal ein paar nützliche Ideen.

Doch als sie aufstand, fiel ihr wieder ein, dass sie Sean versprochen hatte, diesen Psychotherapeuten aufzutreiben, diesen Dr. Bronson. Sean war offenbar davon überzeugt, dass Bronson ihm unter der Hypnotherapie falsche Erinnerungen eingeflößt hatte. Vielleicht war er ja sogar für diesen Traum verantwortlich, in dem Sean die tote Lauren und die verletzte Jen sah. Auch wenn Tina Sean nicht hundertprozentig traute, leuchtete ihr ein, dass dieser Dr. Bronson möglicherweise einige Rätsel lösen konnte.

Sie zündete sich eine Zigarette an und setzte sich wieder hin. Der Spaziergang musste warten. Sie griff zum Laptop, der aller Wahrscheinlichkeit nach nicht verwanzt war, da sie ihn keine Sekunde lang aus den Augen gelassen hatte, und gab die Web-Adresse des Verbands britischer Sozial- und Psychotherapeuten ein. Sie brauchte nicht lange, um auf eine Liste mit sämtlichen Mitgliedern zu stoßen, die im Lauf der Jahre ihre Zulassung verloren hatten. Natürlich konnte es sein, dass der mysteriöse Dr. Bronson für die Geheimdienste arbeitete, doch Tina hegte ihre Zweifel. Diese Vorgänge waren eindeutig illegal. Undenkbar, dass der MI5 die Entführung eines wehrlosen Mannes aus einem Krankenhaus genehmigen würde, geschweige denn, wochenlangen Freiheitsentzug und Manipulation durch Psychopharmaka. Hoffte sie jedenfalls. So oder so vermutete sie, dass Dr. Bronson freiberuflich agierte. Wenn sich ein Mann seines Berufsstandes auf eine derart unethische Handlungsweise einließ, ließ das nur den einen Schluss zu, dass er in Schwierigkeiten steckte und keine andere Möglichkeit sah, an Geld zu kommen.

Die Liste war lang, und die Verfehlungen reichten von Betrug bis zu schweren sexuellen Übergriffen. Indem sie sich auf die letzten fünf Jahre sowie auf Männer mit Namen europäischen Ursprungs konzentrierte, konnte Tina die Kandidaten auf neunundsiebzig eingrenzen, eindeutig immer noch zu viele. Also beschloss sie, sich diejenigen mit besonders schweren Verstößen herauszupicken, da sie logischerweise am ehesten käuflich waren – vielleicht nicht das ideale Suchkriterium, doch auf diese Weise schränkte sie den möglichen Täterkreis auf vierundzwanzig ein.

Anschließend googelte sie jeden Delinquenten und versuchte, zu jedem von ihnen Fotos und einen Wohnort ausfindig zu machen. Die zwei Männer, die vor zwei Tagen in die Notaufnahme eingedrungen waren, hatten Bronson zur Cherry Tree Farm an der Grenze zwischen Hartfordshire und Buckinghamshire bestellt, wo er nach knapp über einer Stunde eintraf. Also lebte er höchstwahrscheinlich irgendwo in Südengland. Außerdem hatte Sean Bronson als kräftigen Mann Mitte bis Ende fünfzig, mit dichtem, dunklem Haar und Brille beschrieben, womit sie über weitere Ausschlusskriterien verfügte. Dennoch war es eine Sisyphusarbeit, an die Fotos zu gelangen.

Nach einer Stunde hatte Tina die Bilder von vier Männern in der richtigen Altersgruppe zusammen, die ihrer Meinung nach am besten ins Profil passten. Drei davon wohnten im Großraum London, der vierte in Suffolk. Sie atmete tief durch, streckte die Glieder und überlegte ihre nächsten Schritte. Sie konnte wohl schlecht bei jedem Kandidaten klingeln und ihn fragen, ob er vielleicht illegal einen Mann hypnotisiert hätte, der gegen seinen Willen festgehalten wurde. So etwas gab niemand freiwillig zu, und wie bei Dylan nachzuhelfen verbot sich von selbst, wenn mindestens drei der Männer unschuldig waren.

Am Ende war ihr klar, dass nur Sean Licht in das Dunkel bringen konnte. Wie würde sie wohl reagieren, wenn er sich bei ihr meldete? Würde sie Mike davon erzählen? Schon möglich, aber nicht zwingend.

Seufzend griff sie zur nächsten Zigarette und dachte über Sean nach. Er war ihr ein Rätsel. Erst wegen einer illegalen verdeckten Ermittlung vom Polizeidienst suspendiert, nachdem er im Zuge dieses Einsatzes mindestens einen Mann getötet hatte, kurz darauf wegen Vergewaltigung im Knast. Jetzt hatte er wieder jemanden umgebracht, und als wäre das nicht genug, deutete alles darauf hin, dass er zur Zeit ihres Verschwindens der Freund von Jen gewesen war. Andererseits kannte sie ihn von früher als einen anständigen Menschen, der versucht hatte, die Mörder seines Bruders ihrer gerechten Strafe zuzuführen, der Tina das Leben gerettet und sich dabei selbst zwei Schüsse eingefangen hatte. Vertraute sie ihm nun, oder nicht?

Ihr Handy klingelte und riss sie aus ihren Gedanken. Sie hatte die SIM-Karte gewechselt und die neue Nummer nur zwei Menschen gegeben: Sean und Jeff

Roubaix. Auf dem Display erschien die Nummer von Jeff.

Sicherheitshalber ging Tina, den Laptop in der einen Hand, das Handy in der anderen, in den Garten und setzte sich auf die Bank, die sie im letzten Sommer aufgestellt hatte. Erst jetzt nahm sie den Anruf entgegen.

»Du schuldest mir eine Menge Geld, Tina«, kam Jeff sofort zur Sache.

»Was hast du rausbekommen?«

»Die erste Nummer, die du mir gegeben hast, die zu einer Lauren Donaldson oder Marano, war unter einer Anschrift in Chalk Farm registriert und unter dem Namen Marano.«

Tina schrieb die Adresse auf, die mit an Sicherheit grenzender Wahrscheinlichkeit in die Zeit fiel, in der Lauren und Jen verschwunden waren.

»Ich habe die Telefondaten für das letzte Jahr«, fuhr Jeff fort. »Ich schicke sie dir per E-Mail.«

»Wann wurde das Mobiltelefon zum letzten Mal benutzt?«

»Moment, ich sehe nach.«

Sie wartete und hörte am anderen Ende das Klicken der Tastatur; mit einiger Sicherheit würde ihr Jeff den Tag nennen, an dem Lauren verschwunden war.

»Siebter April. Der letzte Anruf um 18:43 Uhr.«

Der Abend vor Seans Autounfall.

»Hilft dir das weiter?«

»Ja«, seufzte Tina, »allerdings.« Sie nahm die Nachricht mit gemischten Gefühlen auf. Sie bestätigte Seans Geschichte von dem Traum, in der er eine Frau, die Lauren glich, leblos auf einem Bett liegen sah. Jemand hatte Laurens Handy ausgeschaltet, damit es niemand orten konnte. Der Gedanke an Alan Donaldson versetzte Tina einen Stich, denn jetzt war mit größter Wahrscheinlichkeit davon auszugehen, dass seine Tochter nicht mehr lebte. »Kannst du das Handy per Triangulation orten und mir sagen, von wo aus es das letzte Mal benutzt wurde?«, fragte sie.

Jeff stieß ein trockenes Lachen aus. »Tina, du machst Witze. Das übersteigt nun wirklich meine Kompetenzen. Dafür musst du schon eine Etage höher anklopfen.«

»Was ist mit der ersten der beiden Nummern, die ich dir gestern gegeben habe? Die meiner Vermutung nach Jennifer Jones gehört?«

»Bis jetzt konnten sie den Betreiber noch nicht ermitteln, obwohl ich ihnen gesagt habe, sie sollten alle Register ziehen. Was vermuten lässt, dass es höchstwahrscheinlich ein nicht registriertes Prepaid-Handy war.«

»Mist. Demnach ist es fraglich, ob wir überhaupt an die Daten kommen?«

»Allerdings. Und falls doch, dann kommen höchstens Leute daran, die weiter oben Strippen ziehen können.«

»Na gut, danke.« Die Tatsache, dass jemand wie Jen Jones ein Prepaid-Handy besaß, verblüffte Tina. Ihrer Erfahrung nach wurden Handys ohne Vertrag nur von Jugendlichen, Technophoben und von Kriminellen verwendet, die unter dem Radarschirm bleiben wollten. »Und wie steht's mit dieser anderen Nummer, der von Dylan Mackay? Bist du an dessen Daten gekommen?«

»Auch dazu habe ich, wie du mich gebeten hast, alle Hebel in Bewegung gesetzt. Sie ist auf Dylan Mackay unter einer Adresse in Kensington registriert. Allerdings kann ich dir dazu nicht die Daten über ein ganzes Jahr liefern, weil er das Handy noch nicht so lange hat.«

»Wie lange?«

Zum zweiten Mal hörte Tina ihn in die Tasten hämmern. »Na, wenn das nicht interessant ist«, sagte Jeff nach einer Pause. »Wie's aussieht, hat er den Vertrag am achten April abgeschlossen.«

Dylan hatte also einen Tag nach Laurens Verschwinden und am selben Tag, an dem Sean seinen Autounfall hatte, das Handy gewechselt. Vor allem aber musste Tina in Erfahrung bringen, mit wem Dylan in den Tagen davor telefoniert und an wen er Lauren und Jen vermittelt hatte, um herauszufinden, wer für ihre Ermordung verantwortlich war. »Siehst du irgendeine Möglichkeit, an die Telefondaten zu dem Handy zu kommen, dass Dylan vor dem achten April benutzt hat?«

Jeff atmete hörbar aus. »Kann's versuchen, aber das ist noch mal eine Menge Papierkram und Klinkenputzen, und du stehst schon jetzt bei mir ganz schön in der Kreide.«

»Tu, was in deiner Macht steht, und ich bezahle in bar, sobald du es brauchst.«

»Wie wär's mit heute Abend? Könnte auf einen Drink rüberkommen. In deine Stammkneipe, wenn du willst.« Jeff – oder auch sonst jemand, mit dem sie geschäftlich zu tun hatte – auf weniger als hundert Meter an ihre Haustür heranzulassen, war das Letzte, was Tina derzeit brauchen konnte. Andererseits stand ihr nicht der Sinn danach, sich selbst noch einmal hinters Lenkrad zu schwingen, und sie wusste, dass sie ihn erst einmal auszahlen musste, bevor sie auf weitere Gefälligkeiten von ihm hoffen durfte.

Sie verabredeten sich für acht Uhr in ihrem Pub um die Ecke – das sie seit ihrer Abstinenz nur noch selten besuchte –, und beendete das Telefonat.

Ein paar Minuten lang blieb sie mit geschlossenen Augen in der Sonne sitzen und ließ die letzten Neuigkeiten sinken. Sie dachte an Alan Donaldson. Alles deutete darauf hin, dass diese Geschichte keinen glücklichen Ausgang nehmen würde, und das tat weh, auch wenn die Chancen, Laurens Mörder zur Rechenschaft zu ziehen, schon besser standen. Sicher wäre es hilfreich, mit Mike darüber zu sprechen, der dank seiner Position an die nötigen Informationen zu den verschiedenen Telefonnummern kommen konnte, doch sie wusste, dass er ihr nicht helfen würde. Sean dagegen schon. So viel stand fest: Er war der Schlüssel zu der ganzen Geschichte.

Doch wo zum Teufel steckte er?

36

Ich schrak aus einem tiefen, traumlosen Schlaf und hätte beinahe aufgeschrien.

Im Dämmerlicht der Scheune stand neben einem großen Hund eine schattenhafte Gestalt vor mir und starrte zu mir herunter.

Als ich mich unwillkürlich aufsetzte, knurrte der Hund und spannte die Muskeln, als setzte er zum Sprung an.

Eine Frau von etwa vierzig Jahren, mit lockigem, schulterlangem Haar und einem freundlichen, attraktiven Gesicht beugte sich vor. »Ruhig, Roman«, sagte sie zu dem Hund. Und dann zu mir nicht wirklich unfreundlich: »Wer sind Sie?«

Ich merkte sofort, dass sie weder besonders ängstlich noch verärgert war, und so schenkte ich der Frau – ohne den großen Schäferhund aus den Augen zu lassen – mein strahlendstes Lächeln. »Tut mir leid, ich habe einen Spaziergang gemacht und mich irgendwie verlaufen.«

»Wo wollten Sie denn hin?«

Ich rieb mir die Augen. »Irgendwohin. Ich habe mich

gerade von meiner Frau getrennt. Die letzten Wochen waren nicht leicht. Bin einfach in den nächstbesten Bus gestiegen und irgendwo unterwegs ausgestiegen. Einfach nur gelaufen. Wahrscheinlich dachte ich, wenn ich lange genug weitergehe, finde ich irgendwo was zum Übernachten.« Ich staunte selber, wie mühelos mir die Lügen über die Lippen kamen, andererseits war über einen großen Teil meiner beruflichen Laufbahn Lügen mein täglich Brot gewesen und mir vermutlich zur zweiten Natur geworden. »Jedenfalls, tut mir leid. Ich hatte nicht vor, auf Ihren Grund und Boden einzudringen.« Nachdem ich mich mit einem verstohlenen Blick vergewissert hatte, dass mein Revolver unter dem Heu nicht zu sehen war, stand ich langsam auf. »Ich mach' mich dann mal auf die Socken.«

»Schon in Ordnung«, sagte sie und trat aus dem Weg. »Ist ja nichts passiert.«

Als ich aus der Scheune in die Sonne trat, sah ich auf die Uhr. Schon halb fünf. Du liebe Güte! Ich hatte vier Stunden geschlafen. Die Frau und der Hund folgten mir in kurzem Abstand.

»Zur Straße zurück geht's da lang, oder?«, rief ich über die Schulter und zeigte vage in die Richtung, aus der ich gekommen war. Ich würde einige Minuten ausharren, bevor ich wieder zurückkam und mir die Waffe holte.

»Warten Sie«, rief sie mir nach. »Wollen Sie ein Glas Wasser oder irgendwas anderes zu trinken, bevor Sie gehen? Werden Sie bei der Hitze wohl brauchen.«

Es war wider die bessere Vernunft. Ich hätte weitergehen und darauf hoffen sollen, dass sie sich mein Gesicht nicht eingeprägt hatte, aber genau da lag das Problem, wenn man auf der Flucht war. Eine beschwerliche Angelegenheit, und der Gedanke an ein Glas eiskaltes Wasser oder eine Tasse Tee, vielleicht sogar eine kleine Verschnaufpause in Gesellschaft war zu verführerisch, um dankend abzulehnen. In meinem Leben vor dem Unfall musste ich wohl ein ziemlich impulsiver Mensch gewesen sein, denn ich drehte mich um und erwiderte mit meinem unwiderstehlichsten Lächeln: »Das wäre toll, danke. Ich heiße übrigens Matt.«

Wir schüttelten uns die Hand, der Hund knurrte zum zweiten Mal und gab mir mit seinem unverwandten Blick zu verstehen, dass er bei einem entsprechenden Befehl keinen Moment zögern würde, mir an die Gurgel zu springen.

»Luda«, sagte sie.

»Ein ungewöhnlicher Name«, antwortete ich und stellte fest, dass sie hübsche blaue Augen hatte.

»Ein russischer Name. Er bedeutet: ›Liebe zu den Menschen‹. Ironie des Schicksals, wenn man bedenkt, dass ich allein hier draußen in der Pampa lebe.«

Ich folgte ihr um die andere Seite der Scheune herum durch ein schmales Waldstück und von dort auf eine Wiese mit einem Pferch in einer Ecke, in dem ein halbes Dutzend Ziegen um die Wette meckerte.

»Gehört das alles Ihnen?«, fragte ich.

Sie nickte. »Ich habe fünf Morgen. Hier unten ist der Boden noch billig zu haben.«

»Es ist hübsch hier.«

»Danke. Es ist sehr friedlich.« Mit einem spitzbübischen Grinsen drehte sie sich zu mir um. »Normalerweise mache ich so etwas übrigens nicht. Ich meine, wildfremden Leuten ein Glas Wasser anzubieten, schon gar nicht, wenn sie bei mir in der Scheune liegen.«

»Ich bin ein braver Junge, versprochen.«

»Kann das Ihre Frau bestätigen?«

»Ob Sie's glauben oder nicht, vermutlich ja. Sie wollte, dass wir zusammenbleiben. Ich wollte die Trennung. Sie hatte eine Affäre, und nicht zum ersten Mal.«

»Tut mir leid.«

Mir tat es auch leid, sie mit so vielen Lügen einzuwickeln, doch nun war ich schon einmal da und musste an ihr Mitgefühl rühren. Außerdem gingen meine Wünsche inzwischen über ein Glas Wasser hinaus. Ich wollte mich hinsetzen, mir eine Tasse Tee schmecken lassen und, na ja, vielleicht auch mehr …

»Braucht es nicht«, entgegnete ich und verzog wehmütig das Gesicht. »So was passiert nun mal.«

»Ich weiß«, sagte sie. »Dasselbe ist mir vor langer Zeit auch passiert. Wenn jemand, der einem nahesteht, so etwas mit einem macht, braucht man einige Zeit, bis man einen neuen Anlauf wagt.«

Inzwischen waren wir an einem großzügigen, gepflegten Bauernhaus angekommen, das eindeutig aus einer Zeit stammte, in der Architekten noch auf unverwechselbaren Charme Wert legten, mit einem großen Hühnerstall auf der einen Seite und Gemüsehochbeeten auf der anderen. Mir stieg eine weitere Erinnerung aus meinem alten Leben auf – der Traum, einmal selber

Gemüse anzubauen. Irgendwann einmal hatte ich mit einer Frau darüber gesprochen. Mit aller Macht versuchte ich, mich deutlicher an die Frau zu erinnern, doch es blieb bei der Momentaufnahme.

Die Hintertür zum Bauernhaus stand offen, und ich folgte Luda und ihrem Hund in eine große, traditionelle Küche mit Eicheneinbauschränken und einem AGA-Herd. An den Wänden reihten sich Kochbücher aneinander. Obwohl ich mich augenblicklich wie zu Hause fühlte, blieb ich an der Schwelle stehen und verschränkte die Hände im Rücken, damit sich meine Gastgeberin nicht bedroht fühlte. Sie schenkte ein Glas Wasser ein und drückte es mir in die Hand.

Als ich es in einem Zug leerte, sah sie mich verstohlen von der Seite an, und ich registrierte, wie sie mit sich kämpfte, ob sie mich einladen sollte, noch eine Weile zu bleiben. Wahrscheinlich führte sie hier draußen ein recht einsames Leben und bekam nur selten Gesellschaft, besonders vom anderen Geschlecht. Ich war nicht hässlich, und obwohl meine Klamotten nach einer Übernachtung im Auto und einem Schläfchen in der Scheune etwas gelitten hatten, waren sie immerhin neu. Ich bat Luda um ein zweites Glas, um ihr Bedenkzeit zu geben, und trank diesmal in kleinen Schlucken.

Schließlich fragte sie mich, ob ich auf eine Tasse Tee bleiben wollte.

»Liebend gerne«, sagte ich, und fünf Minuten später saßen wir ins Gespräch vertieft am Küchentisch. Wir redeten lange, und mir wurde wieder bewusst, dass ich mich lebhaft für andere Menschen und ihre Geschichten interessierte. Luda erzählte mir, vor sechs Jahren, als sie noch in London wohnten, sei ihr Mann bei einem Raubüberfall auf offener Straße ums Leben gekommen. Als einer der Gangster entweder in Panik geriet oder über die magere Ausbeute frustriert war, hatte er ihm ein Messer in den Rücken gestoßen, tragischerweise direkt ins Herz. Die Geschichte machte mich wütend. Es schien mir so ungerecht, wenn einer freundlichen, jungen, attraktiven Frau von einem Moment zum anderen das Leben unter den Füßen weggezogen wurde, und ich fühlte mich daran erinnert, wieso ich überhaupt zur Polizei gegangen war – um Dreckskerle wie die Burschen, die ihren Mann getötet hatten, hinter Schloss und Riegel zu bringen. Nachdem ihr Traum, mit ihrem Partner eine Familie zu gründen, zerplatzt war, ertrug sie das Leben in London ebenso wenig wie ihre Tätigkeit als Rechtsanwältin. Sie verkaufte alles und zog aufs Land, um ihren Erinnerungen zu entfliehen. Seitdem lebte sie in diesem Haus. Geld war offenbar kein Problem, Einsamkeit schon.

»Ob Sie's glauben oder nicht, war ich ein sehr geselliger Mensch«, erzählte sie. »Bei Dan und mir war immer etwas los – Partys, essen gehen …«

Ich fragte sie, ob ihr das alles fehle.

Sie überlegte eine Weile. »Mir fehlt die Gesellschaft. Es fehlt mir, alles mit jemandem zu teilen. Als ich hier rauskam, war es eine Erleichterung, allein zu sein. Undenkbar, dass irgendjemand an Dans Stelle treten könnte. Manchmal fällt es mir heute noch schwer. Aber sechs Jahre sind eine lange Zeit, und seit einer Weile kann ich mir wieder vorstellen, jemanden kennenzulernen. Das Problem dabei ist nur, dass es hier draußen nicht allzu viele Männer gibt. Andererseits möchte ich inzwischen nirgendwo anders mehr leben.«

»Ist ja auch eine Idylle«, sagte ich und meinte es ehrlich. »Das eigene Gemüse anzubauen, jeden Tag frische Luft zu atmen, weit weg von all dem Mist da draußen.«

Luda sah mich mit einem eindringlichen, prüfenden Blick an. »Und Sie, Matt? Was ist Ihre Geschichte?«

Also tischte ich ihr ein langes, sorgfältig ausgeschmücktes und vollkommen glaubwürdiges Märchen von einem Mann auf, der seit zwei Jahrzehnten im IT-Vertrieb tätig war, einer Branche, bei der kein Mensch nach Einzelheiten fragte. Ich hätte meine Jugendliebe Sally geheiratet, behauptete ich, und bis zu ihrer ersten Affäre, die ich ihr großherzig verziehen hätte, sei es auch wunderbar gelaufen, doch ihr zweiter Seitensprung sei einer zu viel gewesen, die Ehe hätte nicht länger gehalten, und fast zur gleichen Zeit sei ich einer Personaleinsparung zum Opfer gefallen. So viel Wind von vorne hätte mich fast aus der Bahn geworfen. Als ich geendet hatte, glaubte ich mir die Story beinahe selbst.

Ich wusste, wie abscheulich ich mich verhielt, doch ich wünschte mir verzweifelt, bei Luda genügend Sympathie zu wecken, damit sie mich über Nacht bei sich behielt. Dabei mochte ich sie wirklich. Ich mochte ihr Heim, und mehr als alles andere mochte ich den Mann, den ich gerade erfunden hatte. Diesen stinknormalen Menschen, der eine schwere Zeit durchmachte, anstelle des Ex-Knacki-Killers auf der Flucht. Und meine Anhänglichkeit hatte noch einen Grund: Je länger ich in diesem Schlupfwinkel bleiben konnte, desto größer die Chance, mein Gedächtnis vollständig wiederzufinden, bevor mich die Polizei aufspürte – die absolute Voraussetzung, um mich vor einer weiteren langen Haftstrafe zu bewahren. Denn wenn ich wieder wusste, was vor dem Unfall mit mir passiert war, wusste ich auch, wieso alle hinter mir her waren, und konnte vielleicht, nur vielleicht, meine Unschuld beweisen.

»Mein Gott, es ist schon Viertel nach sechs«, sagte Luda mit einem Blick auf die Uhr.

»Tatsächlich? Dann mach' ich mich mal schleunigst auf die Socken.« Ich stand auf und wusste, dass der Moment der Wahrheit gekommen war. »Ganz herzlichen Dank für den Tee und fürs Zuhören. Hat wirklich gutgetan.«

Sie blieb sitzen. Und sah mir mit einem eindeutig koketten Blick ins Gesicht. »Haben Sie Lust, noch zum Abendessen zu bleiben?«

Ich machte ein überraschtes, doch glückliches Gesicht. »Sind Sie sicher? Ich möchte Ihnen keine Umstände machen.«

Sie lächelte. »Ja, sonst würde ich es nicht sagen. Sie scheinen ein netter Kerl zu sein. Setzen Sie sich wieder.«

Was ich mir nicht zweimal sagen ließ.

37

Sheryl Warner saß in ihrem Wohnzimmer und sah im Fernsehen *Coronation Street.* Sie nippte gerade an ihrem großen Wodka Red Bull, um sich wachzuhalten, als es an ihrer Tür klopfte. Sie runzelte die Stirn. Wer konnte das um diese Uhrzeit sein? Sie war noch mit einigen Freunden in der All Bar One in Islington verabredet, doch erst für zehn Uhr.

Ihr erster Gedanke war Dylan. Er wusste, wo sie wohnte, und falls ihm gedämmert war, wie Tina Boyd an die Informationen über Lauren und Jen gekommen war, würde er es ihr heimzahlen wollen. Andererseits fragte sie sich, wie er, ohne zu klingeln, zur Haustür hereingekommen sein sollte, die grundsätzlich abgeschlossen war.

Doch als Sheryl durch den Spion sah, stand nicht Dylan davor, sondern eine gut aussehende blonde Frau um die dreißig in einem Kleid und einer coolen Lederjacke. Sheryl überlegte, ob sie der Frau schon einmal irgendwo begegnet war, dann beschloss sie, aufzumachen und sie danach zu fragen.

Ein verhängnisvoller Fehler.

Kaum hatte sie geöffnet, versetzte ihr Pen de Souza einen Faustschlag in die Kehle, bevor sie sich, dicht gefolgt von Tank, in die Wohnung drängte.

Sheryl schnappte zwar nach Luft, doch Pen wusste, dass der Schlag sie nur vorübergehend außer Gefecht gesetzt hatte. Fürs Erste brauchten sie und Tank Sheryl Warner lebendig und bei Bewusstsein.

Pen versetzte Sheryl einen kräftigen Schubs, sodass sie rücklings auf ihr Sofa fiel. Die Hand an der verletzten Kehle, blickte sie ihrem ungebetenen Gast mit ungläubig aufgerissenen Augen entgegen. Als Pen die Pistole aus der Jacke zog und den Schalldämpfer an den Lauf schraubte, machte sie noch größere Augen. Gleichzeitig trat Tank hinter das Sofa, sodass er direkt in Sheryls Rücken stand. Auf seinem Weg sah Sheryl, wie er unter den Handschuhen bedrohlich die Finger spielen ließ. Als Pen seinen kalten, gnadenlosen Gesichtsausdruck und Sheryls wachsende Panik sah, hätte sie beinahe Mitleid mit dem Mädchen empfunden.

»Wer sind Sie?«, krächzte Sheryl. »Hat Dylan Sie geschickt? Ich habe nichts getan, ehrlich.« Jetzt weinte sie.

Pen legte den Finger an die Lippen. »Beruhigen Sie sich, Sheryl, und stellen Sie keine Fragen. Wenn Sie tun, was wir Ihnen sagen, geschieht Ihnen nichts.«

»Was wollen Sie?«

»Hören Sie zu weinen auf, dann werden Sie es erfahren. Falls Sie aber weiter einen solchen Lärm machen, sieht sich mein Freund hier gezwungen, Sie zu knebeln, und dann wird es ungemütlich für Sie.« Pen sprach in ruhigem, gleichmütigem Ton, um ihr Opfer für den Augenblick zu beschwichtigen, und es verfing. Sheryl wischte sich die Tränen aus den Augen, räusperte sich und richtete sich auf. Zwar wirkte sie immer noch verängstigt, doch in einem zweckdienlichen Ausmaß.

»Schon besser so. Verfügen Sie über schauspielerische Fähigkeiten?«

»Wie meinen Sie das?«

»Ich möchte, dass Sie Tina Boyd für mich anrufen. Ich habe Ihnen das Drehbuch vorbereitet. Lesen Sie es ab, und bringen Sie die Dame dazu, herzukommen. Wenn Sie das schaffen, lassen wir Sie, sobald Ms. Boyd hier ist, ziehen. Wenn nicht, nimmt die Sache hier kein glückliches Ende für Sie. Verstanden?«

»Ich weiß nicht …«

Pen fiel ihr ins Wort. »Kommen Sie mir nicht mit irgendwelchen Ausflüchten, Sheryl. Sie müssen das tun, für uns.«

Sheryl begriff, dass es für sie um Leben und Tod ging, und nickte stumm.

Pen reichte ihr das Skript.

Es war Zeit, die Falle zu stellen.

38

Tinas Verabredung mit Jeff Roubaix zog sich um einiges länger hin als geplant. Er hatte darauf bestanden, in ihrer Stammkneipe noch ein paar Bier zusammen zu trinken, immerhin sei es, was sie nicht leugnen konnte, ein weiter Weg für ihn gewesen, und so hatten sie sich eine halbe Stunde lang gegenseitig auf den neuesten Stand der Dinge gebracht, obwohl sie nie wirklich Freunde gewesen waren.

Jeff schien sich seinerseits aufrichtig über das Wiedersehen zu freuen und hatte schon fast sein zweites Bier vom Fass geleert, während Tina noch bei ihrem ersten Orangensaft mit Sprudel war und nicht vorhatte, einen zweiten zu bestellen. Dabei fühlte sie sich in Jeffs Gesellschaft durchaus wohl. Um der Wahrheit die Ehre zu geben, sah er für einen Mann jenseits der vierzig, der die meiste Zeit hinter dem Schreibtisch verbrachte, noch ziemlich gut aus, und er gab sich wenig Mühe zu verbergen, dass er seinerseits auch an ihr interessiert war. Doch an diesem Tag war sie einfach nicht in Plauderstimmung, und in dem Pub mit all seinen Versuchungen hatte sie ein unbehagliches Gefühl. Es herrschte

Hochbetrieb, mit jeder Menge Stammgästen, die sich um die Bar drängten, und kaum einem freien Platz an den Tischen. Aus dem Augenwinkel heraus beobachtete Tina eine ältere Frau, die mit ihrem Mann plauderte und dabei einen Schluck Rotwein nahm; beim Anblick ihres genießerischen Gesichtsausdrucks, als sie sich den Wein auf der Zunge zergehen ließ, hätte Tina ihr am liebsten das Glas aus der Hand gerissen und selbst in einem Zug heruntergekippt.

Ihr Handy klingelte.

»Entschuldige, Jeff, den muss ich annehmen«, sagte sie, stand auf und ging zur Tür.

Es war Sheryl Warner, und sie klang aufgeregt.

»Was ist passiert, Sheryl?«, fragte Tina auf dem Weg zum Parkplatz.

»Dylan war hier. Er hat mich zusammengeschlagen.«

Tina erfasste eine Woge der Schuldgefühle und der Wut. »Brauchen Sie einen Krankenwagen? Ich kann Ihnen einen rufen.«

»Nein, geht schon … könnten Sie vorbeikommen? Dylan hat was wegen Jen und Lauren gesagt. Darüber, wie sie verschwunden sind.«

»Was hat er gesagt?«

»Das kann ich Ihnen nicht am Telefon sagen. Können Sie herkommen?«

Eine Fahrt nach Camden war so ziemlich das Letzte, wonach Tina in diesem Moment der Sinn stand, doch ihr blieb nichts anderes übrig.

»Ich denke, das wird Sie interessieren«, fügte Sheryl hinzu, bevor Tina Zeit zu einer Antwort hatte.

»Sicher, ich bin in etwa einer halben Stunde da. Lassen Sie sonst niemanden rein.«

»In Ordnung«, sagte Sheryl und legte auf.

»Kommt sie?«, fragte Pen.

Sheryl nickte heftig. »Sie ist in einer halben Stunde hier.«

»Gut. Das haben Sie gut gemacht.« Mit einem Lächeln beugte sich Pen vor und strich Sheryl eine Strähne aus dem Gesicht.

»Was haben Sie mit ihr vor?«

Pen lachte. »Wie heißt es so schön? Wenn ich dir das sage, muss ich dich töten. Für die Zukunft rate ich Ihnen etwas, Sheryl. Halten Sie sich aus Sachen raus, die Sie nichts angehen, und stellen Sie keine vorwitzigen Fragen. Wenn Sie sich daran halten, haben Sie ein langes, glückliches Leben vor sich.«

Sheryl brachte ein schwaches Lächeln zustande, und Pen sah den Hoffnungsschimmer in ihren Augen.

Armes kleines Miststück, dachte sie.

Nach dem Telefonat stand Tina gut zehn Sekunden auf dem Parkplatz und starrte auf das Handy. Irgendetwas stimmte nicht mit diesem Anruf. *Einiges* stimmte damit nicht. Erstens: Wie hatte sie sich vorzustellen, dass Dylan Sheryl zusammenschlägt und ihr gleichzeitig Informationen gibt? Das einzig Plausible wären Drohungen gewesen, in der Art: *Wenn du nicht die Klappe hältst, endest du noch wie Jen und Lauren*, und falls es so gewesen war, hätte sie das Tina auch am Telefon sagen können, statt ihr eine Fahrt quer durch die Stadt nach Camden zuzumuten. Auch angesichts der Wortwahl schrillten bei Tina sämtliche Alarmglocken. »Ich denke, das wird Sie interessieren« klang nicht nach einem naiven Mädchen Ihres Alters.

Während sie das Handy in die Tasche steckte, fragte sie sich, ob sie nur paranoid war oder den richtigen Riecher hatte. Wahrscheinlich hörte sie nur das Gras wachsen, doch nicht nur einmal hatte ihr das richtige Bauchgefühl die Haut gerettet. Als sie wieder hineinging, sah sie, dass Jeff sein Glas fast ausgetrunken hatte.

»Alles klar?«, fragte er, als sie sich wieder zu ihm setzte.

»Ich muss noch mal weg. Möglicherweise bekomme ich einen Tipp zu dem Fall, an dem ich gerade arbeite.«

Er lächelte. »Hoffe, das ist keine Ausrede, um mich loszuwerden? Du weißt, du kannst es mir ehrlich sagen, wenn du einfach nach Hause willst. Natürlich wäre ich enttäuscht, ich bin gern mit dir zusammen.«

Tina entging nicht, dass er sie anbaggerte. »Nein, Jeff, es ist keine Ausrede. Ich habe tatsächlich gerade einen Hinweis bekommen, und die Sache duldet keinen Aufschub.«

»Kann ich mich irgendwie nützlich machen? Ich habe den ganzen Abend frei.« Sein Tonfall verriet, dass er mit einer Abfuhr rechnete und es nur einmal auf gut Glück versuchte. Normalerweise hätte er mit seiner Einschätzung richtiggelegen, doch in diesem Fall konnte ein wenig Rückendeckung nicht schaden.

»Also, wenn ich es mir recht überlege, könnte ich tatsächlich ein bisschen Unterstützung brauchen. Aber das ist gratis, ja? Auf eigene Kosten kann ich dich nicht bezahlen.«

Jeffs Enthusiasmus hatte einen kleinen Dämpfer bekommen. »In Ordnung, sag mir, was ich für dich tun kann.«

»Nichts Besonderes eigentlich. Das Mädchen, das mich gerade angerufen hat, bittet mich, zu ihr in ihre Wohnung in Camden zu kommen. Sie sagt, sie hätte Informationen für mich, aber das Ganze könnte auch eine Falle sein.«

»Was für eine Falle?«

»Ich hatte gestern eine Auseinandersetzung mit einem Kerl, der mit ihr in Verbindung steht und mir möglicherweise dort mit ein paar Freunden auflauert, um es mir heimzuzahlen. Nicht sehr wahrscheinlich, aber sicher ist sicher.«

»Ich soll also mit dir da reingehen?«

»Nein. Bevor ich reingehe, rufe ich dich auf deinem Handy an, und wir halten die Verbindung. Du bleibst unten, und falls du übers Handy hörst, dass ich in Schwierigkeiten bin, holst du Verstärkung. Vielleicht kommst du auch zur Tür und brüllst: ›Polizei!‹ oder so was in der Art, um ihnen Angst zu machen. Ich habe Pfefferspray und einen Elektroschocker dabei, aber wie gesagt, wahrscheinlich bin ich nur übervorsichtig.«

»Wenn du mich fragst, kann man nie vorsichtig genug sein. Klar komme ich mit. Aber das dauert nicht allzu lange da drinnen, oder?«

Tina schüttelte den Kopf. »Nein. Wenn es echt war,

höre ich mir die Information an und bin schon wieder draußen.«

»Vielleicht können wir uns hinterher was zu essen besorgen. Ich hab allmählich Hunger, und in Camden weiß ich ein paar gute Restaurants.«

Tina sah ihn mit einem Blick an, der ihm sagte: *Immer sachte, mein Junge,* doch sie lächelte. »Schauen wir mal«, sagte sie. »Aber bitte keine Avancen, solange ich den Elektroschocker und das Pfefferspray mit mir herumtrage.«

Er zwinkerte ihr zu. »Ich kenne dich gut genug, Tina. Würde ich niemals wagen.«

39

An diesem Tag und um diese Uhrzeit rechnete sie für die Fahrt nach Camden zwanzig bis fünfundzwanzig Minuten. Tina saß am Steuer und versprach, Jeff zu seinem Auto zurückzufahren. Unterwegs plauderten sie über die alten Zeiten am Revier in Islington, die gemeinsamen Bekannten von damals und was aus ihnen geworden war. Tina hatte vergessen, wie nett man sich mit Jeff unterhalten konnte. Er war witzig und – Schürzenjäger oder nicht –, erfrischend ehrlich und offen. Er arbeitete jetzt in Holborn, immer noch ohne große Karrieresprünge, nach wie vor bei der Kripo, und zählte vermutlich die Tage bis zu seiner Pensionierung.

»Wieso hast du nie geheiratet und eine Familie gegründet?«, fragte sie ihn, als eine kurze Gesprächspause eintrat.

»Hey, ich bin nicht unheilbar krank. Ich könnte es immer noch tun. Hab einfach noch nicht die richtige Frau kennengelernt. Außerdem könnte ich dir dieselbe Frage stellen.«

»Ich war mal nah dran.«

»Mit John?«, fragte er und bezog sich dabei auf John Gallan, einen gemeinsamen Freund.

Sie nickte. »Ich schätze, was mit ihm passiert ist, hat mich davon abgeschreckt, mich zu eng an jemanden zu binden.«

»Manchmal macht es das leichter«, antwortete er. »Jedenfalls erspart man sich auf die Weise einigen Kummer.«

Nach dieser Bemerkung verfielen sie wieder in Schweigen und gingen jeder für sich ihren Gedanken nach.

Wenige Fußminuten von Sheryl entfernt, fand Tina eine Parklücke. Es war gerade neun Uhr, und auf den Straßen herrschte das übliche abendliche Getriebe. Camden hatte sich zu einer angesehenen Gegend gemausert. Angesichts der brechend vollen Restaurants, vor denen Leute mit ihren Drinks auf dem Bürgersteig standen und die laue Abendluft genossen, erschien Tina ihr Misstrauen gegenüber Sheryls Anruf übertrieben.

Während Jeff im Wagen zurückblieb, lief sie zur Hausfront herum und drückte die altmodische Klingel. Sheryl ließ sie von oben herein.

Im Hausflur zog Tina ein paar Briefe und Wurfsendungen aus dem Hausbriefkasten, um damit die Tür einen Spaltbreit offen zu halten, dann rief sie Jeffs Nummer an.

»Also, wenn's irgendwelche Probleme gibt, weißt du, was zu tun ist, ja?«, flüsterte sie ins Telefon.

»Dann folge ich wie der geölte Blitz, Tina, keine Sorge.«

Jeff war ein kräftiger Bursche. Auch wenn er ein wenig Fett angesetzt hatte, zweifelte Tina nicht daran, dass er sich in einem Handgemenge seiner Haut zu wehren wusste.

»Danke, Jeff, das weiß ich wirklich zu schätzen.« Sie steckte das Telefon weg und ging die Treppe hoch.

Im Haus herrschte eine gespenstische Stille, und Tina merkte, wie angespannt sie war, als sie vor Sheryls Tür trat und energisch klopfte. Der Elektroschocker steckte in der linken Jackentasche, und sie hielt den Finger am Abzug, um nötigenfalls abzudrücken.

Die Tür ging auf, und mit einem gefrorenen Lächeln stand Sheryl vor ihr.

Zwei Dinge waren Tina schlagartig klar. Erstens: Das Mädchen war wie versteinert. Zweitens: Sie hatte keine Verletzungen.

»Danke, dass Sie hergekommen sind«, sagte sie und trat zur Seite, um sie hereinzulassen.

Zwar konnte Tina in Sheryls Rücken niemanden entdecken, doch sie zögerte einen Moment. »Machen wir einen Spaziergang«, sagte sie, ohne ihrer Aufforderung zu folgen. In derselben Sekunde wurde Sheryl mit einem kräftigen Ruck von einer unsichtbaren Hand aus ihrem Blickfeld gezerrt, während zugleich eine blonde Frau in der Tür erschien und in einem Abstand von kaum anderthalb Metern mit einer Pistole auf Tinas Kopf zielte. Tina registrierte die vollkommen ruhige Schusshand, was für einen Profi sprach.

Alles ging so schnell, dass sie keine Chance hatte auszuweichen. »Nicht schießen!«, sagte sie so laut, dass es Jeff im Wagen hören konnte.

»Reinkommen und ganz langsam die Hände aus den Taschen nehmen«, befahl ihr die Frau mit amerikanischem Akzent. »Oder Sie sind auf der Stelle tot.«

Tina widersetzte sich nicht – die Frau meinte es offensichtlich ernst, und so nahm sie beide Hände aus den Taschen, während sie langsam in die Wohnung trat.

Augenblicklich wurde sie von derselben unsichtbaren Hand gepackt, die Sheryl weggezerrt und quer über den Boden Richtung Sofa geschleudert hatte, während die blonde Frau die Tür hinter Tina schloss, sodass sie in der Falle saß.

Tina überwand den ersten Schock und drehte sich, die Hände über dem Kopf, zu ihren Widersachern um. Sie versuchte so ruhig und harmlos wie möglich zu erscheinen.

Der Mann, der sie gepackt hatte, war riesig. Mit Sicherheit ein Veteran, schoss es Tina durch den Kopf, mit kurz geschorenem Haar, kantigem Kinn und Muskeln, die jeden Moment das T-Shirt zu sprengen drohten. Tina konnte nur hoffen, dass Jeff keinen allzu dramatischen Auftritt hinlegte, denn dieser Typ würde ihn wie ein Streichholz zerknicken.

Tina tauschte einen kurzen Blick mit Sheryl. Das arme Mädchen stand wie ein hilfloses, schmächtiges Kind in der Nähe des Hünen. Ihr verständnisloser, ängstlicher Blick verriet, dass sie nicht begriff, wo sie hineingeraten war. Tina versuchte, ihr mit einem stummen Lächeln Mut zu machen, auch wenn sie selbst der Panik nahe war.

»Setzen Sie sich aufs Sofa, und halten Sie die Hände

so, dass wir sie sehen können«, befahl die blonde Frau. »Bei der geringsten Dummheit haben Sie die erste Kugel in der Kniescheibe.«

Tina gehorchte, und die blonde Frau folgte ihr mit der Waffe.

Mit einer stummen Geste forderte sie anschließend den Hünen auf, hinter Tina zu treten. Er ging um das Sofa herum, und bevor er hinter ihr stehen blieb, beobachtete Tina von der Seite, wie er aus der Gesäßtasche ebenfalls eine Schusswaffe zog und mit einem Schalldämpfer versah. Als er seine Position eingenommen hatte, ließ die Blondine ihre Waffe sinken. »Danke für deine Hilfe, Sheryl«, sagte sie, richtete die Pistole auf Sheryls Kopf und drückte ab. Sheryl sackte lautlos zu Boden. Das Blut strömte ihr aus der Stirn, die Augen waren geschlossen.

Auch wenn Tina schon mehrmals aus nächster Nähe Zeugin eines gewaltsamen Todes geworden war, traf es sie so heftig wie nie zuvor. Es war unbegreiflich, wie im Bruchteil einer Sekunde ein ganzes Leben voller Erfahrungen und Erinnerungen vollkommen gedankenlos mit einem einzigen Fingerschnippen ausgelöscht werden konnte. Die Art, wie sich die Mörderin, noch während Sheryl zu Boden ging, wieder zu Tina umdrehte, zeigte das ganze Ausmaß ihrer Kaltblütigkeit.

»Sie müssen uns unsere Fragen beantworten«, sagte sie und kam mit ausgestrecktem Waffenarm auf sie zu. »Wenn Sie es tun, machen wir es kurz und schmerzlos. Wenn nicht, wird es langsam und qualvoll. Verstanden?«

Einen Moment lang kam Tina in Versuchung, ihren Gegnern zu sagen, draußen wartete polizeiliche Verstärkung, doch ebenso schnell verwarf sie die Idee. Falls nötig, würden diese brutalen Killer sie einfach erschießen und gehen. Jeder Moment, den sie am Leben blieb, war in ihrer Situation kostbar. Sie musste auf Zeit spielen, sich zum Schein gefügig geben und hoffen, dass Jeff Verstärkung angefordert hatte. »Ja, verstanden«, und diesmal war die Angst in ihrer Stimme deutlich zu hören.

»Gut. Sie scheinen eine intelligente Frau zu sein. Unter anderen Umständen hätten wir uns vielleicht ganz gut verstanden, aber …« Sie zuckte die Achseln. »Wird wohl nichts draus. Wir drehen mal die Musik ein wenig auf, nur für den Fall, dass wir Ihnen wehtun müssen.« Auf ein erneutes Zeichen trat der Hüne ein Stück zurück und drehte den iPad-Player so laut, dass der Raum vom coolen, lässigen Klang einer melodischen weiblichen Stimme erfüllt war. Tina erkannte den Song von Zero 7 wieder, einer Band, die sie unter normalen Umständen mochte. Falls sie je wieder hier rauskäme, würde sie diese Musik nie mehr ertragen.

Sie schluckte und starrte der Blonden ins Gesicht. Ihr war klar, dass es bei jedem Wort, das sie von jetzt ab sagte, um Leben und Tod ging.

Sie sahen sich Auge in Auge. Der Blick der Blonden war hart und gnadenlos – verstörend in einem so hübschen, jungen Gesicht. Monster können jede Gestalt annehmen, musste Tina unwillkürlich denken. Wäre sie dieser Frau zufällig auf der Straße begegnet, hätte sie ihr nie im Leben angesehen, was sich hinter der schönen Fassade verbarg.

»Wer weiß noch über Ihre Recherchen Bescheid?«

Vor Angst stand bei Tina jeder Nerv unter Strom. Sie hatte die Wahl: Wenn sie das Falsche sagte, würden sie ihr wehtun, half sie ihnen mit nützlichen Informationen, brachte es sie ein gutes Stück dem Tode näher.

»Niemand kennt die Einzelheiten«, sagte sie ruhig. Die Blonde krümmte den Finger am Abzug. »Und wo haben Sie Ihre Aufzeichnungen zu Ihren Ermittlungen?«

Tina wusste, dass dies die letzte Frage war, die sie ihr stellen würden. Sobald sie die Auskunft in der Tasche hatten, wäre sie erledigt.

Bitte, Jeff, falls du das hier hören kannst … tu etwas.

»Auf meinem Laptop.«

»Und wo ist der?«

»Im Auto.«

»Und wo steht Ihr Auto?«

»Ich weiß nicht genau.«

Der Blick der Frau verdüsterte sich. »Was soll das heißen, ich weiß nicht genau?« Sie senkte die Waffe so, dass die Mündung genau zwischen Tinas Beine gerichtet war. »Vielleicht sollte ich Ihnen ein zweites Loch zum Vögeln schießen.«

»Polizei!«, rief jemand wütend vor der Wohnungstür. »Aufmachen, sofort!«

Unter wiederholten Tritten bebte die Tür im Rahmen.

Tina hörte, dass es Jeff war. Nicht gut, denn er war nicht bewaffnet. Im selben Moment drang das Heulen einer Sirene durch ein geöffnetes Fenster irgendwo an der Rückseite der Wohnung. Sie schien aus der Nähe zu kommen und wurde mit jeder Sekunde lauter.

Die Schüsse, die auf die Tür abgegeben wurden, kamen von hinten. Es war der Hüne, doch da ihr die Blonde den Blick verstellte, konnte sie nicht sehen, ob sie trafen.

Dies alles geschah in kürzester Abfolge – genug Zeit für Tina, um zu handeln. Sie wusste, dass die beiden sie jeden Moment erschießen würden. Die Blonde drehte sich schon wieder zu ihr um. Eine Sekunde länger, und sie endete wie Sheryl.

Mit einem gewaltigen Satz sprang sie vom Sofa, packte die Waffe und riss sie in dem Moment nach oben, als die Blonde abdrückte. Noch ein Ruf: »Polizei!« Von der Seite sah sie die rauchenden Löcher in der Tür, die der Hüne immer noch unter Beschuss nahm, dann packte sie die Blonde an den Haaren und nutzte ihren Schwung, um die Frau zwischen sich und den Hünen zu bringen.

Sie stürzten zusammen auf den Stuhl, auf dem Tina bei ihrem ersten Besuch vor wenigen Tagen Sheryl gegenübergesessen hatte. Der Stuhl fiel krachend um, und irgendwie landete die Blonde oben. Fauchend versuchte sie, ihre Waffenhand freizubekommen, doch Tina verdrehte ihrer Angreiferin mit aller Kraft das Handgelenk und grub ihr die Fingernägel ins Fleisch.

Mit einem Schmerzensschrei ließ die Blonde los, die Pistole polterte zu Boden, und Tina schob sie mit ihrer freien Hand zur Seite. Doch die Blonde war schnell.

Sie holte mit der Linken aus und schlug Tina so brutal ins Gesicht, dass ihr Hören und Sehen vergingen. Als Nächstes nagelte sie Tinas Arme mit den Knien fest, legte ihr beide Hände um den Hals und drückte zu.

»Knall das Miststück ab«, brüllte sie, und Tina sah, wie der Hüne vor ihr erschien und in Schießstellung ging.

Sowie sie keine Luft mehr bekam, wurde Tina benommen. Sie trat und bäumte sich mit aller Kraft unter der blonden Frau auf, doch deren Griff fühlte sich wie eine Schraubzwinge an, und ihr schwanden die Kräfte. Trotzdem gab sie nicht auf. Sie konnte es sich nicht leisten. Der Hüne war noch etwa einen Meter entfernt und zielte auf Tinas Kopf. Dann hörte sie wie aus weiter Ferne ein Krachen, die Tür flog auf, und zum dritten Mal brüllte eine vertraute Stimme: »Polizei!«

Während der Hüne sich zur Tür umdrehte und einen gezielten Schuss abfeuerte, mobilisierte Tina ihre letzten Kräfte, um ihren linken Arm unter dem Knie der Blonden herauszuwinden.

Kaum hatte sie ihn frei, versetzte sie ihrer Widersacherin einen Fausthieb gegen die Schläfe, nutzte den Moment, in dem sich ihr Griff an Tinas Kehle lockerte, schnellte hoch und zerkratzte ihr mit allen zehn Fingernägeln das Gesicht. Doch gleichzeitig registrierte sie von der Seite, dass der Hüne wieder die Waffe auf sie richtete und abfeuerte.

Es war vorbei.

Und dann doch nicht. Sein Magazin war leer. Er fluchte und griff in die Tasche. Aber Tina dachte nicht daran zu warten, bis er nachgeladen hatte. Sie nutzte ihren momentanen Vorteil, riss die rechte Hand der Blonden von ihrem Hals und stieß sie mit aller Kraft nach hinten. Mit Strampeln und Treten kam Tina frei, krabbelte bis zur Pistole am Boden, griff sie sich und fuhr, den Finger bereits am Abzug, zu dem Hünen herum.

Doch da rannte das Paar bereits zur Rückseite der Wohnung und knallte die Tür hinter sich zu, sodass Tina auf Zielpersonen schoss, die sich bereits in Luft aufgelöst hatten.

Sie unterdrückte einen röchelnden Hustenanfall, rappelte sich mühsam hoch und blickte zur offenen Wohnungstür.

»Oh mein Gott«, flüsterte sie, als sie dort Jeff Roubaix auf dem Boden der Eingangsdiele sah, mit dem Kopf an die Wand gegenüber gesackt. Er hatte mehrere Schüsse in den Oberkörper abbekommen, und das blaue Hemd, das er an diesem Abend trug und das Tina bei ihrem Wiedersehen im Pub ziemlich schick gefunden hatte, war von dunklen Flecken übersät. Er hatte die Augen geschlossen und war offenbar tot. Bei seinem Anblick zog es ihr vor Schock und Wut die Eingeweide zusammen. Obwohl er unbewaffnet war, hatte er versucht, sie zu retten, und es mit dem eigenen Leben bezahlt. Es war ihre Schuld. Das hier hatte sie zu verantworten. Tina Boyd. Die schwarze Witwe. Die Frau, mit der kein Mann zusammenarbeiten wollte, weil sie irgendwie in ihrer Gesellschaft reihenweise zu Tode kamen.

Auf der Treppe näherten sich schwere, eilige Schritte,

dann weitere Rufe: »Polizei!« Diesmal waren sie echt. Die Verstärkung war angerückt, doch wie so oft zu spät. Die Waffe immer noch in der Hand, rannte Tina durch die Wohnung in die Richtung, in der die beiden Angreifer geflüchtet waren. Dies waren mit Sicherheit die beiden, die in das Haus in Wales eingedrungen waren, um Sean zu töten, und nun gab es nicht den leisesten Zweifel mehr, dass er irgendwie in das Verschwinden von Lauren und Jen verwickelt war. Doch falls ihr diese beiden Bastarde entwischten, nützte ihr die Erkenntnis wenig.

Mit ausgestreckter Waffe rannte sie durch die Küche ins Schlafzimmer dahinter. Es war niemand da, und der Parfümgeruch, der über dem Zimmer lag, verflüchtigte sich durch die geöffnete Balkontür.

Die Rückseite des Gebäudes lag an einer Wohnstraße. Tina stürmte auf den Balkon und spähte in beide Richtungen. Sie befand sich im zweiten Stock, gut drei bis vier Meter über dem Boden, doch die Blonde und der Hüne konnten nur gesprungen sein, denn sie waren nirgends mehr zu sehen. Sie hatten es geschafft.

Tina fluchte und bebte am ganze Körper; ohne die Waffe wegzustecken, trat sie ins Wohnzimmer und blickte in die Mündungen zweier Cops, die ihre MP5s auf sie richteten. Hinter ihnen sah sie einen dritten Polizisten neben Jeff knien, um ihn wiederzubeleben.

»Zwecklos«, hörte sie ihn rufen. »Da ist nichts mehr zu machen.«

»Lassen Sie die Waffe fallen!«, schrie der linke Cop sie an. »Sofort!«

Sie gehorchte.

»Auf die Knie.«

Sie ging auf die Knie, während der Polizist zur Rechten ihre Waffe außer Reichweite trat.

»Hinlegen, mit dem Gesicht nach unten und den Händen an der Seite.«

»Ich heiße Tina Boyd. Ich bin Privatdetektivin.«

»Ist mir scheißegal, wer Sie sind, Lady. Hinlegen, oder ich schieße.«

Tina befolgte den Befehl, sodass sie nur etwa einen Meter von Sheryls Leiche entfernt war. Aus der Kopfwunde der Toten tropfte immer noch Blut auf den Teppich. Tina wusste, dass es ebenso gut sie selbst hätte erwischen können. Bei der unabweisbaren Erkenntnis, dass sie wieder einmal alles auf eine Karte gesetzt hatte, zitterte sie wie Espenlaub.

Wenigstens war es vorbei.

Für den Augenblick.

40

Es war der schönste Abend, an den ich mich erinnern konnte, was vielleicht angesichts meines allgemeinen Gedächtnisverlusts und all des Drecks, mit dem ich mich in den letzten zwei Monaten herumgeschlagen hatte, wohl nicht allzu viel besagte. Jedenfalls war ich rundum entspannt. Luda war eine wundervolle Frau. Warmherzig, freundlich und tatsächlich eine unterhaltsame Gesprächspartnerin. Während des Abendessens, eines köstlichen *Coq au vin* mit selbstgebackenem Brot und gedünstetem Gemüse aus dem Garten sowie zwei Flaschen Rotwein gingen wir immer mehr aus uns heraus. Das heißt, Luda ging aus sich heraus, während ich mich so sehr in meine Rolle als gehörnter Ehe- und gefeuerter Geschäftsmann hineinfand, dass ich sie mir am Ende selber abnahm. In der Haut dieses Mannes fühlte ich mich wohl, in meiner eigenen nicht.

Es kam, wie es kommen musste – wir liebten uns. Als die zweite Flasche fast leer war, griff sie über den Küchentisch und nahm meine Hand. Wir sahen uns in die Augen. Ich beugte mich vor und küsste sie zärtlich auf die Lippen; sie erwiderte meinen Kuss stürmisch und voller Leidenschaft. Ohne unseren Kuss zu lösen, entledigten wir uns auf dem Weg durchs Haus und die Treppe hinauf unserer Kleider.

Als wir das Schlafzimmer erreicht hatten und nackt auf dem Bett lagen, drehte sie sich mit einem nervösen Blick zu mir um. »Ich habe das lange nicht mehr gemacht«, sagte sie leise.

Ich stützte mich auf einen Ellbogen und beugte mich lächelnd zu ihr herunter, während ich ihr zärtlich eine Strähne aus dem Gesicht strich. »Ich auch nicht«, sagte ich wahrheitsgemäß.

»Dann hast du nicht mit deiner Frau …«

Ich schüttelte den Kopf. »Seit Monaten nicht. Hör mal, wir brauchen gar nichts zu tun. Ich bin glücklich, einfach nur hier bei dir zu liegen.« Was nicht ganz der Wahrheit entsprach, doch mir war bewusst, weswegen sie mich hinter Gitter gebracht hatten, und für nichts in der Welt hätte ich mich Luda aufgedrängt. Schon gar nicht nach allem, was sie für mich getan hatte.

Sie lächelte. »Nein, ich will es.«

Und so kramten wir ein Kondom aus dem Nachttisch und taten es. Es war wild, es war leidenschaftlich, und es war toll. Doch dann, kurz vor dem Höhepunkt, stellte ich plötzlich fest, dass ich nicht auf Luda herunterblickte, sondern auf eine schöne Frau mit blauen Augen, vollen Lippen und dichtem blondem Haar, das in Kaskaden über das Kopfkissen fiel. Es war das Mädchen in dem wiederkehrenden Traum. Als ich sie anstelle von Luda so lebendig vor Augen sah, löste es eine so heftige physische Reaktion aus, dass ich bebte. Während mir der Orgasmus durch den ganzen Körper lief, schmiegte ich das Gesicht an Ludas Hals und dachte dabei an nichts anderes als das Mädchen aus dem Traum, in das ich so inbrünstig verliebt gewesen war.

Danach blieben wir lange einfach so liegen, bevor wir irgendwann schlafen gingen. Luda knipste das Licht aus, schmiegte sich an mich, und ich legte ihr beschützend den Arm um die Schulter.

Als wir so friedlich im Dunkeln dalagen, fühlte ich mich plötzlich in eine betriebsame Kneipe zurückversetzt. Ich konnte mich nicht erinnern, mit wem ich dort war – mir fiel nicht einmal der Name des Pub ein –, doch es war ohne jeden Zweifel der Ort, an dem wir uns kennenlernten. Ich kam gerade mit einem Bier in der Hand vom Tresen, als ich sie sah. Gütiger Gott, was für eine wunderschöne Frau! Groß, jung und glamourös mit einem anmutig hübschen Mädchengesicht, unschuldig und erotisch verlockend zugleich. Und sie lächelte mir zu.

Es war eine solche Anziehungskraft, dass man fast über die eigenen Beine stolpern konnte. Es war – ich schwör's –, Liebe auf den ersten Blick.

Ich ging schnurstracks auf sie zu. »Hi, ich heiße Sean. Ich versuche gerade verzweifelt, mir irgendeinen billigen Spruch aus den Fingern zu saugen, aber mir fällt nichts ein. Vielleicht darf ich Ihnen einfach einen Drink spendieren.«

Und sie lachte, ein charmantes, weibliches Lachen. Auch wenn es, ehrlich gesagt, an diesem Punkt egal gewesen wäre, wenn sie wie eine Kanadagans geschnattert hätte. Ich war so hin und weg, dass sie nichts falsch machen konnte. »Sicher, wieso nicht? Ich heiße übrigens Jen.«

»Freut mich, dich kennenzulernen, Jen«, sagte ich, nahm ihre Hand und schüttelte sie sacht. »Wetten, du hast auch noch einen richtig exotischen Nachnamen.«

»Nicht wirklich«, sagte sie und lachte immer noch. »Ich heiße Jones.«

Jen Jones. Die Frau, die ich geliebt hatte.

Ich schloss die Augen, und in Ludas Armen schwelgte ich in den Erinnerungen an eine sehr kurze Zeit in meinem Leben, in der ich wirklich glücklich gewesen war.

41

Für Tina war es eine lange Nacht. Sie wurde vorläufig festgenommen und von Sheryls Wohnung aus zum Revier Camden gebracht. Kaum war sie dort, musste sie eine Reihe forensischer Tests über sich ergehen lassen. Sie dienten der Feststellung, ob sie mit der Waffe in ihrem Besitz geschossen hatte. Es folgte eine Untersuchung durch einen Arzt, der sie fragte, ob sie schon einem Verhör gewachsen sei. Da Tina wusste, dass Aufschub ihr nichts bringen würde, sagte sie Ja und machte nicht von ihrem Recht auf einen Anwalt Gebrauch, was sie ohnehin noch niemandem empfohlen hatte, der sich einer polizeilichen Befragung stellen musste. Sie wollte einfach nur die Wahrheit sagen und auf schnellstem Wege verschwinden.

Das Verhör fing erst nach elf Uhr an und wurde von zwei männlichen Ermittlern aus dem örtlichen Morddezernat durchgeführt. Sie merkte schnell, dass die beiden wussten, wen sie vor sich hatten, einschließlich ihrer Vergangenheit bei Scotland Yard, was sie jedoch nicht erwähnten. Im Prinzip behandelten sie Tina gemäß Dienstvorschrift wie eine Tatverdächtige. Doch sie hielt sich strikt an ihre Geschichte, erklärte, wieso sie um diese Zeit zur fraglichen Wohnung gefahren war und welche Rolle Sheryl Warner bei ihren eigenen Ermittlungen gespielt hatte. Lediglich in einem Punkt wich sie von der Wahrheit ab: Sie erklärte, sie habe sich an diesem Abend mit Jeff Roubaix nur auf einen Drink um alter Freundschaft willen getroffen.

Es kam darauf an, dass alles schlüssig zusammenpasste, und so fielen die Fragen irgendwann milder aus, und die beiden Polizisten gaben zu, Jeff habe bei seinem Notruf tatsächlich angegeben, Tina sei in Schwierigkeiten und werde mit einer Schusswaffe bedroht. Darüber hinaus bestätigten sie, dass er schon am Tatort verstorben sei. Sein Tod erschütterte Tina bis ins Innerste, und sie musste ihre letzten Kräfte mobilisieren, um nicht zusammenzubrechen. Außerdem erfuhr sie im Zuge der Vernehmung, von den zwei Mördern gebe es keine Spur, auch wenn Passanten auf der Straße hinter dem Gebäude bestätigt hätten, dass vor ihren Augen ein Mann und eine Frau, auf die Tinas Beschreibung passte, vom Tatort weggelaufen seien.

Kurz nach zwei Uhr morgens durfte sie endlich gehen, und der Vollzugsbeamte sagte ihr, am Eingang warte jemand auf sie.

Es war Mike Bolt, und diesmal alleine.

»Was machst du denn hier?«, fragte sie, während sie zusammen das Gebäude verließen.

»Ich habe gehört, was dir passiert ist. Ich wollte wissen, wie es dir geht.« Sie blieb stehen und zündete sich mit zitternden Händen eine Zigarette an. »Danke, das ist lieb von dir. Aber ich komm schon klar.«

»Das bezweifle ich, so wie du aussiehst.«

Und wie sie sich fühlte. Der Schock über die Gewalt und die Gewissheit, dass sie selbst dem Tod nur knapp entronnen war, erfüllte sie immer noch mit Angst, und es fiel ihr äußerst schwer, sie unter dem Deckel zu halten. Zum ersten Mal seit Langem hätte sie alles für einen Drink gegeben.

Mike sah sie voller Mitgefühl an. »Ich habe mit meinen Vorgesetzten gesprochen und einen Personenschutz rund um die Uhr für dich erwirkt, denn ganz offensichtlich hatten es die Mörder auf dich abgesehen.«

»Ich brauche keinen Schutz rund um die Uhr, Mike. Ein paar Beamte vor meinem Haus würden mir schon zu meiner Sicherheit genügen, aber ich muss mich immer noch um ein verschwundenes Mädchen kümmern. Da ist es nicht besonders hilfreich, überall mit einem Rattenschwanz an Aufpassern herumzulaufen.«

»Du bist immer noch in Gefahr, Tina.«

»Ich glaube kaum, dass sie es noch einmal wagen. Wäre zu riskant für sie.«

Mike legte skeptisch die Stirn in Falten. »Dann lass dich wenigstens von mir nach Hause fahren. In dem Zustand gehörst du nicht ans Steuer. Vor deinem Haus ist bereits ein Streifenwagen postiert, da bist du also definitiv sicher. Dein Auto kannst du morgen früh abholen.«

Tina sah die aufrichtige Sorge in seinen leuchtend blauen Augen. Er war ein anständiger Mann, und sie bedeutete ihm etwas. Im Moment tat das gut. »Sicher, das wäre nett«, sagte sie.

Auf ihrem Weg durch die stillen nächtlichen Straßen fragte sie ihn nach den Fortschritten in ihrem Fall mit dem mysteriösen Carl Hughie.

»Schleppend. Er kooperiert immer noch nicht mit uns und hat sich einen Staranwalt genommen. Immerhin hat er uns nun doch noch den Namen seines Kollegen, des Mordopfers, genannt. Es handelt sich um einen William Balham, der ebenfalls für den MI5 gearbeitet hat, demnach war das Ganze vielleicht Teil einer geheimen Operation, bei der etwas schiefgegangen ist.«

»Was für eine MI5-Operation soll das sein, bei der ein britischer Bürger auf britischem Boden entführt, auf ein einsames Gehöft verschleppt und dort gefoltert wird? Du weißt, dass William Balham Sean einen Zahn gezogen hat? Ich war da, ich habe es gesehen. Selbst wenn sie beim MI5 sind, sage ich dir eins: Sie arbeiten auf eigene Rechnung. Jemanden, der aus Sean Egan ums Verrecken bestimmte Informationen herausholen will.«

Mike seufzte. »Mag schon sein. Sollten Hughie und Balham tatsächlich noch für jemand anderen gearbeitet haben, finden wir heraus, für wen. Doch im Moment haben wir das Innenministerium und sogar den Minister persönlich im Nacken, die uns bedrängen, alles gegen Hughie fallen zu lassen.«

»Und? Habt ihr ihn laufen lassen?«

»Wir haben ihn gegen Kaution auf freien Fuß gesetzt. Blieb uns gar nichts anderes übrig.«

»Irgendein Lebenszeichen von Sean?«

Mike schüttelte den Kopf. »Bis jetzt noch nicht. Wenigstens haben wir das Material aus der Videoüberwachung vom Tatort und das Polizeifoto von seiner Festnahme wegen der Vergewaltigungsgeschichte. Morgen früh geben wir den Medien auf einer Pressekonferenz Bildmaterial von ihm an die Hand. Außerdem haben wir von seiner Exfrau eine eindeutige Identifizierung zu dem Filmmaterial, also können wir ihn offiziell als Tatverdächtigen benennen.«

»Was ist seine Ex für ein Typ?«

»Macht einen netten Eindruck. Sie ist bereit, sich über die Medien an Sean zu wenden und ihn aufzufordern, sich zu stellen, hat allerdings einige Überredungskünste gekostet. Ich glaube, sie möchte sich nicht ihre Erinnerungen kaputtmachen lassen, und natürlich hat sie Angst, ihre gemeinsame Tochter könnte zu viel davon mitbekommen, was da los ist. Glaubst du, er wird versuchen, mit ihr Kontakt aufzunehmen?«

»Um ehrlich zu sein, bin ich mir nicht einmal sicher, ob er von ihrer Existenz weiß. Als er zu mir ins Büro kam, habe ich ihm nichts von ihr erzählt, da ich annahm, dass sie nichts mit ihm zu tun haben möchte.«

»Er ist der Schlüssel zu dem Ganzen hier, nicht wahr?«

»Auf jeden Fall steht er mit diesen zwei vermissten Mädchen in Beziehung.«

Tina erzählte ihm von der seltsamen zeitlichen Übereinstimmung von Seans Autounfall und der letzten Aktivität auf Lauren Donaldsons Handy. »Außerdem handelt es sich bei dem Mann und der Frau, die heute Abend versucht haben, mich umzubringen, seiner Beschreibung nach eindeutig um das Verbrecherpaar, das es vor drei Nächten auf ihn abgesehen hatte. Hast du inzwischen schon mehr über die zwei Leute herausbekommen, die in Wales auf Sean aufgepasst haben?«

Mike nickte. »Die Frau war Gelegenheitsschauspielerin. Hatte über die Jahre immer mal wieder ein Engagement, aber nichts Besonderes. Sie ist alleinstehend, wohnhaft in New Malden. Der Mann ist ein Ex-Knacki, mehrfach wegen Einbruchs- und Gewaltdelikten verurteilt. Alleinstehend, keine Angehörigen, wohnhaft in Chelmsford. Über eine Verbindung zwischen den beiden ist uns nichts bekannt.«

»Die wurden also als Babysitter für Sean angeheuert. Du musst ihre Bankkonten überprüfen und sehen, wer sie bezahlt hat.«

»Schon veranlasst. Sie haben beide alle vierzehn Tage Geld von einer Offshore-Firma auf den Bahamas bekommen. Wir versuchen noch rauszubekommen, wem die Firma gehört, aber die Behörden dort erweisen sich nicht als überschwänglich kooperativ.« Mike rieb sich die Augen. Auch für ihn war es offenbar eine lange Nacht gewesen. »Ich bekomme allmählich das Gefühl, dass es hier um ein ganz großes Ding geht, aber bis jetzt wissen wir noch kein Deut mehr darüber, welche Rolle Egan dabei spielt.« Er schwieg einen Moment und blickte zu Tina hinüber. »Was für Fragen hast du gestellt, die dich für dieses Killer-Pärchen so gefährlich machen?«

Tina wusste, dass sie diesmal gegenüber Mike weitaus offener sein musste als bei ihrem letzten Gespräch, und so erzählte sie ihm von Dylan Mackay, wie er als Zuhälter die beiden Mädchen vermittelt und sich geweigert hatte, Tina die Namen seiner Kunden preiszugeben, obwohl mindestens einer davon hinter Laurens und Jens Verschwinden stecken musste. »Ich glaube, die zwei Leute, die heute Nacht versucht haben, mich umzubringen, arbeiten für diesen Kunden von Dylan. Sie waren eindeutig Profis. Die wussten genau, was sie taten.«

»Aber wo kommt bei der ganzen Geschichte Egan ins Spiel?«

Sie erzählte ihm von Seans wiederkehrendem Traum mit Lauren und Jen.

»Wie's aussieht, Tina, hast du einiges für dich behalten«, sagte Mike. »Noch etwas, was du mir erzählen willst?«

Sie verzog das Gesicht zu einem kläglichen Lächeln. »Nein, das ist alles«, antwortete sie. »Sieh mal, gut möglich, dass Sean irgendwie mit dem Mann zu tun hatte, der hinter Laurens und Jens Verschwinden steckt, doch als ich das letzte Mal mit ihm sprach, konnte er sich an diesen Abschnitt seines Lebens noch nicht wieder erinnern.« Sie kämpfte mit sich, ob sie Mike auch von dem Psychotherapeuten erzählen sollte, der möglicherweise Licht in das Dunkel bringen und klären konnte, wie Sean in die Sache verwickelt war, doch sie schwieg. Solange die Polizei gegen Bronson nichts in der Hand hatte, würde dieser Therapeut auf keinen Fall mit ihnen reden. Falls sie bei ihm zu denselben Methoden griff wie bei Mackay, bekäme vielleicht sie etwas aus ihm heraus, doch sie bezweifelte, dass sie noch einmal den Mumm dazu hatte. Dafür war in den letzten zwei Tagen zu viel passiert.

»Verstehe«, sagte Mike, als sie geendet hatte. »Wir knöpfen uns Mackay vor, mal sehen, ob er nicht doch noch mit den Namen seiner Klienten rausrückt. Außerdem sehen wir uns seine Telefondaten an.«

»Er hat einen Tag nachdem Lauren Donaldsons Leitung tot war, und am selben Tag, als Sean durch seinen Unfall das Gedächtnis verlor, das Handy gewechselt. Das kann kein Zufall sein.«

»Nein«, stimmte Mike mit einem Seufzer zu. »Sehe ich genauso.«

Kurz darauf erreichten sie Tinas Dorf mit der Hauptstraße, die sich zwischen den Häusern hindurchschlängelte. Es herrschte vollkommene Stille. Das einzige Licht, das über den Weiler fiel, kam von den Straßenlaternen und dem erleuchteten Schild am Pub, in dem Tina vor wenigen Stunden Sheryls Anruf entgegengenommen hatte. »Ich glaube, das ist Jeffs Wagen«, sagte sie und deutete im Vorbeifahren auf das einsame Fahrzeug, während sie langsam zu ihrem Haus hinüberfuhren. Auf derselben Straßenseite stand ein paar Meter weiter ein Streifenwagen, in dem sie mindestens zwei Personen erkannte.

»Hast du dich öfter mit Jeff getroffen?«, fragte Mike und bemühte sich, wenn auch nicht überzeugend, um einen beiläufigen Ton.

Sie schüttelte den Kopf. »Nein, er hat mir die Telefondaten verschafft, die ich brauchte. Aber ich wäre dir dankbar, wenn du das für dich behalten könntest. Wozu sollten wir seinen Namen beschmutzen?«

»Das ist nur fair«, sagte er, fuhr an den Bordstein und hielt an. »Und wozu hast du dich dann heute Abend mit ihm getroffen?«

»Um ihn für die Informationen zu bezahlen, die er mir geliefert hatte. Als dann dieser Anruf von Sheryl kam, hatte ich schon das mulmige Gefühl, dass es eine Falle sein könnte, und so habe ich ihn gefragt, ob er vorsichtshalber mitkommen könne. Typisch, nicht wahr? Er hilft mir aus der Patsche und bezahlt dafür mit dem Leben. Der Letzte in einer langen Reihe von Männern, die das Pech hatten, mit mir zusammenzuarbeiten.« Sie stieß ein bitteres Lachen aus. »Ein gefundenes Fressen für die Medien, nicht wahr? Die schwarze Witwe schlägt wieder zu. Bei Licht betrachtet, ist es ungeheuer mutig von dir, mit mir im selben Wagen zu fahren.«

Eine neue Woge der Trauer und Frustration schwappte über Tina hinweg, und ihr brannten die Tränen in den Augen.

»Sei nicht albern, Tina«, sagte Mike. »Du hast nur eine Menge Pech gehabt, das ist alles. Du bist eine gute Kriminalistin, und wenn du einmal etwas angefangen hast, bleibst du dran, deswegen bringst du die falschen Leute gegen dich auf.« Er legte ihr die Hand auf die Schulter und drückte sie einfühlsam. »Versuch einfach mal, es für eine Weile locker anzugehen. Falls dein Fall tatsächlich mit unserem in Verbindung steht, kann ich dir versprechen, dass wir rausbekommen, was Lauren zugestoßen ist, sodass dein Klient Gewissheit hat und von ihr Abschied nehmen kann. Ich habe ein gutes Team, und ich bin auch kein schlechter Kriminalist.«

Sie lächelte und legte ihm die Hand auf den Arm. »Das weiß ich.« Eine Weile sahen sie sich schweigend an. Tina wünschte sich nichts sehnlicher, als dass er sie in die Arme schloss, doch in diesem Moment kam mit misstrauischer Miene ein uniformierter Polizist auf ihren Wagen zu, und der Moment war vorüber.

»Na, wenigstens passen die beiden gut auf dich auf«, sagte Mike mit einem schiefen Grinsen, und sie stiegen beide aus.

Tina dankte ihm fürs Nachhausefahren und schlüpfte ins Haus, während Mike dem Streifenpolizisten seinen Dienstausweis zeigte.

Erst, als sie bei geschlossenem Fenster in ihrem Schlafzimmer war, ließ sie den Tränen freien Lauf. Sie schluchzte, dass sie am ganzen Körper zitterte, bis irgendwann die Erschöpfung siegte.

42

Ständig musste ich verschlafen. Andererseits hatte ich einige wahrhaft anstrengende Tage hinter mir; außerdem war Ludas Bett verführerisch weich, behaglich und warm. Berücksichtigte man schließlich, dass ich am Boden war, verwunderte es eigentlich nicht, wieso ich am nächsten Morgen erst um halb elf Uhr vormittags die Augen aufschlug. Das Bett neben mir war leer, und ich hörte, wie sich Luda unten in der Küche zu schaffen machte.

So blieb ich ein paar Minuten lang einfach nur liegen und genoss den relativen Luxus meiner Umgebung, bevor ich schließlich aus dem Bett kroch und mir im angrenzenden Badezimmer eine ausgiebige heiße Dusche gönnte und mir überlegte, wie es weitergehen sollte. Wahrscheinlich konnte ich noch ein paar Tage bleiben – auch wenn ich irgendwann frische Kleidung benötigen würde –, doch das war keine Dauerlösung, so verlockend sie schien. Denn früher oder später musste ich ihr gegenüber Farbe bekennen. Ich spielte mit dem Gedanken, Tina anzurufen und zu hören, ob sie Dr. Bronson schon aufgestöbert hatte, beschloss jedoch, einen

Tag damit zu warten. Nichts überstürzen. Eins nach dem andern. Erst einmal musste ich etwas essen. Nachdem ich mich abgetrocknet und mir ein wohlriechendes Deo geborgt hatte, zog ich mich an und ging in der Hoffnung nach unten, dass Luda mir ein gutes Frühstück anbieten würde.

Doch als ich in die Küche trat, verließ mich aller Mut.

Über dem Tisch hing ein Fernseher an der Wand. Und mir starrte ein Standbild entgegen. Offenbar war es vor zwei Tagen im Hotel entstanden. Auch wenn ich mich von der Kamera abwandte, war die Pistole in meiner Hand deutlich zu sehen. Schlimmer noch: Eine Verwechslung war ausgeschlossen.

Luda blickte mir, den Hund an ihrer Seite hinter dem Tisch, mit einem unversöhnlichen Ausdruck entgegen. »Du hast mich angelogen, Sean«, sagte sie leise, doch in giftigem Ton.

»Hör zu, was immer die über mich sagen, ist nicht wahr. Ich habe niemanden ermordet.«

Als ich einen Schritt auf sie zukam, bückte sie sich augenblicklich, zog eine Schrotflinte unter dem Tisch hervor und zielte direkt auf meine Brust.

»Ich habe die Polizei gerufen, Sean.«

»Es ist wirklich ganz anders, als du denkst.«

»Es ist genau das, was ich denke. Nämlich, dass du ein Mörder bist so wie die Männer, die Dan auf dem Gewissen haben. Du hast mich verraten, und wenn du auch nur einen Schritt näher kommst, werde ich dich, so wahr mir Gott helfe, erschießen.«

»Ich habe dich nicht verraten. Ich habe dir nur deshalb nicht die Wahrheit gesagt, weil du mir nie im Leben geglaubt hättest. Ich werde verfolgt. Der Mann, den ich getötet habe, hat mir aufgelauert, um mich zu töten. Es war Notwehr.«

»In den Nachrichten haben sie gesagt, du hättest wegen Vergewaltigung gesessen. Wie willst du mir das erklären?«

»Ich war unschuldig, ich schwör's.«

»Lügner. Bleib, wo du bist.«

»Habe ich dich vielleicht vergewaltigt? Ja oder nein?«

»Das brauchtest du nicht, du Mistkerl. Ich wollte, dass du mit mir schläfst. Und weißt du, wie ich mich jetzt fühle? Schmutzig.«

»Es tut mir sehr leid«, sagte ich, weil mir beim besten Willen nichts anderes einfiel. »Ich will einfach nur hier weg, denn auf gar keinen Fall gehe ich wieder ins Gefängnis.« Dabei trat ich mit dem Rücken an die Arbeitsplatte und ließ unauffällig ein Küchenmesser vom Block in der Tasche verschwinden.

»Ich sagte, stehen bleiben«, zischte sie wütend. »Sonst hetze ich dir Roman auf den Hals.« Wie auf Kommando knurrte der Hund bedrohlich.

»Ich werde dir nicht wehtun, glaub mir, aber wenn du deinen Hund auf mich hetzt, muss ich ihn erstechen, so sehr es mir gegen den Strich gehen würde. Es tut mir furchtbar leid, dir so wehgetan zu haben, und ich kann nur hoffen, dass du irgendwann erfährst, dass ich nicht der Mann bin, als der ich dastehe.«

Am Vorabend hatte ich neben der Haustür ein

Schlüsselbrett entdeckt. Ich drehte mich eine Sekunde danach um.

»Was machst du da?«, herrschte mich Luda an.

»Ich muss mir deinen Wagen ausleihen«, sagte ich und steckte ihre Autoschlüssel ein. »Ich werde ihn pfleglich behandeln.«

»Wenn du versuchst, das Haus mit den Autoschlüsseln zu verlassen, bist du ein toter Mann!« Am Rand der Hysterie, sprach sie eine Spur zu laut.

Mit erhobenem Küchenmesser trat ich den Rückzug an.

Luda atmete heftig, und ich sah, wie sie den Finger am Abzug krümmte. Roman erfasste die Stimmung und knurrte lauter. Offenbar leckte er sich die Lefzen nach einem Bissen von mir.

»Tu nichts, was du bereuen wirst, Luda«, sagte ich, während ich einen weiteren Schritt zurücktrat. »Um deinetwillen.«

»Du verlogener, krimineller Bastard. Glaubst du wirklich, du könntest so mit mir umspringen …« Der Zorn und die Erregung in ihrer Stimme waren mit Händen zu greifen, sodass sie ihr Gewehr nicht ruhig halten konnte. »Rühr dich nicht vom Fleck, oder ich erschieße dich.« Ich sah, dass sie nicht spaßte. Andererseits hatte ich es bis zur Schwelle geschafft, und die Haustür war nur sechs Meter entfernt auf der anderen Seite der Eingangsdiele. Ich sah ihr mit einem Blick in die Augen, der ihr zeigte, dass ich ehrlich und vernünftig war und Verständnis für ihre Gefühle aufbrachte.

Dann drehte ich mich in einer fließenden Bewegung

um, knallte die Küchentür hinter mir zu, warf das Messer weg und ließ mich fallen, als der Schuss losging und mir die Holzsplitter um die Ohren flogen. *Dafür werden sie mich wahrscheinlich auch noch zur Rechenschaft ziehen*, dachte ich, während ich aufsprang. Hinter mir hörte ich, wie der Hund an der kaputten Tür scharrte und dabei ein Gebell anstimmte, von dem einem das Blut in den Adern gefror.

Die Haustür war abgeschlossen; ich hatte gerade erst den Riegel zurückgeschoben und die Tür aufgerissen, als der Hund zähnefletschend in den Flur und in meine Richtung schoss.

Ich knallte ihm die Haustür gegen die Schnauze und rannte zur Einfahrt, die durch die Wiesen zu den Bäumen hinüber führte. Doch im Moment hatte ich wenig für die Aussicht übrig. Umso mehr interessierte ich mich für die beiden Streifenwagen, die am Horizont erschienen und mit Höchstgeschwindigkeit in meine Richtung kamen. Auch wenn sie Blaulicht und Sirenen ausgeschaltet hatten, wusste ich, dass sie hinter mir her waren und auf den Überraschungseffekt setzten.

Ich rannte zu Ludas altem VW-Golf hinüber, öffnete ihn mit den gestohlenen Schlüsseln, sprang hinein und warf genau in dem Moment den Motor an, als Luda, immer noch das Gewehr in der Hand und den Hund an ihrer Seite, in der Haustür erschien. Ich legte den Rückwärtsgang ein und fuhr mit quietschenden Reifen aus der Einfahrt. Für den Fall, dass Luda noch einmal aufs Geratewohl auf mich feuerte, zog ich den Kopf ein.

Glücklicherweise hatte sie es sich anders überlegt.

Kaum erreichte ich die Straße, wendete ich, trat aufs Gas und fuhr den beiden Streifenwagen entgegen.

In dieser Richtung machte die ohnehin schlecht geteerte Straße eine scharfe Kurve und ging in einen mit Schlaglöchern übersäten Feldweg über. Im Slalom um die schlimmsten Krater herum geriet der Wagen ins Schlingern, doch ich dachte nicht daran, das Tempo zu drosseln. Jetzt ragten die ersten Bäume zu beiden Seiten auf, der Weg wurde noch schmaler, und zuletzt kam ich nur noch mühsam zwischen den Bäumen hindurch.

Fünfzig Meter weiter wurde der Pfad urplötzlich wieder breiter, und ich sah, dass er an der Scheune, in der mich Luda am gestrigen Nachmittag aufgegabelt hatte, in einer Sackgasse endete. Dort musste immer noch meine Waffe mit der einen Kugel im Heu versteckt liegen. Falls ich mich damit erwischen ließ, wäre es eine weitere Straftat in der langen Liste meiner angeblichen Verbrechen. Andererseits war sie vielleicht mein einziger Ausweg. Lieber eine Kugel in den Kopf als für wer weiß wie viele Jahre im Knast zu verrotten, da mir wohl niemand je meine Geschichte abnehmen würde. Und wer konnte es den Leuten verübeln: Manchmal kamen mir selber Zweifel.

Ich hielt an, sprang aus dem Auto, ließ die Fahrertür absichtlich offen, holte meine Waffe aus der Scheune, steckte sie mir in die Gesäßtasche der Jeans und lief auf der Beifahrerseite wieder zum Wald. Ich hoffte, dass die Polizisten glaubten, ich wäre in die entgegengesetzte Richtung gelaufen. Inzwischen heulten die Sirenen, und wahrscheinlich waren meine Verfolger nur noch dreißig

Sekunden von mir entfernt. Und es würde Verstärkung kommen. Früher einmal war ich einer von ihnen gewesen, in ihren Augen dagegen gehörte ich zu der schlimmsten Sorte Polizist, die ihrem Berufsstand Schande machte. Ich durfte mir keine Gnade erhoffen, doch seltsamerweise spornte mich genau dieser Gedanke zur Höchstleistung an.

Ich war ein Überlebenskünstler. Bis jetzt hatte ich jedes Mal überlebt, egal, wie viel Prügel ich bezog, und ich dachte nicht daran, es ihnen diesmal leicht zu machen. Der Wald öffnete sich zu einem Weizenfeld, und ich lief, dankbar für die Deckung, in das brusthohe Getreide. Von Ferne hörte ich aus verschiedenen Richtungen weitere Sirenen näher kommen. Obwohl mir alles wehtat und ich heftig keuchte, rannte ich im selben Tempo weiter. In dieser Woche hatte ich mehr Bewegung bekommen als in Monaten davor.

Es war ein riesiges Weizenfeld, mindestens achthundert Meter lang und breit, das auf der anderen Seite wiederum durch eine Baumgruppe markiert wurde. Als ich mich – auf den Ackerfurchen gezwungenermaßen in gedrosseltem Tempo – ein gutes Stück durch die Ähren gekämpft hatte, entdeckte ich rechts von mir in einiger Entfernung eine Gruppe Wohnmobile im Schutz der Bäume. Dazwischen standen ein paar Pkw und Transporter, in der Mitte stieg Rauch auf. Wahrscheinlich fahrendes Volk. Mir kam vage die Erinnerung an einen Einsatz als V-Mann in den Sinn, bei dem ich als Kaufinteressent an gestohlenen Geländewagen auftreten musste und die Dinge aus dem Ruder liefen. Doch dies war nicht der Augenblick, nachtragend zu sein, und so wandte ich mich in ihre Richtung.

Von der Seite sah ich die ersten beiden bewaffneten Polizisten aus demselben Waldstück treten, das ich kaum eine Minute vor ihnen hinter mir gelassen hatte. Sie starrten über das Feld, ohne mich, wie es schien, zu entdecken. Mit eingezogenem Kopf rannte ich weiter und schärfte mir ein, nicht in Panik zu geraten. Sie mussten damit rechnen, dass ich bewaffnet war, folglich würden sie die Gegend weiträumig absperren, möglicherweise sogar evakuieren, bevor sie mich weiterhetzten. Dies alles würde sie Zeit kosten, was mir zugutekäme.

Vor mir tauchte das Lager auf. Es war nicht besonders groß – alles in allem kamen vielleicht zwanzig Wohnmobile, Geländewagen und Transporter zusammen – doch was mir ins Auge sprang, war ein großer Tieflader am hinteren Ende des Lagers, wie man sie zum Transport von Pflanzen verwendete. Es waren auch nur wenig Menschen zu sehen. Rings um das erloschene Feuer, das den Rauch produzierte, spielte ein halbes Dutzend Kinder, während ein paar Männer in Overalls an einem uralten Ford Cortina arbeiteten und eine rundliche Frau in mittleren Jahren an einer zwischen zwei Wohnmobilen gespannten Leine Wäsche aufhängte.

Als ich das Lager erreichte, lief ich langsamer weiter und verschaffte mir einen ersten Überblick. Die ersten beiden bewaffneten Polizisten konnte ich nirgends mehr entdecken. Obwohl die Sirenen immer noch aus großer Nähe kamen, waren keine Streifenwagen zu sehen. Ein Zaun trennte das Lager vom Feld, und bevor ich den Tieflader erreichte, auf den ich es abgesehen hatte, musste ich dreißig Meter offenes Brachland überqueren. Es war ein großes Risiko, vor mehreren Augenzeugen einen Lkw zu stehlen, doch jede Minute, die ich zögerte, verschlimmerte meine Lage, und so holte ich tief Luft, sprang über den Zaun und schoss mit wenigen Sätzen zur Fahrerkabine. Mitten auf dem Lagerplatz kam ich schlitternd zum Stehen und scheuchte die Kinder aus dem Weg, die beiden Männer hingegen, die an dem Cortina gearbeitet hatten, rührten sich nicht vom Fleck, und andere kamen zur Verstärkung.

Das Führerhaus des Trucks war nur wenige Meter von einem der Wohnmobile entfernt und damit von der Frau, die Wäsche aufhängte. Außerhalb ihres Blickfelds schlich ich mich zur Beifahrerseite, wo ich gefährlich nahe an den Fenstern des Wohnwagens vorbeikam. Ich warf einen Blick hinein und erspähte einen kräftigen Burschen mit Glatze und einem imposanten weißen Schnauzbart sowie jeder Menge Tattoos auf der nackten Haut, der in die Glotze starrte. Hätte er sich nur einen Moment umgedreht, wäre ich aufgeflogen, doch er schien so in das Programm vertieft zu sein, dass er mich nicht bemerkte. Ich trat auf die Trittstufe und dankte Gott, als sich die Tür mühelos öffnen ließ. Blitzschnell huschte ich hinein, dann schloss ich lautlos die Tür und manövrierte mich über einen Haufen Burger-Tüten und andere Fastfood-Packungen auf den Fahrersitz. Von dieser Warte aus konnte ich die uniformierten Polizisten wieder sehen, die augenscheinlich nicht bewaffnet waren und den Männern im Lager Vorhaltungen machten.

Ich spürte, wie mir das Adrenalin durch die Adern strömte, und ich liebte das Gefühl – höchstwahrscheinlich schon mein Leben lang, die einzige Erklärung, wie ich es jahrelang als V-Mann ausgehalten hatte. Obwohl das Spiel früher oder später böse enden musste, hatte ich es genossen. Und jetzt wie vermutlich in früheren Jahren wusste ich, dass ich einmal mit wehenden Fahnen untergehen würde.

Mit geducktem Kopf überprüfte ich das Zündschloss. Keine Schlüssel. Nicht verwunderlich. Ohne mich an dem abgestandenen Geruch nach Schweiß und altem Essen zu stören, machte ich mich daran, die Zündung kurzzuschließen. Wie bei so vielem, was ich auf Anhieb konnte, hatte ich keine Erinnerung daran, wann und wo ich diesen Trick gelernt hatte. Gewusst wie. Als sich die Drähte berührten, trat ich aufs Gas, und der Motor sprang mit wütendem Brummen an. Das Geräusch war nicht zu überhören, und sämtliche Köpfe fuhren zu mir herum.

Ich löste die Handbremse und fand den Rückwärtsgang. Der Truck machte einen Satz nach hinten, und im selben Moment hatte ich den Motor abgewürgt. Die Frau brüllte mir etwas zu. Als ich die Drähte erneut zusammenhielt und den Motor zum zweiten Mal anwarf, kam der Kerl mit der Glatze und den Tattoos in beängstigendem Tempo zur Fahrerseite gestürmt. Jetzt rannten auch die Cops, gefolgt von den übrigen Männern in meine Richtung. Also machte ich meinen Abgang, indem ich so schnell wie möglich rückwärts fast bis zum Zaun durchs Gras fuhr und das Lenkrad herumriss, bevor meine Verfolger mich erreichten. Ich legte den ersten Gang ein und brauste los.

Doch der kräftige Mann mit der Glatze war schnell – noch bevor ich das Lager hinter mir gelassen hatte, sprang er auf das Trittbrett an der Fahrerseite und riss die Tür auf. Mit knapper Not gelang es mir, den zweiten Gang einzulegen, bevor der Kerl mit seinem muskelbepackten Arm ins Führerhaus griff und mich in den Schwitzkasten nahm. Er hing halb drinnen, halb draußen und versuchte mich vom Sitz zu zerren, bevor ich richtig Gas geben konnte, und zu allem Überfluss drückte er mir die Finger in den Hals. Doch an diesem Punkt sollte mir nichts und niemand mehr in die Quere kommen. Ohne den Fuß vom Gaspedal zu nehmen, schwang ich mich zu ihm herum und schlug ihm zweimal kräftig ins Gesicht. Sein Griff lockerte sich, er schwankte ein wenig und fluchte mit starkem irischem Akzent, ließ sich jedoch nicht in seinem Vorhaben beirren, mich aus dem Truck zu zerren. Da ich in meiner Stellung nicht schnell genug an die Pistole kam, versetzte ich ihm weitere Schläge und riss das Lenkrad heftig nach links, dann ebenso ruckartig nach rechts, sodass ich auf eine der etwas entlegenen Wohnmobile zufuhr. Zwar geriet mein Widersacher ins Taumeln, doch im letzten Moment fand er am Türrahmen Halt und änderte seine Taktik, indem er mich in die Schläfe boxte. Er landete einen guten Treffer, doch ich ignorierte den Schmerz und fuhr in unvermindertem

Tempo schnurgerade auf das Heck des Wohnwagens zu.

Auf meinem Kurs haarscharf am Caravan vorbei traf die ausgeschwenkte Fahrertür das Mobil und krachte mit voller Wucht in meinen Gegner. Er schrie auf, ich nutzte meine Chance und schubste ihn mit aller Kraft hinaus. Diesmal fiel er zu Boden und verschwand aus meinem Blickfeld. Als ich schlitternd den Holperweg erreichte, packte ich das Lenkrad mit beiden Händen und raste auf die etwa zwanzig Meter entfernte Straße zu. Aus dem Augenwinkel heraus sah ich einen Mann mit nacktem Oberkörper, der wütend eine Axt über dem Kopf schwang. Mit der freien Hand versuchte er, den Türgriff zu erreichen, doch ich drückte weiter auf die Tube, bis der Drehzahlmesser schon im roten Bereich war und der Motor kreischte. Der Mann wurde etwa fünf Meter mitgeschleift, dann fiel er auf die nackte Erde.

Ich warf einen kurzen Blick in den Rückspiegel. Inzwischen hatten zwei Polizisten die Verfolgung aufgenommen, doch sie wirkten schon recht erschöpft. Ihren glücklosen dritten Mann hatte einer aus dem Lager in den Schwitzkasten genommen; erst als ich mich wieder nach vorne umdrehte, sah ich das Blaulicht durch die Hecke am Straßenrand blitzen. Direkt vor mir tauchte ein Streifenwagen auf, um mir die Zufahrt zu versperren.

Keine gute Idee. Ich fuhr nicht nur weiter, sondern stand auf dem Gaspedal. Ich nahm die Kühlerhaube ins Visier, um niemanden zu verletzen, doch da ich mich um keinen Preis ergeben würde, konnte ich für nichts garantieren. Auf beiden Seiten flogen die Türen auf, und die Cops hielten mir ihre Pistolen entgegen. Sie hatten noch nicht richtig Ziel genommen, als ich die Kühlerhaube rammte und den Wagen einfach aus dem Weg räumte. Unter wütenden, unverständlichen Rufen flogen mir zwei Schüsse um die Ohren, doch ich hatte rechtzeitig den Kopf eingezogen, und mein Truck erklomm bereits die Böschung auf der anderen Straßenseite, wobei er ein gutes Stück Hecke wegriss. Ich bewahrte die Kontrolle über das Lenkrad und traf auf der abschüssigen Seite des Walls wieder auf Asphalt. Mit wildem Geschrei, doch ohne einen Treffer zu landen, versuchten sie, mir die Reifen zu zerschießen.

Inzwischen hatte ich genügend Schwung, um den dritten Gang einzulegen. Als die Cops zusammen mit ihrem zerquetschten Streifenwagen im Rückspiegel verschwanden, brach ich in lautes Gelächter aus und machte mich vom Acker.

43

Der erste Anruf ging auf Tinas Festnetztelefon um 8:20 Uhr ein und weckte sie aus dem Tiefschlaf. Es war ein Reporter vom *Daily Mirror,* der um ein Exklusiv-Interview zu ihrer Beziehung zu Sean Egan bat.

Tina legte kommentarlos auf.

Als es um 8:35 Uhr wieder klingelt und sich ein Journalist vom *Guardian* meldete, legte sie den Hörer neben das Telefon, schaltete sämtliche drei Handys auf stumm und kehrte im Vertrauen darauf, dass die diensthabenden Polizisten vor dem Haus keine Leute von der Presse durchlassen würden, ins Bett zurück.

Es war ein weiterer prächtiger Tag, und als Tina etwa um elf Uhr vormittags aufstand, sah sie ihre Polizisten draußen immer noch Wache schieben. Sie duschte und aß etwas zum Frühstück. Um sich auf die anstehende Arbeit zu konzentrieren, musste sie die Erinnerungen an die zurückliegende Nacht verdrängen. Auf ihrem Haupt-Handy waren acht Anrufe in Abwesenheit eingegangen, doch nur eine Nummer war ihr bekannt – die von Alan Donaldson, Laurens Vater. Bei allen anderen handelte es sich wahrscheinlich um die Presse. Sie hörte

Donaldsons Nachricht ab. Er erklärte, er habe am Morgen in der Zeitung gelesen, Tina werde mit dem Verschwinden eines Mordverdächtigen in Verbindung gebracht und im Fernsehen sei von unbestätigten Berichten die Rede gewesen, denen zufolge sie in der Nacht am Tatort eines Doppelmords gewesen, verhaftet und auf freien Fuß gesetzt worden sei. Er endete mit der Bemerkung, er hoffe, sie sei unversehrt, und mit der Bitte um ihren Rückruf.

Tina kam nicht darum herum, sich bei ihrem einzigen zahlungskräftigen Klienten zu melden, der zu ihrer großen Erleichterung jedoch nicht ans Telefon ging. Ihr stand nicht der Sinn danach, sich in lange Erklärungen über die Vorfälle zu ergehen oder ihm Auskunft darüber zu erteilen, was diese Ereignisse für ihre Suche nach Lauren zu bedeuten hatten. Also hinterließ sie nur eine knappe Nachricht auf seinem AB, versicherte ihm, ihr fehle nichts und sie werde es später noch einmal versuchen. Dann begab sie sich mit Kaffee und Zigarette in den Garten. Doch kaum saß sie, meldete sich Mike Bolt.

»Wie fühlst du dich heute?«, fragte er.

»Es gibt mich noch, und im Moment bin ich einfach nur dankbar dafür.«

»Es wird dich noch lange geben, Tina. Allmählich glaube ich, du bist unbesiegbar.«

»Deinen Optimismus in Ehren.«

»Hast du heute schon die Nachrichten gesehen?«

»Nein, aber ich habe gehört, dass ich darin vorkomme. Offenbar ist es dir nicht gelungen, meine Verbindung zu Sean unter dem Deckel zu halten.«

»Tut mir leid, du kennst das ja. Solche Dinge sickern blitzschnell durch, besonders wenn die Schreiberlinge eine heiße Story wittern, und die wittern sie bei dir immer.«

»Und was sagen sie über mich?«

»Bis jetzt nicht viel, auch wenn der Pressesprecher des Scotland Yard deine Festnahme und anschließende Freilassung ohne Anklage bestätigt hat.«

Bei dem Gedanken an ihre armen Eltern stieß Tina einen Seufzer aus. »Hatte ich mir schon gedacht.«

»Aber deswegen rufe ich nicht an. Wir haben heute früh die örtliche Kripo gebeten, Dylan Mackay zu verhaften. Sie mussten die Tür einbrechen, weil niemand öffnete.«

»Au, Scheiße«, sagte Tina, da sie wusste, was als Nächstes kam. »Wie ist er gestorben?«

»Er hing an einem Lampenhaken an der Decke. Keine Kampfspuren, auch kein Abschiedsbrief.«

»Er wurde ermordet.«

»Sieht ganz so aus, aber das war Profiarbeit. Offenbar weist die Leiche keinerlei Abwehrspuren auf.«

»Die Leute, mit denen wir es hier zu tun haben, *sind* hochkarätige Profis, Mike. Für die war Dylan nichts weiter als ein unsicherer Kandidat. Wenn du die Telefondaten zu dem Handy in die Finger bekommst, das er bis zum siebten April benutzt hat, kriegst du raus, mit wem er in diesen letzten Tagen gesprochen hat. Das ist die Spur zu demjenigen, der hinter der ganzen Geschichte steckt und die hoffentlich auch zu euren Toten im Hotel führt.«

»Wir sind gerade dabei«, sagte er, »auch wenn ich von meinen Leuten ein paar fragende Blicke ernte, was die Verbindung von Dylan Mackay mit unserem Fall betrifft.«

»Die Morde hängen zusammen, das weißt du so gut wie ich.«

Mike seufzte. »Hast du schon gehört, dass Sean Egan heute Vormittag in einem Haus in Cambridgeshire gesichtet wurde? Die dortige Polizei hat versucht, ihn festzunehmen, doch er ist mit einem Lkw geflüchtet, den er in einem Lager fahrender Iren geklaut hat. Der Kerl hat Schneid, das muss man ihm lassen.«

Es wunderte Tina nicht, dass Sean ein weiteres Mal entwischt war. Dem Mann gingen nie die Ideen aus.

»Hast du noch irgendetwas über diese Offshore-Firma herausgekriegt, die Seans zwei Kindermädchen gelöhnt hat?«, fragte sie.

Am anderen Ende trat eine kurze Pause ein. »Ehrlich gesagt, weiß ich nicht, wie viel ich dir sagen darf, Tina«, rückte Mike schließlich heraus. »Wir sind da auf ein paar ziemlich heikle Informationen gestoßen.«

»Mike, du kennst mich, ich kann etwas für mich behalten. Im Unterschied zu einigen von deinen Leute.«

»Der Punkt geht an dich. Wie gesagt, wurden die beiden Aufpasser von einer Briefkastenfirma auf den Bahamas bezahlt, du erinnerst dich? Na ja, wir haben ein paar Leute vom Betrugsdezernat gebeten herauszufinden, wem die Firma gehört. Offenbar gab es eine Geldspur, die über mehrere Offshore-Briefkastenfirmen zu einer Art Sicherheitsdienst namens Secure Solution hier in Großbritannien führt. Die bieten der Industrie Internetsicherheit und Spionageabwehr an.«

Das haute Tina um. »Und was haben die mit einem Knastbruder wie Sean Egan zu schaffen?«

»Keine Ahnung, aber das ist noch nicht alles. Diese Firma hat einen heißen Draht zum Innenminister, dem ehrenwerten Garth Crossman.« Mike legte eine wirkungsvolle Pause ein. »Egal, womit Egan zuletzt befasst war, auf jeden Fall ging es um eine ganz große Nummer.«

44

Meine Euphorie über die gelungene Flucht währte nicht lang. Nachdem ich den Tieflader in einem Dorf etwa fünf Meilen von Ludas Farm entfernt abgestellt hatte, startete ich per Kurzschluss einen alten Datsun, den ich hinter einem Wohnhaus entdeckte, und fuhr damit ins Stadtzentrum von Cambridge, wo ich mich derzeit befand. In dem Lkw hatte ich ein bisschen Kleingeld gefunden, sodass ich nunmehr im Besitz stolzer neun Pfund und zwanzig Pence war – genug für eine Mahlzeit, und dann wieder auf null.

Ich fand einen Pub, in dem ich für vier neunundneunzig ein Hühnchen-Curry, Fladenbrot und ein großes Bier bekam, der günstigste Deal weit und breit. Ich bestellte mein Essen bei einem Barmädchen, das glücklicherweise zu gelangweilt war, um mir ins Gesicht zu sehen, bevor ich mich in größtmöglichem Abstand zu den übrigen Gästen an einen Tisch setzte. Seit mein Gesicht in den Medien kursierte, tickte die Uhr, und es war nur eine Frage der Zeit, bis mich die Polizei erwischte. Je länger sich diese endlose Geschichte hinzog, desto weniger würde irgendjemand meiner Darstellung Glauben schenken. Zwar wusste ich, dass ich nicht verdient hatte, in eine solche Lage zu kommen, doch bis heute konnte ich mich nicht daran erinnern, wie es nach meiner Haftentlassung und in dem Job, den mir Jack Duckford verschafft hatte, mit mir weitergegangen war. Es konnte sich dabei nur um eine verdeckte Ermittlung handeln, die mich schließlich in dieses Haus in meinem Traum gebracht hatte. Mir kam der Gedanke, dass mir Jack Duckford dabei helfen könnte, die Erinnerungslücken zu schließen. Ob er allerdings darauf erpicht war, einem flüchtigen Killer zu helfen, stand auf einem anderen Blatt, doch einen Versuch war es wert. Ich hatte keine Telefonnummer und auch sonst keine Möglichkeit, mit ihm Kontakt aufzunehmen, nur Tina konnte mir helfen. Natürlich ging ich ein gewaltiges Risiko ein, wenn ich bei ihr anrief. Andererseits musste ich sowieso in wenigen Stunden oder allenfalls Tagen mit meiner Verhaftung rechnen, von daher machte es Sinn, jede Chance zu nutzen, die sich mir bot.

Wie zur Bestätigung dieser düsteren Einschätzung meiner Situation blickte ich in diesem Moment von meinem Bier auf und sah den großen Flachbildschirm am anderen Ende der Bar. Auf den Luftbildern war unschwer Ludas Gehöft zu erkennen. Die Filmsequenz war aus einem Hubschrauber aufgenommen worden; ich erkannte etwa ein Dutzend Polizeiautos am Straßenrand und mehrere schwarz gekleidete, hektisch agierende Gestalten. Einer der Uniformierten durchsuchte sogar den Hühnerstall, und ich fragte mich, was er dort zu finden hoffte. Vielleicht hatte er Appetit auf ein paar Freilandeier. Es folgte ein langsamer Kameraschwenk über Felder und bewaldetes Gelände, bis vor meinem staunenden Auge das Lager der fahrenden Iren erschien, aus dem ich den Tieflader gestohlen hatte. Unweit des Eingangs stand immer noch der zerbeulte Streifenwagen, den ich gerammt hatte, und selbst aus großer Entfernung war zu sehen, wo ich die Kühlerhaube abgesäbelt hatte. Während sich Schaulustige am Ort des seltsamen Geschehens sammelten, standen die Polizisten bewaffnet, doch ratlos herum. Im Newsticker am unteren Bildschirmrand hieß es lakonisch, bei einem Einsatz zur Festnahme des gesuchten Mordverdächtigen Sean Egan seien Schüsse gefallen und ein Polizeibeamter habe leichte Verletzungen erlitten. Ich vermutete, dass er nicht rechtzeitig aus der Streife gekommen war, und hoffte, dass er sich schnell erholte.

In einer Ecke des Bildschirms wurde ein Foto von mir eingeblendet – nicht die Aufnahme, der ich die Abkühlung von Ludas Gefühlen zu verdanken hatte. Es handelte sich vielmehr um ein Polizeifoto, zweifellos im Zusammenhang mit der Vergewaltigungsklage. Darauf blickte ich missmutig in die Kamera – eine Verbrechervisage, wie sie im Buche steht. Seitdem hatte ich zugenommen und trug das Haar etwas länger, doch ansonsten war ich so mühelos wiederzuerkennen, dass ich mich im Pub plötzlich äußerst unbehaglich fühlte. Ein Mann und eine Frau in mittlerem Alter, die an einem Tisch in der Nähe der Bar saßen, starrten wie gebannt auf den Bildschirm, und das Mädchen hinterm Tresen, das mich eben erst bedient hatte, schenkte einem Gast nur drei Meter vom Fernseher entfernt ein Bier ein. Falls sie zum Bild aufschaute, konnte es gut sein, dass sie mich wiedererkannte.

Ja nicht in Panik geraten! Ich erinnerte mich an das oberste Gebot aus meiner Undercover-Zeit. Man hält die Stellung und benimmt sich absolut selbstbewusst und normal, die wirkungsvollste Art, bei seinen Mitmenschen Zweifel an den eigenen Instinkten zu säen. Also nahm ich in aller Ruhe einen Schluck Bier. Bis mein Konterfei vom Bildschirm verschwand und die Sendung wieder zu dem Moderator ins Nachrichtenstudio schaltete, lehnte ich mich entspannt zurück. Der Ton war so leise gestellt, dass ich nicht hören konnte, was sie sagten, daher wartete ich noch eine Minute, ließ unauffällig den Blick durch die Kneipe schweifen, um festzustellen, ob mich jemand anstarrte, dann trank ich aus und stand auf.

Auf dem Weg zur Tür kam ich an den Wandlautsprechern vorbei. Bevor ich die Tür erreichte, blieb ich wie angewurzelt stehen.

»Heute hat sich Egans geschiedene Frau bei einer Pressekonferenz an ihren früheren Mann gewendet und an ihn appelliert, sich zu stellen.«

Reflexartig drehte ich mich zum Bildschirm um, auf dem eine attraktive dunkelhaarige Frau mit nervöser Miene zwischen augenscheinlich hochrangigen Polizeibeamten hinter einem Mikrofon saß.

»Sean«, sagte sie mit fester, doch angespannter Stimme. »Falls du das hier hören kannst, bitte stell dich der Polizei. Auch wenn du unschuldig bist, ist es zu deinem Besten, dich zu melden und zu erklären, was passiert ist. Ich weiß, dass du es nicht für mich tun wirst, aber tu's bitte für unsere Tochter. Millie macht sich wirklich Sorgen um dich, und sie braucht einen Vater.«

Ich konnte nicht fassen, was ich hörte – und sah. Da erschien eine Frau im Fernsehen, mit der ich angeblich einmal verheiratet gewesen war. Je länger ich sie anstarrte, desto vertrauter kam sie mir vor, andererseits hatte ich weder an sie noch an eine gemeinsame Tochter die geringste Erinnerung.

Millie.

Meine ehemalige Frau – in der Sendung wurde sie als Claire Nixon vorgestellt –, meine ehemalige Frau war mit ihrem Appell zu Ende, und einer der Cops neben ihr ergriff das Wort, doch ich hörte nicht länger hin. Aus dem Augenwinkel heraus sah ich, wie das Barmädchen mir einen etwas zu intensiven Blick zuwarf, doch ich lief so zwanglos wie möglich weiter und beschleunigte meine Schritte erst, als ich auf der Straße war.

Jetzt stand endgültig fest, dass ich so schnell wie möglich Dr. Bronson wiedersehen musste. Ganz zweifellos hatte er in seiner Hypnotherapie mein Bewusstsein manipuliert, denn obwohl ich mein Gedächtnis wiedergefunden hatte, klafften in meinem Leben große Lücken, als wären ganze Erfahrungsbereiche für immer in irgendeinen Winkel meines Unterbewusstseins weggeschlossen. Ebenso dringend musste ich mit Jack Duckford reden.

Um an beide heranzukommen, brauchte ich Tina. Ich zog einen Zettel aus der Tasche, auf den sie ihre Nummer geschrieben hatte, und schaltete das Handy ein. Es war Zeit, meine letzte Karte auszuspielen.

45

Tina besaß drei Mobiltelefone: Eines war unter dem Firmennamen eingetragen, und sie benutzte es bei ihrer offiziellen, ganz legalen Arbeit; bei den anderen beiden handelte es sich um nicht registrierte Prepaid-Handys für nicht zurückverfolgbare Telefonate. Sie brühte sich gerade in der Küche den dritten Kaffee an diesem Tag auf und spielte mit dem Gedanken, nach Camden zu fahren, um ihren Wagen abzuholen, als das Mobiltelefon klingelte, das sie am seltensten benutzte. Soweit sie wusste, kannte nur eine Person die Nummer der SIM-Karte, die sie derzeit eingelegt hatte, und das war Sean.

Bevor sie sich meldete, ging sie in den Garten.

Seans Stimme klang zum Zerreißen gespannt. »Sind Sie allein?«

Tina verließ ihren Garten durch das Hintertörchen und lief den schmalen Weg entlang, der zu einem Hügel hinaufführte.

»Jetzt ja. Und diese Leitung ist sicher.«

»Haben Sie die Nachrichten gesehen?«

»Ich habe gehört, dass Sie einen Zusammenstoß mit der Polizei hatten, wenn Sie das meinen.«

Das war nicht gemeint. »Sie müssen von meiner Frau und meiner Tochter gewusst haben, wieso haben Sie mir nicht von ihnen erzählt?«

»Weil Ihre Ex Sie wahrscheinlich nicht hätte sehen wollen.«

»Hätte die Entscheidung nicht bei ihr gelegen?«

Tina seufzte. »Ich hatte vor, mit ihr zu reden, aber dann haben sich die Ereignisse überstürzt, und ich hatte noch keine Zeit.«

»Was wissen Sie über die beiden?«, fragte er, und sie hörte eine Verzweiflung heraus, die sie an ihm nicht kannte. »Wie alt ist meine Tochter?«

»Sie ist, glaube ich, drei.«

»Sie heißt Millie. Sagt meine Ex im Fernsehen.« Er holte tief Luft. »Tina, Sie wissen, dass ich keine Ahnung hatte. Ich war Familienvater, verheiratet, mit einer Tochter, und ich hatte nicht die leiseste Ahnung. Mir kommen zu den beiden immer noch keinerlei Erinnerungen hoch.«

»Als Sie wegen der Vergewaltigung verhaftet wurden«, eröffnete ihm Tina, »war Ihre Frau schwanger. Habe ich damals irgendwo gelesen.«

»Gütiger Himmel. Was habe ich aus meinem Leben gemacht!«

»Ich weiß es wirklich nicht, Sean, aber im Moment sieht es alles andere als rosig aus. Sie müssen sich stellen.«

»Werde ich auch, wie ich schon sagte, aber nicht, bevor ich mich an alles erinnern kann. Und wie läuft's bei Ihnen?«

»Auch ziemlich dramatisch. Gestern Abend wäre ich beinahe ums Leben gekommen.« Während sie sich an den Aufstieg machte, um sich weit genug von den Häusern entfernt einigermaßen sicher zu fühlen, erzählte ihm Tina von den Ereignissen in Sheryls Wohnung.

»Mein Gott«, sagte Sean, als sie geendet hatte, und es klang aufrichtig betroffen. »Und geht es Ihnen einigermaßen?«

»Immerhin bin ich noch in der Lage, mit Ihnen zu reden.«

»Das sind definitiv dieselben Leute, die Jane und Tom auf dem Gewissen haben. Eine gut aussehende Amerikanerin und ein großer, hässlicher Typ mit dem Körperbau eines Ochsen. Dann sind sie jetzt also auch hinter Ihnen her.«

»Und noch etwas: Jen Jones, die blonde Frau, die zusammen mit Lauren verschwunden ist, die aus Ihrem Traum. Ich glaube, sie war Ihre Freundin.«

»Stimmt«, sagte Sean. »Daran kann ich mich wieder erinnern. Einzelne Fetzen. Ich erinnere mich, wie ich sie in einer Bar kennenlernte. Ich habe sie geliebt, Tina. Das spüre ich. Aber im Moment weiß ich noch nichts Konkretes über unsere Beziehung.«

»Und dieser Traum? Schon eine Ahnung, was Sie in dem Haus zu suchen hatten?«

»Konkrete Erinnerungen habe ich nicht, aber es muss sich wohl um einen Einsatz als V-Mann gehandelt haben. Nach meiner Haftentlassung habe ich nämlich für einen ehemaligen Kollegen namens Jack Duckford als verdeckter Ermittler gearbeitet. Er wechselte seinerzeit zur SOCA, der Serious Organised Crime Agency, und heuerte mich an. Könnten Sie mir vielleicht seine Telefonnummer besorgen?«

»Sie wollen sich mit dem Mann in Verbindung setzen? Ich wäre mir nicht so sicher, ob das eine gute Idee ist, Sean. Wenn Sie für ihn gearbeitet haben, könnte er durchaus mit dem Kerl in Verbindung stehen, den Sie im Hotel getötet haben.«

»Ich kenne ihn seit einer Ewigkeit. Und ich weiß jetzt wieder, dass wir einmal Freunde waren. Ich glaube, wenn ich ihn anrufe, wird er mit mir reden. Keine Sorge, ich bin kein Idiot. Ich mache keine Dummheit, und ganz bestimmt werde ich mich nicht persönlich mit ihm treffen. Ich will ihm einfach nur telefonisch ein paar Fragen stellen.«

Tina seufzte und strich sich mit der Hand durchs Haar. »Also gut, ich versuche, eine Nummer rauszufinden, solange Sie versprechen, niemandem zu verraten, von wem Sie die haben.«

»Sie haben mein Wort«, sagte er feierlich. »Und konnten Sie schon Bronson auftreiben? Ich bin mir sicher, dass er zumindest für einige meiner Gedächtnislücken verantwortlich ist.«

»Ich habe ein paar Fotos von Männern rausgesucht, die möglicherweise zu Ihrem Dr. Bronson passen. Wenn Sie ihn identifizieren könnten, sollte es mir möglich sein, seine Adresse rauszufinden. Ich nehme mal an, Sie verfügen derzeit über keine Internetverbindung.«

Sean lachte trocken. »Ich habe rein gar nichts, Tina. Nicht mal Geld.«

»Falls Sie irgendwo ein Internet-Café finden und sich ein E-Mail-Konto einrichten würden, könnte ich Ihnen die Fotos mailen.«

»Sie haben mich, glaube ich, nicht verstanden. Ich habe nichts. Rein gar nichts.«

»Dann stellen Sie sich, Sean. Sie können nicht ewig flüchten.«

»Wenn ich das tue, werden wir Bronson niemals finden. Ich werde niemals mit Jack reden können, und wir werden niemals das Geheimnis um die beiden vermissten Mädchen lüften.«

Während sie über diesen Gedanken brüteten, herrschte eine Weile Schweigen.

»Können wir uns irgendwo treffen?«, fragte Sean schließlich. »Ich kann mir diese Bilder anschauen, und falls einer davon Bronson ist, treiben wir ihn auf.«

»Völlig unmöglich, Sean. Ich kann mich in Ihrem Fall nicht noch mehr strafbar machen, als ich es schon getan habe. Wenn ich mich mit Ihnen treffe, muss ich mit sehr ernsten Anklagen rechnen.«

»Ist das nicht jetzt schon der Fall? Bitte, Tina. Helfen Sie mir, ein allerletztes Mal.«

Einige Sekunden verstrichen, ohne dass sie etwas sagte. Von der Hügelkuppe aus blickte sie auf das Dorf hinunter, in dem sie die letzten fünf Jahre gelebt hatte. Vor dem Obst- und Gemüsegeschäft an der Ecke, das seine Ware stets frisch vom New Covent Garden bezog, hielten zwei alte Damen einen Plausch; eine war ihre Nachbarin, eine Witwe namens Ms. Maybury, die immer ein Lächeln für sie hatte, wenn sie sich begegneten. Vor dem Pub kam eine Mutter mit Kinderwagen vorbei, und an dem Hügel auf der anderen Seite erspähte sie eine Gruppe Wanderer, die sich im Gänsemarsch den schmalen Pfad hinaufschlängelten. Es war der Inbegriff von Normalität, und von ihrem Aussichtspunkt aus konnte sie nicht einmal den Streifenwagen vor ihrer Haustür sehen.

»Eines möchte ich von Ihnen wissen«, brach sie schließlich das Schweigen. »Sie sagen, Ihre Erinnerungen kommen Stück für Stück wieder, dann will ich eine ehrliche Antwort auf meine Frage. Haben Sie diese Frau vergewaltigt?«

»Nein«, antwortete er mit Nachdruck. »Habe ich nicht. Ich habe mit ihr geschlafen, so viel weiß ich wieder. Und ich wusste auch, dass sie verheiratet war, weil sie es mir erzählt hat. Aber es war einvernehmlich, mein Ehrenwort.« Es hätte eine Lüge sein können. Immerhin war er V-Mann von Beruf gewesen. Dennoch glaubte ihm Tina.

»Wo sind Sie?« Jetzt zögerte er einen Moment. »Ich setze mein ganzes Vertrauen in Sie, Tina. Bitte enttäuschen Sie mich nicht.«

»Dito, Sean.«

»Ich habe Ihnen mal das Leben gerettet.«

»Hätte ich beinahe vergessen.«

»Ich bin in Cambridge. Könnten Sie herkommen?«

»Sie müssen nach London zurück. Es ist leichter für mich, wenn wir uns da auf neutralem Boden treffen. Wenn ich von hier aus schnurstracks nach Cambridge fahre, errege ich womöglich Verdacht.«

»Ich habe kein Geld.«

»Sie finden schon einen Weg. Rufen Sie mich unter dieser Nummer an, sobald Sie wieder in London sind, und wir machen etwas aus. In der Zwischenzeit versuche ich eine Nummer zu Jack Duckford aufzutreiben, und wenn Sie unbedingt mit ihm reden müssen, dann bitte von einem Münzfernsprecher aus. Irgendwas, wo Sie nicht zu orten sind.«

»Danke, Tina, ich weiß nicht, wie ich Ihnen das jemals danken soll.«

»Auch dazu fällt Ihnen bestimmt was ein«, sagte sie, beendete das Telefonat und holte einmal tief Luft, bevor sie eine Zigarette anzündete und sich nicht einmal mehr fragte, wieso sie das alles eigentlich tat.

Die gespannte Erwartung, die sie mit aller Macht packte, war Antwort genug.

46

Pen De Souza war neunzehn Jahre alt, als sie wegen guter Führung ein Jahr früher aus dem Jugendknast entlassen wurde. Mit ihrem vorbildlichen Betragen hatte sie alle Vollzugsbeamten davon überzeugt, dass sie ein geläuterter Mensch war und das schreckliche Verbrechen, das sie in einem Moment der Unzurechnungsfähigkeit als Kind begangen hatte, von Herzen bereute. Das war 2002, nicht lange nach dem 11. September, als für Amerika eine Welt zusammenbrach und ein neuer Geist des Patriotismus wehte. Wie viele andere hatte auch Pen nach einer Gelegenheit gesucht, ihrem Land zu dienen. Zum Gefängniskaplan, Reverend Bower, einem gottesfürchtigen und zugleich einflussreichen Mann mit einem Bruder in der Lokalpolitik, hatte Pen, nicht zuletzt durch die regelmäßigen unglaublichen Blowjobs befeuert, eine wichtige emotionale Beziehung aufgebaut; im Gegenzug hatte er sich bei den Behörden für sie eingesetzt und mehr als jeder andere dazu beigetragen, dass sie in die US Army aufgenommen wurde.

Vier Jahre im Jugendknast waren die perfekte Vorbereitung fürs Militär. An institutionelle Disziplin war Pen gewöhnt; mühelos hatte sie sich vom ersten Tag an eingefügt und war im Lauf der nächsten fünf Jahre, davon zwei im Irak, bis zum Rang des Lieutenant aufgestiegen. Doch die Army war ihr auf Dauer nicht genug. Sie war eine gut aussehende, hochintelligente Frau, die unter Belastung nicht die Nerven verlor, obendrein von einer gewissen Rücksichtslosigkeit, die sie in einem zivilen Beruf in Schwierigkeiten gebracht hätte, in gewissen Branchen dagegen zum Vorteil gereichte. Und so verwunderte es nicht, dass irgendwann die CIA auf sie aufmerksam wurde. Zu dieser Zeit hatte der Geheimdienst bei sogenannten schmutzigen Einsätzen die Finger im Spiel – geheimen, oft illegalen Operationen, die darauf abzielten, im Interesse der eigenen Sicherheit Amerikas Feinde zu destabilisieren. Und so trat Pen in eine neue, tödlichere Phase ihrer Laufbahn ein: Mit streng geheimen Treffen auf staubigen, finsteren Straßen im Nahen Osten; romantischen Abenteuern in Fünf-Sterne-Hotels, Erpressung und schließlich Mord. Pen war in ihrem Job unschlagbar. Die Leute – besonders Männer – vertrauten ihr. Und unterschätzten sie ein ums andere Mal. Bis sie merkten, worauf sie sich eingelassen hatten, doch dann war es meistens zu spät. Sie wurde zum gewieften Auftragskiller und trug in zwei Jahren mehr dazu bei, Irans anlaufendes Nuklearprogramm zu torpedieren, als alle Sanktionen, indem sie einfach zwei der begabtesten jungen Wissenschaftler des Landes tötete, und zwar so, dass es zwischen den beiden Vorfällen scheinbar keine Verbindung gab: den einen in London mit Gift, den anderen in Mumbai bei einem scheinbar eskalierten Raubüberfall auf offener Straße. Niemand hatte sie in Verdacht.

Nur dass sie allmählich für ihre Vorgesetzten zur Belastung wurde. Pen wusste zu viel, und nach der Bush-Ära änderte sich die Strategie der CIA. Ein Kollege, dem sie vertraute, versuchte, ihr eine Falle zu stellen und sie in Prag zu liquidieren, doch sie entkam, kehrte in die Staaten zurück, quittierte ihren Dienst und verschwand für einige Jahre vom Radarschirm.

In dieser Zeit bot ihr ein ehemaliger Agent eine neue Arbeit an. Er hatte eine Nischenfirma gegründet, die sich auf verschiedene streng geheime Dienste, einschließlich Mord, für Geschäftsunternehmen als auch Regierungsstellen mit gut gefüllten Taschen spezialisierte. Der Mann hieß Brian Coombs alias Tank, und der Rest war Geschichte. Über die Jahre hatten sie die übrigen Mitarbeiter zur Strecke gebracht, und jetzt gab es nur noch sie beide. Sie waren ein unschlagbares Team und bauten sich eine gemeinsame Zukunft auf.

Nicht mehr lange, und sie hatten genug Geld zusammen, um sich aus dem Geschäft zurückzuziehen und zu heiraten. Pen Coombs – sie ließ sich den Namen auf der Zunge zergehen. Er hatte einen Klang, den sie mit reichen Vorstadtvierteln assoziierte. Mrs. und Mr. Coombs würden sich irgendwo in der Karibik ein Strandhaus kaufen. St Thomas oder St John fand sie nicht schlecht, vielleicht sogar Puerto Rico, doch mit ihrem Budget wohl am ehesten Panama. Sie planten, genügend Geld zu verdienen, um sich für den Rest ihrer Tage in der Sonne zu aalen, miteinander zu schlafen und es sich –

zu Lande wie zu Wasser –, wohlergehen zu lassen. Sie und Tank traut vereint. Und wenn sie nicht gestorben sind …

Doch erst einmal mussten sie genügend Kohle machen; bei ihrem derzeitigen Auftrag winkte ein fetter Batzen. Dafür mussten sie nur noch den Mann namens Sean Egan töten, bevor die Polizei ihn hinter Gitter brachte. Dieser letzte große Auftrag, und sie wären um eine halbe Million reicher, Geld, das sie sofort in eine Immobilie investieren konnten. Doch schon jetzt waren die Dinge gründlich aus dem Ruder gelaufen. Zuerst war ihnen Egan entwischt, und dann hatten sie auch noch ihren zweiten Auftrag, Tina Boyd zu liquidieren, vermasselt. In den fünf Jahren ihrer gemeinsamen Arbeit war dies ihre erste echte Pechsträhne, und ihr Auftraggeber schäumte vor Wut. Als wäre das nicht genug, wussten sie nicht einmal, wo sie Egan finden sollten, und falls die Polizei ihn ihr und Tank vor der Nase wegschnappte – eine sehr reale Gefahr –, konnten sie nicht nur ihren Job vergessen, sondern mussten eine empfindliche Schädigung ihres legendären Rufs hinnehmen.

Doch Pen hatte schon genug erlebt, um sich nicht unnötig Sorgen zu machen. Im Moment entspannte sie sich im Bett und genoss die wohlige, postkoitale Wärme einer intensiven Liebes-Session mit ihrem Ehemann in spe. Tank befriedigte sie in einem Maße, für das sie keine Worte fand, und überhaupt hätte sie nicht gewusst, was sie ohne ihn anfangen sollte.

In ihrem Hotelzimmer lief der Fernseher. Sean Egans Ex sprach auf einer Pressekonferenz der Polizei und appellierte an den flüchtigen Egan, sich um ihrer kleiner Tochter willen der Polizei zu stellen.

Als Tank mit einem Handtuch um die Hüfte und Wasserperlen an den perfekten Konturen seines Körpers aus dem Bad kam, sah Pen auf und spürte eine neue Woge der Erregung.

Er zeigte auf den Flachbildschirm. »Was gibt's?«

»Das ist Egans Ex. Offenbar haben sie ein gemeinsames Kind.«

Tank nickte. »Ja, das stand im Dossier. Fragt sich nur, ob er sich noch daran erinnert, dass er Dad ist.«

Pen grinste. »Das spielt keine Rolle. Sobald er das hier sieht, wird er versuchen, mit ihr Verbindung aufzunehmen.«

Tank zuckte die Achseln. »Aber das wissen natürlich auch die Cops, nicht wahr? Für den Fall, dass er am Haus der Ex aufkreuzt, werden sie ihre Leute in der Nähe postieren. Die übliche Vorgehensweise.«

»Stimmt, aber trotzdem eine Möglichkeit, an ihn heranzukommen. Ein Vater tut alles für sein Kind. Erinnerst du dich nicht mehr an den Arzt in Vermont? Der Typ, der untergetaucht war und sich um nichts in der Welt zeigen wollte, bis wir ihm das Filmmaterial von seinem Sohn mit der Rasierklinge geschickt haben?«

»Ja, richtig«, sagte Tank, und wenn sich Pen nicht täuschte, lief ihm ein leiser Schauder über den Rücken. »Ich kann bis heute nicht fassen, wie du das mit dem Jungen fertiggebracht hast.«

»Es hat funktioniert oder etwa nicht? Daddy kam angerannt, obwohl er wusste, was ihm blühte.«

»Schon, aber wir konnten dem Kerl eine Nachricht schicken. Zu Egan fehlt uns leider eine Adresse.«

»Na und? Brauchen wir auch nicht. Überleg doch mal. Wenn wir uns die Frau und den Jungen schnappen und der Klient sie irgendwo gefangen hält, können wir Egan, selbst wenn er schon in Haft ist, anonym eine Botschaft schicken und ihm klarmachen, dass die beiden sterben, wenn er gegenüber der Polizei oder sonst irgendjemandem quatscht. Sobald er das hört, kriegen die kein Wort mehr aus ihm raus. Wetten? Das Beste daran ist, dass sie die Frau und das Kind wochen-, wenn nicht monatelang festhalten können, während wir einen Weg finden, Egan zu erledigen.« Sie sah zu ihm auf. »Eine todsichere Sache. Und wir behalten unser Geld.«

Tank pfiff durch die Zähne und strich ihr mit dem Handrücken sanft über die Wange. »Mensch, Süße, eins muss man dir lassen, du denkst an alles.«

Pen beugte sich über ihn und zog das Handtuch weg. »Das ist alles für uns, Babe«, flüsterte sie. »Alles für uns.«

47

Tina war sich nicht sicher, ob es eine gute Idee war, Sean die Kontaktdaten zu Jack Duckford zu liefern, andererseits fand sie es faszinierend, etwas über diesen Mann herauszufinden. Mit Jeff Roubaix hatte sie ihren besten Kontakt bei der Polizei verloren, doch es gab immer noch Leute, die ihr etwas schuldig waren.

Zwei Anrufe und zwanzig Minuten später hatte sie eine Durchwahl für Duckford an seinem derzeitigen Arbeitsplatz bei der NCA, der nationalen Strafverfolgungsbehörde. Duckford war Veteran – mit achtundvierzig Jahren, davon dreißig im Staatsdienst, war er ein alter Hase im Geschäft, mit untadeligem Ruf, nicht zuletzt einer Auszeichnung für Tapferkeit im Zuge einer Messerstecherei vor fünfzehn Jahren.

War es möglich, dass Duckford und seine Kollegen eine inoffizielle Undercover-Operation durchgeführt und einen in Ungnade gefallenen Ex-Sträfling vor ihren Karren gespannt hatten? Für Tina kaum vorstellbar. Offenbar hegte Sean jedoch genau diesen Verdacht, und sie wusste aus Erfahrung, dass es gelegentlich solche widerrechtlichen Unternehmungen gab. Doch selbst wenn es sich bei diesem Einsatz um eine solche dubiose Geschichte handelte, läge es wohl kaum in Duckfords Interesse, Sean aus der Patsche zu helfen. Freundschaft hin, Freundschaft her, der Mann war schon jetzt pensionsberechtigt, und falls er tatsächlich in dubiose Machenschaften verwickelt war, würde er das gewiss nicht an die große Glocke hängen.

Eine Weile blieb sie auf der Hügelkuppe hinter ihrem Haus sitzen, hielt das Gesicht in die Sonne und genoss ganz einfach die schöne Aussicht. Ihr war klar, dass sie das alles aufs Spiel setzte, wenn sie einem zur landesweiten Fahndung ausgeschriebenen Mordverdächtigen Fluchthilfe leistete. Aber so war sie nun mal. Nach dem Motto »Augen zu und durch« scheute sie kein Risiko. Um jeden Preis würde sie herausbekommen, was mit Lauren Donaldson passiert war, und selbst unter Gefahr für Leib und Leben dafür sorgen, dass der oder die Täter in irgendeiner Form ihre gerechte Strafe bekamen.

Also griff sie zum Handy und rief Sean an.

Als sich Tina meldete, war ich gerade im Bummelzug von Cambridge zur St Pancras-Station in London. Der Waggon war fast leer und nirgends ein Schaffner zu sehen, trotzdem war ich ziemlich nervös. Gar nicht so leicht, fortgesetzt das Gesetz zu übertreten, ob man nun einen Mann erschoss oder schwarzfuhr, denn am Ende lief es auf dasselbe hinaus: Falls ich mich erwischen ließ, landete ich ohne Frage im Knast, und nachdem mein Gedächtnis einigermaßen wiederhergestellt war, wusste ich, dass ich das kein zweites Mal überleben würde.

»Ich habe eine Nummer zu Jack Duckford«, sagte Tina, als er sich meldete. »Du hast wahrscheinlich keinen Stift zur Hand, ich kann sie dir nach unserem Telefonat simsen. Wo bist du im Moment?«

Ich sagte es ihr. »Der Zug trifft um 17:19 Uhr in St Pancras ein. Können wir uns dann so bald wie möglich treffen?«

»In der Osnaburgh Street ist eine Kirche, St Mary Magdalen. Halte dich, wenn du aus dem Bahnhof kommst, rechts. Nach etwa zehn Minuten wendest du dich direkt hinter der U-Bahn-Station Warren Street nach rechts. Falls die Haupttür abgeschlossen ist, gehst du ein Treppchen hinunter in den Garten, dort wartest du auf mich. Und wenn du Duckford anrufst, denk dran, nur von einem Münztelefon aus, damit sie dich nicht zurückverfolgen können, ja? Am besten nicht in der direkten Umgebung der Kirche, sondern ein Stück weiter weg.«

»Ich bin kein Anfänger, Tina. Bringst du diese Fotos des gefeuerten Therapeuten mit?«

»Ja. Aber falls dein Dr. Bronson nicht dabei ist und falls dein Duckford kein Licht in das Dunkel bringen kann oder will, dann war's das, Sean. Dann kann ich dir auch nicht weiterhelfen.«

»Sicher«, erwiderte ich leise. »Verstehe schon.«

Ich steckte das Handy in die Tasche, nahm wieder Platz, blickte mit geducktem Kopf aus dem Fenster und starrte in die vorbeifliegende Landschaft. Ohne Fahrschein mit dem Zug zu fahren war mein einziger Ausweg. Da nach dem Wagen, den ich gestohlen hatte, wahrscheinlich schon gefahndet wurde, hatte ich den Gedanken verworfen, mit dem Auto nach London zu fahren. Ich hatte noch zweimal versucht, einen neuen Wagen zu stehlen, doch ohne Erfolg; bei einem hatte ich sogar den Alarm ausgelöst. Wenn man von der Kleinigkeit absah, dass ich jederzeit damit rechnen musste, erkannt zu werden, war es eigentlich eine angenehme Art zu reisen.

Seit ich den Pub verlassen hatte, kreisten meine Gedanken um die Tatsache, dass ich verheiratet gewesen war und eine dreijährige Tochter hatte. Als ich mit aller Macht versuchte, ein Bild von meiner Exfrau aus dem Gedächtnis heraufzubeschwören, zog ich eine Niete, bei Millie dasselbe. Ich fragte mich, ob ich sie überhaupt je zu Gesicht bekommen hatte. Dieser Gedanke hing wie eine schwere, dunkle Wolke über mir, und es kostete einige Willenskraft, ihn wegzuschieben.

Der Zug hielt an einer Station, und zwei junge Mädchen, die ein paar Sitze weiter geschnattert hatten, verließen den Waggon. Es stieg niemand ein, und mit Erleichterung stellte ich fest, dass ich, abgesehen von dem Mann im Anzug, der am hinteren Ende schlief, der einzige Fahrgast war.

Mein Handy piepte. Es war eine SMS mit einer Telefonnummer und sonst nichts. Ich starrte auf das Display und dachte wieder an den Anruf bei Jack Duckford aus dem Resozialisierungsheim kurz nach meiner Haftentlassung.

»Dieser Job, von dem du mir erzählt hast … wir brauchen dich mehr denn je.«

Aber wofür zum Teufel hatte Jack mich gebraucht? Und wie hatte alles geendet?

Tina hatte mit ihrer Warnung, ihn nicht von einem zurückverfolgbaren Telefon aus anzurufen, recht. Andererseits wusste ich noch aus meiner Zeit als V-Mann, dass die Polizei Handys nur verfolgen konnte, wenn sie eingeschaltet waren. Ich brauchte meines also einfach nur direkt nach dem Telefonat auszuschalten, und da ich mich in einem fahrenden Zug befand, wäre ich bereits Meilen weit entfernt, bevor irgendwelche Spezialisten mich an der Stelle orteten, an der ich das Gespräch geführt hatte.

Wie zur Bestätigung meiner Überlegungen ratterte der Zug auf einmal schneller und lauter über die Schienen.

Ich erinnerte mich an einen Undercover-Auftrag, an dem Jack und ich vor Jahren zusammengearbeitet hatten.

Fast drei Monate lang hatte ich einen Profi-Autodieb gemimt, um an eine Gruppe libanesischer Geschäftsleute heranzukommen, die im Nahen Osten Luxusautos verhökerten. Wir hatten ein Treffen verabredet, bei dem ich ihnen Jack als meinen Senior-Partner vorstellen sollte, der gerade Dutzende gestohlene Autos im Angebot hatte. Mit einer Komplikation hatten wir allerdings nicht gerechnet: Als wir am Treffpunkt, einem Haus in Ladbroke Grove, eintrafen, erkannte ein Bodyguard des wichtigsten libanesischen Verhandlungspartners Jack aus einer früheren verdeckten Ermittlung wieder, und im Handumdrehen war die Hölle los. Unsere Gegner waren zu sechst, darunter vier Schlägertypen, gegen uns beide – in der Regel kein günstiges Kräfteverhältnis.

Für jeden V-Mann ist es der absolute Albtraum, dass seine Tarnung auffliegt, und in unserem Fall hätte es keinen schlechteren Ort dafür geben können. Da es das erste Treffen mit Jack war, hatten wir keine Verstärkung, und nicht einmal im Dezernat Bescheid gegeben, wo wir waren. Doch eins verbot sich von selbst: Man geriet grundsätzlich nicht in Panik. Selbst unter den widrigsten Umständen biss man sich lieber die Zunge ab, als zuzugeben, dass man ein Bulle war. Folglich erklärte Jack dem Muskelprotz, er müsse ihn mit jemandem verwechseln. Ich blies ins selbe Horn. Standhaft wiesen wir jeden Verdacht weit von uns.

Doch der Typ ließ sich nicht beirren.

Drei Bodyguards warfen Jack zu Boden und hielten ihn fest, während der vierte – ein Schwarzer, bei dem die Arme dicker waren als bei mir die Beine – ihn verprügelte, am Ende auch noch ein Bleirohr schwang und mir zu verstehen gab, falls ich mich einmischte, werde er dafür sorgen, dass ich mich lange nicht mehr rühren könne. Während sie Jack schlugen und ihm immer wieder dieselben Fragen stellten, um ihn zu brechen, beschwor ich meine libanesischen Kontaktleute, von ihm abzulassen. Undenkbar, dass Jack bei der Polizei sei, beteuerte ich immer wieder, schließlich kenne ich den Mann schon seit Jahren. Doch sie kauften mir meine Beteuerungen nicht ab. Sie trennten uns und sperrten mich über eine Stunde lang allein in einem Zimmer im Obergeschoss ein. In regelmäßigen Abständen hörte ich

Jacks Schmerzensschreie. Ich hatte keine Ahnung, was sie mit ihm machten, aber mit Sicherheit nichts Gutes.

Ich konnte mich wieder genau an die blanke Angst erinnern, die mich packte, als ich in diesem fremden Haus ohnmächtig in einem winzigen Zimmer in der Falle saß und wusste, dass ich es möglicherweise nicht lebendig verlassen würde. Es war entsetzlich.

Nach einer halben Ewigkeit – inzwischen war es unten still geworden –, kam mein wichtigster libanesischer Kontaktmann, schloss die Tür auf und erklärte mir, Jack habe zugegeben, ein V-Mann zu sein, und ihnen gestanden, dass auch ich zur Polizei gehöre. Ein einfaches Geständnis von mir, und sie würden uns beide laufen lassen. Es war eine echte Versuchung. Die Vorstellung, sie könnten mit mir dasselbe machen wie mit Jack, jagte mir eine Heidenangst ein. Doch in dem Metier war die einfache Lösung meist die verkehrte. Ich hielt mich an die alte Regel: Angriff ist die beste Verteidigung. Ich brüllte; ich schrie; wutentbrannt wiederholte ich zum hundertsten Mal, die Verdächtigung gegen Jack sei vollkommen absurd, und wenn sie ihn tatsächlich dazu gebracht hätten, mich auch noch als Bullen anzuschwärzen, dann nur wegen der Folter. Was sie sich eigentlich dabei dächten, mich derart zu beleidigen!

Ich sah meinem Kontaktmann an, dass ihm zum ersten Mal Zweifel kamen, ob sich sein Bodyguard vielleicht wirklich getäuscht haben könnte. Und so vereinigte er mich unter überschwänglichen Entschuldigungen wieder mit Jack, den sie im Keller eingesperrt hatten und der zu meinem größten Erstaunen gar nicht allzu schlimm verletzt war. Zwar hatte er einige Blutergüsse und Platzwunden abbekommen, doch seine Schreie hatten, wie er mir hinterher erzählte, einen anderen Grund: Sie hatten ein Messer erhitzt, bis es rot glühte, und es ihm dann wiederholt mit der Drohung dicht vor die Augen gehalten, sie ihm auszubrennen.

Als wir endlich draußen waren, fuhren wir sofort zu unserem Pub und ließen uns bis zur Bewusstlosigkeit volllaufen. Wir konnten unser Glück nicht fassen, dass wir so glimpflich davongekommen waren, und bei der Erinnerung an dieses Erlebnis sah ich Jack vor mir, wie er sich vor Lachen über unser bestandenes Abenteuer den Bauch hielt und im nächsten Moment in einem Nervenzusammenbruch wie ein Schlosshund heulte. Kurz darauf erwischte es mich, und so saßen wir in einer versteckten Ecke des Pub und flennten uns zusammen die Augen aus.

Dieser Einsatz und die Flut an Emotionen hatte uns, wie es so nur bei einer gemeinsam überstandenen Extremsituation passiert, für immer zusammengeschweißt.

Ich sah auf die Uhr. Viertel vor fünf. In etwas über einer halben Stunde wäre ich in London. Wenn ich Jack anrief, dann am besten jetzt, während der Zugfahrt. Ich holte tief Luft, tippte seine Nummer ein und wartete.

48

»Duckford«, meldete sich eine tiefe Stimme, als ich gerade aufgeben wollte.

»Jack? Ich bin's, Sean Egan.«

Er schnappte hörbar nach Luft. »Sean, was zum …? Hör zu, ich ruf dich besser von meinem anderen Handy aus an. Das ist sicherer. Gibst du mir deine Nummer?«

»Vergiss es, Jack. Rede einfach leise.«

»Wo steckst du?«

»Jack, behandle mich nicht wie einen Vollidioten, oder erwartest du darauf ernsthaft eine Antwort?«

»Was willst du?« Der scharfe Unterton suggerierte, dass er mit schlechten Neuigkeiten rechnete.

»Ich brauche deine Hilfe. Vor ein paar Monaten hatte ich einen Autounfall, bei dem ich das Gedächtnis verloren habe. Inzwischen ist mir eine Menge wieder hochgekommen, aber ich muss von dir wissen, in was für einem Job ich nach dem Gefängnis für dich gearbeitet habe.«

Am anderen Ende der Leitung trat rund fünf Sekunden lang nachdenkliches Schweigen ein.

Das ich als Erster brach. »Ich weiß, dass du mich im

Gefängnis besucht hast. Und ich weiß, dass ich nach meiner Entlassung eine Weile für dich gearbeitet habe. Ich weiß einfach nur nicht, als was. Deshalb wollte ich dich um alter Zeiten willen bitten, meinem Gedächtnis auf die Sprünge zu helfen. Früher oder später würde ich mich auch so erinnern, also selbst wenn du es mir nicht verrätst, ist es eine Frage der Zeit, bis es ans Licht kommt.«

»Ich muss zu einer anderen Leitung wechseln«, flüsterte er. »Hier kann ich nicht reden. Gib mir zwanzig Sekunden.«

»Zwanzig Sekunden. Nicht mehr.«

Während ich wartete, zählte ich im Stillen mit und fragte mich mit einem mulmigen Gefühl, ob ich gerade einen gewaltigen Fehler beging. Als ich bei neunzehn war, meldete er sich wieder. Es klang, als wäre er irgendwo in einen Flur gegangen.

»Wir müssen uns treffen«, sagte er ein wenig zu hastig. »Du hast Undercover-Arbeit gemacht und dich in eine Gruppe sehr gefährlicher Leute eingeschleust. Das ist nicht mit drei Worten erklärt, Jack, ich bin gerne bereit, dir den ganzen Einsatz detailliert zu schildern und hinterher mit dir zusammen zur Polizei zu gehen. Denn stellen musst du dich, das weißt du so gut wie ich.«

In diesem Moment öffnete sich die automatische Tür am Ende des Waggons, und ein Kontrolleur kam herein. Zwischen ihm und mir saß nur noch der schlafende Mann im Anzug; da ich das Schlusslicht bildete, konnte ich ihm nicht entwischen.

»Ich will Namen von unseren Kontaktleuten wissen«, zischte ich ins Handy. »Sofort.«

»Wir müssen uns treffen«, beharrte er. »Dann sag ich dir alles.«

Die Fahrt wurde langsamer. Wir näherten uns einer Station. Der Kontrolleur weckte den schlafenden Mann und bat ihn um seinen Fahrschein.

»Bitte, Jack«, sagte ich. »Namen.«

»Ein hohes Tier. Ein richtig hohes Tier.« Er seufzte. »Über mehrere Ecken wollten wir letztlich etwas über den Innenminister rausbekommen.«

Der Schock saß. Ich hatte mit dem Namen irgendeines berüchtigten Kriminellen in der Welt des organisierten Verbrechens gerechnet. Der Innenminister zählte zu den wenigen Politikern, die ich mit Namen kannte: In Janes Haus hatte ich ihn ein paarmal in den Nachrichten gesehen. Garth Crossman war ein grau melierter, charismatischer Mensch, der glaubhaft machen konnte, dass er die Probleme seiner Wähler ernst nahm. Gütiger Gott, wozu in aller Welt hatten sie mich auf ihn angesetzt?

Ich sah auf. Der Kontrolleur kam jetzt mit mürrischem Gesicht in meine Richtung, als sagte ihm ein sechster Sinn, dass ich keinen Fahrschein besaß.

Und Jack redete immer noch auf mich ein, ich sollte mich so schnell wie möglich mit ihm treffen.

»Ich muss dich zurückrufen«, sagte ich und schaltete das Handy aus, als der Kontrolleur vor mir stehen blieb. »Den Fahrschein bitte«, sagte er mit strenger Miene. Der Mann war groß und dünn, etwa Mitte fünfzig, und erinnerte mich vage an einen Bestattungsunternehmer.

Ich sah, dass der andere Fahrgast hinter ihm schon wieder die Augen geschlossen hatte. Die Bremsen kreischten, als der Zug bei der Anfahrt in den Bahnhof Sevenage das Tempo weiter drosselte. »Moment bitte«, sagte ich, stand auf und tat so, als wollte ich in meiner Gesäßtasche kramen. Ich hatte immer noch keine genaue Vorstellung, was ich machen sollte, doch instinktiv packte ich den Kerl an der Schulter, drehte ihn herum und drückte ihm, als ich ihn im Würgegriff hatte, so fest den Arm unters Kinn, dass er nicht schreien konnte. Zugleich behielt ich den schlafenden Passagier im Auge und hoffte inständig, dass er nichts mitbekam.

Durchs Fenster sah ich, dass wir am Bahnsteig hielten. Der Kontrolleur gab ein leises Röcheln von sich, bevor er in meinen Armen erschlaffte. In Windeseile schleifte ich ihn die wenigen Meter bis zur Toilette und schloss die Tür hinter uns beiden. Auch wenn er leise stöhnte, war er praktisch bewusstlos, und so packte ich ihn auf den Toilettensitz, indem ich seinen Oberkörper an die Rückwand lehnte, und erleichterte ihn um seine Schirmmütze sowie die Uniformjacke nebst Namensschild. Der Zug hatte gehalten, und ich hörte, dass neue Fahrgäste einstiegen. Daher zwängte ich mich in meiner neuen Aufmachung aus der Toilette, schob mir die Mütze so tief in die Stirn, dass kaum etwas von meinem Gesicht zu sehen war, und begab mich durch den Waggon zur nächsten Tür.

Eine lärmende Gruppe Schüler stürmte herein, machte jedoch, als sie mich sah, unwillkürlich Platz. Obwohl ich wusste, dass der Mann auf der Toilette jeden Moment zu sich kommen und Alarm auslösen würde, achtete ich darauf, nicht zu schnell zu gehen. Die Horde hatte wohl den Mann im Anzug geweckt, der, als ich an ihm vorbeikam, mit erstaunter Miene mein verändertes Gesicht musterte, aber zum Glück nicht genug staunte, um etwas zu unternehmen.

Zwei Minuten später befand ich mich in einem Direktzug nach London.

Vorerst, so schien es, blieb mir das Glück im Unglück treu.

49

Mike Bolt saß im Einsatzzentrum des Reviers Barnett in seinem Büro, als Mo Khan mit einem Stoß Papieren hereinkam. Es war fünf Uhr, und Bolt dachte daran, Feierabend zu machen. Die achtundvierzig Stunden seit ihrem Betreten des Tatorts im Sunny View Hotel waren ebenso hektisch wie frustrierend gewesen, und er war erst um drei Uhr morgens ins Bett gekommen. Er brauchte ein bisschen Ruhe.

Mo setzte sich und schob ihm die Papiere hin. »Ich hab ein paar interessante Informationen über unsere zwei Leute vom MI5, Mr. Hughie und den verblichenen Mr. Belham. Wir haben uns ihre Bankkonten vorgenommen, da ist alles sauber. Die einzigen Bezüge sind ihre Gehälter. Andererseits besitzt jeder von ihnen ein stattliches Haus und einen ebenso stattlichen Wagen.«

»Woher also haben sie das Geld?«

»Na ja, Hughie ist Junggeselle, aber sein Bruder bezahlt sowohl die Hypothek als auch die Raten für die Karosse. Offenbar ist er ein recht spendabler Mann, denn er hat auch ein paar Fernreisen für Hughie springen lassen. Bei dem Verblichenen ist Mrs. Belham die

Reiche im Haus. Und – welch Zufall, welch ein Zusammenspiel – Hughies Bruder und Mrs. Belham sind Unternehmensberater. Bei Secure Solutions.«

Bolt saß senkrecht und war hellwach. »Dieselbe Firma, die Sean Egans Babysitter in Wales gelöhnt hat? Die beiden, die in dem Haus verbrannt sind? Eine Firma, die direkt zum Innenminister Garth Crossman führt, dem Mann, der uns gerade bei unseren Ermittlungen zum Mordfall Belham jede Menge Knüppel zwischen die Beine wirft. Der Fall wird immer bizarrer, wenn Sie mich fragen. Jedenfalls kann ich ums Verrecken nicht begreifen, wieso sich ein Mann wie Crossman oder jemand von seinen Leuten für einen Ex-Knacki wie Sean Egan interessieren sollte. Und im MI5 sind sie auch nicht sonderlich bemüht, uns Amtshilfe zu leisten.« Er sah Mo eindringlich an. »Irgendeine erhellende Idee?«

»Auf die Schnelle muss ich passen, Chef.«

Bolt schüttelte den Kopf und atmete hörbar aus. Er musste Feierabend machen und sich auf dem Heimweg in Clerkenwell ein Bier genehmigen. »Haben wir schon die Daten zu Dylan Mackays Handy? Tina ist davon überzeugt, dass seine Ermordung mit den Vorgängen um Egan zusammenhängt.«

Mo stöhnte. »Da wäre ich mir nicht so sicher.« Er war noch nie ein Fan von Tina Boyd gewesen und machte kein Geheimnis daraus, dass er Bolts verständnisvolle Haltung ihr gegenüber missbilligte. »Aber hier sind die Daten.« Er blätterte in den Papieren, die er mitgebracht hatte, zog die entsprechenden Blätter heraus und reichte sie Bolt. »Ich habe die eingegangenen und ausgegangenen Telefonate auf seinem alten Handy überprüft, Sie wissen schon, das Telefon, das er bis zu dem Tag von Egans Autounfall benutzt hat.«

»Irgendetwas Auffälliges?«

»Ehrlich gesagt, nein. Soviel ich weiß, soll ein Team der Area West den Fall Mackay übernehmen, dann haben Sie damit sowieso nichts mehr zu tun.«

»Kann man nichts machen. Danke jedenfalls für Ihre Überprüfung.«

Als Mo in die Einsatzzentrale zurückgekehrt war, nahm sich Bolt die Daten noch einmal selber vor. Die SIM-Karte zu seinem vorherigen Handy hatte Mackay über vier Jahre lang benutzt, zuletzt am Morgen des achten April um 1:11 Uhr. Wenige Stunden später war ein nicht identifizierter Mann ohne Ausweispapiere, von dem Tina behauptete, es sei Sean Egan gewesen, mit dem Auto gegen einen Baum gerast und ins Koma gefallen. Auch wenn Mo keine Verbindung zwischen den beiden Fällen sehen wollte, konnte die zeitliche Übereinstimmung kein Zufall sein, und außerdem vertraute er Tinas Urteilsvermögen. Sie mochte ihre Fehler haben – und Bolt war der Letzte, der das nicht einräumen würde –, doch ihre Spürnase suchte ihresgleichen.

Der letzte bei Dylan Mackay eingegangene Anruf hatte vier Minuten, siebzehn Sekunden gedauert und war von einer Mobilfunknummer gekommen. Bolt ging von hinten nach vorne etwa fünfzig Telefonate in den letzten fünf Tagen bis zum achten April durch, um zu sehen, ob die Nummer des allerletzten Anrufs schon früher einmal dabei gewesen war: Tatsächlich hatte Mackay am sechsten April von diesem Teilnehmer einen Anruf erhalten, der fünf Minuten und achtundzwanzig Sekunden gedauert hatte, und am siebten April seinerseits dort angerufen und insgesamt sieben Minuten, einunddreißig Sekunden telefoniert. Die Tatsache, dass es sich dabei um denselben Anschluss handelte, von dem aus Dylan vor dem SIM-Kartenwechsel nach insgesamt vier Jahren einen Anruf bekommen hatte, legte für Bolt dringend nahe, der Sache auf den Grund zu gehen.

Normalerweise konnte es Wochen dauern, einen Mobilfunkteilnehmer zu ermitteln, doch was für den normalen Dienstweg galt, ließ sich in dringlichen Fällen auf wenige Stunden, wenn nicht gar Minuten verkürzen. Natürlich konnte er keinen Notfall geltend machen, einen brisanten Fall alle Male. In den letzten achtundvierzig Stunden waren unter vollkommen verschiedenen Umständen vier Menschen ermordet wurden; Bolt konnte es sich nicht leisten, wochenlang auf eine Antwort zu warten. Sein Gefühl sagte ihm, dass Sean Egan bis dahin längst wieder im Gefängnis wäre, wenn er überhaupt noch lebte. Ließ er den Dingen ihren natürlichen Lauf, konnte er seine Ermittlungen gleich begraben.

Also rief er den Verbindungsbeamten im Dezernat für Mord und Schwerkriminalität an, der für die Mobilfunkbetreiber zuständig war, und gab ihm, nachdem er im Schnellfeuer eine fingierte Erklärung für seine Anfrage geliefert hatte, die Nummer durch, zu der er den Namen des registrierten Besitzers eher gestern als heute auf dem Tisch haben musste. Möglicherweise, so erklärte er dem Kollegen, liefen hier die Fäden mehrerer

Mordermittlungen zusammen. Als er die Leitung trennte, sackte er auf seinen Stuhl zurück, und ihm schwante, dass sein kühles Bier noch eine Weile warten musste.

Doch der Kollege war schnell. Ganze vierzig Minuten später meldete er sich bei Bolt zurück und eröffnete ihm, die Nummer gehöre zu einer Körperschaft des öffentlichen Rechts. Bolt bedankte sich, notierte die Auskunft und googelte die Firma.

Er brauchte keine zwei Minuten, um zwischen der Firma und dem Mordfall mit Sean Egan als Hauptverdächtigem eine Verbindung herzustellen, kaum weitere zehn Minuten, um die ganze Tragweite des Falls zu erfassen.

»Um Gottes willen«, flüsterte er. Kein Wunder, dass alle hinter Sean Egan her waren.

50

Die Pfarrkirche St. Mary Magdalen war ein altes Gemäuer an einer ruhigen Nebenstraße etwa hundert Meter vom Lärm der Euston Road entfernt und wirkte im Schatten des funkelnagelneuen Gebäudekomplexes am Regents Place geradezu zwergenhaft klein. Als Tina in ihren jüngeren Jahren in und um Camden gewohnt hatte, war sie von hier aus immer wieder zu langen Fußmärschen durch die Londoner Innenstadt aufgebrochen und kannte die Gegend wie ihre Westentasche. Es war ein friedliches Stückchen Erde, mit einem kleinen eingezäunten Garten, den man über ein paar Steinstufen erreichte.

Die Sonne schien, und auf ihrem Weg zum Haupteingang sah sie in der Parkanlage gegenüber Kinder spielen. Die meisten Kirchen waren in London selbst tagsüber abgeschlossen, um sie vor Dieben und Obdachlosen zu schützen, ein Armutszeugnis für eine moderne Gesellschaft, doch die Tür zu St Mary Magdalen öffnete sich, als sie die schwere Klinke drückte. Obwohl sie eigentlich ausschließen konnte, dass ihr jemand gefolgt war, blickte sie sich noch einmal um, bevor sie eintrat und sich ans Ende einer Kirchenbank setzte.

In dem leeren Gotteshaus herrschte absolute Stille, und Tina sog die friedliche Atmosphäre ein. Kaum zu glauben, dass sie sich vor gerade einmal zwei Minuten durch die Pendlerschwärme in der Euston Road gekämpft hatte, und sie fragte sich, warum nicht mehr Leute vor der Hektik des Großstadtalltags an solchen stillen Orten Zuflucht suchten, und sei es nur, um ein paar Minuten innezuhalten.

Tina schloss die Augen, richtete die Aufmerksamkeit auf ihren Atem und versetzte sich in ihre Kindheit zurück. Ihre Eltern waren beide nicht religiös gewesen, doch sie dachte gern daran, wie sie als Kind mit ihrer Großmutter in die Kirche gegangen war und sie ihr versprochen hatte, wenn sie ein gutes Mädchen sei, passte Gott auf sie auf. Sie konnte sich noch an den freundlichen alten Pastor erinnern, der ihr immer das Gefühl gegeben hatte, jederzeit willkommen zu sein. Es war ein Hort der Güte und Geborgenheit, und vielleicht zehrte sie noch heute ein wenig davon. Ihre Großmutter stand in ihrem Leben für Liebe und Verlässlichkeit, doch sie war in Tinas zweitem Studienjahr gestorben und nunmehr seit zwanzig Jahren tot. Als sie jetzt in der modrigen Kühle der Kirche saß, konnte Tina sich die alte Frau mühelos vergegenwärtigen, und die Vorstellung tat ihr gut.

»Wüsste zu gerne, was Sie gerade denken«, sagte Sean Egan, als er auf der Bank zu ihr herüberrutschte. Er trug eine schlecht sitzende graue Uniformjacke und eine Schirmmütze, dazu ein Foto an einem Band um den Hals.

»Waren Sie im Kostümverleih?«, fragte sie, als er sich neben sie setzte.

»Lange Geschichte«, sagte er mit einem gequälten Lächeln. »Und eine ganz gute Verkleidung. Wenn man so rumläuft, sieht keiner ein zweites Mal hin.«

Tina runzelte die Stirn. Sie hatten Wichtigeres zu besprechen. »Also, Sean, es war eine ziemlich mühselige Suche nach Kandidaten für Ihren Dr. Bronson, und ich habe sie auf vier Leute eingegrenzt. Da ich allerdings keine vollständige Liste hatte, könnte er theoretisch nicht dabei sein, aber mehr kann ich nicht für Sie tun. Danach sind wir quitt. Ich riskiere nicht länger Kopf und Kragen für Sie.«

»Verstehe.« Er machte ein Gesicht, mit dem Männer bei einer Frau Mitleid schinden wollen, doch es wirkte nicht echt. Sean manipulierte gern, so viel hatte Tina inzwischen begriffen.

Sie zog ein Bündel gefaltete DIN A4-Blätter aus der Tasche und reichte sie ihm.

Er betrachtete das erste Foto, schüttelte den Kopf und packte es zuunterst. Während sie ihm zusah, gestand sich Tina ein, wie sehr sie sich wünschte, dass Bronsons Gesicht darunter war und sie ein weiteres wichtiges Puzzleteil zur Lösung ihres Falls einfügen konnte. Obwohl ihr Tod mit jedem Tag wahrscheinlicher wurde, hätte ihr Vater wenigstens Gewissheit und die Chance, irgendwie seinen Frieden zu finden.

»Das ist er«, sagte Sean und zeigte auf ein Schwarzweißfoto mit dem Brustporträt eines Mannes in mittleren Jahren mit dunklem Haar, Brille und im Jackett. »Hundert Pro. Das ist Bronson.«

Tina hatte die Fotos nummeriert. Bronson war Nummer 3. Sie griff zu ihrem Notebook. »Mit richtigem Namen heißt er Robert Whatred; er war einmal ein bestens qualifizierter, hoch angesehener Psychotherapeut, bis er wegen sexueller Übergriffe auf seine Patientinnen aus dem Berufsverband rausgeschmissen und zu einer Haftstrafe verurteilt wurde.«

»Haben Sie eine Adresse?«

An diesem Punkt wurde es heikel für Tina. »Wenn ich Ihnen seine Adresse gebe, Sie ihn sich zur Brust nehmen und die Sache auf mich zurückfällt, handle ich mir eine Menge Ärger ein, den ich wahrlich nicht brauchen kann. Wie gesagt, Sean, ich denke, wir beide sind quitt.«

Sean sah ihr eindringlich in die Augen. »Aber ich brauche Ihre Hilfe, Tina. Der Kerl weiß, was mit dem Mädchen passiert ist, nach dem Sie suchen. Gut möglich, dass er mich hypnotisieren muss, um diese Erinnerungen zu aktivieren, und falls es dazu kommt, muss jemand dabei sein und sicherstellen, dass er mich nicht wieder manipuliert. Wie soll ich das alleine machen?«

»Gott, Sean, machen Sie mal einen Punkt. Wie bitte schön wollen Sie ihn dazu bringen? Er wird nicht drauf versessen sein, mit Ihnen zu reden, und ich sehe nicht, wie wir ihn dazu zwingen sollen.« Sie dachte an Dylan Mackay, den sie gequält hatte, um Informationen aus ihm herauszuholen, und der einen Tag nach ihrem Besuch und zweifellos als direkte Folge davon ermordet worden war. Sie hatte sich die Hände schmutzig gemacht und nicht die geringste Neigung, denselben Fehler zu wiederholen.

»Mir bleibt nur wenig Zeit, Tina, und dieser Bastard

hat dabei geholfen, mich fast zwei Monate lang in einem katatonischen Zustand zu halten, nur um mir Informationen zu entlocken, und obwohl er genau wusste, dass mich die Leute, für die er arbeitete, mit an Sicherheit grenzender Wahrscheinlichkeit umbringen würden, sobald sie hatten, was sie wollten. Der Kerl ist kein guter Mensch.«

»Sie haben meine Frage nicht beantwortet.«

Sean holte tief Luft und ließ sie langsam entweichen. Dann griff er sich hinter den Rücken und zog etwas unter seiner Jacke hervor.

Als Tina es sah, stockte ihr für einen Moment der Atem. »Das ist die Waffe aus dem Hotelzimmer, stimmt's? Die, mit der Sie diesen Mann vom MI5 erschossen haben. Sie haben gesagt, Sie hätten sie vergraben.« Sie war seine Lügen leid und sprang auf.

»Tina, bitte gehen Sie nicht. Ich werde keinen Gebrauch davon machen. Sie ist nicht einmal geladen. Ich werde ihm nur ein bisschen Angst einjagen, weiter nichts.« Er steckte die Waffe zurück, erhob sich und verstellte ihr den Weg zum Gang.

»Sie meinen wohl eher, *ich* muss ihm ein bisschen Angst machen, denn wenn er Sie hypnotisiert, bin ich diejenige, die ihn mit der Waffe in Schach halten muss. Sie benutzen mich, Sean, und das gefällt mir nicht.«

»Ich bin Ihre einzige Hoffnung, dieses Mädchen zu finden«, sagte er kurz und bündig. »Das wissen Sie so gut wie ich.«

Einige Sekunden lang standen sie nur da und starrten einander an. So widerwillig sie es sich eingestand, wusste Tina, wie recht er hatte. Mit ihren Ermittlungen steckte sie fest, und Mike konnte sie sich nicht anvertrauen. Lauren Donaldson war nicht einmal sein Fall, und wie's aussah, wurde von oben, vielleicht sogar von höchster Stelle, alles getan, um seine Arbeit zu torpedieren. Sean war somit ihr einziger Hebel.

»Sie haben mir in jeder erdenklichen Weise geholfen, Tina, und ich kann Ihnen nicht sagen, wie dankbar ich Ihnen dafür bin, aber …« Sein Gesicht war angespannt, sein Ton gehetzt. »Wenn Sie mir nicht ein letztes Mal helfen, bin ich erledigt. Vielleicht lebe ich keine Woche mehr. Das hier ist unsere letzte Chance.«

Genau das hatte Tina von dem Moment an vorausgesehen, als sie einwilligte, sich mit ihm zu treffen. Doch die ganze Tragweite ihrer Entscheidung dämmerte ihr erst jetzt. Wenn sie zusammen zu Dr. Bronson gingen, damit der Psychotherapeut ihn in Hypnose versetzte, musste Tina wohl oder übel mit der Waffe auf ihn zielen, und falls die Sache je vor Gericht käme, würde es ihr nicht sonderlich helfen, dass die Pistole nicht geladen war. Sie würde trotzdem für längere Zeit hinter Gitter wandern, was ihr panische Angst einflößte.

Und doch: Sean hatte recht. Vermutlich war dies ihre letzte Chance.

Er fixierte sie mit dem Mut der Verzweiflung.

»Na schön«, sagte Tina schließlich. »Aber wir machen es auf meine Weise.«

51

Robert Whatred, der Mann, den ich nur als Dr. Bronson kannte, wohnte in einer Souterrainwohnung in einem etwas schäbigen Stadthaus aus den fünfziger Jahren in einer ebenso heruntergekommenen Straße in einer wenig bekömmlichen Gegend von Acton.

Als wir aus Tinas Wagen stiegen, wehte aus einem Fastfood-Takeaway an der Ecke der starke und nicht ganz und gar unangenehme Geruch nach Gebrutzeltem herüber. Es war zwanzig vor sieben, und im Westen ging allmählich die Sonne unter. Auf der anderen Straßenseite drang Rap-Musik aus einem offenen Fenster, und von der A40 war das Hintergrundrauschen des zähflüssigen Rushhour-Verkehrs zu hören. Irgendwie enttäuschte es mich, dass der distinguierte Therapeut, mit dem ich so manchen Nachmittag zugebracht hatte, in einer so öden Straße hauste. Die Wirklichkeit warf ein grelles Schlaglicht auf die Lüge der letzten zwei Monate meines Lebens.

Tina und ich hatten abgesprochen, wie wir die Sache angehen wollten. Tina würde mit behördlicher Autorität an die Haustür treten und die Klingel drücken, während ich außer Sichtweite wartete. Wir hofften, dass er öffnete, weil sie nicht bedrohlich aussah. Sobald sie im Haus wäre, würde sie die Tür offen lassen, und ich würde ihr auf dem Fuße folgen. Natürlich konnten wir nicht wissen, ob er überhaupt noch am Leben geschweige denn in diesem Moment daheim war. So stumm wie auf der ganzen Fahrt hierher überquerten wir die Straße. Ganz offensichtlich war Tina bei diesem Unternehmen äußerst unbehaglich, und ich hatte ein mieses Gewissen, sie nach allem, was sie für mich getan hatte, schon wieder in eine gefährliche Lage zu bringen, aber dann doch nicht mies genug, um es mir im letzten Moment anders zu überlegen.

Direkt von der Straße aus führte eine von Taubendreck verkrustete steile Steintreppe zu Whatreds Wohnung hinunter. Ich blieb zwischen seiner Eingangstür und dem spinnwebenüberzogenen Fenster stehen, während Tina hinunterging und klingelte. Zwar war außer ein paar Schmuddelkindern, die gut dreißig Meter weiter vor dem Fastfood-Imbiss tobten, weit und breit niemand zu sehen, dennoch machte es mich nervös, mich in Sichtweite so vieler Fenster an die Hauswand vor Whatred zu drücken. Ich trug immer noch meine Schaffneruniform, doch selbst die war keine perfekte Tarnung. Wenn irgendein Spanner von gegenüber, der nichts Besseres zu tun hatte, etwas genauer hinsah, würde er mich erkennen, und das war's. Tina klingelte zum zweiten Mal, und ich hörte sie leise fluchen. »Kommen Sie runter, Sean«, flüsterte sie. »Ich kann ihn da drinnen sehen. Er will hinten raus stiften gehen.«

Ich war mit zwei Sätzen die Stufen hinunter und sah, wie Tina bereits einen kleinen Dietrich zückte und gekonnt ins Schlüsselloch steckte. Sie schob die Tür auf und trat zurück. »Sie haben den Vortritt.«

Ich rannte durch das armselige Wohnzimmer in eine lange, schmale Küche. Whatred stand an der Hintertür und fuchtelte mit dem Schlüssel. Als er mich kommen hörte, fuhr er herum, und bei meinem Anblick riss er mit einem angstverzerrten Gesicht die Arme hoch. Der Mann war ein Bild des Jammers, doch ich war in keiner versöhnlichen Stimmung, schlug die Arme weg und langte ihm eine ins Gesicht. Er traf mit dem Hinterkopf gegen den Türrahmen und stöhnte vor Schmerz, als ich ihn an der Gurgel packte und in der Küche auf einen der Stühle stieß. Tina war hereingekommen, hatte die Tür zugezogen und sich in einen dunklen Winkel gestellt. Sie trug ein Tuch über dem Gesicht, und wir hatten vereinbart, dass sie sich bei der ganzen Operation so weit wie möglich im Hintergrund hielt.

»Ich denke, wir müssen reden, Doc«, sagte ich und funkelte ihn an. »Vergessen Sie die Frau. Sehen Sie mich an.«

»Matthew, bitte …«, brachte er heiser heraus, während er sich die Brille zurechtrückte und versuchte, Haltung anzunehmen. Sein Haar war völlig zerzaust, von meinem Treffer blutete er aus der Nase, doch der erste Schock war überwunden.

Was sich schlagartig änderte, als ich die Waffe hervorzog und sie auf ihn richtete. »Den Matthew können

Sie sich schenken, Mr. Whatred. Ich weiß inzwischen, wer ich bin, und vor allem weiß ich über Sie Bescheid. Ein Ex-Knacki, genau wie ich.«

»Bitte richten Sie dieses Ding nicht auf mich. Ich habe ein Herzproblem.«

»Beantworten Sie meine Fragen, und wir lassen Sie in Ruhe. Falls Sie mir allerdings dumm kommen, bringe ich Sie um. Damit Sie ganz klar sehen. Ich habe nichts zu verlieren, und es wäre nicht das erste Mal, dass ich töte.« Er blickte zu mir auf, und ich sah, dass ihm die Hände zitterten. »Ich glaube Ihnen. Kann ich bitte etwas trinken?«

»Nein. Für wen haben Sie in der Zeit, in der Sie mich besucht haben, gearbeitet?«

»Er nannte sich immer nur Mister H. Ich bin ihm tatsächlich vor ein paar Tagen, als er mich zu dieser Scheune kommen ließ, in der Sie festgehalten wurden, zum ersten Mal persönlich begegnet. Ich weiß nicht das Geringste über ihn, das müssen Sie mir glauben.«

»Wann hat er Sie angeheuert?«

»Vor zwei Monaten. Er sagte, Sie seien gerade aus einem drei Monate langen Koma erwacht und verfügten über Informationen, die er dringend benötige, doch da Sie an retrograder Amnesie litten, müssten Ihnen diese Informationen …« Er schwieg. »Bräuchten Sie einen Fachmann, um Ihnen diese Informationen zu entlocken. Wir kamen überein, es unter Hypnose zu versuchen.«

»Und bei dieser Information ging es um den Verbleib von Leichen, nicht wahr?«

Er zuckte nervös. »Ja, das stimmt.«

»Was für Leichen?«

»Keine Ahnung. Ich weiß es wirklich nicht.«

Ich zeigte ihm, wie ich den Finger am Hahn zurückzog, und machte ein finsteres Gesicht. »Sie lügen.«

Wieder hob er erschrocken die Hände hoch. »Nein, Sean, das müssen Sie mir glauben. Ich wollte nichts von alledem tun. Sie haben mich erpresst. Ich habe kein Geld, keinerlei Perspektive. Mir blieb keine Wahl.« Vor Angst und Scham spannte er das Gesicht derart an, dass sich die Haut um Mund und Augen in Falten legte und ich schon fürchtete, er heulte jeden Moment los. »Bitte, ich hatte keine Wahl.«

Gegen meinen Willen rührte er mich zu einer Spur von Mitleid. »Und wie hat die Sache funktioniert? Ich weiß, dass Sie mir falsche Erinnerungen eingepflanzt haben. Von der Sache mit der Schwester war ich felsenfest überzeugt, und bis heute habe ich keinerlei Erinnerung daran, was ich bis zu dem Unfall bei meinem Undercover-Job gemacht habe.«

Whatred nahm die Brille ab und strich sich übers Gesicht. »Es war eine ziemlich heikle Prozedur. Ich musste Sie davon überzeugen, dass Sie jemand anders sind. Dazu brauchten Sie entsprechende Erinnerungen. Sie ahnen vermutlich nicht, dass wir etwa achtzig Prozent unserer Sitzungen mit der Hypnotherapie verbracht haben, und, ja, so sehr es mich beschämt, habe ich Ihnen tatsächlich falsche Erinnerungen eingepflanzt. Zugleich war es ein hartes Stück Arbeit, zu verhindern, dass die echten wieder an die Oberfläche kommen, besonders die an Ihre Tätigkeit unmittelbar vor dem Unfall. Mr. H. wollte, dass die für Sie so lange im Dunkeln bleiben, bis ich die benötigten Informationen aus Ihnen herausbekommen habe. Deshalb haben die beiden Personen, die sich um Sie gekümmert haben und deren Namen ich bis heute nicht weiß, Sie regelmäßig mit einem Cocktail aus verschiedenen sedierenden Medikamenten in einen permanenten passiven Zustand versetzt.«

Er seufzte. »Natürlich birgt ein so gewagtes Unternehmen von vornherein das Risiko der Unberechenbarkeit. Im Grunde konnte das Ganze nur schiefgehen. Mister H. erklärte mir, Sie hätten irgendwo drei Leichen begraben, nachdem Sie zusammen mit einem anderen Mann, dessen Namen er mir nie genannt hat, in einem Haus gewesen seien, um diese Leichen abzuholen. In der Hoffnung, aus Ihnen herauszubekommen, wo Sie die Toten begraben haben, musste ich mit Ihnen unter Hypnose Schritt für Schritt durchgehen, was sich in dieser Nacht ereignet hat, und gleichzeitig dafür sorgen, dass Sie sich nach der Sitzung an nichts erinnern können. Doch als Sie dann die Kellertreppe hinunterfielen und mit dem Kopf auf den Steinboden schlugen, hatten Sie plötzlich Erinnerungsblitze an die fragliche Nacht, und Sie hatten diese Träume. Ich glaube, wir waren kurz davor, das Geheimnis zu lüften, doch da sind Sie geflohen. Und jetzt … jetzt sind Sie hier und sehen, was ich wirklich bin. Auch wenn Sie es mir nicht glauben werden, aber es tut mir unendlich leid, dass ich mich auf dieses Spiel eingelassen habe.«

Bei seinen letzten Worten wirkte er nicht mehr verängstigt, sondern eher erleichtert und aufrichtig zerknirscht. Andererseits war er auch in der Besetzung als der fürsorgliche Dr. Bronson ziemlich authentisch herübergekommen.

»Wissen Sie, ich fand Sie wirklich nett«, sagte ich zu ihm, ohne die Waffe zu senken. »Sie enttäuschen mich.«

»Ich enttäusche mich selbst. Schon seit geraumer Zeit.«

»Ich kann nicht glauben, dass ich in voller Absicht Leichen vergraben haben soll.« Und auch die Zahl verblüffte mich. »Drei? Wer sollte denn die dritte gewesen sein?«

»Ich gebe nur wieder, was ich von Mister H. weiß. Sie haben weder bestätigt noch bestritten, dass Sie es getan haben. Was die Geschehnisse in dem Haus mit den Toten betrifft, so weiß ich darüber nicht mehr als Sie selbst.«

Ich holte tief Luft. »Sie müssen mich noch einmal hypnotisieren. Ich muss ganz genau wissen, wer ich bin und was ich vor meinem Autounfall getan habe.«

Er legte die Stirn in Falten. »Sind Sie sicher? Das geht, aber vielleicht gefällt Ihnen nicht, was Sie herausfinden.«

»Sei's drum. Wenigstens weiß ich dann, woran ich bin.« Dabei nagten in Wahrheit die Zweifel an mir. Sicher, ich hatte einiges Gute im Leben getan. Ja, ich glaubte, dass ich ein anständiger Kerl war. Wenn ich ehrlich in den Spiegel sah, wusste ich aber inzwischen auch, dass ich zu einigen ziemlich schlimmen Dingen fähig war.

Ich drehte mich um und ging zu Tina, die ungerührt dabeistand, reichte ihr die Waffe und nickte ihr zum Zeichen, dass ich schon wüsste, was ich tat, kurz zu.

Dann setzte ich mich dem Mann, den ich als Dr. Bronson kannte, gegenüber und blickte ihm ins Gesicht. »Legen Sie los.«

52

Tina stand neben Whatred und Sean. Der Psychiater hatte sie gebeten, die Waffe zu senken, da er, was ihr einleuchtete, mit einem Pistolenlauf am Kopf nicht arbeiten könne.

Er leitete die Hypnose ein, indem er in beruhigendem Ton auf Sean einredete, etwa so wie ein Vater auf sein Kind. Seine Stimme klang sanft und melodisch, sodass Tina sich mit aller Macht konzentrieren musste, um nicht selbst in Trance zu verfallen. Am liebsten hätte sie einfach den Raum verlassen, doch sie traute Whatred nicht über den Weg, und so griff sie zur Ablenkung zu einem Kniff und vertiefte sich in ihre eigenen Erinnerungen an ihre Großmutter – an glückliche Kindheitstage, an Kuchen und Tee, an Weihnachten; an die bedingungslose Liebe.

Sie sah, wie Sean in einen Entspannungszustand hinüberglitt: Sein Kopf neigte sich ein wenig nach links und nach rechts, dann sackte er mit geschlossenen Augen und einem friedlichen Gesichtsausdruck an die Rückenlehne. Es hätte sie nicht gewundert, wenn Whatred zu ihr hinübergespäht hätte, um festzustellen, ob auch sie seinem Mantra erlegen war, doch er konzentrierte sich auf Sean. Er redete ruhig auf ihn ein und holte nacheinander jede der falschen Erinnerungen herauf, die er ihm ganz offensichtlich im Laufe mehrerer Sitzungen eingepflanzt hatte, um ihm jedes Mal zu erklären, sie seien nicht echt und beim Aufwachen hätte Sean sie vergessen. Der Vorgang schien zu simpel, um zu funktionieren, auch wenn sie inständig hoffte, eines Besseren belehrt zu werden. Und was für ein Haufen manipulierter Erinnerungen! Sie reichten von der angeblichen Schwester und der Unterschlagung eines Bruders bis zu einer beruflichen Tätigkeit als Lehrer und jeder Menge ausschmückender Details dazwischen. Auch die Zahl der ausgelöschten Erinnerungen war beträchtlich. Offenbar hatte Whatred Sean davon überzeugt, weder jemals verheiratet noch Vater gewesen zu sein, und in voller Absicht hatte er ihm den Zugang zu der Lebensphase nach seiner Entlassung aus dem Gefängnis blockiert.

Whatred hielt die Hypnose fast eine halbe Stunde lang aufrecht, und als er nach einer Ewigkeit verstummte, war Tina mit ihren Gedanken weit weg. Der ehemalige Psychiater holte tief Luft und erklärte Sean, er zähle nun bis fünf, und bei fünf werde er erwachen.

Während er langsam zählte, spannte Tina den Finger um den Abzug. Bei der letzten Zahl sah sie, wie Sean die Augen öffnete, den Oberkörper aufrichtete und Whatred anblickte, als sei nichts geschehen. Dann kniff er die Augen zusammen.

»Wann fangen Sie endlich an?«, fragte er schroff.

»Wir sind fertig, Sean«, sagte Whatred verunsichert. »Ihre Erinnerungen werden zumindest teilweise wiederkommen. Vielleicht dauert es ein paar Minuten. Ihr Gehirn hat eine Menge auf einen Schlag zu verarbeiten.«

Eine ganze Weile blieb Sean einfach nur mit geschlossenen Augen sitzen, als ob er meditiere. Tina kam schon der Verdacht, Whatred habe vielleicht getrickst, doch er blieb einfach nur sitzen, und sie sah seine zitternden Hände.

»Was dagegen, dass ich mir etwas zu trinken nehme?«, fragte er Tina.

»Nachher. Erst will ich sehen, was Ihre kleine Nummer taugt. Alles in Ordnung, Sean?«, fragte sie.

Sean antwortete nicht. Doch im nächsten Moment verzerrte sich sein Gesicht wie vom Schlag gerührt zu einer wilden Grimasse. Mit einem Ruck saß er kerzengerade und atmete heftig.

Im Raum herrschte absolute Stille. Niemand sagte ein Wort.

Nach einer Weile schien Sean wieder Luft zu bekommen. Er stand auf und blickte Tina mit einem so qualvollen Ausdruck an, wie sie ihn noch kaum je bei einem Menschen gesehen hatte.

»Ich erinnere mich wieder«, sagte er mit schwacher Stimme, und jedes Wort schien so schwer wie ein Grabstein. »Ich kann mich wieder an alles erinnern.«

Die Erinnerungen brachen wie eine Flutwelle über mich herein. Zwei Monate lang hatte man mir eingetrichtert, ich hätte ein ganz anderes Leben geführt, und nun sah ich mich von einer Sekunde auf die andere mit der Wahrheit konfrontiert. Es war eine überwältigende Flut an Eindrücken: Ehe, Liebe und die Geburt eines Kindes; Streit und Seitensprünge; die Schande der Inhaftierung; der Auftrag nach der Entlassung und der tiefe Absturz des in Ungnade gefallenen Polizisten – in einer Schockwelle alles auf einmal. Wie unter einem Stromschlag taumelte ich zurück, und nur am Rande bekam ich mit, wie mich Tinas Augen über dem Tuch, das sie sich übers Gesicht gezogen hatte, fixierten. Nach einer Weile fasste ich mich wieder, und der Aufruhr legte sich.

Mit einem schwachen Lächeln fragte ich Tina: »Kann ich meine Waffe wiederhaben?«

»Das halte ich für keine gute Idee, Sean«, sagte sie. »Im Moment noch nicht.«

Ihr Einwand überraschte mich nicht. Ich nickte nur schwerfällig, doch als ich die Ungeheuerlichkeit dessen begriff, was man mir angetan hatte, war ich mit einem Satz bei Whatred, Bronson, egal, wie der Kerl hieß, und legte ihm beide Hände um die Gurgel. »Bastard! Sie haben mir mein Leben gestohlen, Sie haben mir mein verfluchtes Leben gestohlen!« Ihm traten die Augen hervor, und er brachte nur ein entsetzliches Röcheln heraus, doch ich drückte noch fester zu.

»Lassen Sie ihn los, Sean«, zischte mir Tina ins Ohr. »Tun Sie das ja nicht. Das hilft Ihnen auch nicht weiter. Sie brauchen seine Zeugenaussage, also lassen Sie ihn am Leben.«

Tinas Worte dämpften ein wenig meine kochende Wut, und ich lockerte den Griff. »Was Sie mit mir gemacht haben, ist unverzeihlich«, fauchte ich und überhörte sein verzweifeltes Würgen.

»Ich weiß«, stammelte er, als er sich wieder fing und zum ersten Mal wagte, zu mir aufzuschauen. Erst jetzt sah ich die Tränen in seinen Augen. Der Kerl heulte, und zwar offenbar nicht nur, weil ich ihn halb erdrosselt hatte. »Ich weiß, und es tut mir entsetzlich leid.«

Jetzt ergriff Tina das Wort, und um sich verständlich zu machen, hob sie das Tuch über die Lippen. »Noch können Sie aus dem ganzen Schlamassel raus, Mr. Whatred. Helfen Sie uns, die Leute hinter diesem Komplott zur Rechenschaft zu ziehen. Mister H., der Mann, für den Sie arbeiten – mit richtigem Namen heißt er Carl Hughie und befindet sich derzeit im Zusammenhang mit dem Tod eines Kollegen in Polizeigewahrsam. Vielleicht kommt er um eine Mordanklage herum, doch wenn Sie vor Gericht gegen ihn aussagen und bezeugen, dass er Sie angeheuert hat, wandert er für eine ganze Weile hinter Gitter, und Sie kommen vielleicht um einiges glimpflicher davon, als Sie es verdienen. Sean hier wird bezeugen, dass Sie ihm heute bei diesem Besuch aus Gewissensgründen geholfen haben, sein Gedächtnis wiederzufinden, und ich würde Ihnen ans Herz legen, ganz schnell zu vergessen, dass Sie an diesem Abend eine Waffe gesehen haben.« Als sie endete, steckte sie die Pistole unter ihre Jacke.

Whatred starrte Tina ungläubig an. »Wer sind Sie? Woher wissen Sie das alles?«

»Keine Fragen. Aber merken Sie sich eins: Sollten Sie auf den Gedanken verfallen, sich einen Anwalt zu nehmen und das Unschuldslamm zu mimen, wandern Sie für einige Jahre länger in den Knast als das letzte Mal.« Sie machte auf dem Absatz kehrt. »Kommen Sie, Sean. Wir sind hier fertig.«

52

»Warten Sie«, warf Whatred verzweifelt ein. »Und wenn die mich kassieren? Vielleicht bringen die mich um.«

»Wenn Sie das verhindern wollen, gehen Sie zur nächsten Polizeistation, und legen Sie ein umfassendes Geständnis ab.«

Ich sah mich ein letztes Mal zu Whatred um, der, ein Bild des Jammers, mit bebenden Händen auf dem Sofa saß, dann folgte ich Tina auf die Straße.

Inzwischen war es fast dunkel, und wir sprachen erst wieder miteinander, als wir sicher in Tinas Wagen saßen.

Sie zündete sich eine Zigarette an und drehte sich zu mir um. »Was ist mit Lauren Donaldson passiert?«

Ich strich mir mit der Hand durchs Haar und berührte dabei die Umrisse der Narbe an meiner Stirn, während ich versuchte, alles, woran ich mich wieder erinnerte, zu einer chronologischen Ordnung zusammenzufügen. »Dieser Traum, das war kein Traum. Lauren, die Frau, nach der Sie suchen, ist tot. Die andere Frau, Jen Jones, auch.«

Tina seufzte, nahm einen tiefen Zug und blies den Rauch aus dem halb geöffneten Fenster. »Hatte ich mir schon gedacht. Ist trotzdem ein Schock. Sind das die Leichen, die alle finden wollen?«

»Ja. Aber ich weiß immer noch nicht, wo sie sich befinden. Und ich habe die Frauen auch nicht getötet. Ich weiß jetzt, was mich in dieses Haus gebracht hat, ich weiß, mit wem ich dort war, ich weiß, wer sie getötet hat und warum.«

»Wer?«

»Ich sehe den Mann vor mir, aber ich bin nicht sicher, ob ich je seinen Namen kannte. Falls ja, fällt er mir wieder ein. Aber im Moment fühlt sich das Ganze noch unglaublich fremd an. Dieser Ansturm an Erinnerungen ist einfach zu viel, ich kann noch nicht richtig einordnen, was real ist und was nicht. Außerdem sind nach wie vor eine Menge Lücken dazwischen. Trotzdem kann ich mir allmählich ein Bild davon machen, was in den Wochen vor meinem Unfall passiert ist.«

»Whatred hat drei Leichen erwähnt«, rief mir Tina ins Gedächtnis. »Wer war die dritte?«

»Wenn ich das wüsste. Der Teil ist immer noch verschwommen.«

»Sean, ich glaube, es ist Zeit, dass Sie sich stellen. Es ist nicht hilfreich, länger davonzulaufen. Ich werde meinen wichtigsten Kontaktmann anrufen, Detective Chief Inspector Mike Bolt. Das ist der Beamte, der die Ermittlungen zu der Schießerei in Ihrem Hotelzimmer leitet. Ich kann ihm vorschlagen, sich irgendwo mit uns zu treffen, alles Weitere liegt dann bei ihm. Aber vielleicht erzählen Sie mir jetzt erst einmal alles von Anfang bis Ende.« Sie legte ihm die Hand auf die Schulter. »Es wäre der beste Weg, Sean. Bei Licht betrachtet, ist es der einzige.«

Sie hatte recht, keine Frage. Doch vorher hatte ich noch einen Wunsch.

»Ich weiß, Tina«, sagte ich, »und wenn Sie dabei sind, werde ich mich stellen. Und ich werde ihnen alles erzählen. Unter einer einzigen Bedingung: Vorher will ich meine Frau und meine Tochter sehen. Ich will noch einmal zu Claire und Millie. Ich erinnere mich wieder an sie.«

»Sean, ich habe keine Ahnung, wie wir an die beiden rankommen sollen.«

»Aber ich.« Auf einmal fühlte ich mich unendlich erleichtert. »Mir ist Claires Handynummer wieder eingefallen«, sagte ich mit einem schwachen Grinsen.

Tina zuckte die Achseln. »Also gut, abgemacht. Ich rufe jetzt bei Mike an und gebe ihm Bescheid, dass wir uns mit ihm treffen wollen.«

Ich nickte, zog das Handy heraus, das ich zuletzt im Zug benutzt hatte, und war, als ich es einschaltete, plötzlich nervös. Es war lange her, seit ich zum letzten Mal mit Claire gesprochen hatte. Ich konnte mich schemenhaft erinnern, wie sie mich in der Untersuchungshaft besuchte, doch nach meiner Verurteilung blieben die Besuche aus. Dafür wusste ich jetzt wieder, wie wir uns kennengelernt hatten: wahrhaftig durch eine Online-Partnerbörse. Aus einer stürmischen Romanze wurde mehr, und eine Zeit lang waren wir glücklich miteinander. Dann wurde sie schwanger, und mit einem Schlag war alles anders. Es fiel mir nicht leicht, mich auf die veränderte Situation einzustellen. Ich hatte mir kein Kind gewünscht, weil ich fürchtete, dass es unsere Beziehung beeinträchtigen würde. Ich war eifersüchtig und benahm mich wie ein Arschloch.

Wenn möglich, wollte ich es wiedergutmachen. Doch mehr als alles andere auf der Welt wollte ich meine Tochter sehen.

Als ich auf das Display blickte, sah ich die Nachricht: RUFEN SIE AUGENBLICKLICH DIESE NUMMER AN, gefolgt von einer Mobilfunknummer.

Doch ich hatte nur Augen für das, was unter der Nummer erschien. Es war das Bild von einer Frau und einem kleinen Kind, beide mit verbundenen Augen. Claire erkannte ich auf Anhieb wieder, das Mädchen konnte nur meine Tochter Millie sein – das Kind, das ich noch nie gesehen hatte.

Ich ließ das Handy auf den Schoß fallen und starrte geradeaus. In den letzten fünf Tagen hatte sich ein Schock an den anderen gereiht, doch das alles war nichts im Vergleich dazu. Es traf mich mit der Wucht eines Vorschlaghammers. Neben mir hörte ich Tina reden, dann verstummte sie und fragte mich, ob alles in Ordnung sei.

In einem Kraftakt drehte ich mich langsam zu ihr um. Mir klebte die Zunge am trockenen Gaumen. Krächzend brachte ich heraus: »Die haben meine Familie, Tina.«

53

»Das war Tina Boyd«, sagte Bolt zu Mo Khan, als er das Telefonat beendet hatte. »Im Laufe der nächsten Stunde bringt sie Sean Egan her. Vorher will er allerdings seine Tochter sehen. Rufen Sie bitte unsere Leute an, die das Haus seiner Exfrau bewachen, und geben Sie ihnen Bescheid, dass der Besuch mit mir abgesprochen ist.«

Mo nickte. »Wird erledigt.«

Es war inzwischen neunzehn Uhr fünfunddreißig. Zwei Stunden lang hatte Bolt mit Mo in seinem Büro gesessen, mit ihm die Erkenntnisse aus der Analyse von Dylan Mackays Telefonverbindungen diskutiert und darüber hinaus mögliche Szenarien entworfen, wie die verschiedenen Fälle zusammenhängen könnten. Sean Egan, die vermissten Frauen, Egans ermordete Bewacher in Wales, die Morde an Sheryl Warner, Dylan Mackay und Jeff Roubaix und die merkwürdigen Geheimdienstleute, die in das Ganze verwickelt schienen. Zwar stand unstrittig fest, dass Egan einen von ihnen erschossen hatte, doch blieben die Hintergründe dubios.

Bolt seufzte. Vielleicht brachte das Gespräch mit Egan ja endgültig Klarheit.

In diesem Augenblick kam Mo zurück und wirkte ernstlich besorgt. »Keiner der beiden Personenschützer vor dem Haus von Egans Ex geht ans Handy. Da stimmt was nicht.«

»Haben wir eine Telefonnummer von dieser Claire Soundso?«

»Ja, aber auch die erreichen wir nicht. Nicht auf dem Festnetz und nicht auf dem Handy. Das gefällt mir nicht, Chef. Unser letzter Kontakt mit den beiden Cops vor Ort liegt gerade mal eine halbe Stunde zurück – da hieß es; Mutter und Tochter seien soeben nach Hause gekommen. Ist ja schließlich inzwischen Schlafenszeit für ein Kleinkind.«

»Verstehe. Schicken Sie einen Streifenwagen rüber, und lassen Sie sich auf dem Laufenden halten. Ich rufe derweil Tina an, damit sie unverzüglich mit Egan herkommt. Wie mir scheint, ist ernstlich Gefahr im Verzug.«

Wie es der Teufel wollte, sprang bei Tina bloß die Mailbox an. Er wartete zwei Minuten und versuchte es erneut. Wieder das Gleiche. Was zum Donnerwetter war da los? Mike hinterließ ihr eine Nachricht und bat sie, ihn umgehend zurückzurufen. Dann legte er das Telefon auf den Schreibtisch, schloss die Augen und stellte sich der Tatsache, dass die Sache eskaliert war und ihnen aus der Hand zu gleiten drohte.

Doch er war nicht gewillt, sich damit abzufinden.

»Mein Gott, Sean. Wie sind die an diese Nummer gekommen?«, fragte Tina und wandte für einen Moment den Kopf ab.

Ich konnte kaum einen klaren Gedanken fassen. »Egal, wer das ist, ich muss diesen Anruf machen. Diese Nachricht haben sie vor fünfzehn Minuten geschickt.«

»Wir können die Polizei einschalten, Sean. Die sind in der Lage, diese Nummer zu orten und rauszukriegen, wo sie Ihre Frau und Tochter festhalten.«

»Ich werde diese Sache niemand anderem überlassen. Ich habe die beiden in diese Gefahr gebracht, und ich hole sie da raus.«

»Sean, bitte, Sie wissen, was dann passiert. Sie werden Ihnen sagen, wohin Sie kommen müssen, wenn Sie Ihre Famie jemals lebend wiedersehen wollen. Wenn Sie hingehen, bringen die Sie um. Und Sie haben keinerlei Garantie, dass sie Ihre Frau und Ihr Kind verschonen.«

Sie hatte recht. Natürlich hatte sie recht. Aber was zum Teufel blieb mir anderes übrig? »Ich muss da anrufen, Tina. Verstehen Sie das nicht?«

Sie musste die Qual in meinem Gesicht gesehen haben, denn ausnahmsweise einmal lenkte sie sofort ein. »Ich warte hier«, sagte sie, als ich die Beifahrertür öffnete.

Ich trat auf die nächtliche Straße. Auf der anderen Seite schlenderte ein junges Paar zum Fastfood-Imbiss, vermutlich Schüler. Sie hielten Händchen und lachten, und ich fragte mich für einen Moment, an welchem Punkt in ihrem unbeschwerten Leben die Welt über ihren Köpfen einstürzen würde wie gerade bei mir.

Ich rief die Nummer an. Sämtliche Nervenenden an meinem Körper glühten wie unter Strom.

Noch vor Ende des ersten Klingelzeichens meldete sich der Mann, mit dem ich gerechnet hatte. »Tut mir leid, Sean«, sagte er ohne Umschweife.

»Du widerlicher Dreckskerl, Jack«, zischte ich bebend vor Zorn.

»Ich wollte nicht, dass es so kommt.«

»Du hast meine Frau und meine Tochter entführt. Wieso, verdammt noch mal? Ich habe dir vertraut.«

»Dann erinnerst du dich wieder an sie, darauf hatte ich gehofft.«

»Ich erinnere mich genug«, sagte ich kalt.

»Sean, hör zu, ihnen ist nichts passiert, es geht ihnen gut. Deine Tochter glaubt, dass Ganze sei ein Spiel.«

»Wenn du ihnen auch nur ein Haar krümmst …«

»Niemand krümmt ihnen ein Haar, Sean. Jedenfalls nicht, wenn du tust, was ich dir sage. Wo bist du?«

»In London.«

»Ich brauche es genauer, denn die Sache läuft folgendermaßen ab: Ich komme mit dem Wagen, und wir beide machen eine kleine Fahrt, um sicherzustellen, dass uns niemand folgt. Ich übergebe dich einem Partner von mir, und du wirst gegen deine Frau und deine Tochter ausgetauscht. Du wirst sie sehen. Du bekommst sogar Gelegenheit, von ihnen Abschied zu nehmen. Danach fahre ich die beiden nach Hause, darauf hast du mein Wort. Und damit ist die Sache vorbei.«

»Was geschieht mit mir?«

»Dein Leben gegen ihres, Sean. Auch wenn du es mir

nicht glauben wirst, tut es mir aufrichtig leid, dass es so enden muss. Ich habe dich immer gemocht. Es ist einfach nur dein Pech.« Er klang, als sei sein Bedauern echt, so wie bei Bronson, fügte ich in Gedanken hinzu. Alle, die sich offenbar verschworen hatten, mich zur Strecke zu bringen, schienen es von Herzen zu bedauern, doch keinen von ihnen hinderte es daran, mir die schrecklichsten Dinge anzutun.

»Jetzt hör mir mal gut zu, Jack. So läuft das nicht. Ich weiß wieder, was in jener Nacht in dem Haus mit Lauren Donaldson und Jennifer Jones passiert ist. Ich weiß auch wieder, welche Rolle du dabei gespielt hast.«

Einige Sekunden herrschte Schweigen in der Leitung. Als sich Jack wieder meldete, lag ein warnender Unterton in seiner Stimme:

»Ist dein Leben so viel wert wie das deines Kindes?«

Dafür hätte ich ihn umbringen können, doch ich wahrte die Fassung.

»Sag mir, wo ich hinkommen soll, und ich komme alleine.«

»Hast du ein Auto?«

»Habe gerade eins gestohlen. Ich kann zu dir kommen.«

»Rede keinen Blödsinn, Sean. Du hast hier nichts zu sagen.«

»Und ob. Ich habe genug gegen dich in der Hand, um dich ans Messer zu liefern, Jack. Ich bin bereit, mein Leben für meine Frau und mein Kind zu opfern. Aber erst, wenn ich weiß, dass sie in Sicherheit sind.«

»Wo steckst du? Ich komme rüber und fahr dich hin. Alles andere kannst du vergessen.«

Ich musste stark sein. Wenn ich mich von ihm abholen ließ, war ich praktisch schon tot, ohne jede Garantie für das Leben meiner Frau und meiner Tochter. »Nein«, sagte ich entschieden. »Nenn mir einen Treffpunkt.«

Er trennte die Leitung, ich stand allein auf der Straße, spürte, wie mir das Herz im Halse pochte, und stellte mir die Frage, ob ich gerade einen entsetzlichen Fehler begangen hatte. Ich wartete eine Minute, in der ich auf dem Pflaster hin und her lief und mich inzwischen nicht mehr darum scherte, bei irgendjemandem Misstrauen zu erregen.

Als ich am Auto vorüberkam, sah ich, wie Tina mich mit Argusaugen beobachtete. Sie gestikulierte mit den Händen – »Was ist los?«, doch ich ignorierte sie. Eine weitere Minute verstrich. Immer noch kein Anruf von Jack. Aus meinen Tagen als V-Mann verstand ich mich aufs Bluffen, und nicht nur einmal hatten Jack und ich dabei im selben Boot gesessen, doch das hier übertraf alles. Das Leben einer Frau, die ich einmal geliebt hatte, und das meiner Tochter, der ich nie begegnet war, hingen davon ab, dass ich die richtige Entscheidung traf, und als die dritte Minute verstrich, ohne dass es klingelte, setzten mir die Zweifel und Ängste wie Schläge in die Magengrube zu.

Vier Minuten. Ich hämmerte mir ein, stark zu sein. Sie brauchten mich. Jack bluffte nur. Es konnte gar nicht anders sein.

Meine Familie. Die Chance für einen Neuanfang. Auf ein normales Leben. In dem ich gebraucht und geschätzt wurde.

Fünf Minuten. Mein Herz donnerte in meiner Brust. Ich starrte auf das Handy, zählte bis fünf und rief Jack zurück.

Ich hatte das Spiel verloren.

54

Tina trommelte mit den Fingern auf dem Armaturenbrett und zündete sich eine Zigarette an, während sie wartete, bis Sean sein Telefonat beendet hatte. Unterdessen hatte Mike Bolt mehrmals versucht, sie zu erreichen, jedoch keine Nachricht hinterlassen. Obwohl Tina das dringende Bedürfnis hatte, mit ihm zu sprechen, hielt sie sich an ihr Versprechen gegenüber Sean, nichts zu unternehmen, bis er zurück sei, auch wenn er jetzt aus ihrem Blickfeld verschwunden war. Doch als sie in den Rückspiegel schaute, sah sie ihn kommen. Jetzt hielt er das Handy nicht mehr ans Ohr und sah aus, als wäre er in Minuten um zehn Jahre gealtert.

Diese neue Entwicklung hatte alles verändert. Auch wenn Tina selber keine Kinder hatte, konnte sie Seans Qualen nachempfinden. Sie brauchte sich nur vorzustellen, ihre eigenen Eltern oder ihre Nichten so mit verbundenen Augen auf einem Foto zu sehen, um zu wissen, dass es ihr genauso ergehen würde.

Die Beifahrertür öffnete sich, und Sean stieg ein. Er atmete einmal tief durch. Der schweißnasse Film auf seiner Stirn entging ihr nicht.

»Die holen mich ab und bringen mich zu meiner Frau und meiner Tochter. Ich hätte es mir anders gewünscht, aber mir bleibt keine Wahl.«

Das hatte Tina befürchtet. »Die bringen Sie um.«

Er nickte. »Ich weiß.«

»Sie rennen also offenen Auges in den Tod?«

Er drehte sich zu ihr um. »Dieser Peilsender, den ich Ihnen bei meiner Flucht auf der Parkbucht zurückgegeben habe. Haben Sie den noch?«

Tina überlegte einen Moment. »Er ist im Handschuhfach.« Sie kramte darin, bis sie ihn fand.

»Wenn Sie mich über den Sender verfolgen, sehen Sie, wo sie mich hinbringen.«

»Aber alleine kann ich nichts für Sie tun, Sean. Ich bin unbewaffnet. Sie brauchen professionelle Verstärkung. Die Polizei weiß schon, wie sie sich in einem solch heiklen Fall verhalten muss.«

»Mir bleibt keine Zeit, auf die Profis zu warten, Tina. Die holen mich da vorne an der Kreuzung ab. Ich weiß nicht einmal, wann. Haben sie nicht gesagt. Sie haben mich nur angewiesen, dort zu warten. Sie können in zwanzig Minuten kommen, vielleicht auch erst in einer Stunde. Hängt vermutlich davon ab, wo sie stecken.« Er seufzte. »Wie viel Einfluss haben Sie auf Ihren Kontaktmann bei der Polizei?«

»Nicht allzu viel. Wieso?«

»Rufen Sie ihn, falls nötig, an, während Sie mich über den Sender verfolgen, aber ich muss Sie bitten, sie von irgendwelchen Aktionen abzuhalten, die meine Familie in Gefahr bringen könnten.«

Tina nahm einen tiefen Zug an ihrer Zigarette und hatte plötzlich einen säuerlichen Geschmack im Mund. Wenn sie ihm den Peilsender gab, unterstützte sie ihn in seiner selbstmörderischen Entscheidung. Davon abgesehen, hatte sie auch noch einen weniger selbstlosen Grund zu zögern. Falls Sean starb, würde sie nie herausfinden, wo Laurens Leiche lag, und ihre Mörder kämen ungestraft davon. »Sean, bitte …«

»Bitte was, Tina? Helfen Sie mir nun, oder nicht?« Sie sah den manischen Blick in seinen Augen und konnte sich nicht einmal sicher sein, ob er den Sender nicht notfalls gewaltsam an sich reißen würde, falls sie sich weigerte.

»Also gut«, sagte sie. »Aber das hier ist ganz und gar Ihre Entscheidung, Sean.«

»Sicher. Ich weiß. Und nochmals, Tina, ich bin Ihnen für alles, was Sie für mich getan haben, unendlich dankbar.« Er nahm den Sender und schob ihn sich in eine seiner Socken. »Kann ich meine Waffe wiederhaben?«

»Meinen Sie nicht, die nehmen sie Ihnen als Erstes ab?«

»Mag sein. Aber was habe ich schon zu verlieren.«

Widerstrebend reichte ihm Tina den Revolver und setzte in Gedanken einen weiteren Punkt auf die lange Liste ihrer Gesetzesverstöße, die sie in nur einer Woche Sean zuliebe begangen hatte.

Er nahm den Revolver und legte eine einzige Kugel in die Trommel ein. »Ich habe nur die eine«, sagte er, steckte die Waffe in die Gesäßtasche seiner Jeans und zog das Hemd darüber.

Er wandte sich zur Tür, doch eine Sache ging Tina nicht aus dem Kopf.

»Wie sind die an Ihre Nummer gekommen, Sean?«, fragte sie. »Ich dachte, die kennt keiner außer mir.« Sie seufzte. »Sie haben Jack Duckford vom Handy aus angerufen, stimmt's? Gegen meine ausdrückliche Warnung.«

Sean nickte. »Ja. Und er ist derjenige, der mich abholt. Dummerweise steht er nicht auf der Seite der Guten.«

»Aber wenn Sie für ihn als V-Mann gearbeitet haben, wieso entführt er dann Ihre Familie?«

»Tja, da liegt das Problem«, sagte Sean nach einem vielsagenden Zögern. »Nach dem Knast war ich kein V-Mann mehr.«

Die Worte hingen in der Luft, und Tina brauchte einen Moment, bis sie begriff, was er ihr gerade sagte. Ihr krampfte sich der Magen zusammen. »Was haben Sie dann für ihn gemacht?«

»Jack Duckford arbeitet nebenher für einen Kriminellen. Und er hat mich damals zu einer Arbeit bei seinem Boss angeheuert. Demnach habe auch ich in der Zeit vor meinem Unfall nicht zu den Guten gehört.«

Wie elektrisiert beugte sich Tina zu ihm vor. »Und wie hieß dieser Boss?«

»Das müssen Sie Jack fragen.« Ohne ein weiteres Wort stieg Sean aus und ging los, während Tina hinterm Lenkrad saß und sich fühlte, als hätte sie gerade jemand nach Strich und Faden hereingelegt.

55

Die nächsten dreiundzwanzig Minuten waren die längsten in meinem Leben. Mit gesenktem Kopf stand ich an der Straßenecke gegenüber dem Schnellimbiss im gelblichen Schimmer der Laterne und wünschte mir, an jedem anderen Ort der Welt zu sein und nicht zu wissen, dass ich Frau und Kind besaß. Noch vor etwa vierundzwanzig Stunden hatte ich am Küchentisch eines behaglichen Bauernhauses mit Luda über einer Flasche Wein geplaudert und gelacht. Jetzt stand ich hier und wartete auf meine Reise in den Tod, um das Leben einer Tochter zu retten, die ich nie kennengelernt hatte.

Aber sei's drum. Obwohl mich heiße Wogen der Angst durchliefen, wusste ich wenigstens, dass ich das Richtige tat. Ich dachte an meinen Bruder John, den Mann, zu dem ich stets aufgeschaut hatte, und ich hätte gerne gewusst, ob er mir jetzt von irgendwo da oben zusah und vielleicht ein wenig stolz auf mich war. Ich hoffte es. Ich glaubte nicht an Gott – hatte ich noch nie – nur daran, dass unsere Seelen, wenn wir aus diesem Leben scheiden, an irgendeinen Ort kommen, wo sie weiterleben, und wenn ich schon in dieser Nacht sterben musste, klammerte ich mich an die Hoffnung, wenigstens meinen Bruder wiederzusehen.

In diesem Moment fuhr ein Geländewagen mit getönten Scheiben heran, und obwohl wir uns eine ganze Weile nicht mehr gesehen hatten, erkannte ich Jack Duckford am Steuer. Ich warf einen kurzen Blick auf die Straße vor der Fastfood-Bude, sah, dass ausnahmsweise einmal niemand davor stand, öffnete die Beifahrertür und blickte hinein.

Im Fond war der Hüne mit dem Knautschgesicht und dem Igelschnitt, der vor vier Tagen in dem Haus in Wales versucht hatte, mich umzubringen. Er sah mich teilnahmslos an, und ich stellte fest, dass er in der Hand neben sich auf dem Sitz eine Schusswaffe mit Schalldämpfer hielt.

»Steig ein, Sean«, sagte Jack gehetzt. »Wir sind im Halteverbot.«

Ich hatte schon die Waffe aus meiner Jeans gezogen, und bevor der Hüne seinerseits zielen konnte, beugte ich mich in den Wagen und schoss ihm ins Gesicht. Zwar gab es im Wageninnern einen lauten Knall, doch die Straße war leer, und ich war mir ziemlich sicher, dass es niemand gehört hatte.

Der Hüne stieß einen Schrei aus, dann fiel ihm der Kopf zur Seite. Aus dem pfenniggroßen Loch in seiner rechten oberen Wange quoll das Blut, und er schwankte wie betrunken auf dem Sitz. Aus einer so kleinkalibrigen Waffe war der Schuss mit ziemlicher Sicherheit nicht tödlich. Zu meinem Entsetzen versuchte er noch seine Pistole zu heben, und ich hatte keine Kugeln mehr übrig.

Ich sprang in den Wagen, zog die Tür zu und drückte Jack die noch rauchende Waffe an die Schläfe. »Fahr schon!«, zischte ich.

Er machte den Mund auf, als wollte er etwas erwidern, doch als er mein Gesicht sah, überlegte er es sich offenbar anders, fuhr los und fädelte sich in den spärlichen, fließenden Verkehr ein.

Ich schwenkte die Waffe zu Knautschgesicht auf dem Rücksitz herum. Inzwischen war sein Hemdkragen blutgetränkt. Mit der freien Hand fasste er sich hilflos an die Wunde im Gesicht, doch er hatte es fertiggebracht, mit der anderen den Lauf seiner Waffe ein wenig anzuheben.

»Fallen lassen!«, schrie ich. »Oder ich schieße noch einmal! Deine letzte Chance!« Doch dieser Typ war ein dämlicher sturer Hund, und er hob sie weiter an, während er trotzig die Augen zusammenkniff. Noch ein paar Zentimeter, und die Mündung zeigte direkt auf meine Lenden. Aus dem Augenwinkel heraus sah ich, wie Jack den Arm nach mir ausstreckte, um mir meinen Revolver abzunehmen. Es war eine äußerst brenzlige Situation, doch aus Erfahrung wusste ich, dass jedes Zögern tödlich gewesen wäre. Ich musste beide in Schach halten.

Also stürzte ich mich mit dem Oberkörper nach hinten, packte in einem Überraschungsangriff Knautschgesichts Waffe am Lauf und riss sie ihm so aus der Hand, dass die Mündung dabei nicht in meine Richtung zeigte. Im Moment meines Zugriffs drückte er ab, und die Kugel machte einen Knall wie der Korken einer

Sektflasche, bevor sie mehrmals im Wageninnern abprallte und Gott weiß wo liegen blieb. Ich ließ die Zweiundzwanziger fallen, drehte Knautschgesichts Pistole herum und zielte abwechselnd auf beide Männer.

Doch inzwischen war der Hüne so geschwächt, dass er auf dem Rücksitz zusammensackte und ich mich ganz auf Jack konzentrieren konnte. »Wo sind Claire und Millie, du Bastard?«

»Du hast gerade einen schweren Fehler gemacht, Sean«, sagte Jack. Er hatte die Hände um das Lenkrad gekrallt, und mit einiger Befriedigung sah ich sein entsetztes Gesicht.

»Ach ja? Vielleicht sollte ich noch einen machen und dir einen Schuss ins Gesicht verpassen.«

»Bring mich um, und du hast nicht die geringste Chance, deine Familie wiederzusehen. Das ist dir doch wohl klar.«

»Ja«, sagte ich nüchtern. »Trotzdem kann ich dir noch sehr wehtun. Und du weißt, dass ich keine Sekunde zögern würde.« Ich senkte den Lauf und zielte auf sein Knie. »Jetzt rede: Wo sind Millie und Claire?«

An der Kreuzung zur A40 hielten wir an der Ampel. Es war mir egal, dass andere Autos neben uns hielten. »Antworte, du elendes Stück Scheiße«, wisperte ich ihm ins Ohr, »oder ich puste dir deine Kniescheibe weg.«

»Schon gut, schon gut«, beeilte er sich. »Sie befinden sich etwa fünfzehn Meilen von hier auf einem stillgelegten Flugplatz.«

Ich lehnte mich zurück. »Also da soll's hingehen. Wer hat sie in seiner Gewalt?«

»Seine Freundin.« Dabei deutete er über die Schulter auf den Hünen. »Wir sind auf dem Weg dorthin, du Arschloch, damit du dich von deiner Familie verabschieden kannst.«

Ich lachte. »Ich sag dir was, Jack. Eins habe ich in den letzten Tagen nur zu gut begriffen: dass alle nach Strich und Faden lügen. Sieh mir also nach, wenn ich das, was du sagst, mit einem Fragezeichen versehe.«

»Also, die beiden sind verlobt. Wenn sie rausbekommt, was du mit ihm gemacht hast … tja, ich weiß nicht …« Er schüttelte den Kopf und sprach den Satz nicht zu Ende. Es wurde Grün, und er bog in westlicher Richtung auf die A40 ab.

Wozu dieses Miststück fähig war, brauchte mir Jack nicht zu sagen. Ich hatte gesehen, was sie mit Jane gemacht hatte. Über die Schulter warf ich einen Blick auf Knautschgesicht. Seine Augen flackerten, und er hatte eine ungesunde fahle Gesichtsfarbe angenommen, doch das Blut sickerte jetzt langsamer herunter, und er sah so aus, als würde er das hier überleben, was ich vielleicht zu meinem Vorteil nutzen konnte. »Lass das meine Sorge sein«, antwortete ich. »Erzähl mir lieber von dem Job, zu dem du mich angeheuert hast.«

»Ich dachte, du hättest dein Gedächtnis wieder.«

»Das siehst du richtig, aber ich will es aus deinem Mund hören.«

»Ich habe dir damals eine Chance gegeben, Sean«, sagte er bitter, »während alle anderen einen großen Bogen um dich machten.« Als gäbe er mir die Schuld an allem, was passiert war, warf er mir einen finsteren Seitenblick zu. »Ich hab dir in London eine nette kleine Bude besorgt und dir ein Jahresgehalt von fünfzig Riesen verschafft, das Ganze nur für ein bisschen Beratungstätigkeit.«

»Ich habe für einen Gangster gearbeitet, so viel weiß ich wieder.«

»Du hast für einen Geschäftsmann gearbeitet.«

»Ich will den Namen.«

»Es ist besser für dich, wenn du ihn nicht weißt.«

»Nein, es ist das Beste für mich, wenn du ihn mir sagst«, erwiderte ich entschieden.

»Wie du meinst. Alexander Hanzha. Ein ukrainischer Oligarch. Ich habe seine Leute mit Sicherheits- und Spionageabwehr-Techniken vertraut gemacht, und du hast mir dabei geholfen. Viele von denen sind Russen und Ukrainer, die kaum Ahnung haben, wie bei uns der Hase läuft. Du brauchtest ihnen nur bei der reibungslosen Abwicklung ihrer Geschäfte zu helfen. Keine Drecksarbeit wie das hier.«

»Nur dass es irgendwann doch zur Drecksarbeit kam, richtig?« Wenn man für Gangster arbeitete, gehörte so etwas zur Stellenausschreibung. Und trotzdem hatte ich zugegriffen, denn Jack hatte recht. Als er mir zu Hilfe kam, wollte niemand sonst etwas von mir wissen. »Was ist in dieser Nacht passiert, Jack? Wozu waren wir in diesem Haus? Das gehörte ihm, nicht wahr? Hanzha?«

Jack seufzte und schüttelte unwillig den Kopf. »Gütiger Himmel, was für ein Desaster. Nein, es gehörte Hanzhas Sohn Victor. Er hatte zusammen mit Freunden diese beiden Prostituierten gebucht. Und sie in diese

Hütte auf dem Land mitgenommen. Nur dass eine von ihnen keine Prostituierte war. Sie betrieb Industriespionage. Hanzhas Firma hatte sich seit einem Jahr um eine feindliche Übernahme eines großen britischen IT-Unternehmens bemüht. Dabei ging es von Anfang an ziemlich hoch her, denn die meisten Anteile an diesem Unternehmen hält die Familie des Innenministers Garth Crossman. Als Crossman sah, dass er die Übernahme nicht mit legalen Mitteln verhindern konnte, versuchte er, Hanzha etwas anzuhängen.«

In diesem Moment machte es klick bei mir. Meine Freundin vor dem Unfall, Jen Jones. Vielleicht war unsere zufällige Begegnung im Pub gar nicht so zufällig gewesen. Vielleicht hatte sie über mich nur Zugang zu Hanzha gesucht. »Die Blonde. Das war die Industriespionin, stimmt's?«

»Das Mädchen hieß Jennifer Jones. Sie arbeitete für Crossmans Firma«, bestätigte er meinen Verdacht. »Dann hat Victor sie dabei erwischt, wie sie in seinem Zimmer eine Wanze anbrachte. Er behauptet, er hätte sie zur Rede gestellt. Sie hätte alles abgestritten und versucht, das Haus zu verlassen; dann hätte er sie geschlagen. Die Situation lief aus dem Ruder, er glaubte, sie sei tot und es bliebe ihm nichts anderes übrig, als auch die andere Prostituierte zu liquidieren, die zusammen mit ihrer Freundin gekommen war. Allem Anschein nach hat ihm der Freund dabei geholfen, um ihm zu beweisen, dass er ihm trauen konnte.« Jack stieß einen Seufzer aus. »Dann rief Victor mich in Panik an, ziemlich verständlich, wenn man zwei tote Huren im

Haus hat. Ich habe mich bei dir gemeldet, und zusammen sind wir rüber, um den Schlamassel in Ordnung zu bringen.«

Während Jack erzählte, erinnerte ich mich verschwommen, wie nervös ich auf der Fahrt zum Haus gewesen war, weil er mir nicht erzählen wollte, worum es ging. Und dann der Schock, als ich als Erste Lauren Donaldson mit eingeschlagenem Kopf tot auf dem Bett liegen sah. Selbst jetzt noch wurde mir bei der Erinnerung flau.

»Als wir eintrafen, bist du gleich nach oben gegangen, um dort nach dem Rechten zu sehen, während ich Victors alten Herrn anrief und ihm Bericht erstattete, was passiert war. Er war natürlich stinksauer, behielt aber einen kühlen Kopf. Typisch für ihn. Fels in der Brandung. Andererseits machte er mir klar, dass wir keine Zeugen brauchen konnten.« Einen Moment hielt Jack inne. »Das hieß, dass auch du liquidiert werden musstest. Klingt jetzt vielleicht komisch, aber ich war am Boden zerstört. Ich habe dich immer gemocht, Sean, egal, was du jetzt denkst.«

Ich sagte nichts.

»Mr. Hanzha wusste, dass ich dich nicht töten wollte, und so versprach er, seinen Bodyguard rüberzuschicken, der mit dir zusammen die Leichen vergraben sollte. Doch eigentlich sah der Plan vor, dass du von der Fahrt nicht zurückkehrst.«

»Und du warst damit einverstanden?«

»Nein«, sagte er, »war ich nicht. Ich habe krampfhaft überlegt, wie ich dich retten kann, und als ich nach oben kam, sah ich eine Möglichkeit. Jennifer Jones war nämlich nicht tot. Sie hatte von diesem Sadistenschwein Victor eine Menge abbekommen, aber irgendwie hatte sie sich aufgerafft und war aus dem Zimmer gewankt. Als ich hochkam, lehnte sie an einer Wand im Flur; sie verlor viel Blut, war aber noch bei Bewusstsein, und du hast einfach nur dagestanden und sie angestarrt. Ich glaube, du warst unter Schock.«

»Ja, war ich auch, ich war in sie verliebt, und sie halbnackt in diesem Haus zu finden und halb tot …« Bei der Intensität der Erinnerung liefen mir Schauer den Rücken herunter.

»Und erinnerst du dich an meine Anweisung?«

Ich schüttelte den Kopf und musste schlucken. Meine Emotionen in diesem Augenblick waren so präsent, als wäre das Ganze eben erst geschehen: Die ohnmächtige Wut, die Eifersucht, der Abgrund, in den ich stürzte. Doch beim besten Willen konnte ich mir nicht ins Gedächtnis rufen, was danach passiert war. »Nein, sag du's mir.«

Jacks Gesicht verspannte sich wie zu einer Maske, und beim Anblick der tiefen Furchen auf seiner Stirn wurde mir bewusst, wie sehr er seit unserer letzten Begegnung gealtert war. Er holte tief Luft. »Ich habe dir ein Messer in die Hand gedrückt und dir befohlen, sie zu töten. Das habe ich getan, um ähnlich wie Victors Freund Hanzha zu zeigen, dass er dir trauen kann. Ich habe es getan, um dir den Arsch zu retten, und eins kann ich dir sagen: Ich bin wahrlich nicht stolz darauf, aber wenigstens wäre es eine Chance für dich gewesen.«

Mein Gedächtnis ließ mich immer noch im Stich. Ich fragte mich, ob mein Bewusstsein die schlimmsten Bilder in irgendeinen dunklen Winkel verbannt hatte und sich weigerte, sie an die Oberfläche zu lassen.

»Und? Habe ich sie getötet?«

Jack drosselte das Tempo und drehte sich zu mir um. »Nein«, sagte er. »Hast du nicht.«

Ich fühlte eine Woge der Erleichterung und atmete tief durch.

Ich bin doch kein schlechter Mensch.

»Du hast es nicht über dich gebracht«, fuhr er fort. »Ich auch nicht. Ich habe in meinem ganzen Leben noch keinen Menschen getötet. Wir mussten auf Mr. Hanzhas Mann warten. Ich habe dich in ein anderes Zimmer gezerrt, während er sie erschoss. Danach habt ihr die Leichen der beiden Mädchen in ein Auto verfrachtet, um sie zu entsorgen.« Er seufzte. »Was danach passiert ist, Sean, weißt nur du, denn ich habe erst wieder fünf Stunden später, mitten in der Nacht, von dir gehört. Du hast angerufen und mir vorgeworfen, ich triebe ein falsches Spiel. Dann hast du gesagt, du hättest Mr. Hanzhas Bodyguard umgebracht und alle drei Leichen vergraben. Du hast mir gedroht, du würdest einen Brief bei deinem Anwalt hinterlegen, der geöffnet werden sollte, falls dir jemals etwas zustoßen würde. In diesem Brief stünde haarklein, was in dieser Nacht passiert sei, und darin hättest du genau beschrieben, wo sich die Leichen befänden. Außerdem hast du hundert Riesen in bar als Schweigepflicht gefordert. Ich habe geantwortet, dass sei machbar, du hast gesagt, du würdest dich wieder melden, und hast aufgelegt. Nur dass du dich nicht wieder gemeldet hast, jedenfalls war es bis heute das letzte Mal, dass wir miteinander gesprochen haben.«

»Aber ihr wusstet, dass ich am Leben war, richtig?«

»Nicht sofort, erst als das mit den Erpressungen losging.«

Ich runzelte die Stirn. »Erpressungen?«

Jack nickte. »Ja, der Innenminister, Crossman – seine Leute haben ein paar Monate danach den Kontakt aufgenommen. Sie sagten, sie hätten dich lebendig in die Finger bekommen und an einen sicheren Ort gebracht. Die haben uns sogar Filmmaterial von dir geschickt, allerdings wirktest du darauf irgendwie weggetreten. Sie erklärten, Crossmans Gruppe würde ein Gegenangebot für Hanzhas Firma machen, und falls er es nicht akzeptierte, wollten sie durchsickern lassen, was an dem Abend passiert war, und lancieren, wo sich die Leichen befänden. Sie behaupteten, die DNA an den vergrabenen toten Mädchen würde immer noch ausreichen, um Victor der beiden Morde zu überführen.«

»Aber ich verstehe immer noch nicht, wie Crossmans Leute von den Leichen erfahren konnten.«

»Das hat mir auch Kopfzerbrechen bereitet, und die einzige Erklärung, die ich dafür habe, ist Jennifer Jones – als Spionin hat sie möglicherweise deine Wohnung verwanzt, sodass sie deinen Drohanruf bei mir mithören konnten. Keine Ahnung, was danach passiert ist, aber ich vermute mal, als du deinen Autounfall hattest, haben sie versucht dich abzufangen. Nach allem, was wir wissen, stecken sie hinter dem Unfall. Das würde auch erklären, wieso du keine Ausweispapiere bei dir hattest und woher sie wissen konnten, in welchem Krankenhaus du gelandet bist.«

Wutschäumend schüttelte ich den Kopf. »Ich fass es nicht, dass so viel Blut für eine verfluchte Firmenübernahme geflossen ist.«

»Es geht um riesige Profite, Sean. Die Crossman-Gruppe rechnete sich hundert Millionen Pfund Gewinn aus, wenn Mr. Hazha mitgespielt und ihnen seine Firma zum Dumping-Preis verhökert hätte. Für so einen Haufen Geld nehmen viele Leute so einiges in Kauf. Deshalb mussten wir alle Register ziehen, um dich zu finden. Hat lange gedauert, doch am Ende bekam einer von Crossmans Leuten, der auf St Lucia lebte, heraus, wo du versteckt gehalten wurdest, und hat die Information ausgespuckt. Daraufhin haben wir die beiden hier angeheuert, um dich endgültig unschädlich zu machen.« Jack verstummte, dann fügte er hinzu: »Was ihnen nicht gelungen ist, weshalb wir jetzt hier sind.«

»Hilf mir, meine Familie da rauszuholen, Jack«, sagte ich. »Das hier passt nicht zu dir.«

»Tut mir leid, Sean, das kann ich nicht. Du denkst an deine Familie und ich an meine.«

Auf dem Rücksitz klingelte ein Handy. Knautschgesicht hatte es am Leib. Er stöhnte, ohne sich jedoch zu rühren.

»Das wird seine Freundin sein«, sagte Jack. »Ich muss rangehen, sonst weiß sie, dass etwas schiefgelaufen ist, und sie tut deiner Frau und deiner Tochter etwas an. Die Frau fackelt nicht lang, Sean.«

»Ich weiß, wir hatten bereits das Vergnügen. Nimm ihm das Handy ab und gib es mir.«

Er folgte meiner Anweisung, langte nach hinten, zog Knautschgesicht das Handy aus der Jackentasche und hielt es mir ans Ohr. »Sean Egan hier«, sagte ich. »Falls meiner Frau und meiner Tochter auch nur das Geringste passiert, bringe ich Ihren Freund um, und zwar ganz langsam.«

»Ich will mit ihm reden«, zischte sie, doch die Angst war unüberhörbar.

»Nein, er ist verletzt, aber wenn wir ihn ins Krankenhaus bringen, kommt er durch. Lassen Sie meine Familie frei, und Sie kriegen ihn zurück.«

»Du stellst hier keine Forderungen, du Ratte. Wenn ich nicht augenblicklich mit Tank sprechen kann, schneide ich deiner Tochter die Augen aus.«

Ich schluckte schwer, doch ich musste unter allen Umständen stark bleiben. Und mir war klar, dass ich mit dem Leben meines Kindes spielte. »Nein«, sagte ich und setzte einen schneidenden, eiskalten Ton auf, der mich größte Überwindung kostete. »Ich schicke Ihnen ein kurzes Video von ihm, um Ihnen zu beweisen, dass er am Leben ist, aber mehr kriegen Sie nicht. Dann treffen wir uns und tauschen Ihren Freund gegen meine Familie aus.«

Sie wollte gerade etwas sagen, doch ich beendete das Gespräch, fand die Kameraeinstellung am Handy und richtete sie auf den groben Klotz hinter mir. Wie auf

Kommando bewegte er sich ein wenig auf seinem Sitz und öffnete flackernd die Augen. Mit einem verständnislosen Blick sah er mich an, als hätte ich ihn im Schlaf gestört, dann fielen ihm erneut die Lider zu. Inzwischen war die ganze obere Hälfte seines weißen Anzugshemds blutgetränkt, und auch sonst sah er nicht taufrisch aus. Ich ging ein gewaltiges Risiko ein, wenn ich ihr den Film schickte. Leider Gottes blieb mir keine Wahl.

»Wie viel ist ihr der Kerl hier wert?«, fragte ich Jack, als ich ihr die Aufnahme geschickt hatte. Nach wie vor hatte ich die Waffe auf ihn gerichtet, doch inzwischen hatte er sich entspannt, als wüsste er, dass ich nicht auf ihn schießen würde.

»Mann, Sean, frag mich was Leichteres. Ich bin den beiden erst zweimal begegnet.«

»Dann rate einfach mal«, schnauzte ich.

Er zuckte die Achseln. »Sie sind verlobt, und so, wie sie ihn ansieht, stehen sie sich, denke ich mal, ziemlich nahe. Andererseits eilt ihr der Ruf voraus, zu den kaltherzigsten Leuten in der Branche zu gehören.« Er wandte sich kurz zu mir um. »Hör zu, Sean, auf die Tour erreichst du hier nichts. Allenfalls erreichst du, dass deine Tochter stirbt.«

»Wenn sie stirbt, war's das auch für dich, Jack. Noch in dieser Nacht. Ich werde dich erschießen, verstanden?« Er spähte zur Seite und nickte. »Ja«, sagte er genervt. »Verstanden.« Ich drückte auf die Senden-Taste am Handy des Hünen und sah zu, wie die MMS mit der Filmaufnahme an die Nummer verschickt wurde, unter der die Frau soeben angerufen hatte.

Nach einer Minute klingelte das Telefon wieder, doch diesmal hörte ich in der Leitung nur den Schrei einer Frau im Hintergrund. Augenblicklich erkannte ich Claires Stimme wieder, doch ich achtete nur auf die Worte, die sie rief: »Nein! Bitte tun Sie ihr nicht weh! Sie ist doch noch ein Kind!«

»Was zum Teufel geht da vor?«, brüllte ich ins Handy. »Rede mit mir, du Miststück, oder ich schwöre bei Gott, ich schneide deinem Freund hier auf der Stelle die Eier ab.«

»Und ich nehme mir gerade mit dem Messer das Gesicht deiner Tochter vor«, erwiderte sie, nachdem sie sich offenbar wieder gefangen hatte. »Und das halte ich dann auch in einem Filmchen für dich fest.«

»Rühr sie an, und er ist auf der Stelle tot«, konterte ich ebenso kalt. »Das garantiere ich dir. Ich will nichts weiter als einen glatten Tausch. Meine Frau und Tochter gegen deinen Freund.«

»Das ist kein glatter Tausch, richtig? Du hast meinen Freund verletzt.«

»Er hat einen Kaliber-20-Schuss abgekriegt. Es ist eine kleine Eintrittswunde, nichts Lebensbedrohliches. Wenn er ärztlich behandelt wird, kriegen Sie ihn generalüberholt zurück.«

»Und du deine Tochter. Ich schnibble ihr nur ein bisschen im Gesicht rum. Und das sind garantiert keine lebensbedrohlichen Verletzungen.«

Sie trennte die Leitung.

Mir tropfte der Schweiß vom Gesicht, doch mit bebenden Fingern fand ich die Taste und rief sofort zurück.

Es klingelte ein Mal.

Zwei Mal.

Inzwischen bebte ich am ganzen Körper und konnte kaum der Versuchung widerstehen, die Waffe an die eigene Schläfe zu halten und abzudrücken, einfach nur, um diesem unerträglichen Druck ein Ende zu bereiten.

Beim dritten Klingelton war sie in der Leitung, doch ich hörte nur Schreie. Die Schreie einer Frau. Die eines Kindes.

»Du kannst mich haben!«, brüllte ich. »Du kriegst mich, wenn du ihnen nichts tust!«

»Schon besser«, sagte sie, und die Schreie hörten auf. »Gerade noch rechtzeitig. Ich hatte noch nicht mit dem Schnibbeln angefangen. Sitzt Mr. Duckford noch am Steuer?«

»Ja.«

»Gib ihn mir.«

»Nein. Du kriegst mich, und du kriegst deinen Freund – genau das, was du wolltest –, aber erst, wenn ich sehe, dass meine Familie frei und unversehrt ist. Ich weiß, dass du sie auf einem Flugplatz festhältst, und wir haben es nicht mehr weit. Wir melden uns wieder, wenn wir da sind. Deal?«

Sie schwieg gut fünf Sekunden lang. »Deal. Aber wenn du irgendwelche Tricks versuchst, kriegen sie es zu spüren.«

»Ich weiß«, sagte ich und trennte die Verbindung.

56

Tina folgte auf der A40 im Abstand von etwa vierhundert Metern dem Auto, mit dem Sean weggefahren war, als sie endlich Mike Bolt zurückrief. Sie hatte seine wiederholten Anrufe ignoriert, bis Sean in den Wagen vor ihr gestiegen und losgefahren war, denn hätte sie die Polizei zu früh eingeschaltet, wäre dies für Seans Frau und Kind ein großes Risiko gewesen.

Bolt meldete sich auf der Stelle, und er war nicht glücklich. »Wieso hast du nicht zurückgerufen? Ich habe eben die Meldung bekommen, dass die beiden Detectives, die das Haus von Egans Exfrau observiert haben, mit aufgeschlitzter Kehle in ihrem Auto aufgefunden wurden und das Haus leer steht.«

»Ja, seine Ex und sein Kind wurden entführt. Der Deal ist, dass Sean zu einem Treffpunkt kommt, wo die Entführer Millie und Claire im Tausch gegen ihn freilassen.«

»Wie haben die es geschafft, mit ihm Kontakt aufzunehmen?«

»Ein Mann bei der NCA namens Jack Duckford kennt Sean von früher. Sean hat sich mit ihm in Verbindung gesetzt, und Duckford hat ihm eine Falle gestellt.«

»Mist.« Am anderen Ende herrschte einen Moment Schweigen. Dann: »Und wo ist Egan jetzt?«

»In einem Auto in westlicher Richtung auf der A40, Höhe Abfahrt Swakeley's Road.« Sie las ihm das Kennzeichen vor. »Ich folge ihnen.«

»Du hättest mich sofort anrufen sollen, Tina.«

»Ich habe dich angerufen, sobald ich konnte«, log sie. »Aber das Entscheidende ist, ich folge Sean jetzt, und er hat einen Peilsender am Körper. Ich kann dir die Seriennummer und den Code durchgeben, dann könnt ihr ihn ebenfalls orten. Außerdem könnt ihr mein Handysignal verfolgen.«

»Wissen wir überhaupt, ob er noch am Leben ist? Ich an deren Stelle würde jedenfalls kurzen Prozess mit ihm machen.«

»Kann ich nicht sagen. Ich konnte nicht nah genug heran, um die Insassen zu erkennen, aber er hatte noch die Waffe dabei, mit der er diesen Kerl im Hotel erschossen hat, ich glaube also nicht, dass er sich kampflos ergibt.«

»Du liebe Güte, Tina, was für ein Schlamassel.« Wieder trat eine Pause ein, und Tina hörte es förmlich in der Leitung knistern. »Gib mir die Informationen zu dem Peilsender durch.«

Sie konnte sie auswendig herunterspulen. »Wir müssen sehr behutsam vorgehen, Mike. Wenn die Leute, die Sean in ihrer Gewalt haben, Wind davon bekommen, dass die Polizei alarmiert ist, werden sie ihre Geiseln ohne zu zögern töten.«

»Das musst du mir nicht sagen. Ich kenne Millie und

Claire. Was kannst du mir über die Geiselnehmer sagen? Wissen wir schon, wie viele es sind? Und weißt du, wo die beiden festgehalten werden?«

Ihr war klar, dass sie sich in eine äußerst gefährliche Situation begeben hatte. »Nein, ich weiß nicht mehr, als ich dir gerade erzählt habe.«

»Na schön, aber bleib auf Abstand, und warte auf uns, Tina. Und egal, was du tust, lass dein Handy eingeschaltet, und melde dich das nächste Mal sofort.«

»Geht klar«, sagte sie und stimmte einmal wieder einer Vorgehensweise zu, an die sie sich nicht zu halten gedachte.

Vor ihr beschleunigte der Wagen, in dem sich Sean befand, das Tempo auf nunmehr achtzig Meilen.

Tina blieb auf Distanz und wartete ab.

57

Auf der Armaturenuhr war es 20:39 Uhr, als Jack auf eine Privateinfahrt abbog.

Es war so still im Auto, dass ich mein eigenes Herz pochen hörte. Seit zwanzig Minuten, seit dem letzten Anruf der Frau, die in ihrer Gewalt hatte, was von meiner Familie übrig war, hatten Jack und ich kein Wort gewechselt. Ich hielt immer noch die Waffe auf ihn gerichtet, während der Kerl auf dem Rücksitz halb bewusstlos in unregelmäßigen Abständen stöhnte. Inzwischen war seine Gesichtsfarbe fischschuppengrau, und wenn er nicht sehr bald ärztliche Hilfe bekam, würde er sterben.

»Wir sind da«, sagte Jack, und wir passierten ein Schild mit der Aufschrift »Privatgrundstück – Zutritt verboten!«, dann ein weiteres mit der Auskunft, an dieser Stelle werde eine Firma, die mich herzlich wenig interessierte, Eigenheime für gehobene Ansprüche sowie für Erstkäufer errichten. Zu beiden Seiten der Zufahrt wucherten Grasbüschel und Gestrüpp, und geradeaus vor uns erkannte ich ein hohes Maschendrahttor, das offenbar in Eile geöffnet worden war. Dort herrschte Dunkelheit.

»Halt an«, sagte ich und lehnte mich auf meinem Sitz zurück. Eine ideale Stelle für einen Hinterhalt, registrierte ich. »Wie habe ich mir das Areal vorzustellen?«

»Eine einzige Piste und ein zweistöckiges Terminal mit einem Tower am hinteren Ende. Hier lang geht es direkt zur Piste. Das Gebäude liegt dann genau gegenüber, etwa fünfzig Meter entfernt. Da werden deine Ex und deine Tochter festgehalten.«

In meinem Kopf überschlugen sich die Gedanken. »Fahr ganz langsam bis zur Piste, halte dort an, und mach die Scheinwerfer aus«, sagte ich und duckte mich so tief, dass ich von draußen nicht mehr zu sehen war. »Aber lass den Motor laufen. Und vergiss keine Minute«, fügte ich hinzu, während er den Gang einlegte und im Schritttempo losfuhr, »falls das hier ein Hinterhalt ist, bleibt mir immer noch die Zeit, dich umzulegen.«

Er sagte nichts, und dreißig Sekunden später hielten wir am unteren Ende einer Böschung wieder an. Er schaltete das Licht aus. »Wir sind da.«

Ich rechnete jeden Moment damit, eine Kugel in den Kopf zu bekommen, und richtete mich nur zentimeterweise auf, ohne die Waffe von Jacks Schläfe zu nehmen.

Wir befanden uns auf einem weitläufigen, offenen Gelände, an dessen hinterem Ende ich die Umrisse des Terminals mit dem Tower erkannte. Nirgends brannte Licht, weit und breit war niemand zu sehen. Noch nie im Leben hatte ich solche Angst gehabt – zumindest konnte ich mich nicht entsinnen, da es hier nicht nur darum ging, meine eigene Haut zu retten, sondern die einzigen Familienmitglieder, die ich hatte, dabei hatte ich nicht die geringste Ahnung, wie ich das anstellen sollte.

Immer noch halb geduckt, rief ich die Frau an.

Sie meldete sich sofort.

»Wo seid ihr?«, schnauzte ich.

»Wir sind hier«, sagte sie ruhig. »Ich kann euch sehen.«

Als mir bewusst wurde, dass sie theoretisch direkt neben uns stehen konnte, brach mir erneut der Schweiß aus.

»Gib mir Claire.«

»Du kannst sie sehen.«

Ich blinzelte angestrengt durch die Windschutzscheibe und sah im selben Moment, wie drei Gestalten aus dem Schatten des Gebäudes traten und in unsere Richtung kamen. Vorne liefen mit verschränkten Händen eine Frau und ein Kind, dicht dahinter folgte eine weitere Person.

Ich drehte mich zu Jack um. »Mach das Licht an, fahr ihnen entgegen. Langsam.«

Tina hielt am Eingang zu dem ehemaligen Flugplatz an. Auf dem Laptop neben ihr war deutlich zu sehen, wie sich auf der Piste der Peilsender an Sean sehr langsam auf das alte Terminalgebäude zubewegte. Sie ärgerte sich, dass sie ihm nicht irgendein Aufnahmegerät mitgegeben hatte, sodass sie im Bilde war, was hier lief, doch nach dem Schneckentempo des Wagens zu urteilen, schien eine Form von Austausch bevorzustehen. Somit war Sean noch am Leben.

Sie schwenkte in die Einfahrt, schaltete die Scheinwerfer aus und rief Mike Bolt an, während sie ihrerseits im Schritttempo weiterfuhr.

»Wie's aussieht, hat der Wagen mit Egan den Treffpunkt erreicht.«

»Ja, sehe ich auch.«

»Wie weit seid ihr hinter uns?«

»Mo und ich keine zehn Minuten, aber wir sind nicht bewaffnet. Sechs gepanzerte Fahrzeuge stoßen in diesem Moment direkt nördlich des Flugfelds auf einer Haltebucht an der A412 dazu, außerdem sind ein paar bewaffnete Einheiten und die örtliche Polizei unterwegs, die sind allerdings erst in zehn Minuten einsatzbereit.«

»Bis dahin ist Sean vielleicht schon tot.«

Bolt seufzte. »Ich weiß. Trotzdem möchte ich, dass du dich zurückhältst und auf uns wartest. Tu ja nichts Unüberlegtes, ich mein's ernst. Falls du einem Polizeieinsatz in die Quere kommst, nehme ich dich fest.«

»Verstanden«, sagte sie und trennte die Leitung. Doch sie fuhr weiter durch das offene Tor, stellte, als sie an eine Böschung kam, den Motor ab und ließ den Wagen weiter rollen. Was hatte ihre Psychotherapeutin noch unlängst über sie gesagt? Sie heische nach Aufmerksamkeit, was sich in einer ungesunden Sucht nach gefährlichen Situationen zeige.

Wie hätte sie ihr widersprechen können?

58

Jetzt konnte ich die Gestalten im Scheinwerferlicht deutlich erkennen. Ich starrte in die angstverzerrten Gesichter der Frau, die ich einmal geliebt hatte, und der Tochter, der ich nie begegnet war. Meiner Tochter … Sie war so klein und verletzlich. Mit drei Jahren ging sie durch diese Hölle. Ich hatte plötzlich das überwältigende Verlangen, sie in die Arme zu schließen und an mich zu drücken, ihr zu sagen, alles würde gut.

Und dann hob ich den Blick zu der dritten Figur mit schwarzer Schlupfmütze, einer Pistole mit Schalldämpfer in der einen und einem blitzenden Messer in der anderen Hand.

Ich musste meine ganze Willenskraft zusammennehmen, um Ruhe zu bewahren.

»Halt an, mach Motor und Licht aus.«

Jack gehorchte, und ich sah ihm an, dass er genauso nervös war wie ich. Ihm stand der Schweiß auf der Stirn, und er klammerte sich ans Lenkrad. »Wie weiter?«

Ich versuchte, klar zu denken. Ein einziger Fehler, und wir wären alle tot. Die Verantwortung lastete wie ein Zentnergewicht auf mir.

»Wir steigen beide ruhig und langsam aus. Du zuerst.« Kaum wandte sich Jack zur Tür um, richtete ich die Waffe auf den Kopf der vermummten Gestalt, bevor ich selber langsam ausstieg und die Beifahrertür als Schutzschild benutzte, während ich mir den nächsten Zug überlegte. Aus meinen Jahren als V-Mann wusste ich nur zu gut, dass man eine Situation allein gegen eine Übermacht nie unter Kontrolle hatte. Menschen reagierten unberechenbar; im Bruchteil von Sekunden konnte ein Plan zunichtewerden.

Im Moment sah mein Plan nur vor, die Mündung meiner Waffe auf die Frau im Tarnanzug zu richten, und genau das tat ich. Von der Seite registrierte ich, dass Jack neben der anderen Tür stand, doch seine Hände waren außerhalb meines Blickfelds, und mich durchzuckte der Gedanke, dass ich ihn bestenfalls oberflächlich abgetastet hatte.

Die Frau hatte ihre Pistole auf Claires Kopf gerichtet, das Messer in ihrer anderen Hand war viel zu dicht an Millie.

»Lebt er noch?«, fragte sie mit amerikanischem Akzent. Ich dachte an das, was sie vor gerade einmal vier Tagen Jane angetan hatte.

»Ja, er ist noch am Leben«, sagte Jack. »Aber er ist verletzt.« Claire starrte mit einem Gesicht, in dem sich Schock und Resignation mischten, geradeaus ins Leere. Ohne die Frau aus den Augen zu lassen, sah ich Millie an. Auch bei ihr war die Angst mit Händen zu greifen, doch sie blickte mir mit einem Ausdruck entgegen … keine Ahnung, was es war, vielleicht so etwas wie Hoffnung.

»Alles wird gut, versprochen«, sagte ich und staunte selbst über die Zuversicht in meiner Stimme. Und dann zu der Frau: »Da bin ich. Lass sie gehen.«

Sie drückte die Mündung ihrer Pistole fester an Claires Schläfe. »Du kennst den Deal. Die Waffe runter.«

»Erst, wenn du sie laufen lässt. Und mit einem Vorsprung. Drei Minuten. So lange warten wir. Ich werde sogar die Waffe ein wenig senken.«

Irgendwo am nächtlichen Horizont ertönte eine Sirene.

Die Frau deutete mit dem Kopf in die Richtung. »Was hat das zu bedeuten?«, fragte sie schroff.

»Das hat nichts mit mir zu tun«, sagte ich. »Ehrlich.«

In Wahrheit hatte ich keine Ahnung, ob die Behauptung stimmte oder nicht. Immerhin hatte ich Tina erlaubt, die Polizei zu rufen, vorausgesetzt, sie hielten sich zurück, doch wer garantierte mir, dass sie nicht anders entschieden? In diesem Moment registrierte ich, dass die Messerspitze in der Hand der blonden Frau nur noch wenige Zentimeter von Millies Kopf entfernt war. Ich hätte dem Miststück so wie kurz zuvor ihrem Freund ins Gesicht schießen können. Doch damit hätte ich einen tödlichen Schuss auf Claire riskiert. Ich wog innerlich ab, ob ich sie für unsere Tochter opfern sollte oder nicht. An Mut hätte es mir nicht gefehlt.

Doch dann sah ich, wie Jack aus seiner Gesäßtasche ein Messer zog, und mir wurde unabweislich klar, dass er es sich nicht leisten konnte, meine Familie lebendig davonkommen zu lassen. Außerdem war ich schuld, dass sowohl Claire als auch Millie soeben sein Gesicht gesehen hatten.

Die Sirene verhallte in der Ferne. Es war vorbei.

»Waffe runter«, forderte die Frau.

Trotz ihrer Vermummung sah ich ihr förmlich an, wie sie fieberhaft überlegte, ob sie mich mit einem einzigen Schuss umlegen konnte. Sie wusste, dass ich nicht zurückschießen würde, solange sie sich hinter dem Schutzschild meiner Frau und Tochter befand. Wenn sie mich jetzt erwischte, dann war's das. Wir wären alle tot.

Zu meinem Staunen merkte ich, dass mir die Hände nicht mehr zitterten. Mit einem Mal war ich unglaublich ruhig. »Lass meine Familie gehen, oder ich drücke ab und nehme dich mit in den Tod.« Im selben Augenblick sah ich von der Seite, wie Jack seine Waffe auf mich richtete, doch ich erinnerte mich an seine Beteuerung, er hätte noch nie im Leben einen Menschen getötet, und spürte, dass er zauderte. »Willst du mich erschießen, Jack? Bringst du den Mumm dafür auf?«

Die Frau bewegte das Messer in der Hand. Jetzt berührte sie mit der Klinge das Gesicht meiner Tochter. Millie wand sich. »Wenn du nicht augenblicklich die Waffe sinken lässt, entstelle ich mit einer einzigen Bewegung aus dem Handgelenk heraus für immer das Gesicht deiner Tochter.« Zugleich duckte sie sich so weit hinter Claire, dass sie mir fast keine Zielscheibe bot. »Du hast drei Sekunden, um meiner Anweisung zu folgen. Eins …«

»Lass die Waffe sinken, Sean«, sagte Jack alarmiert.

»Sie wird die beiden töten, Jack«, sagte ich. »Willst du das auch noch auf dein Gewissen laden?«

»Zwei. Daddy will, dass du blutest. Er will, dass du leidest.«

»Sean, tu schon, was sie sagt!«, flehte mich Claire an, die bisher geschwiegen hatte.

Ganz langsam ließ ich die Waffe sinken. Dann drückte ich ab.

Ich zielte auf ihre rechte Schulter, die teilweise sichtbar war, weil sie mit der rechten Hand Millie das Messer ans Gesicht hielt. Es war unglaublich riskant. Aber was blieb mir anderes übrig?

Die Frau taumelte mit einem gellenden Schrei rückwärts aus meinem Blickfeld, und während ich Claire und Millie zubrüllte wegzurennen, fuhr ich zu Jack auf der anderen Seite des Autos herum. Er hielt die Waffe in der Hand und starrte mir mit ungläubigem Staunen ins Gesicht, ohne jedoch den Hahn zu ziehen, und so schoss ich ihm zweimal in die Brust, bevor ich mich wieder zu der Frau umdrehte, die ich lediglich verwundet hatte.

Ich konnte soeben ihre Umrisse ausmachen: Sie lag mit dem Rücken auf dem Asphalt. Das Messer war ihr aus der Hand gefallen, die Schusswaffe dagegen nicht, denn in dieser Sekunde hob sich der Lauf, und irgendwo in der Brust traf mich ein Zentnergewicht, dann noch eins und ein drittes, jedes heftiger als das letzte. Ich registrierte, wie ich mit dem Rücken auf dem geteerten Boden landete und in den leeren Himmel über mir starrte, während alles um mich her ins Schwanken geriet und verschwamm.

Ich versuchte mich aufzusetzen, doch mir schwanden

die Kräfte, und so sah ich hilflos zu, wie die Frau, die immer noch die Waffe in der Hand hielt, während ihr der andere Arm schlaff herunterhing, auf die Beine kam.

Das war es also. Sie würde mich töten.

Aber sie tat es nicht. Stattdessen wandte sie sich in die Richtung, in die Claire mit Millie gerannt war, und ich sah ohnmächtig zu, wie sie die Hand mit der Waffe hob.

59

Tina hatte die Ereignisse auf der Piste im Schutz eines Gebüschs aus dreißig Metern Entfernung verfolgt. Zwar konnte sie keinen Wortwechsel verstehen, doch im Scheinwerferlicht des Geländewagens sah sie recht deutlich, was sich dort unten abspielte, das Übrige reimte sie sich zusammen. Von ihrer Warte aus konnte sie Sean erkennen, und sie glaubte auch Claire und Millie auszumachen. Den Mann auf der anderen Seite des Autos, der jetzt ebenfalls eine Schusswaffe in der Hand hielt, kannte sie nicht, doch es konnte sich nur um Jack Duckford handeln. Die Gestalt in der Kapuzenmütze war eindeutig eine Frau, zweifellos die Amerikanerin, die am Vorabend Sheryl Warner in ihrer Wohnung ermordet hatte, auch wenn von ihrem Neandertaler-Kumpan weit und breit nichts zu sehen war.

Und dann war ohne Vorwarnung die Schießerei losgegangen, Leute sackten zu Boden, und eine einzige überlebensgroße Gestalt – eine Mutter, die ihr Kind in den Armen trug –, kam in Tinas Richtung über den Platz gerannt. In diesem Moment sah Tina, wie die vermummte Gestalt im Scheinwerferlicht die Waffe hob und auf die Fliehenden zielte.

»Weiterrennen!«, schrie Tina und stürzte aus ihrer Deckung hervor. »Die Köpfe runter!« Etwa zwanzig Meter entfernt stand im Schutz eines dichten Gestrüpps an der Einfahrt ihr Wagen. Während sie hinübersprintete, hörte sie hinter sich Schüsse und betete, dass die Schützin ihre Ziele verfehlte.

Sie sprang hinters Lenkrad, schaltete die Scheinwerfer auf Fernlicht, gab Vollgas und raste auf die Piste. Zu ihrer Erleichterung sah sie Claire und Millie weiterlaufen. Sie fuhr an ihnen vorbei und mit durchgedrücktem Gaspedal auf die Schützin zu, die inzwischen vier Meter vor dem Geländewagen in eine geduckte Schießstellung gegangen war. Da ihr ein Arm schlaff herunterhing, musste die Frau verletzt sein, trotzdem duckte sich Tina weg, als die Frau auf sie feuerte. Eine Kugel ging mitten durch die Windschutzscheibe und verfehlte sie nur um wenige Zentimeter. Dann sprang die Amerikanerin auf und flog zur Seite, weil sie offensichtlich hoffte, Tina durchs Beifahrerfenster zu erwischen, sobald sie mit dem Geländewagen kollidierte, was auf ihrem gegenwärtigen Kurs unvermeidbar war.

Tina riss mit aller Kraft das Lenkrad herum und trat gleichzeitig auf die Bremse, sodass sie genau auf die Frau zuhielt, die versuchte, aus dem Weg zu springen, und gleichzeitig einen zweiten Schuss abgab. Dieser ging ins Leere, selbst an ihrem Auto vorbei. Tina raste mit Vollgas weiter und erfasste die Frau mit der Kühlerhaube, sodass sie in die Luft gewirbelt wurde. Mit kreischenden Reifen riss sie das Lenkrad noch weiter herum, bis sie eine Wende von hundertachtzig Grad vollzog.

Die Frau in der Mütze raffte sich wankend auf. Die Schusswaffe hatte sie verloren, gegen das grelle Scheinwerferlicht von Tinas Wagen hielt sie sich den Arm vor die Augen. Sie wirkte desorientiert und taumelte vor Tina zum Geländewagen hinüber. Tina entdeckte die Waffe auf dem Asphalt, fuhr hinüber, brachte den Wagen zwischen die Frau und die Waffe, sprang aus dem Auto und hob sie auf.

Inzwischen hatte die Frau am Geländewagen die hintere Tür geöffnet und beugte sich, mit dem Rücken zu Tina, hinein.

»Hände hoch!«, brüllte Tina, während sie vorne um ihr eigenes Auto herumlief und mit der Waffe in Anschlag ging.

Doch die Frau schien sie nicht zu hören. Tina lauschte in die momentane Stille und hörte, wie die Vermummte leise mit jemandem im Heck des Landrovers sprach.

Tina wiederholte ihren Befehl. Jetzt trennten die Frauen nur noch drei bis vier Meter. Tina musste ihre Gegnerin unschädlich machen, die Frage war nur, wie. Auch wenn die Versuchung groß war, konnte sie die Mörderin nicht einfach so erschießen, andererseits hatte sie keine Handschellen dabei und war ohne Verstärkung.

In diesem Moment riss sich die Frau die schwarze Mütze vom Kopf, sodass ihr das lange blonde Haar über die Schultern fiel, und stieß einen schrillen Schrei aus – einen furchterregenden Klagelaut wie von einem gequälten Tier. Mit schmerzverzerrtem Gesicht drehte sie sich zu Tina um, und erst jetzt konnte Tina im Heck den leblosen Körper des Neandertalers ausmachen, dessen Kopf über die Sitzkante hing.

»Nein!«, brüllte die Frau so laut, dass es über das leere Flugfeld hallte, und wie zur Antwort heulte jetzt eine Sirene auf, dicht gefolgt von einer zweiten, beide aus nächster Nähe.

Plötzlich blitzte etwas in der Hand der blonden Frau. Eine Klinge. Und sowie sich die Qual in rotglühende Rage verwandelte, ging sie auf Tina los.

Tina zog am Hahn und feuerte zwei Schüsse ins Herz ab.

Die Frau sackte auf die Knie, und als Tina den ungläubigen Blick im Gesicht ihrer Gegnerin sah, registrierte sie zum ersten Mal, wie schön sie war – eine Frau, der die Welt zu Füßen gelegen hätte. Stattdessen starb sie blutjung, allein in einem fremden Land, eines gewaltsamen Todes. Mit einem dumpfen Aufprall ging sie zu Boden, und Tina stand als Letzte auf dem Feld.

EINEN MONAT SPÄTER

60

Irgendwie habe ich diese Nacht überlebt.

Die drei Schüsse, die Pen auf mich abgefeuert hatte, hatten mich schwer verletzt: Ein Lungenflügel war kollabiert, ich musste mich von acht Zentimetern Dünndarm trennen, zwei Rippen waren zertrümmert, die Milz nicht mehr zu retten. Dafür blieben alle lebenswichtigen Organe verschont, und die Ärzte stellten mir die vollständige Genesung in Aussicht. Ich habe erfahren, dass mir Tina Boyd, die wie ein etwas verspätetes Kavallerieregiment auf der Bildfläche erschien, Erste Hilfe geleistet hat, bis der Krankenwagen kam. Sie hat auch die Frau erschossen, der ich meine Verletzungen verdanke, und Claire und Millie das Leben gerettet. Damit sind wir, denke ich, endgültig quitt. Bei Licht betrachtet, stehe ich in ihrer Schuld. Ich hätte mich liebend gerne persönlich für alles, was sie getan hat, bedankt, doch sie hat mich im Krankenhaus, wo ich unter Polizeiaufsicht und bedauerlicherweise unter Arrest stehe, noch nicht besucht. Sobald sie mich hier entlassen, werde ich ins Untersuchungsgefängnis überführt und muss mich in einer Reihe von Anklagepunkten vor Gericht verantworten.

Auch Claire hat mich nicht besucht, ebenso wenig Millie – wie's aussieht, das einzig Gute, was ich in meinem Leben zustande gebracht habe. Claire hat mich wissen lassen, dass sie nichts mehr mit mir zu tun haben will und mir jeden Kontakt mit ihr oder Millie untersagt. Nach allem, was passiert ist, wohl verständlich.

Vor einer Woche war ich so stabil, dass mich die Polizei befragen konnte. Zwei Männer kamen zu mir ins Krankenzimmer. Der eine war Detective Chief Inspector Mike Bolt, der Typ, von dem mir Tina erzählt hatte – ein imposanter Mann, der, aussah, als könne er sich mühelos Respekt verschaffen, aber auch ein Mensch, dem man instinktiv vertraute. Der andere war Detective Sergeant Mo Khan, ein Mann, der aussah, als würde er zu viel essen.

Ich stellte ihnen jede Menge Fragen, die sie, wenn überhaupt, nur widerstrebend beantworteten. Umgekehrt waren sie brennend daran interessiert, was sich in jener Nacht in Victor Hanzhas Haus abgespielt hatte. Und wie alle anderen auch wollten sie wissen, wo sich die Leichen befanden.

Inzwischen erinnerte ich mich nahezu an alles, was in jener Nacht passiert war, und wenn ich ehrlich war, fragte ich mich, ob es mir nicht ohne diese Erinnerungen besser ergangen wäre. Tatsächlich war ich vor meinem Unfall in Jen Jones verliebt gewesen, und so gehörte es zu den entsetzlichsten Erfahrungen in meinem Leben, ihre blutverschmierte, noch warme Leiche zusammen mit der einer ebenso jungen Frau in den Kofferraum eines Wagens zu verfrachten. Mir drehte sich der Magen um, und ich war drauf und dran, mich zu übergeben. Selbst, wenn ich jetzt daran zurückdachte, wurde mir speiübel. In jener Nacht wusste ich, dass auch ich todgeweiht war und mit den beiden Frauen unter die Erde sollte, als Jack mich zusammen mit Hanzhas Bodyguard – einem großen, kräftigen Russen mit ausdrucksloser Miene –, losschickte, um die Mädchen zu vergraben. Da der Russe sich in der Gegend kaum auskannte, fiel mir die Aufgabe zu, die letzte Ruhestätte für die Mädchen zu finden. Ich entschied mich für Epping Forest. Von Victor Hanzhas Haus aus lag der Wald gut vierzig Meilen Ringautobahn entfernt – zweifellos ein riskantes Unterfangen, mit zwei Leichen im Kofferraum so weit zu fahren. Andererseits hatten wir dort eine echte Chance, sie für immer verschwinden zu lassen. Damit ich nicht missverstanden werde: Ich fühlte mich auf dieser Fahrt entsetzlich, sah jedoch keinen anderen Ausweg. Ich wusste, dass der Russe bewaffnet war. Beim Einladen der Leichen hatte ich unter seiner Jacke ein Schulterholster mit der Schusswaffe gesehen. Also musste ich mich fügen.

Unauffällig hatte ich, bevor wir das Haus verließen, in der Küche ein scharfes Messer mitgehen lassen und eingesteckt. Ich setzte darauf, dass der Russe so wie fast alle Kriminellen, mit denen ich es bisher zu tun gehabt hatte, von Natur aus faul war und folglich nicht daran denken würde, mich zu erledigen, bevor das Grab fertiggeschaufelt war. Als ich tief im Wald die geeignete Stelle gefunden hatte und wir zusammen ein Loch groß und tief genug für zwei Leichen halb ausgehoben hatten, legte ich die Schaufel hin und wischte mir mit einem Seufzer den Schweiß von der Stirn. Er forderte mich in gebrochenem Englisch auf weiterzumachen, doch bevor er den Satz zu Ende brachte, zückte ich blitzschnell das Messer und stieß es ihm in den Hals. In wenigen Sekunden war es vorbei. Ich trat zur Seite, als der Mann, der meinem Mädchen eiskalt den Rest gegeben hatte, mit einem heftig blutenden Schlitz in der Gurgel am Rande der Grube ins Taumeln geriet und als dritter Toter selbst hineinfiel.

Eine weitere Stunde verging, bis ich die Grube tief und groß genug hatte. Normalerweise hätte es viel länger gedauert, doch in den letzten Wochen hatte es heftig geregnet – selbst daran konnte ich mich wieder erinnern –, und die Erde war aufgeweicht. Als ich fertig war, begrub ich alle drei darin, streute den ungelöschten Kalk, den der Russe umsichtigerweise mitgebracht hatte, über die Toten und füllte die Grube mit so viel Erde wie möglich wieder auf.

Dies alles geschah im Schockzustand, doch als ich fertig war, dämmerte mir, dass ich ein toter Mann war, wenn ich länger im Lande blieb. Folglich musste ich so schnell wie möglich verschwinden, und dafür brauchte ich Geld. Kaum war ich zu Hause, rief ich, so wie mir Jack erzählt hatte, bei ihm an. Ich überhäufte ihn mit Vorwürfen für seinen Verrat und forderte hundert Riesen Schweigegeld. Zu meiner eigenen Sicherheit erzählte ich ihm, ich hätte die Mädchen im Haus fotografiert und mit meinem Handy-Mikrofon aufgenommen, was Victor Hanzha über die Morde gesagt habe. Die Aufzeichnungen hätte ich auf einen USB-Stick geladen, diesen zusammen mit einer Landkarte und einer genauen Markierung des Grabs in einen Briefumschlag gesteckt, den ich wiederum, so erklärte ich ihm am Telefon, unverzüglich mit der Anweisung, ihn im Falle meines Todes zu öffnen, an meinen Anwalt schicken werde. Natürlich war das alles erstunken und erlogen, aber nachvollziehbar, und ich erinnere mich, wie mir Jack zusicherte, das Geld zu besorgen. Von da an wird alles verschwommen.

Ich wusste, dass ich nicht länger in meiner Wohnung bleiben konnte – viel zu gefährlich –, und weiß noch, wie ich mit dem Auto aus der Stadt Richtung Südküste fuhr. Das muss ungefähr vier oder fünf Uhr morgens gewesen sein. Es herrschte pechschwarze Nacht und so gut wie kein Verkehr auf der Straße, als, wie ich mich vage entsinne, die grellen Scheinwerfer eines Wagens in meinem Rückspiegel erschienen und mich blendeten … Dann nichts, bis ich drei Monate später erwachte und in die Augen einer Frau blickte, die behauptete, meine Schwester zu sein, und mir erklärte, sie werde sich um mich kümmern.

Wer also hat mich damals von der Straße gedrängt? Ich tippe, es waren Tarnglatze und Schwarzbart. Dank Jack weiß ich jetzt, dass Jen Jones – die wunderschöne Blondine, in die ich unsterblich verliebt war –, für die beiden arbeitete und sich nur für mich interessierte, weil sie hoffte, über meine Wenigkeit an Alexander Hanzha heranzukommen. Irgendwann hatte sie wohl meine Wohnung verwanzt, und so hörten Tarnglatze und Schwarzbart meinen nächtlichen Anruf bei Jack mit. Sie mussten davon ausgehen, dass ich einen Brief mit dieser höchst explosiven Information bei mir hatte, und so nahmen sie von meiner Wohnung aus meine Spur auf, um mir den Brief abzunehmen. Die Verfolgung endete in dem Unfall. Ich vermute, sie stiegen aus, überprüften den Wagen, fanden keinen Brief und zogen mich, als sie feststellten, dass ich noch am Leben war, heraus, bevor sie einen Notruf absetzten, den Wagen in Brand steckten und mir meine Ausweispapiere abnahmen, sodass mich Hanzhas Leute unmöglich finden konnten. In aller Ruhe konnten sie dann, während ich im Krankenhaus im Koma lag, das Szenario mit meiner falschen Schwester vorbereiten, um mir, sobald ich wieder erwachte, die brisanten Informationen aus der Nase zu ziehen.

Natürlich sind das Mutmaßungen meinerseits, doch so passen sämtliche Puzzleteile zusammen und ergeben ein schlüssiges Bild.

Da lag ich also wieder im Krankenhaus und sprach mit DCI Mike Bolt und DS Mo Khan über meine Erinnerungen an jene Nacht in Victor Hanzhas Haus. Ich steckte natürlich in einem riesigen Dilemma. Wenn ich ihnen die Wahrheit sagte und die ungefähre Lage des Grabes nannte, handelte ich mir fast unausweichlich eine Mordanklage ein. Bis jetzt reichte es nur für schweren Fahrzeugdiebstahl und Widerstand gegen die Staatsgewalt mit einfacher Körperverletzung beim Kollisionskurs meines von den Iren ausgeliehenen Lasters mit dem Streifenwagen. Bei dem Schusswechsel mit

Schwarzbart hatte ich Notwehr geltend gemacht, und es schien nicht ausgeschlossen, dass sie meiner Geschichte Glauben schenkten. Diese zwei Anklagen würden mich, besonders angesichts der mildernden Umstände, nicht für allzu lange hinter Gitter bringen. Aber widerrechtlich drei Leichen zu verbuddeln, ohne beweisen zu können, dass ich nicht selbst für ihren Tod verantwortlich war …

Falls ich also meinen Kopf aus der Schlinge zog, statt ehrlich zu melden, was genau in Victor Hanzhas Haus und danach geschehen war, kam der Mann, der Lauren Donaldson getötet und Jen Jones lebensgefährlich verletzt hatte, ungeschoren davon, die Mädchen blieben ungesühnt und ohne eine ordentliche Bestattung, und ihre trauernden Angehörigen lebten weiter in quälender Ungewissheit.

Was hätten Sie getan?

Ich bin ein anständiger Mann. Davon bin ich wirklich überzeugt.

Doch alles hat seine Grenzen.

Am Ende ersparte ich mir zwanzig Jahre Knast, indem ich ihnen erklärte, an die fragliche Nacht könne ich mich nur sehr lückenhaft erinnern.

Manchmal muss man sich eben selbst der Nächste sein. Besonders wenn man der einzige Mensch ist, den man noch hat.

61

Es war ein ungewöhnlich warmer Oktobertag. Die Sonne stand hoch am Himmel, als Tina und Mike Bolt die Kuppe des Hügels hinter Tinas Haus erreichten und die Aussicht auf das verschlafene Dorf genossen.

»Ich kann beim besten Willen nicht nachvollziehen, was du daran findest«, sagte er. »Ist doch viel zu friedlich für dich.«

Sie lachte. »Ich liebe es friedlich und ruhig, so wie jeder andere auch. Solange es zwischendurch ein bisschen Abwechslung gibt.«

Mike stöhnte. »Ein bisschen Abwechslung. Beschreibt das in deinen Augen diese Geschichte mit Sean Egan?« Dabei lächelte er sie auf eine Weise an, dass sie sich fragte, wieso eigentlich aus ihrer Beziehung nichts geworden war. »Wirklich nett von dir, mich in diese Idylle einzuladen, aber ich vermute mal, das war nicht als reiner Freundschaftsbesuch gedacht?«

»Doch, was sonst? Ich freue mich, dich zu sehen, und du hast so viel für mich getan, dass ich mich persönlich bei dir bedanken wollte.« Und da kam einiges zusammen: Es hatte Mike ein gutes Stück Arbeit gekostet, dafür zu sorgen, dass Tina nicht wegen Beihilfe zur Flucht eines Tatverdächtigen vor Gericht kam. »Aber wo du es schon erwähnst, wäre es eigentlich ganz nett zu erfahren, was bei diesem verworrenen Fall hinter den Kulissen gespielt wurde.«

»Die ganze Sache ist und bleibt sehr undurchsichtig«, sagte Mike. »Vor allem, weil sich eine Menge Leute ganz oben äußerst zugeknöpft geben. Am ehesten können wir noch hoffen, aus Carl Hughie herauszubekommen, was wirklich passiert ist. Wir wissen jedenfalls, dass er zu Crossmans Leuten gehört, doch bis jetzt hüllt er sich in Schweigen.«

»Hat der Psychiater, dieser Whatred, Hughie nicht als den Mann identifiziert, der ihn dafür bezahlt hat, aus Sean die Informationen über die Leichen herauszubekommen?«

Mike schüttelte den Kopf. »Beim Verhör hat Whatred steif und fest behauptet, er hätte keine Ahnung, wovon wir redeten. Er leugnete, Carl Hughie oder auch Sean Egan jemals begegnet zu sein. Er ist nicht eingeknickt, sondern streitet tapfer alles ab.«

»Sean hatte diesen wiederholten Traum, von diesem Haus, in dem Jennifer Jones und Lauren Donaldson ermordet wurden«, sagte Tina, als sie ihren Spaziergang auf der Hügelkuppe fortsetzten.

»Aber hat er dir jemals nähere Einzelheiten dazu genannt?«

»Nein«, räumte sie widerstrebend ein. »Nein, hat er nicht.«

»Denn Sean behauptet, an die Nacht mit dem Unfall

könne er sich nicht mehr erinnern. Überhaupt klaffen bei ihm zu der Zeitspanne zwischen seiner Haftentlassung und dem Unfall große Lücken, und er ist sehr darauf bedacht, sich nicht zu belasten.«

Tina dachte an ihren Klienten Mr. Donaldson. Bei ihrem letzten Termin vor drei Tagen hatte sie ihm eröffnen müssen, dass seine Tochter mit an Sicherheit grenzender Wahrscheinlichkeit tot sei und kaum Hoffnung bestehe, die Leiche jemals zu finden. Obwohl er dasselbe schon vorher von der Polizei gehört hatte, brach er vor Tinas Augen zusammen. Zwar hatte sie versucht, ihn zu trösten, doch da sie ihm die letzte Gewissheit schuldig geblieben war, ohne Überzeugungskraft. Sie hatte sich ins Zeug gelegt, vielleicht war es höhere Gewalt, doch das machte es nicht besser. In ihren Augen hatte sie versagt.

Sie schwieg und merkte, wie ihr die Wut hochkam. »Dann wird für die Ermordung dieser Mädchen niemand zur Rechenschaft gezogen?«, fragte sie Mike, »Friede, Freude, Eierkuchen?«

»Na ja, gegen Hanzha wird bereits ermittelt, und der MI5 wie auch die NCA schauen dem Kerl jetzt genauer auf die Finger. Und Crossman ist nach den negativen Schlagzeilen als Innenminister kaum noch zu halten. Es geht schon das Gerücht über seine Amtsenthebung.«

»Aber das reicht nicht, oder?«

Mike seufzte. »Mehr ist leider nicht drin. Eine Menge anderer Leute, mit denen wir uns gerne unterhalten hätten, zum Beispiel Jack Duckford und diese beiden amerikanischen Auftragskiller, sind tot. Übrigens könnte es sein, dass sich Egan doch noch wegen der Erschießung des männlichen Killers vor Gericht verantworten muss. Er wurde nämlich mit derselben Tatwaffe wie Hughies Kollege im Hotel erschossen, und Egans Erklärung, es sei Notwehr gewesen, ist schwer nachvollziehbar.«

Tina schwieg.

»Ich war bei der Frau, die Sean angeblich vergewaltigt hat«, sagte sie nach einer Weile.

Wie erwartet, reagierte Mike verärgert. »Mein Gott, Tina, wie hast du die überhaupt ausfindig gemacht?«

»Ich bin Privatdetektivin, schon vergessen?«

»Aber das ist illegal. Wieso springst du Egan ständig zur Seite?«

»Er hat mir das Leben gerettet, Mike. Wenn jemand das für einen tut, kann man nicht einfach zusehen, wie für ihn alles den Bach runtergeht. Außerdem war er mal ein guter Cop. Alle seine Probleme, von der gescheiterten Ehe bis hin zu seiner Arbeit für die falsche Seite, gehen auf diese eine Beschuldigung zurück. Ich wollte herausfinden, ob es stimmt.«

»Und was hat sie gesagt?«

Tina war die Begegnung ins Gedächtnis eingebrannt. Sie war unangekündigt hereingeschneit. Holly Verran, eine gut gekleidete Frau Anfang bis Mitte vierzig, die ihr Gesicht ein bisschen zu sehr überarbeitet hatte, erkannte Tina von ihren letzten Interviews in den Nachrichten wieder und bat sie ohne zu zögern herein. Sie war die Liebenswürdigkeit selbst, bis Tina ihr erklärte, aus welchem Anlass sie gekommen sei. Als

Tina sie mit allem konfrontierte, was seit dieser Vergewaltigungsklage Seans und seiner Familie zugestoßen war, kippte die Stimmung, und die Frau ging zum Angriff über.

»Sie ist hartnäckig dabei geblieben, es sei eine Vergewaltigung gewesen«, sagte Tina, »aber sie hat gelogen.«

Sie hatte Holly Verran schon fast so weit, ihre Lüge zu gestehen, doch im letzten Moment überlegte sie es sich anders und drohte Tina sogar damit, sie verhaften zu lassen, weil sie sich unter falschem Vorwand Zutritt verschafft und mit wilden, unbegründeten Anschuldigungen um sich geworfen habe. Erst als Tina kühl erwiderte, dann werde sie eben wiederkommen, und diesmal in weniger freundlicher Absicht, lenkte die Frau ein. Es war eine billige Nummer und Tina alles andere als stolz auf sich, doch die Masche hatte verfangen, denn sie hatte nie wieder von der Frau gehört.

»Es ist nun mal, wie es ist, Tina«, sagte Mike, und in seinen strahlend blauen Augen lag mehr als Sympathie. Sie wusste, dass er noch Gefühle für sie hegte, und für den Augenblick tat das gut. »Du kannst nicht die Probleme der ganzen Welt im Alleingang lösen. Manchmal muss man die Dinge so akzeptieren, wie sie sind.«

»Ich weiß«, sagte sie. Tina hatte alles darangesetzt, für Alan Donaldson seine Tochter zu finden; Sean Egan hatte sie dabei geholfen, herauszufinden, wer hinter ihm her war und wieso. Mehr stand nicht in ihrer Macht.

Sie holte tief Luft, blickte in den fast wolkenlosen blauen Himmel und tastete nach Mikes Hand. Es war wirklich ein prächtiger Tag, und ausnahmsweise einmal hatte sie das Gefühl, dass es nur noch besser werden konnte.

Werkverzeichnis der im Heyne Verlag von Simon Kernick erschienenen Titel

› Bonusmaterial

HEYNE ‹

Der Autor

Simon Kernick in seinen eigenen Worten

»Geboren wurde ich 1966 im nicht gerade hippen Londoner Vorort Slough. Nachdem ich die Schule Mitte der achtziger Jahre mit eher dürftigen Noten abgeschlossen hatte, verdiente ich meine Brötchen zunächst mit einer ganzen Reihe von Jobs. Ich arbeitete im Straßenbau (wahrscheinlich einer meiner besten Jobs, bevor ich Autor wurde), aber auch als Barkeeper, als Lagerarbeiter in einer IT-Firma und als Obstpflücker. In den nächsten Jahren trieb ich mich hier und da herum und reiste viel. Ich lebte für einige Zeit in Kanada, den USA und Australien, kehrte dann aber zurück nach England und ging, da mir nichts Besseres einfiel, aufs College.

Als ich 1991 meinen Abschluss machte, steckte das Land mitten in einer Wirtschaftskrise. Nachdem ich länger arbeitslos war (zwischendurch verkaufte ich Weihnachtsbäume, mein zweitliebster Job direkt hinter Schriftsteller), bekam ich in London endlich einen Job als Verkäufer von Computer-Software. Und das blieb ich auch für den Rest der Neunziger.

Allerdings wollte ich schon immer schreiben – und zwar Krimis. Also schrieb ich in meiner Freizeit. Mein erstes Buch entstand 1995/96, zwei Jahre später folgte das nächste. Beide Versuche sind nicht gerade wohlwollend aufgenommen worden. Tatsächlich glaube ich, dass mein zweiter Roman von nahezu jedem Agenten Englands abgelehnt wurde. Es war ein großer Gangster-Wälzer mit dem Titel *Fine Night For A Killing*.

Aber ich gab nicht auf. Und schließlich schrieb ich *Vergebt mir* (*The Business of Dying*). Es ist die Geschichte eines Londoner Detectives, der nebenberuflich als Killer arbeitet. 2001 konnte ich das Buch fertigstellen. Zunächst hagelte es wieder Ablehnungen, aber dann nahm ich mir einen Agenten, und im September 2001 wurde das Buch an den Transworld-Verlag verkauft – ich konnte es kaum glauben. *Vergebt mir* wurde 2002 veröffentlicht und bekam glänzende Kritiken. *The Guardian* nannte mein erstes richtiges Buch »ein Juwel«, *The Independent* krönte *Vergebt mir* sogar zum »Thriller-Debüt des Jahres«. In den USA kam es auf die Shortlist für den angesehenen Barry Award als bestes britisches Buch und wurde in über fünfzehn Sprachen übersetzt.

Seit diesen aufregenden Anfangstagen habe ich nicht mehr aufgehört zu schreiben. Mit *Gnadenlos* (*Relentless*) kam 2005 dann mein Durchbruch. Dieser Thriller, laut dem *Observer* »ein Buch, das man nicht mehr aus der Hand legen kann«, beschreibt den verzweifelten Überlebenskampf eines ganz normalen Familienvaters, dessen Welt von einer Minute zur anderen zusammenbricht. *Gnadenlos* ist sicher eines meiner beliebtesten Bücher und hat sich bis heute über 300 000 Mal verkauft. Ich hoffe, dass meine Leser mir auch weiter die Treue halten.

Bedanken möchte ich mich noch bei meinen Kontakten bei der Polizei und diversen Sicherheitsabteilungen, der Special Branch, der National Crime Squad (heute SOCA) und der Anti-Terror-Abteilung. Dabei bin ich immer wieder gebeten worden, darauf hinzuweisen, dass diese tapferen Frauen und Männer, anders als einige meiner Figuren, absolut ehrlich sind. Niemand von ihnen hat etwa jemanden für Geld umgebracht – zumindest hat es bisher noch keiner zugegeben.«

Simon Kernick

»Ein Garant für Tempo und Spannung.« *Stern*

»Man sollte eine Taschenlampe einschalten, bevor man sich in Kernicks finstere Welt wagt.« *Spiegel Online*

»Verdammt gut – du kannst nicht aufhören zu lesen!« GQ

»Simon Kernick schreibt mit voll durchgetretenem Gaspedal. Halten Sie sich gut fest!« *Harlan Coben*

»Kernick ist wohl der beste der neuen britischen Thrillerautoren.« *Lee Child*

Einzeltitel

Gnadenlos

An einem gewöhnlichen Samstagnachmittag erhält Tom Meron einen Anruf, der sein Leben für immer verändern wird. Sein alter Schulfreund Jack Calley, ein erfolgreicher Rechtsanwalt aus London, fleht panisch um Hilfe. Noch während des Telefonats wird Calley ermordet. Doch es sind vor allem die letzten Worte seines Freundes, die Meron selbst in Todesangst versetzen. Calley nennt seinem Mörder Merons Adresse. Dann ist die Leitung tot. Ohne lange zu überlegen, schnappt sich Meron seine zwei kleinen Kinder und verlässt fluchtartig das Haus. Kurz darauf sieht er noch, wie ein fremdes Auto in seiner Straße hält. Zwei Männer steigen aus. Meron wird gejagt, doch er hat keine Ahnung, warum. Und es kommt noch schlimmer: Seine Frau verschwindet spurlos, eine unbekannte Leiche liegt in ihrem Büro, und die Polizei verdächtigt ihn als mutmaßlichen Mörder. Meron muss schnell handeln, sonst sind er und seine Familie für immer verloren.

Deadline

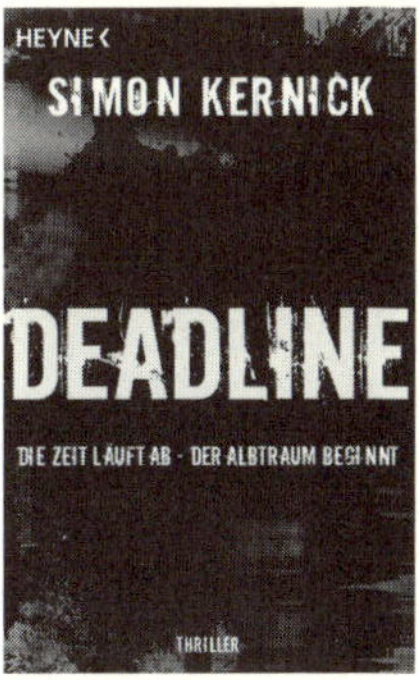

48 Stunden. So viel Zeit bleibt Andrea Devern, um 500 000 Pfund Lösegeld aufzutreiben. Diese Summe fordern die Kidnapper für das Leben von Andreas vierzehnjähriger Tochter Emma. Tatsächlich kann Andrea die Summe auftreiben. Sie bittet ihren ehemaligen Liebhaber Jimmy Galante um Hilfe. Bei der Geldübergabe hinterlässt Andrea das Geld wie verabredet in einem verfallenen Haus, während Jimmy die Entführer identifizieren soll. Doch als er danach nicht wiederauftaucht, macht sie sich Sorgen und fährt zum Haus zurück. Ein Bild des Grauens empfängt sie: Galante wurde an einem Haken aufgehängt, seine Finger und Zehen abgetrennt. Die Entführer verlangen erneut 500 000 Pfund. Detective Mike Bolt übernimmt den Entführungsfall und gerät bald in einen Strudel der Gewalt, der weit in seine Vergangenheit zurückreicht.

Todesangst

Als Dan Tyler in einem fremden Zimmer in einem Bett voller Blut erwacht, glaubt er, sich in einem Albtraum zu befinden. Doch er irrt sich. Dies ist die Realität. Neben ihm liegt eine Leiche, es ist Leah, die junge Frau, in die er sich gerade eben erst verliebt hat. Und es wird noch schlimmer. Als er aus dem Bett taumelt, klingelt das Telefon und eine Stimme sagt ihm, er möge den DVD-Spieler starten. Auf dem Bildschirm muss Tyler verfolgen, wie er Leah brutal ermordet. Dann soll er zu einer Adresse in East London fahren, dort einen Aktenkoffer abliefern und weitere Instruktionen abwarten. Es scheint keinen Ausweg zu geben, die Beweise gegen ihn sind erdrückend. Tyler weiß weder vor noch zurück. Wenn er die nächsten 24 Stunden überstehen will, muss er herausfinden, wer Leah wirklich umgebracht hat – und warum. Die Uhr tickt unerbittlich.

Verdächtig

Wollte mich da eben wirklich jemand töten, oder werde ich langsam verrückt? Für Rob Fallon verwandelt sich eine durchzechte Nacht in einen furchtbaren Albtraum, als er sich im Apartment der Freundin seines besten Kumpels wiederfindet. Plötzlich tauchen zwei Männer in der Wohnung auf, entführen Jenny und versuchen ihn zu töten. Rob kann im letzten Moment entkommen. Niemand glaubt ihm seine Geschichte. Entweder findet Rob die Wahrheit heraus, oder er ist bald tot. Denn die Killer haben es auf ihn abgesehen.

Instinkt

Der Undercover-Cop:
Sean Egan ist es gewohnt, am Abgrund zu leben. Der verdeckte Ermittler schleust sich in eine der härtesten Gangs Londons ein und erhält dort einen mörderischen Auftrag: Er muss den Night Creeper entführen, einen Serienkiller, der sich in Polizeigewahrsam befindet.
Der Killer:
Brutal, gnadenlos und hochintelligent: Vor seiner Festnahme soll der Night Creeper fünf junge Frauen zu Tode gefoltert haben. Doch er schwört, für einen der Morde ein Alibi zu besitzen.
Die Polizistin:
Ihr untrüglicher Instinkt für Ärger und eine düstere Vergangenheit zeichnen sie aus: Tina Boyd hat den Night Creeper zur Strecke gebracht – jetzt ist es ihre Aufgabe, den entführten Serienkiller wieder aufzuspüren.

Ein Mann, eine Frau und ein sadistischer Killer: Auf ihrer tödlichen Odyssee haben sie eines gemeinsam – den Kampf ums Überleben.

Vergebt mir (Dennis Milne 1)

Dennis Milne ist Detective Sergeant bei der Londoner Polizei. Seine langjährigen Erfahrungen mit Gewaltverbrechern, Vergewaltigern und Kinderschändern haben ihn zynisch und verbittert werden lassen. Immer wieder muss er erleben, dass die niederträchtigsten Verbrecher von den Mühlen der Justiz verschont bleiben. Er zieht seine Konsequenzen und arbeitet für den dubiosen Geschäftsmann Raymond Keen als Auftragskiller. Seine Opfer sind ausschließlich Kriminelle der übelsten Art.

Doch eines Tages läuft alles schief: Milne erschießt drei Männer und erfährt danach, dass es sich um Unschuldige handelt. Als er ins Fadenkreuz der Ermittlungsbehörden gerät, steht der Cop zwischen allen Fronten.

Fürchtet mich (Dennis Milne 2)

Dennis Milne, Londoner Ex-Cop und Auftragskiller, versucht, auf den Philippinen ein neues Leben zu beginnen. Doch seine Vergangenheit lässt ihn nicht los: wie früher nimmt er von Zeit zu Zeit Mordaufträge an. Seine Opfer sind Verbrecher, die von den Mühlen der Justiz verschont geblieben sind.

Bei einem seiner Aufträge erfährt Milne, dass sein Freund und Ex-Kollege Asif Malik in London brutal niedergeschossen wurde. Hintermann ist der mysteriöse Les Pope, ein korrupter Anwalt mit einflussreichen Verbindungen. Milne will Vergeltung um jeden Preis – um Pope zu stellen, kehrt er zurück ins winterliche London, wo ihn seine Feinde schon erwarten … Milnes Rachezug wird zum gnadenlosen Überlebenskampf.

Erlöst mich (Dennis Milne 3)

Dennis Milne will am liebsten alles hinter sich lassen und ein neues Leben beginnen. Ein Leben ohne Morden, ein Leben ohne Schuld. Milne, der sich geschworen hat, ausschließlich Verbrecher zu liquidieren, muss sich eingestehen, dass sich unter seinen Opfern auch Unschuldige befunden haben.

Als die Polizistin Tina Boyd erfährt, dass sich ihr Liebhaber, ein unbequemer Journalist, erhängt haben soll, weiß sie, dass mehr dahintersteckt. Ihr Freund war dem mächtigen Gangster Paul Wise auf der Spur, dem Todfeind Tina Boyds, dem nie ein Verbrechen nachgewiesen werden konnte. Tina will Wise, der in Drogenschmuggel, Prostitution und Terrorismus verwickelt ist, um jeden Preis ausschalten. Die Spur führt nach Manila. Doch dort wartet schon ein Killer auf sie. Sein Name: Dennis Milne ...

Das Ultimatum

London. Ein ganz gewöhnlicher Tag. Geschäftiges Treiben, Touristen flanieren durch die Straßen. Plötzlich zerreißen Detonationen die Luft. Mehrere Bomben explodieren, Panik bricht aus. Doch dies ist erst der Anfang. Eine Bande Schwerbewaffneter stürmt das Luxushotel Stanhope. Sie stellt der Regierung ein Ultimatum: Fünf Stunden, um ihre Forderungen zu erfüllen – dann wird die erste Geisel sterben. Sonderkommissarin Arley Dale übernimmt die Einsatzleitung. Sie weiß: Auch ihre Kinder befinden sich in der Gewalt der Verbrecher. Für Dale beginnt ein Albtraum – und der Countdown läuft ...

Bedrohung

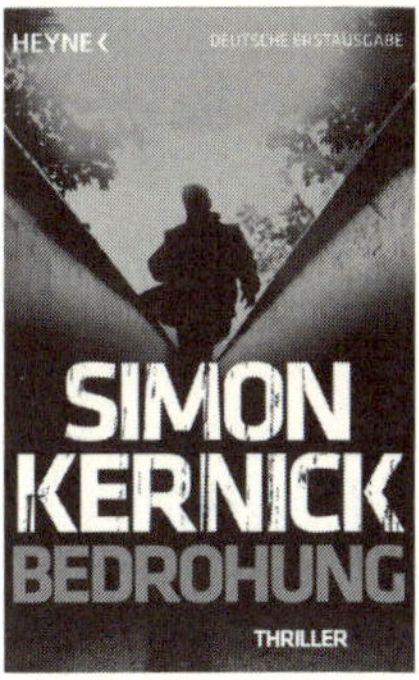

Die Drohung: London, 8 Uhr morgens – eine Bombe verwüstet ein Café in der Innenstadt. Es gibt mehrere Tote.
Das Ultimatum: Unbekannte kündigen einen Anschlag an, der ganz England erschüttern wird. Verbleibende Zeit: 12 Stunden.
Der Gefangene: William Garrett erwartet die Verurteilung wegen Massenmords. Er behauptet, die Namen der Terroristen zu kennen. Aber er verlangt einen hohen Preis.
Der Countdown läuft: Die Detectives Mike Bolt und Tina Boyd müssen sich auf eine erbarmungslose Hetzjagd durch London begeben, um die angekündigte Katastrophe zu verhindern – bevor es zu spät ist ...

Treibjagd

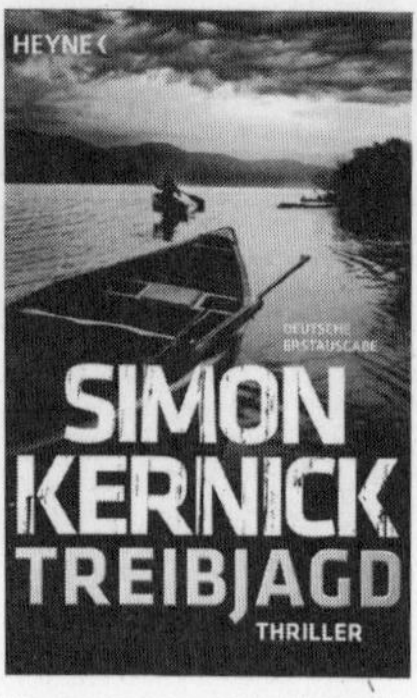

Schottland, ein sonniger Tag in den Highlands. Deine Familie hat Kanuboote gemietet, und ihr rudert stromabwärts.
Plötzlich hörst du einen Schuss. Am Ufer taucht eine verzweifelte Frau auf. Drei Männer verfolgen sie und schießen auf euch. Ihr könnt entkommen. Doch die Killer sind euch auf den Fersen.
Die Nacht bricht an. Du weißt: Die Jagd hat erst begonnen ...